浙东唐诗之路研究系列丛书

浙东唐诗之路诗歌艺术研究

胡秋妍 著

ZHEJIANG UNIVERSITY PRESS
浙江大学出版社
·杭州·

图书在版编目(CIP)数据

浙东唐诗之路诗歌艺术研究 / 胡秋妍著. —杭州：
浙江大学出版社，2024.5
ISBN 978-7-308-24857-0

Ⅰ.①浙… Ⅱ.①胡… Ⅲ.①唐诗－诗歌研究－浙江
Ⅳ.①I207.227.42

中国国家版本馆 CIP 数据核字(2024)第 081701 号

浙东唐诗之路诗歌艺术研究

胡秋妍　著

责任编辑	胡　畔	
责任校对	赵　静	
封面设计	周　灵	
出版发行	浙江大学出版社	
	（杭州市天目山路 148 号　邮政编码 310007）	
	（网址：http://www.zjupress.com）	
排　　版	浙江大千时代文化传媒有限公司	
印　　刷	杭州宏雅印刷有限公司	
开　　本	710mm×1000mm　1/16	
印　　张	12.25	
字　　数	260 千	
版 印 次	2024 年 5 月第 1 版　2024 年 5 月第 1 次印刷	
书　　号	ISBN 978-7-308-24857-0	
定　　价	98.00 元	

浙江省文化研究工程指导委员会

浙江文化研究工程成果文库总序

（签名）

　　有人将文化比作一条来自老祖宗而又流向未来的河，这是说文化的传统，通过纵向传承和横向传递，生生不息地影响和引领着人们的生存与发展；有人说文化是人类的思想、智慧、信仰、情感和生活的载体、方式和方法，这是将文化作为人们代代相传的生活方式的整体。我们说，文化为群体生活提供规范、方式与环境，文化通过传承为社会进步发挥基础作用，文化会促进或制约经济乃至整个社会的发展。文化的力量，已经深深熔铸在民族的生命力、创造力和凝聚力之中。

　　在人类文化演化的进程中，各种文化都在其内部生成众多的元素、层次与类型，由此决定了文化的多样性与复杂性。

　　中国文化的博大精深，来源于其内部生成的多姿多彩；中国文化的历久弥新，取决于其变迁过程中各种元素、层次、类型在内容和结构上通过碰撞、解构、融合而产生的革故鼎新的强大动力。

　　中国土地广袤、疆域辽阔，不同区域间因自然环境、经济环境、社会环境等诸多方面的差异，建构了不同的区域文化。区域文化如同百川归海，共同汇聚成中国文化的大传统，这种大传统如同春风化雨，渗透于各种区域文化之中。在这个过程中，区域文化如同清溪山泉潺潺不息，在中国文化的共同价值取向下，以自己的独特个性支撑着、引领着本地经济社会的发展。

　　从区域文化入手，对一地文化的历史与现状展开全面、系统、扎实、有序的研究，一方面可以藉此梳理和弘扬当地的历史传统和文化资源，繁荣和丰富当代的先进文化建设活动，规划和指导未来的文化发展蓝图，增强文化软实力，为全面建设小康社会、加快推进社会主义现代化提供思想保证、精神动力、智力支持和舆论力量；另一方面，这也是深入了解中国文化、研究中国文化、发展中国文化、创新中国文化的重要途径之一。如今，区域文化研究日益受到各地重视，成为我国文化研究走向深入的一个重要标志。我们今天实施浙江文化研究工程，其目的和意义也在于此。

　　千百年来，浙江人民积淀和传承了一个底蕴深厚的文化传统。这种文化传统的独特性，正在于它令人惊叹的富于创造力的智慧和力量。

浙江文化中富于创造力的基因，早早地出现在其历史的源头。在浙江新石器时代最为著名的跨湖桥、河姆渡、马家浜和良渚的考古文化中，浙江先民们都以不同凡响的作为，在中华民族的文明之源留下了创造和进步的印记。

浙江人民在与时俱进的历史轨迹上一路走来，秉承富于创造力的文化传统，这深深地融汇在一代代浙江人民的血液中，体现在浙江人民的行为上，也在浙江历史上众多杰出人物身上得到充分展示。从大禹的因势利导、敬业治水，到勾践的卧薪尝胆、励精图治；从钱氏的保境安民、纳土归宋，到胡则的为官一任、造福一方；从岳飞、于谦的精忠报国、清白一生，到方孝孺、张苍水的刚正不阿、以身殉国；从沈括的博学多识、精研深究，到竺可桢的科学救国、求是一生；无论是陈亮、叶适的经世致用，还是黄宗羲的工商皆本；无论是王充、王阳明的批判、自觉，还是龚自珍、蔡元培的开明、开放，等等，都展示了浙江深厚的文化底蕴，凝聚了浙江人民求真务实的创造精神。

代代相传的文化创造的作为和精神，从观念、态度、行为方式和价值取向上，孕育、形成和发展了渊源有自的浙江地域文化传统和与时俱进的浙江文化精神，她滋育着浙江的生命力、催生着浙江的凝聚力、激发着浙江的创造力、培植着浙江的竞争力，激励着浙江人民永不自满、永不停息，在各个不同的历史时期不断地超越自我、创业奋进。

悠久深厚、意韵丰富的浙江文化传统，是历史赐予我们的宝贵财富，也是我们开拓未来的丰富资源和不竭动力。党的十六大以来推进浙江新发展的实践，使我们越来越深刻地认识到，与国家实施改革开放大政方针相伴随的浙江经济社会持续快速健康发展的深层原因，就在于浙江深厚的文化底蕴和文化传统与当今时代精神的有机结合，就在于发展先进生产力与发展先进文化的有机结合。今后一个时期浙江能否在全面建设小康社会、加快社会主义现代化建设进程中继续走在前列，很大程度上取决于我们对文化力量的深刻认识、对发展先进文化的高度自觉和对加快建设文化大省的工作力度。我们应该看到，文化的力量最终可以转化为物质的力量，文化的软实力最终可以转化为经济的硬实力。文化要素是综合竞争力的核心要素，文化资源是经济社会发展的重要资源，文化素质是领导者和劳动者的首要素质。因此，研究浙江文化的历史与现状，增强文化软实力，为浙江的现代化建设服务，是浙江人民的共同事业，也是浙江各级党委、政府的重要使命和责任。

2005 年 7 月召开的中共浙江省委十一届八次全会，作出《关于加快建设文化大省的决定》,提出要从增强先进文化凝聚力、解放和发展生产力、增强社会公共服务能力入手,大力实施文明素质工程、文化精品工程、文化研究工程、文化保护工程、文化产业促进工程、文化阵地工程、文化传播工程、文化人才工程等"八项工程",实施科教兴国和人才强国战略,加快建设教育、科技、卫生、体育等"四个强省"。作为文化建设"八项工程"之一的文化研究工程,其任务就是系统研究浙江文化的历史成就和当代发展,深入挖掘浙江文化底蕴、研究浙江现象、总结浙江经验、指导浙江未来的发展。

浙江文化研究工程将重点研究"今、古、人、文"四个方面,即围绕浙江当代发展问题研究、浙江历史文化专题研究、浙江名人研究、浙江历史文献整理四大板块,开展系统研究,出版系列丛书。在研究内容上,深入挖掘浙江文化底蕴,系统梳理和分析浙江历史文化的内部结构、变化规律和地域特色,坚持和发展浙江精神;研究浙江文化与其他地域文化的异同,厘清浙江文化在中国文化中的地位和相互影响的关系;围绕浙江生动的当代实践,深入解读浙江现象,总结浙江经验,指导浙江发展。在研究力量上,通过课题组织、出版资助、重点研究基地建设、加强省内外大院名校合作、整合各地各部门力量等途径,形成上下联动、学界互动的整体合力。在成果运用上,注重研究成果的学术价值和应用价值,充分发挥其认识世界、传承文明、创新理论、咨政育人、服务社会的重要作用。

我们希望通过实施浙江文化研究工程,努力用浙江历史教育浙江人民、用浙江文化熏陶浙江人民、用浙江精神鼓舞浙江人民、用浙江经验引领浙江人民,进一步激发浙江人民的无穷智慧和伟大创造能力,推动浙江实现又快又好发展。

今天,我们踏着来自历史的河流,受着一方百姓的期许,理应负起使命,至诚奉献,让我们的文化绵延不绝,让我们的创造生生不息。

2006 年 5 月 30 日于杭州

浙江文化研究工程成果文库序言

易炼红

国风浩荡、文脉不绝，钱江潮涌、奔腾不息。浙江是中国古代文明的发祥地之一、是中国革命红船启航的地方。从万年上山、五千年良渚到千年宋韵、百年红船，历史文化的风骨神韵、革命精神的刚健激越与现代文明的繁荣兴盛，在这里交相辉映、融为一体，浙江成为了揭示中华文明起源的"一把钥匙"，展现伟大民族精神的"一方重镇"。

习近平总书记在浙江工作期间作出"八八战略"这一省域发展全面规划和顶层设计，把加快建设文化大省作为"八八战略"的重要内容，亲自推动实施文化建设"八项工程"，构筑起了浙江文化建设的"四梁八柱"，推动浙江从文化大省向文化强省跨越发展，率先找到了一条放大人文优势、推进省域现代化先行的科学路径。习近平总书记还亲自倡导设立"文化研究工程"并担任指导委员会主任，亲自定方向、出题目、提要求、作总序，彰显了深沉的文化情怀和强烈的历史担当。这些年来，浙江始终牢记习近平总书记殷殷嘱托，以守护"文献大邦"、赓续文化根脉的高度自觉，持续推进浙江文化研究工程，接续描绘更加雄浑壮阔、精美绝伦的浙江文化画卷。坚持激发精神动力，围绕"今、古、人、文"四大板块，系统梳理浙江历史的传承脉络，挖掘浙江文化的深厚底蕴，研究浙江现象、总结浙江经验、丰富浙江精神，实施"'八八战略'理论与实践研究"等专题，为浙江干在实处、走在前列、勇立潮头提供源源不断的价值引导力、文化凝聚力、精神推动力。坚持打造精品力作，目前一期、二期工程已经完结，三期工程正在进行中，出版学术著作超过 1700 部，推出了"中国历代绘画大系"等一大批有重大影响的成果，持续擦亮阳明文化、和合文化、宋韵文化等金名片，丰富了中华文化宝库。坚持砥砺精兵强将，锻造了一支老中青梯次配备、传承有序、学养深厚的哲学社会科学人才队伍，培养了一批高水平学科带头人，为擦亮新时代浙江学术品牌提供了坚实智力人才支撑。

文化是民族的灵魂，是维系国家统一和民族团结的精神纽带，是民族生命力、创造力和凝聚力的集中体现。在以中国式现代化全面推进强国建设、民族复兴伟业的新征程上，习近平文化思想在坚持"两个结合"中，以"体用贯通、明体达用"的鲜明特质,茹古涵今明大道、博大精深言大义、萃菁取华集大成,鲜明提出我们党在新时代新的文化使命,推动中华文脉绵延繁盛、中华文明历久弥新,推动全党全国各族人民文化自信明显增强、精神面貌更加奋发昂扬。特别是今年9月,习近平总书记亲临浙江考察,赋予我们"中国式现代化的先行者"的新定位和"奋力谱写中国式现代化浙江新篇章"的新使命,提出"在建设中华民族现代文明上积极探索"的重要要求,进一步明确了浙江文化建设的时代方位和发展定位。

文明薪火在我们手中传承,自信力量在我们心中升腾。纵深推进文化研究工程,持续打造一批反映时代特征、体现浙江特色的精品佳作和扛鼎力作,是浙江学习贯彻习近平文化思想和习近平总书记考察浙江重要讲话精神的题中之义,也是浙江一张蓝图绘到底、积极探索闯新路、守正创新强担当的具体行动。我们将在加快建设高水平文化强省、奋力打造新时代文化高地中,以文化研究工程为牵引抓手,深耕浙江文化沃土、厚植浙江创新活力,为创造属于我们这个时代的新文化贡献浙江力量。要在循迹溯源中打造铸魂工程,充分发挥习近平新时代中国特色社会主义思想重要萌发地的资源优势,深入研究阐释"八八战略"的理论意义、实践意义和时代价值,助力夯实坚定拥护"两个确立"、坚决做到"两个维护"的思想根基。要在赓续厚积中打造传世工程,深入系统梳理浙江文脉的历史渊源、发展脉络和基本走向,扎实做好保护传承利用工作,持续推动优秀传统文化创造性转化、创新性发展,让悠久深厚的文化传统、源头活水畅流于当代浙江文化建设实践。要在开放融通中打造品牌工程,进一步凝炼提升"浙学"品牌,放大杭州亚运会亚残运会、世界互联网大会乌镇峰会、良渚论坛等溢出效应,以更有影响力感染力传播力的文化标识,展示"诗画江南、活力浙江"的独特韵味和万千气象。要在引领风尚中打造育德工程,秉持浙江文化精神中蕴含的澄怀观道、现实关切的审美情操,加快培育现代文明素养,让阳光的、美好的、高尚的思想和行为在浙江大地化风成俗、蔚然成风。

我们坚信,文化研究工程的纵深推进,必将更好传承悠久深厚、意蕴丰富的浙江文化传统,进一步弘扬特色鲜明、与时俱进的浙江文化精神,不断滋育浙江的生命力、催生浙江的凝聚力、激发浙江的创造力、培植浙江的竞争力,真正让文化成为中国式现代化浙江新篇章中最富魅力、最吸引人、最具辨识度的闪亮标识,在铸就社会主义文化新辉煌中展现浙江担当,为建设中华民族现代文明作出浙江贡献!

2023 年 12 月

前　言

　　浙东唐诗之路是唐代诗人往来浙东留下的山水人文之路，是一条具有深厚文化渊源的文学之路，也是一条自然风景极为优美的山水之路，更是一条开放的国际交流通道。唐代很多一流诗人在浙东唐诗之路上留下了名垂千古的诗篇，因而浙东唐诗之路的艺术研究就是浙东唐诗之路研究极为重要的方面。唐诗研究的核心是文学研究，故而艺术研究又是最本位的研究对象，也是浙东唐诗之路研究的首要任务。但这方面的研究，就唐诗之路的整体研究来看，还是最为薄弱的环节，亟待加强。本书从诗歌创作与诗歌艺术两个方面着手，诗歌创作侧重于创作空间与创作时间的基础性梳理，诗歌艺术侧重于诗歌创作的审美性把握和诗歌艺术地位的论定。

　　浙东唐诗之路的艺术研究重在总结浙东唐诗的艺术特色，发掘浙东唐诗的艺术价值，主要包括四个方面：一是重要诗人研究，如虞世南、骆宾王、贺知章、朱庆馀、方干；二是经典名篇研究，如骆宾王《早发诸暨》，李白《梦游天姥吟留别》《秋下荆门》，贺知章《回乡偶书二首》，杜甫《壮游》，王维《西施咏》，孟浩然《渡浙江问舟中人》；三是诗体交融研究，如就诗本身而言，唐诗之路上的诗歌，几乎古体、近体、齐言、杂言、联句等各种体裁都有，而且这些诗人，同时又创作各种散文，有时群体作诗，诗前还有代表人物写诗序或集会序，这样就将多种文体融合在一起，从而促进了唐诗之路文学的多层面和多元化；四是区域文化研究，这是最能体现浙东唐诗之路研究价值与意义的研究范围，尽管此前的研究取得了一定成就，而这一研究空间的可开拓性也最大。

　　浙东唐诗之路艺术研究，设定八个研究板块，涉及浙东唐诗艺术的总体风貌、文学渊源、艺术个性、地域风尚、文体演变等诸多方面的内容。

　　第一章"唐代浙东诗歌创作的总体风貌"，探讨唐代浙东诗歌的文化渊源、文学溯源、地域因素、空间分布、艺术个性等内容。第二章"浙东唐诗经典名篇阐释"，选取王维吟咏以浙东为主的江南水乡的《采莲曲》、浙东唐诗之路中最有影响的李白《梦游天姥吟留别》、杜甫晚年回忆浙东的经典力作《壮游》、晚唐张祜专咏天台山的诗作《游天台山》作为深度阐释的对象。第三章"唐代浙东组诗的探讨",集中探讨具有典范意义的浙东组诗,其中《状江南十二咏》,主在探讨其吟咏的江南风物;《忆长安十二咏》,主要揭示处于浙东的文士对于长安的崇尚心态及其艺术表现;《送最澄上人还日本国》,揭示浙东唐诗之路与海上丝绸之路融会、文学与宗教结合的多元化艺术发展路径。第四章"唐诗用典的浙东内涵",选择唐诗中普遍运用的"东山安石""剡溪访戴""刘阮遇仙""兰亭集会"四个典故,以揭示浙东唐诗的文学渊源与文学表现特点。

浙东唐诗之路诗歌艺术研究是唐诗研究的本位问题和核心问题,也是目前浙东唐诗之路研究中最为薄弱的研究领域,可以开拓的空间很大,研究的难度也是空前的。我们只是在这一研究领域中,以自己的绵薄之力进行初步探讨,就一些问题展开论述并提出自己的见解,如果能够对浙东唐诗之路研究有一定的启发,就实现了我们研究的初衷。我们希望这一成果能够起到抛砖引玉的作用,期待能够综合推进唐诗艺术研究的重大成果问世。

本书由胡秋妍撰写,胡可先教授审订,其中第二章第二节李白《梦游天姥吟留别》诗阐释由胡可先撰写,特予说明。因为本人水平有限,加以成书仓促,书中缺点和讹误在所难免,诚请读者批评指正。

胡秋妍

2022 年 10 月

目　录

第一章　唐代浙东诗歌创作的总体风貌 ……………………………… 1

第一节　唐代浙东诗歌的文化渊源与文学溯源 ………………… 2
一、源远流长的浙东文化 ………………………………………… 2
二、唐前山水诗的发源地 ………………………………………… 5

第二节　唐代浙东诗歌的地域因素与空间分布 ……………… 9
一、州县 …………………………………………………………… 9
二、山水 …………………………………………………………… 16
三、寺观 …………………………………………………………… 25

第三节　唐代浙东诗歌的艺术个性 ………………………………… 28
一、山水美景的呈现 ……………………………………………… 28
二、隐逸情怀的流露 ……………………………………………… 31
三、江南风物的吟咏 ……………………………………………… 33
四、乡情主题的书写 ……………………………………………… 42
五、诗僧创作的繁盛 ……………………………………………… 44

第二章　浙东唐诗经典名篇阐释 …………………………………… 53

第一节　王勃《采莲曲》 ……………………………………………… 53
一、王勃的生平经历与《采莲曲》的作年 ……………………… 54
二、王勃的诗风与文学成就 ……………………………………… 56
三、"采莲"入曲的文学传统 ……………………………………… 57
四、王勃《采莲曲》章句解读 ……………………………………… 61
五、《采莲曲》的浙东地域风情 …………………………………… 63

第二节　李白《梦游天姥吟留别》 ………………………………… 66
一、《梦游天姥吟留别》作年与题旨 …………………………… 67

二、《梦游天姥吟留别》章句梳理 ……………………… 69

三、《梦游天姥吟留别》艺术表现 ……………………… 73

四、《梦游天姥吟留别》诗集评 ………………………… 75

第三节　杜甫《壮游》 ………………………………………… 79

一、杜甫《壮游》诗的自叙性质 ………………………… 80

二、杜甫《壮游》诗与吴越漫游 ………………………… 82

三、杜甫《壮游》诗集评 ………………………………… 84

第四节　张祜《游天台山》 …………………………………… 87

一、张祜的生平与诗歌成就 ……………………………… 88

二、张祜《游天台山》的山水景物 ……………………… 89

三、张祜《游天台山》分章解读 ………………………… 92

四、张祜浙东诗概览 ……………………………………… 95

第三章　唐代浙东组诗的探讨 ……………………………… 101

第一节　《状江南十二咏》 …………………………………… 101

一、《状江南十二咏》的文本和作者 …………………… 102

二、《状江南十二咏》与江南风物 ……………………… 107

三、《状江南十二咏》的艺术贡献 ……………………… 111

第二节　《忆长安十二咏》 …………………………………… 117

一、《忆长安十二咏》的作者 …………………………… 117

二、《忆长安十二咏》分章解读 ………………………… 119

三、《忆长安十二咏》的艺术表现 ……………………… 123

第三节　《送最澄上人还日本国》 …………………………… 127

一、《送最澄上人还日本国》文本清理 ………………… 128

二、最澄行历与组诗的作者 ……………………………… 129

三、《送最澄上人还日本国》组诗章句解读 …………… 131

四、最澄归国后文学活动的考察 ………………………… 135

第四章　唐诗用典的浙东内涵 ……………………………… 137

第一节　剡溪访戴 …………………………………………… 137

一、李白诗歌的剡溪访戴 ………………………………… 137

二、唐人笔下的"剡溪访戴" ………………………………………… 140

三、唐人诗歌所访的"戴颙" ………………………………………… 146

第二节　东山安石 …………………………………………………… 147

一、东山归隐 ………………………………………………………… 148

二、东山再起 ………………………………………………………… 151

三、东山携妓 ………………………………………………………… 152

第三节　刘阮遇仙 …………………………………………………… 157

一、曹唐游仙诗咏刘阮 ……………………………………………… 159

二、唐诗中的刘阮典故 ……………………………………………… 161

三、刘阮故事与唐五代词调 ………………………………………… 164

四、《花间集》中的刘阮典故 ……………………………………… 170

第四节　兰亭集会 …………………………………………………… 172

一、兰亭集会的背景 ………………………………………………… 172

二、唐诗与兰亭 ……………………………………………………… 173

三、兰亭与唐诗用典 ………………………………………………… 176

主要参考文献 ……………………………………………………… 179

第一章　唐代浙东诗歌创作的总体风貌

唐代是诗的国度，诗的朝代，在中国文学史上达到了巅峰。唐代诗人，或漫游，或出塞，或寻仙，或修道，或归隐，或宦游，足迹遍于全国各地，留下了很多脍炙人口的诗篇，也形成了特色鲜明的唐诗之路。而在全国较为重要的唐诗之路，我们可以数出很多条。

浙东唐诗之路、唐诗中的丝绸之路（西北唐诗之路）、巴蜀唐诗之路、商於唐诗之路（贬谪之路）、两京唐诗之路，这是以"路"为中心而言。而从著名诗人着眼，我们也可以说，每一位诗人如李白、杜甫、高适、岑参、韩愈、白居易，都走出了一条特定的唐诗之路。而诸多的唐诗之路中，"浙东唐诗之路"是影响最大同时又特色鲜明的一条。

浙东唐诗之路是形成于浙东地区的融山水与文化于一体的诗歌之路。它起源于魏晋南北朝，繁盛于隋唐五代，影响于宋元明清。它兼具文学、艺术、宗教、经济与旅游价值，是当代需要开发的重要文化之路。

浙东唐诗之路的自然路线是指从钱塘江西陵渡开始，沿浙东运河中段的南向曹娥江，溯古代的剡溪经嵊州、新昌、天台、临海，东向余姚、宁波、舟山，西南通向金华、诸暨的道路。浙东唐诗之路覆盖唐代的越州、台州、婺州、明州、衢州、处州、温州七个州及其属县。

唐人白居易《沃洲山禅院记》云："东南山水，越为首，剡为面，沃洲、天姥为眉目。夫有非常之境，然后有非常之人栖焉。"①所谓东南山水主要说的就是浙东，这里的山水与人物融为一体，就是"非常之境"与"非常之人"。山水与诗人的融合，创造出很多名垂千古的佳制。

---

① ［清］董诰：《全唐文》卷六七六，中华书局 1983 年版，第 6905 页。

第一节　唐代浙东诗歌的文化渊源与文学溯源

一、源远流长的浙东文化

唐代东南一地，具有悠远的文化渊源，又是经济发达的地方。山水的美景，孕育了很多卓有成就的文学家。浙东更是唐代诗人漫游之路，很多大诗人在此留下了绚烂的篇章。

光辉灿烂的文化渊源是浙东文学发展兴盛的坚实根基。唐代浙东七州属于浙东观察使管辖，治所在越州，因而越州也就成为名副其实的浙东文化中心。浙东文化，源远流长，早在七千多年前，余姚河姆渡文化代表着新石器时代的早期文化，是中华民族的发祥地之一。在会稽，有关舜禹的传说，更吸引了古往今来多少文士前往探秘。越王勾践兴国复仇的史实，使得这个地区，在南方山水妩媚的环境之下，又加上了不少阳刚之气。这样一个刚柔相济的区域文化优势，也使得浙东一地，无论在文学、历史还是学术的发展演进中，都呈现出自己的特色。

魏晋以后，北方战乱，衣冠贵族大量南迁，黄河流域的中原文化随着人口的南迁而与浙东文化融合，更使得越中成为人文荟萃之地。加之东晋门阀制度盛行，士族势力、门阀势力、北方贵族、南方土著等各大利益集团汇聚在一地，组成了会稽文人集团。他们借江山之助，体物写志，留下了很多名垂千古的篇章。胡阿祥先生在《魏晋本土文学地理研究》中说：

> 东晋中期前后，以剧郡会稽为中心的东土，文坛空前活跃。活跃于东土的文学家，以侨姓世族及其后裔为主。……东土佳山水，美田园，人口宽稀，经济上则适宜于侨姓世族的广占田宅，文学上则耳目一新的侨姓世族之寄情自然，又促成了"庄老告退而山水方滋"的文风转变。据知晋宋间山水文学的兴盛，时间上可以说滥觞于东晋中期前后，空间上可以说发源于东土一带。东土的文学活动中心在会稽，这表现于：首先，移居会稽的北方世家大族最多，其中颇出文才的就有琅琊王氏，陈郡谢氏，太原王氏、孙氏，庐江何氏，高平郗氏，北地傅氏，陈留阮氏，高阳许氏，乐安高氏，鲁国孔氏，颍川庾氏、荀氏等；这颇出的文才，与会稽的青山秀水相融合，为后来世居会稽的谢灵运山水诗独立成派铺平了道路。其次，东晋永和九年三月三日王羲之主持的会稽山阴兰亭修禊，"群贤毕至，少长咸集"，参加的四十余人中，又以寓居东土的世族子弟为主。兰亭修禊使文人的聚会活动由不定期进入定期，其"渔弋山水"、"言咏属文"、

优游风雅，较之西晋的华林、金谷，在当时及后世文坛的影响更大。[①]

胡阿祥论述的第二点，对于越州文学影响尤大。以王羲之为首的兰亭修禊，就是这些文人雅士集结的最高形式。他们将文人的特质、士流的品位和会稽的山水有机地融合在一起，成为千年传承的会稽文化源头，以至唐代浙东文学的文化渊源，也肇始于此。王羲之兰亭修禊，写下了著名的《兰亭集序》：

> 永和九年(353)，岁在癸丑，暮春之初，会于会稽山阴之兰亭，修禊事也。群贤毕至，少长咸集。此地有崇山峻岭，茂林修竹；又有清流激湍，映带左右，引以为流觞曲水，列坐其次。虽无丝竹管弦之盛，一觞一咏，亦足以畅叙幽情。是日也，天朗气清，惠风和畅，仰观宇宙之大，俯察品类之盛，所以游目骋怀，足以极视听之娱，信可乐也。夫人之相与，俯仰一世，或取诸怀抱，悟言一室之内；或因寄所托，放浪形骸之外。虽趣舍万殊，静躁不同，当其欣于所遇，暂得于己，快然自足，曾不知老之将至。及其所之既倦，情随事迁，感慨系之矣。向之所欣，俯仰之间，已为陈迹，犹不能不以之兴怀。况修短随化，终期于尽。古人云："死生亦大矣。"岂不痛哉！每览昔人兴感之由，若合一契，未尝不临文嗟悼，不能喻之于怀。固知一死生为虚诞，齐彭殇为妄作。后之视今，亦犹今之视昔。悲夫！故列叙时人，录其所述，虽世殊事异，所以兴怀，其致一也。后之览者，亦将有感于斯文。[②]

晋穆帝永和九年(353)三月三日，王羲之在会稽内史任上，和友人谢安、孙绰等聚于兰亭，饮酒赋诗，参加聚会者有官僚、文人与僧徒，都是一时名士。当时与会之人都有诗作，事后编辑成集，由王羲之作序与书写，这就是著名的《兰亭集序》。"像《兰亭集序》这样的早期宴集序的代表作，其抒情方式作为一种审美积淀而影响于后世。从某种意义上来说，它几乎含有一定的原型意味，后世的文人自觉或不自觉地有所应用或引申。"[③]《兰亭集序》的重要价值至少表现在三个方面：第一，《兰亭集序》作为一部书法作品，称为"天下第一行书"，古往今来，得到不可计数的书法爱好者的青睐，也受到了人民大众的喜爱。第二，《兰亭集序》的初衷并非形成或留下一部书法作品，而重在这41人的聚会。时任会稽内史的王羲之与友人谢安、孙绰

---

① 胡阿祥：《魏晋本土文学地理研究》，南京大学出版社 2001 年版，第 166—167 页。
② 严可均：《全上古三代秦三国六朝文·全晋文》卷二六，中华书局 1958 年版，第 1609 页。
③ 曹虹：《〈兰亭集序〉与后代宴集序》，《清代文学研究丛刊》第一辑，人民文学出版社 2008 年版，第 205 页。

等 41 人在会稽山阴的兰亭雅集，饮酒赋诗。这 41 人是南渡以后的衣冠贵族，其中有从北方过来的顶级文人，又有南方本土的一流贵族与文人墨客。这是东晋以后南渡贵族与文人一次最高规格的集体展示。第三，参加聚会的贵族文人各赋篇章，王羲之将这些诗赋辑成一集，并作序一篇，记述流觞曲水一事，抒写由此而引发的内心感慨，并泼墨书写。这是最尽情的文学与书法展示。

后来，每到三月上巳，越州多有修禊。唐代永淳二年（683），一批文人修禊于云门山王献之山亭，王勃作了《修禊于云门王献之山亭序》，其中有"永淳二年暮春三月，修被禊于献之山亭也。迟迟风景，出没媚于郊原；片片仙云，远近生于林薄。杂花争发，非止桃蹊；群鸟乱飞，有余莺谷。王孙春草，处处皆青；仲统芳园，家家并翠"①等描写，很明显是与王羲之的《兰亭集序》一脉相承的。至谢灵运更在越中留下大量的诗作，名篇《石壁精舍还湖中作》《登池上楼》都是描写此中山水之作。宋代孔延之所编的《会稽掇英总集》，分门别类地辑集了六朝以来对于会稽形胜与山水的吟咏，更可以看出六朝王羲之、谢灵运等人的流风余韵。"兰亭集会的传统在唐代江南得到进一步的继承与发扬光大，成为唐代江南文化的重要内容之一。"②

自古以来，会稽尤称山水之首，王羲之以后的各代文人，都对其地投以仰慕的目光。大中时杨汉公为浙东观察使，李商隐祝贺道："越水稽峰，乃天下之胜概；桂林孔穴，成梦中之旧游。……虽思逸少之兰亭，敢厌桓公之竹马。况去思遗爱，遐布歌谣；酒兴诗情，深留景物。"③晚唐文人顾云《在会稽与京邑游好诗序》对会稽山水作了这样的描绘："造化之功，东南之胜，独会稽知名，前代词人才子谢公之伦，多所吟赏，湖山清秀，超绝上国；群峰接连，万水都会。升高而望，尽目所穷，苍然黛然，兀然澹然，先春煦然；似画似翠，似水似冰，似霜似镜；削玉似剑者，霞布似窈窕者，霜清似英绝者，如是者千态万状，绵亘数百里间，则夫盘龙于泉，巢凤于山，蕴玉于石，藏珠于渊，固必有矣。真骇目丧精之所也！其土沃，其人文。虽逼闽蛮而不失礼节，虽枕江海而不甚瘴疫，斯焉郁邑，一何胜哉！将天地之乐，萃于此耶？至于物土所产，风气所被，鸟兽草木之奇，妖冶婵娟之出，前圣灵踪，往哲盛事，此传记所

---

① ［宋］孔延之：《会稽掇英总集》卷二〇，人民出版社 2006 年版，第 293 页。按，清蒋之翘《王子安集注》卷八收此文，题作《三日上巳被禊序》，注云："此非子安所作，篇内有永淳二年句，计其时子安殁已数年。然自北宋沿讹迄今。故著其谬，仍存其文。"（上海古籍出版社 1995 年版，第 210 页）即使非王勃的作品，也可以看出唐宋时越州文人集会的情况。又王勃序文还有《越州秋日宴山亭序》《越州永兴李明府宅送萧三还齐州序》等作品。

② 景遐东：《江南文化与唐代文学研究》，光明日报出版社 2019 年版，第 153 页。

③ ［清］董诰：《全唐文》卷七七六，中华书局 1983 年版，第 8096 页。

详,不假重言也。斯但粗述其胜耳。仆虽乏才,自侍从至此。晨留心习业之外,游览所得,吟咏烟月,摅散情志,自足一时之兴也,亦足快哉!"①会稽山水,天下独绝,端在于群峰接连,万水都会,更有前代才子,吟赏嘉会,"其土沃"与"其人文"紧密相连。

二、唐前山水诗的发源地

刘勰《文心雕龙·明诗》云:"宋初文咏,体有因革。庄老告退,而山水方滋;俪采百字之偶,争价一句之奇;情必极貌以写物,辞必穷力而追新。"②魏晋南北朝时期是中国山水诗的勃兴时期,产生了很多诗人,谢灵运、谢朓、颜延之、沈约、谢惠连等都各领风骚,而谢灵运对山水诗发展贡献最大。魏晋南北朝时期的浙东,山水奇胜,钱塘江的西陵、渔浦是文人墨客来往浙东必经此地,留下了众多的名篇佳制,成为唐前山水诗的发源地。这里,我们以浙东唐诗之路起点"西陵"和"渔浦"作为关注的地点,来论述浙东山水诗的渊源。

1. 西陵

钱塘江大潮千百年来一直引发文人墨客的咏叹,西陵更是观潮的佳地。西晋苏彦《西陵观涛》诗云:"洪涛奔逸势,骇浪驾丘山。訇隐振宇宙,㶁磕津云连。"③这首诗写出了钱江大潮奔逸的气势,浩瀚磅礴,动人心魄。惊涛骇浪搏击凌驾于丘山之上,涛声震撼宇宙,潮头直击云霄。这是迄今所见最早描写西陵的诗作。

南朝宋时的谢惠连,辞别会稽经过西陵时,写过《西陵遇风献康乐诗》五章:"我行指孟春,春仲尚未发。趣途远有期,念离情无歇。成装候良辰,漾舟陶嘉月。瞻涂意少惊,还顾情多阙。哲兄感仳别,相送越坰林。饮饯野亭馆,分袂澄湖阴。凄凄留子言,眷眷浮客心。回塘隐舻栧,远望绝形音。""靡靡即长路,戚戚抱遥悲。悲遥但自弭,路长当语谁。行行道转远,去去情弥迟。昨发浦阳汭,今宿浙江湄。""屯云蔽曾岭,惊风涌飞流。零雨润坟泽,落雪洒林丘。浮氛晦崖巘,积素惑原畴。曲汜薄停旅,通川绝行舟。""临津不得济,伫楫阻风波。萧条洲渚际,气色少谐和。西瞻兴游叹,东睇起凄歌。积愤成疢痗,无萱将如何。"④因为晋惠帝永康(300—301)前后,会稽内史贺循疏凿漕渠即浙东运河,西部从杭州开始,过江即是西陵,西南经

---

①　[清]董诰:《全唐文》卷八一五,中华书局 1983 年版,第 8586—8587 页。

②　范文澜:《文心雕龙注》卷二,人民文学出版社 1958 年版,第 67 页。

③　逯钦立:《先秦汉魏晋南北朝诗·晋诗》卷一四,中华书局 1983 年版,第 924 页。

④　逯钦立:《先秦汉魏晋南北朝诗·宋诗》卷四,中华书局 1983 年版,第 1193 页。

过会稽郡城,再东折曹娥江之蒿坝,沿着我们现在所说的浙东唐诗之路主线南行,全长二百余里。当时人们由浙西进入浙东主要选择这条道路。谢惠连辞别会稽北归,经过西陵遇风,就写了这组诗作赠送给谢灵运。谢惠连为谢灵运"四友"之一,二人常以诗歌赠答。第一首描写辞别,孟春辞别会稽,又与谢灵运作别,颇生眷恋之意,又因遇风阻行,流露出难以言状的伤感。第二首描写惜别,谢灵运相送到越之埛林,在野亭馆饯行,在澄湖阴诀别,惜别之情,跃然纸上。第三首描写献诗,自己登上漫漫长路,悲从中来,无人倾诉,故献诗于谢灵运。第四首描写舟行所见,岸边屯云蔽岭,江中惊风涌流,雨水降落在沼泽,落雪洒遍了林丘,飘动的云雾笼罩着高崖远峰,洁白的积雪辨不清田畴原野,曲折的江浦驻留着行色匆匆的旅人,大江遇风却绝少见到舟。第五首描写遇风所感,人在渡口而不能渡江,洲渚萧条气色并不和谐,西望兴发漫游的感叹,东望引起凄凉的哀歌,久积愤懑而忧伤成病,无法忘忧更无可奈何。这首诗采用倒叙的方法写作,时间的推移与感情的变化交织进行,景物描写清新淡雅,感情表达回环往复。

谢灵运得诗后,写了《酬从弟惠连》诗作答:"寝瘵谢人徒,灭迹入云峰。岩壑寓耳目,欢爱隔音容。永绝赏心望,长怀莫与同。末路值令弟,开颜披心胸。""心胸既云披,意得咸在斯。凌涧寻我室,散帙问所知。夕虑晓月流,朝忌曛日驰。悟对无厌歇,聚散成分离。""分离别西川,回景归东山。别时悲已甚,别后情更延。倾想迟嘉音,果枉济江篇。辛勤风波事,款曲洲渚言。""洲渚既淹时,风波子行迟,务协华京想,讵存空谷期。傥若果归言,共陶暮春时。""暮春虽未交,仲春善游遨。山桃发红萼,野蕨渐紫苞。嘤鸣已悦豫,幽居犹郁陶。梦寐伫归舟,释我吝与劳。"①诗在风景的描绘和情境的交流中表现出二人心心相印的知友之情,既是酬答,又有慰勉。谢惠连既是谢灵运的族人,也是谢灵运的至交,更是谢灵运的诗友。钟嵘《诗品》卷中引《谢氏家录》云:"康乐每对惠连,辄得佳语。后在永嘉西堂,思诗竟日不就,寤寐间忽遇惠连,即成'池塘生春草'。故尝云:'此语有神助,非我语也。'"②谢惠连与谢灵运赠答的这两组诗,是描写西陵渡口的代表作品,作为早期山水诗的佳作,对于唐人游览唐诗之路时描绘浙东山水,具有很大的影响。

2. 渔浦

作为浙东唐诗之路的重要起点,渔浦现存数十首唐诗与数百首古诗。作为山

---

① 逯钦立:《先秦汉魏晋南北朝诗·宋诗》卷三,中华书局1983年版,第1175页。
② 曹旭:《诗品集注》卷中,上海古籍出版社2011年版,第372页。

水诗的发源地,渔浦的诗歌文化远在唐朝以前。我们现在研究山水诗发展史,公认鼻祖是谢灵运,他将山水的美景、心灵的纯净融入凝练、含蓄的五言诗,创立了中国最早的山水诗派,影响了数千年的诗歌发展。他的《富春渚诗》云:"宵济渔浦潭,旦及富春郭。定山缅云雾,赤亭无淹薄。溯流触惊急,临圻阻参错。亮乏伯昏分,险过吕梁壑。涛至宜便习,兼山贵止托。平生协幽期,沦踬困微弱。久露干禄请,始果远游诺。宿心渐申写,万事俱零落。怀抱既昭旷,外物徒龙蠖。"①这首诗是谢灵运永初三年(422)被排挤出朝为永嘉太守时所作。他先是买舟南下,经过故居始宁别墅,作《过始宁墅》诗。始宁墅在今上虞境内,是谢灵运先祖晋车骑将军谢玄所建,而谢灵运承继祖业,也传承祖志。离开始宁别墅之后,谢灵运又沿钱塘江向西南富春渚进发,就写了这首《富春渚诗》。诗的首联直接写明行程:"宵济渔浦潭,旦及富春郭。"突出了"渔浦潭"。渔浦潭离富春三十里,经过一夜行船,早晨到达了富春的城郭。诗中的几个地名都与渔浦相关。一是"定山",我们将在下面沈约的《早发定山》中讨论;二是"赤亭",即赤亭山,亦称"赤松子山"。《咸淳临安志》卷二七《山川》六:"赤松子山,在县东九里,高一百五十丈,周回四十里一百步。赤松子驾鹤时憩此,因得名。其形孤圆,望之如华盖,又名华盖山,一曰赤亭山,又曰鸡笼山。"②《文选》所收谢灵运此诗李善注云:"赤亭,定山东十余里。"③其后即录有谢灵运《富春渚》诗。故而行经渔浦潭,南望是定山,北望是赤亭山。至于六朝时渔浦的具体位置,王志邦《六朝渔浦新考》给予了确定的定位:南朝的渔浦是永兴与富阳、钱唐三县交界处——富春江注入浙江——浙江东南侧水域。④ 谢灵运的这首诗,是迄今所见描写渔浦最早也是最为著名的诗作。它将富春渚附近的渔浦潭、定山、赤亭山的美景惟妙惟肖地描绘出来,表现出浙东唐之路起点上奇山异水、天下独绝的山水风貌。又由山水美景的欣赏进而感悟人生,故而"平生协幽期"以下八句,是对自己生活历程的回顾,并且从中顿悟出怀抱超旷,即使如同龙蛇蛰伏以屈求伸也觉得心地光明。谢灵运的山水诗对唐人的诗歌具有极大的影响,浙东山水又集中了天下的奇景,故而唐人漫游浙东者,无不受到谢灵运的影响。

　　丘迟《旦发渔浦潭》是集中描写渔浦的诗作:"渔潭雾未开,赤亭风已飏。棹歌发中流,鸣鞞响沓嶂。村童忽相聚,野老时一望。诡怪石异象,嶻绝峰殊状。森森

① 逯钦立:《先秦汉魏晋南北朝诗·宋诗》卷二,中华书局 1983 年版,第 1160 页。
② [宋]潜说友:《咸淳临安志》卷二七,《宋元方志丛刊》第 4 册,中华书局 1990 年版,第 3614 页。
③ [南朝梁]萧统:《文选》卷二六,上海古籍出版社 2019 年版,第 1265 页。
④ 王志邦:《六朝渔浦新考》,《学习与探索》2013 年第 11 期,第 150 页。

荒树齐,析析寒沙涨。藤垂岛易陟,崖倾屿难傍。信是永幽栖,岂徒暂清旷。坐啸昔有委,卧治今可尚。"①诗作于丘迟赴任永嘉太守途中,描写的是从渔浦潭出发,舟行富春江的情景。作者买舟渔浦,平明晓发,时值江雾未开,晨光曦微,而到达赤亭山时,已经风飐雾散,天气晴朗。诗以渔浦为起点,重在写天气变化,诗人启航不久,气候就由阴转晴。接着描写旦发渔浦潭后航行于钱塘江的所见所闻:先写江上人物,舟人的棹歌激荡于钱江中流,动听的鼙鼓响彻于江岸山峰,棹歌吸引着村童聚集嬉戏,激发了野老驻足观望。再写山川美景:怪石,呈现出异象;绝峰,呈现出殊状;荒树,森森而齐整;寒沙,析析而丰茂;江岛,因垂藤而易陟;崖屿,因陡峭而难傍。每句突出一景,合之将旦发渔浦后的江上美景如同山水长卷一样展现出来。最后四句见景生情,抒发作者旦发渔浦潭之后的感受:富春江确实是值得永远幽栖之地,不只是见到一时的美景,而在这里既遨游山水,又无为而治,就是自己崇尚的境界。诗的最后两句连用了两个典故:一是成瑨坐啸,据《后汉书·党锢传》记载:"后汝南太守宗资任功曹范滂,南阳太守成瑨亦委功曹岑晊,二郡又为谣曰:'汝南太守范孟博,南阳宗资主画诺。南阳太守岑公孝,弘农成瑨但坐啸。'"②二是汲黯卧治,据《史记·汲黯列传》记载:西汉时汲黯为东海太守,"多病,卧闺阁内不出,岁余,东海大治"。后召为淮阳太守,不受。武帝曰:"吾徒得君之重,卧而治之。"③诗用这两个典故,表明自己在浙东这山水美景之中委心于无为的心理,也表现出为官要达到政事清简而治理有序的境地。

南北朝时期的渔浦,是山水奇胜的风景胜地,周围有定山、赤亭等重要景点。沈约《早发定山诗》云:"夙龄爱远壑,晚莅见奇山。标峰彩虹外,置岭白云间。倾壁忽斜竖,绝顶复孤圆。归海流漫漫,出浦水溅溅。野棠开未落,山樱发欲然。忘归属兰杜,怀禄寄芳荃。眷言采三秀,徘徊望九仙。"④据《梁书·沈约传》记载,南朝齐隆昌元年(494),沈约由吏部郎出为东阳太守。沈约由新安江东下,经过定山时写了这首著名的诗篇。定山,在杭州城南钱塘江中。《文选》李善注引《吴郡缘海四县记》云:"钱唐西南五十里有定山,去富春又七十里,横出江中。涛迅迈以避山难。辰发钱塘,已达富春。"⑤《咸淳临安志》卷二三"城南诸山"云:"定山,在钱塘。高七

---

①　逯钦立:《先秦汉魏晋南北朝诗·梁诗》卷五,中华书局 1983 年版,第 1602—1603 页。

②　[南朝宋]范晔:《后汉书》卷六七,中华书局 1965 年版,第 2186 页。

③　[汉]司马迁:《史记》卷一二〇,中华书局 1982 年版,第 3105、3110 页。

④　逯钦立:《先秦汉魏晋南北朝诗·梁诗》卷六,中华书局 1983 年版,第 1636 页。

⑤　[梁]萧统:《文选》卷二六,上海古籍出版社 2019 年版,第 1265 页。

十五丈,周回七里一百二步。《太平寰宇记》云:'定山突出浙江数百丈。'又《郡国志》:'江涛至是辄抑声,过此则雷吼霆怒,上有可避处,行者赖之。'"①诗云"归海流漫漫,出浦水溅溅",是早发定山再出江浦,参照谢灵运《富春渚》诗早发渔浦潭即望到定山云雾,这里的"江浦",就是渔浦渡口。定山的山脚就与渔浦相连。

定山东十余里就是赤亭,江淹秋日入越,经过渔浦东行到了赤亭,写了《赤亭渚》诗,有"水夕潮波黑,日暮精气红。路长寒光尽,鸟鸣秋草穷"②之句,把深秋日暮的赤亭渚景色写绝了。江淹另有《谢法曹惠连赠别》诗,是离别赤亭之后南行入越之作,诗的开头说"昨发赤亭渚,今宿浦阳汭。方作云峰异,岂伊千里别"③,就是到了浦阳江后,又江湾夜宿而作是诗。但江淹这一两首诗,题目都是渔浦附近的景点,而其直接写景的文字很少。诗人在元徽二年(474)被贬为建安吴兴令(今福建浦城),两首诗都是他赴任途中所作,大概是因心情郁结,故发之为诗,极为沉痛感伤。《赤亭渚》诗有"一伤千里极,独望淮海风",《赠别谢法曹惠连》诗有"芳尘未歇席,零泪犹在袂",都是当时心境的流露。

由上述诸诗也可以看出,南朝首都在建康,当时官员或文人到浙东任职,多是取道新安江东上,到达东阳、永嘉、建安等地,而渔浦潭则是这一水路的必经之地。因为渔浦潭是浙东与浙西的交会之地,故而到此可以眺望赤亭山与定山风景。谢灵运、丘迟、沈约有关渔浦的诗歌,是中国早期山水诗的代表,对于唐代山水诗的兴盛起到很大的引领作用,对于后代山水诗更是产生了巨大的影响。

第二节　唐代浙东诗歌的地域因素与空间分布

一、州县

唐代中唐以后置浙东观察使,辖越州、台州、婺州、衢州、明州、处州、温州七州,治所在越州,即今天的绍兴市。越州辖区有会稽、山阴、诸暨、余姚、剡、萧山六县。州中镜湖、剡溪、沃洲山、天姥山,都是诗人漫游所经之地,又是浙东唐诗之路的重要组成部分。

（一）越州

越州建城于公元前490年的越国古都,距今已有2500余年的历史。有关越州

① [宋]潜说友:《咸淳临安志》卷二三,《宋元方志丛刊》第4册,中华书局1990年版,第3579页。
② 逯钦立:《先秦汉魏晋南北朝诗·梁诗》卷三,中华书局1983年版,第1559页。
③ 逯钦立:《先秦汉魏晋南北朝诗·梁诗》卷三,中华书局1983年版,第1578页。

的沿革与唐时的州境,唐人李吉甫《元和郡县图志》卷二六《越州》记载较详:"禹贡扬州之域。春秋时为越,《周礼》'吴越星纪之分'。夏少康封少子无余以奉禹礼,号曰于越,越国之称,始于兹矣。后代句践称王,与吴王阖闾战,败之檇李,故城在今嘉兴县南三十七里。夫差立,句践复伐吴灭之,并其地。遂渡淮,迁都琅邪,朝贡周,周锡命为伯。至六代,王无彊为楚所灭。秦以其地并吴立为会稽郡。后汉顺帝时,阳羡令周喜上书,以吴、越二国,周旋一万一千里,以浙江山川险绝,求得分置。遂分浙江以西为吴郡,东为会稽郡。自晋至陈,又于此置东扬州。隋平陈,改东扬州为吴州,大业元年改为越州。武德四年讨平李子通,置越州总管。六年陷辅公祐,七年平定公祐,改总管为都督。州境:东西六百四十八里。南北三百六十里。八到:西北至上都三千五百三十里。西北至东都二千六百七十里。东至明州二百七十五里。东南至台州四百七十五里。西南至婺州三百九十里。西北至杭州一百四十里。"①

唐代越州是浙江东道观察使的治所,是唐代东南的政治、经济、文化与文学中心。就浙东唐诗之路而言,越州是核心区域与灵魂所在,同时又涵盖了唐诗之路的起点,集中了唐诗之路的精华。无论是本土诗人还是漫游诗人、贬谪诗人、隐逸诗人,都能够在这里找到灵魂的栖息地。其本土诗人如虞世南、骆宾王、贺知章、严维、秦系、朱庆馀等,都以独特的风格雄踞唐代诗坛。而自初唐到晚唐,越州也集聚了无数的诗人,其中最著者为中唐鲍防群体和晚唐元稹群体,这些群体大幅提升和全力推进浙东唐诗的地位。越州山川秀丽,宗教发达,寺宇众多,诗僧也不断涌出,会稽诗僧清江和灵澈活跃于中唐诗坛,与文人士大夫赠予唱答,成为江左诗脉一源。越州诗歌是浙东唐诗的核心与代表,也是整个唐代诗歌繁盛的缩影与写照。

（二）台州

台州,先秦时属百越之地,汉朝属会稽郡。三国时吴少帝太平二年(257)分会稽郡东部置临海郡,治所在章安,辖章安、临海、始平、永宁、松阳、罗阳、罗江七县,是为台州建郡之始。晋宋齐梁时为临海郡,隋平陈后,废临海郡置临海县。

"台州"之名,始于唐高祖武德五年,唐人李吉甫《元和郡县图志》卷二六《台州》:"武德四年讨平李子通,于临海县置海州,五年改海州为台州,盖因天台山为名。……州境:东西三百九十三里,南北四百三十五里。八到:西北至上都四千五

---

① 〔唐〕李吉甫:《元和郡县图志》卷二六,中华书局1983年版,第617—618页。

百里,西北至东都三千一百四十五里,正南微东至温州五百里,东至大海一百八十里,西北至越州四百七十五里,正西微南至处州四百九十里。……管县五:临海、唐兴、黄岩、乐安、宁海。"①台州以州中有天台山而命名,因而天台山文化就构成了台州文化的核心,由这样的文化核心又超越了台州扩大了半径而向整个浙东辐射。东晋之时,章安令孙绰写下了著名的《游天台山赋》,成为"试掷地,当作金石声"②的千古名篇,自此赋问世之后,天台山文学与文化就源远流长。到了唐代,天台山更成为文学表现的重要空间,唐代诗人足迹遍布天台的赤城、丹邱、华顶、琼台、石桥、瀑布、国清寺、桐柏观、委羽山、巾子山、括苍山、寒岩、楢溪等。吟咏这些名胜的诗篇在《全唐诗》等典籍中留下了很多,成为天台山文学遗产的宝贵财富。

（三）婺州

唐人李吉甫《元和郡县图志》卷二六《婺州》:"禹贡扬州之域。春秋时为越之西界。秦属会稽郡。今之州界,分得会稽郡之乌伤、太末二县之地,本会稽西部,常置都尉。孙皓始分会稽置东阳郡。陈武帝置缙州。隋开皇九年平陈置婺州,盖取其地于天文为婺女之分野。隋氏丧乱,陷于寇境,武德四年讨平李子通,置婺州。六年,辅公祐叛,州又陷没。七年平定公祐,仍置婺州。州境:东西三百三里。南北四百五十六里。八到:西北上都三千九百九十五里。西北至东都三千三十五里。正北微西至睦州一百六十里,水路一百八十里。正北微东至越州三百九十里。西至衢州一百九十里。东南至处州二百六十里。……管县七:金华,义乌,永康,东阳,兰溪,武义,浦阳。"③

唐代婺州诗人,以赠送婺州刺史赴任者为多。除此类型之外,还有李白《古风》其十七:"金华牧羊儿,乃是紫烟客。我愿从之游,未去发已白。不知繁华子,扰扰何所迫。昆山采琼蕊,可以炼精魄。"④"金华"即是婺州,此诗当为李白漫游浙东时所作。赵嘏《婺州宴上留别》:"双溪楼影向云横,歌舞高台晚更清。独自下楼骑瘦马,摇鞭重入乱蝉声。"⑤韦庄《婺州水馆重阳日作》:"异国逢佳节,凭高独苦吟。一杯今日醉,万里故园心。水馆红兰合,山城紫菊深。白衣虽不至,鸥鸟自相寻。"⑥

①　[唐]李吉甫:《元和郡县图志》卷二六,中华书局1983年版,第627页。
②　[唐]房玄龄:《晋书》卷五六,中华书局1986年版,第1544页。
③　[唐]李吉甫:《元和郡县图志》卷二六,中华书局1983年版,第620—621页。
④　[清]彭定求:《全唐诗》卷一六一,中华书局1960年版,第1673页。
⑤　[清]彭定求:《全唐诗》卷五五〇,中华书局1960年版,第6377页。
⑥　[清]彭定求:《全唐诗》卷六九八,中华书局1960年版,第8036页。

婺州为东阳郡,诗人咏婺州常常以东阳称之。钱起《早发东阳》:"信风催过客,早发梅花桥。数雁起前渚,千艘争便潮。将随浮云去,日惜故山遥。惆怅烟波末,佳期在碧霄。"①于兴宗《东阳涵碧亭》:"高低竹杂松,积翠复留风。路剧阴溪里,寒生暑气中。"②方干《出东阳道中作》:"马首寒山黛色浓,一重重尽一重重。醉醒已在他人界,犹忆东阳昨夜钟。"③

南朝沈约为婺州刺史时所建的八咏楼,成为唐人吟咏的对象。崔融《登东阳沈隐侯八咏楼》:"且登西北楼,楼峻石墉厚。宛生长定□,俯压三江口。排阶衔鸟衡,交疏过牛斗。左右会稽镇,出入具区数。越岩森其前,浙江漫其后。此地实东阳,由来山水乡。隐侯有遗咏,落简尚余芳。具物昔未改,斯人今已亡。粤余忝藩左,束发事文场。怅不见夫子,神期遥相望。"④崔颢《题沈隐侯八咏楼》:"梁日东阳守,为楼望越中。绿窗明月在,青史古人空。江静闻山狖,川长数塞鸿。登临白云晚,流恨此遗风。"⑤李白《送王屋山人魏万还王屋》回忆在婺州之游云:"落帆金华岸,赤松若可招。沈约八咏楼,城西孤岩峣。岩峣四荒外,旷望群川会。云卷天地开,波连浙西大。"⑥

(四)衢州

唐人李吉甫《元和郡县图志》卷二六《衢州》:"本旧婺州信安县也。武德四年平李子通,于信安县置衢州,以州有三衢山,因取为名。六年,陷辅公祐废州,垂拱二年复置。州境:东西六百一十里,南北二百十六里。八到:西北至上都四千九十五里,西北至东都三千一百三十五里,南至建州七百里,西至信州二百五十里,东至婺州一百九十里,东南至处州四百五十里。……管县五:信安,常山,龙丘,须江,盈川。"⑦

有关衢州的诗歌,白居易《岁暮枉衢州张使君书并诗因以长句报之》:"西州彼此意何如,官职蹉跎岁欲除。浮石潭边停五马,望涛楼上得双鱼。万言旧手才难敌,五字新题思有余。贫薄诗家无好物,反投桃李报琼琚。"⑧刘禹锡《衢州徐员外

① [清]彭定求:《全唐诗》卷二三七,中华书局1960年版,第2646页。
② [清]彭定求:《全唐诗》卷五六四,中华书局1960年版,第6541页。
③ [清]彭定求:《全唐诗》卷六五三,中华书局1960年版,第7500页。
④ [清]彭定求:《全唐诗》卷六八,中华书局1960年版,第765页。
⑤ [清]彭定求:《全唐诗》卷一三〇,中华书局1960年版,第1328页。
⑥ [清]彭定求:《全唐诗》卷一七五,中华书局1960年版,第1788—1789页。
⑦ [唐]李吉甫:《元和郡县图志》卷二六,中华书局1983年版,第622—623页。
⑧ [清]彭定求:《全唐诗》卷四四三,中华书局1960年版,第4956页。

使君遗以缟纻兼竹书箱因成一篇用答佳贶》:"烂柯山下旧仙郎,列宿来添婺女光。远放歌声分白纻,知传家学与青箱。水朝沧海何时去,兰在幽林亦自芳。闻说天台有遗爱,人将琪树比甘棠。"①朱庆馀《送祝秀才归衢州》:"旧隐穀溪上,忆归年已深。学徒花下别,乡路雪边寻。骑吏陪春赏,江僧伴晚吟。高科如在意,当自惜光阴。"②薛逢《送衢州崔员外》:"笑分铜虎别京师,岭下山川想到时。红树暗藏殷浩宅,绿萝深覆偃王祠。风茅向暖抽书带,露竹迎风舞钓丝。休指岩西数归日,知君已负白云期。"③韦庄《衢州江上别李秀才》:"千山红树万山云,把酒相看日又曛。一曲离歌两行泪,更知何地再逢君。"④首句状衢州之景,惟妙惟肖。

（五）明　州

唐人李吉甫《元和郡县图志》卷二六《明州》:"本会稽之鄮县及句章县地也,春秋越王勾践平吴,徙夫差谥甬东,韦昭云'即句章东渎口外洲',是也,武德四年于县立鄞州,八年废。开元二十六年(738),采访使齐浣奏分越州之鄮县置明州,以境内四明山为名。句章故城,在州西一里。州境:东西,南北。八到:西北至上都三千八百五里。西北至东都二千九百四十五里。东北至大海七十里,西至越州二百七十五里。西南至台州宁海县一百六十里,至州二百五十里。……管县四:鄮,奉化,慈溪,象山。"⑤

有关明州的诗歌,岑参《送任郎中出守明州》:"罢起郎官草,初封刺史符。城边楼枕海,郭里树侵湖。郡政傍连楚,朝恩独借吴。观涛秋正好,莫不上姑苏。"⑥武元衡《送寇侍御司马之明州》:"斟酒上河梁,惊魂去越乡。地穷沧海阔,云入剡山长。莲唱蒲萄熟,人烟橘柚香。兰亭应驻楫,今古共风光。"⑦施肩吾《忆四明山泉》:"爱彼山中石泉水,幽深夜夜落空里。至今忆得卧云时,犹自涓涓在人耳。"⑧施肩吾《寄四明山子》:"高栖只在千峰里,尘世望君那得知。长忆去年风雨夜,向君窗下听猿时。"⑨李频《明州江亭夜别段秀才》:"离亭向水开,时候复蒸梅。霹雳灯

①　［清］彭定求:《全唐诗》卷三五九,中华书局 1960 年版,第 4050—4051 页。
②　［清］彭定求:《全唐诗》卷三五九,中华书局 1960 年版,第 4590 页。
③　［清］彭定求:《全唐诗》卷五四八,中华书局 1960 年版,第 6324 页。
④　［清］彭定求:《全唐诗》卷六九八,中华书局 1960 年版,第 8035 页。
⑤　［唐］李吉甫:《元和郡县图志》卷二六,中华书局 1983 年版,第 629 页。
⑥　［清］彭定求:《全唐诗》卷二〇〇,中华书局 1960 年版,第 2074 页。
⑦　［清］彭定求:《全唐诗》卷三一六,中华书局 1960 年版,第 3555 页。
⑧　［清］彭定求:《全唐诗》卷四九四,中华书局 1960 年版,第 5591 页。
⑨　［清］彭定求:《全唐诗》卷四九四,中华书局 1960 年版,第 5603—5604 页。

烛灭，蒹葭风雨来。京关虽共语，海峤不同回。莫为莼鲈美，天涯滞尔才。”①贯休《怀四明亮公》：“孤峰含紫烟，师住此安禅。不下便不下，如斯太可怜。坐侵天井黑，吟久海霞蔫。岂觉尘埃里，干戈已十年。”②

（六）处州

唐人李吉甫《元和郡县图志》卷二六《处州》：“《禹贡》扬州之域，春秋时属越国。秦灭楚，置会稽郡。后越王无彊七代孙闽君摇佐汉有功，立为东越王，都东瓯，今温州永嘉县是也。后以瓯地为回浦县，属会稽。后汉改回浦为章安。晋立永嘉郡，梁、陈因之。隋开皇九年平陈，改永嘉为处州，十二年又改为括州，大业三年复为永嘉郡。武德四年讨平李子通，复立括州，仍置总管府，七年改为都督府，贞观元年废。天宝元年为缙云郡，乾元元年复为括州，大历十四年以与德宗庙讳同音，改处州。贞元六年，刺史齐抗以湫溢，屡有水灾，北移四里就高原上。州境：东西，南北。八到：西北到上都四千一百五十五里，西北至东都三千二百九十五里，西北至婺州二百六十里，西北至衢州四百五十里，东北至台州四百九十里，西北至建州水路九百里，陆路四百九十里，东南水路至温州二百九十里。”③

处州原为括州，中唐后避唐德宗讳改为“处州”。沈佺期《送友人任括州》：“青春浩无际，白日乃迟迟。胡为赏心客，叹迈此芳时。瓯粤迫兹守，京阙从此辞。茫茫理云帆，草草念行期。纷吾结远佩，帐饯出河湄。太息东流水，盈觞难再持。”④孙逖《送杨法曹按括州》：“东海天台山，南方缙云驿。溪澄问人隐，岩险烦登陟。潭壑随星使，轩车绕春色。傥寻琪树人，为报长相忆。”⑤刘长卿《送齐郎中典括州》：“星象移何处，旌麾独向东。劝耕沧海畔，听讼白云中。树色双溪合，猿声万岭同。石门康乐住，几里枉帆通。”⑥刘长卿《饯王相公出牧括州》：“缙云讵比长沙远，出牧犹承明主恩。城对寒山开画戟，路飞秋叶转朱幡。江潮淼淼连天望，旌旆悠悠上岭翻。萧索庭槐空闭合，旧人谁到翟公门。”⑦

有关处州的诗歌，韩愈《处州孔子庙碑附诗》：“惟此庙学，邺侯所作。厥初庳

① ［清］彭定求：《全唐诗》卷五八八，中华书局1960年版，第6824页。
② ［清］彭定求：《全唐诗》卷八二九，中华书局1960年版，第9343页。
③ ［唐］李吉甫：《元和郡县图志》卷二六，中华书局1983年版，第623—624页。
④ ［清］彭定求：《全唐诗》卷九五，中华书局1960年版，第1022页。
⑤ ［清］彭定求：《全唐诗》卷一一八，中华书局1960年版，第1186页。
⑥ ［清］彭定求：《全唐诗》卷一四七，中华书局1960年版，第1504页。
⑦ ［清］彭定求：《全唐诗》卷一五一，中华书局1960年版，第1564页。

下，神不以宇。生师所处，亦窘寒暑。乃新斯宫，神降其献。讲读有常，不诫用劝。揭揭元[哲]，有师之尊。群圣严严，大法以存。像图孔肖，咸在斯堂。以瞻以仪，俾不[或]忘。后之君子，无废成美。琢词碑石，以赞攸始。"① 刘禹锡《松江送处州奚使君》诗云："吴越古今路，沧波朝夕流。从来别离地，能使管弦愁。江草带烟暮，海云含雨秋。知君五陵客，不乐石门游。"② 方干《处州洞溪》："气象四时清，无人画得成。众山寒叠翠，两派绿分声。坐月何曾夜，听松不似晴。混元融结后，便有此溪名。"③ 方干《赠处州段郎中》诗云："幸见仙才领郡初，郡城孤峭似仙居。杉萝色里游亭榭，瀑布声中阅簿书。德重自将天子合，情高元与世人疏。寒潭是处清连底，宾席何心望食鱼。"④ 方干《处州献卢员外》诗云："才下轺车即岁丰，方知盛德与天通。清声渐出寰瀛外，喜气全归教化中。落地遗金终日在，经年滞狱当时空。直缘后学无功业，不虑文翁不至公。"⑤ 朱庆馀《和处州严郎中游南溪》："四望非人境，从前洞穴深。潭清蒲远岸，岚积树无阴。看草初移展，扪萝忽并簪。世嫌山水僻，谁伴谢公吟。"⑥ 朱庆馀《和处州韦使君新开南溪》诗云："地里光图谶，樵人共说深。悠然想高蹑，坐使变荒岑。疏凿因殊旧，亭台亦自今。静容猿暂下，闲与鹤同寻。转旆驯禽起，褰帷瀑溜侵。石稀潭见底，岚暗树无阴。跻险难通屐，攀栖称抱琴。云风开物意，潭水识人心。携榼巡花遍，移舟惜景沈。世嫌山水僻，谁伴谢公吟。"⑦

（七）温州

唐人李吉甫《元和郡县图志》卷二六《温州》："温州，永嘉。上。开元户三万七千五百五十四。乡七十八。元和户八千四百十四。乡一十六。本汉会稽东部之地，初闽君摇有功于汉，封为东瓯王，晋大宁中于此置永嘉郡，隋废郡地入处州。武德五年，杜伏威归化，于县理置东嘉州，寻废。六年，辅公祏为乱于丹阳，永嘉、安固等百姓于华盖山固守，不陷凶党，高宗上元元年，于永嘉县置温州。州境：东西二百四里。南北七百二十里。八到：西北至上都四千四百二十五里。西北至东都三千五百六十五里。正北微西至台州五百里。西北至处州二百七十里。东至大海八十

① 陈尚君：《全唐诗补编》续拾卷二四，中华书局 1992 年版，第 1014 页。
② [清]彭定求：《全唐诗》卷三五八，中华书局 1960 年版，第 4041 页。
③ [清]彭定求：《全唐诗》卷六四九，中华书局 1960 年版，第 7455 页。
④ [清]彭定求：《全唐诗》卷六五〇，中华书局 1960 年版，第 7468—7469 页。
⑤ [清]彭定求：《全唐诗》卷六五二，中华书局 1960 年版，第 7490 页。
⑥ [清]彭定求：《全唐诗》卷五一五，中华书局 1960 年版，第 5880 页。
⑦ [清]彭定求：《全唐诗》卷五一五，中华书局 1960 年版，第 5883 页。

里。西南至福州水陆路相兼一千八百里。……管县四：永嘉，安固，横阳，乐成。"①

有关温州的诗歌，权德舆《送薛温州》："昨日馈连营，今来刺列城。方期建礼直，忽访永嘉程。郡内裁诗暇，楼中迟客情。凭君减千骑，莫遣海鸥惊。"②朱庆馀《送僧游温州》："夏满随所适，江湖非系缘。卷经离峤寺，隔苇上秋船。水落无风夜，猿啼欲雨天。石门期独往，谢守有遗篇。"③赵嘏《送张又新除温州》诗云："东晋江山称永嘉，莫辞红旆向天涯。凝弦夜醉松亭月，歇马晓寻溪寺花。地与剡川分水石，境将蓬岛共烟霞。却愁明诏征非晚，不得秋来见海槎。"④

值得重视的是，张又新为温州刺史时，曾作过《永嘉百咏》，是吟咏温州山水名胜的组诗。据宋祝穆《方舆胜览》卷九记载，张又新在温州，"为守，自《孤屿》以下赋三十五篇"⑤。今所存者尚有《孤屿》《游白鹤山》《帆游山》《华盖山》《罗浮山》《谢池》《吹台山》《白石》《春草池》《青澳山》《中界山》《青嶂山》《郭公山》《泉山》《百里芳》《常云峰》等诗。陈尚君《唐代佚诗解读》："张又新在温州刺史任上，写了大量吟咏山水名胜的七言绝句。南宋祝穆《方舆胜览》卷九载：'张又新为守，自《孤屿》以下赋三十五篇。'拙辑《全唐诗续拾》卷二七曾据张靖龙说以为总题应为《永嘉百咏》……凡治温州地方史者，应当珍视。"⑥按，《乾隆温州志》卷二八云："张又新《永嘉百咏·常云峰》：'仙府灵台莫漫登，彩云香雾昼长蒸。君能到此消尘虑，隐豹垂天亦为澄。'《滴水巷》：'滴水泠泠彻碧纱，旱时无减雨无加。澄清好为官侣，引入孤城一带斜。'"⑦《乾隆温州府志》卷二八又收宋人杨蟠《后永嘉百咏·放生池》和《南塘》诗，应该就是接续张又新之作。可证张又新在温州刺史任赋《永嘉百咏》应该可以确定。

二、山水

（一）天台山

南朝梁陶弘景《真诰》称："天台山高一万八千丈，周回八百里。山有八重，四面

---

①　［唐］李吉甫：《元和郡县图志》卷二六，中华书局 1983 年版，第 625—626 页。

②　［清］彭定求：《全唐诗》卷三二三，中华书局 1960 年版，第 3633 页。

③　［清］彭定求：《全唐诗》卷五一五，中华书局 1960 年版，第 5879 页。

④　［清］彭定求：《全唐诗》卷五四九，中华书局 1960 年版，第 6355 页。

⑤　［宋］祝穆：《方舆胜览》卷九，中华书局 2003 年版，第 153 页。

⑥　陈尚君：《唐人佚诗解读》，中华书局 2021 年版，第 50 页。

⑦　［清］齐召南：《温州府志》卷二八，台湾成文出版社有限公司 1983 年版，第 2239 页。

如一。当牛斗之分。以其上应台宿,光辅紫宸,故名天台。"①这是天台山命名的由来。东晋孙绰《游天台山赋》云:"天台山者,盖山岳之神秀者也。涉海则有方丈蓬莱,登陆则有四明天台,皆玄圣之所游化,灵仙之所窟宅。夫其峻极之状,嘉祥之美,穷山海之瑰富,尽人神之壮丽矣。"②孙绰为永嘉太守,即将解印以向幽寂,闻道天台神秀,令人图其状貌而遥为之赋,将天台山之秀美、媚丽与神奇和盘托出。《太平寰宇记》卷九八"台州天台县":"天台山在州西一百一十里。《临海记》云:'天台山超然秀出,山有八重,视之如一帆。高一万八千丈,周回八百里。又有飞泉,悬流千仞似布。'……《启蒙记》注云:'天台山去天不远,路经油溪,水深险清泠。前有石桥,路径不盈尺,长数十丈,下临绝涧。唯忘其身,然后能济。济者梯岩壁,援萝葛之茎,度得平路。见天台山蔚然绮秀,列双岭于青霄,上有琼楼、玉阙、天堂、碧林、醴泉,仙物毕具也。'"③

以"佛宗道源,山水神秀"著称的天台山,古往今来无数的文人墨客驻迹于此,留下了诸多华美的篇章。尤其是在唐代,天台山成为浙东唐诗之路与海上丝绸之路的交汇点。天台山在台州境内,而台州也是因为境内有天台山而得名。台州与天台山在自然地理上紧密相连,在文化空间上更是融合无间。天台山的辐射意义更是超越了时空,产生了广泛的世界影响,其路径为天台山—台州—浙东—全国—国外,而其集结点与交会处最为关涉浙东唐诗之路与海上丝绸之路。台州境内有天台山,故以之名州,而天台山就在台州所辖之唐兴县以北一十里。唐兴县至宋代改名"台兴县",又改名"天台县",县名一直沿用到今天。

(二)赤城山

《太平寰宇记》卷九八"台州天台县":"赤城山在县北六里。孔灵符《会稽记》云:'赤城山土色皆赤,状如云霞。悬溜千仞,谓之瀑布。'《登真隐诀》云:'此山下有洞,在三十六小洞天数,其山是赤城丹洞,周回三百里,上有玉清平天也。'孙公绰《天台山赋》云:'赤城霞起以建标,瀑布飞流以界道。'又《述异记》云:'赤城山一峰特高,可三百丈丹壁烁日。'"④《嘉定赤城志》卷二一"天台"县:"赤城山在(天台)县北六里。一名烧山,又名消山,石皆霞色,望之如雉堞,因以为名。孙绰赋所谓赤城

---

① [清]董诰:《全唐文》唐文拾遗卷五〇,中华书局1983年版,第10941页。
② [南朝梁]萧统:《文选》卷一一,上海古籍出版社2019年版,第501页。
③ [宋]乐史:《太平寰宇记》卷九八,中华书局2007年版,第1966页。
④ [宋]乐史:《太平寰宇记》卷九八,中华书局2007年版,第1967页。

霞起以建标是也。山之麓有岩极深广。晋义熙初，僧昙猷造寺，号中岩。齐僧慧明复就塑一佛，故又名卧佛。上又有岩。二，曰结集，曰释签，盖灌顶、湛然遗迹也。西有玉京洞，北有金钱池，绝顶有浮屠七级。梁岳阳王妃所建，下有昙猷洗肠井，大抵皆峭壁不可登。上有仙人井，飞流喷沫，冬夏不竭。支遁《天台山铭》云：‘往天台山，当由赤城为道。’而神邕《山图》亦以此为‘台山南门，石城山为西门’。徐灵府《小录》又以‘剡县金庭观为北门’云。”①

有关赤城题咏，顾况《从剡溪至赤城》：“灵溪宿处接灵山，窈映高楼向月闲。夜半鹤声残梦里，犹疑琴曲洞房闲。”②周朴《题赤城中岩寺》：“浮世师休话，晋时灯照岩。禽飞穿静户，藤结入高杉。存没诗千首，废兴经数函。谁知将俗耳，来此避嚣谗。”③李德裕《临海太守惠予赤城石报以是诗》：“闻君采奇石，剪断赤城霞。潭上倒虹影，波中摇日华。仙岩接绛气，溪路杂桃花。若值客星去，便应随海槎。”④

（三）天姥山

《太平寰宇记》卷九六“越州剡县”：“天姥山，在县南八十里。《名山志》曰：‘山上有枫千余丈，萧萧然。’后《吴录》云：‘剡县有天姥山，传云登者闻天姥歌谣之响。’谢灵运诗云：‘暝投剡山中，明登天姥岑。高高入云霓，还期何可寻。’即此也。”⑤《嘉泰会稽志》卷九“山·新昌县”云：“天姥山在县东南五十里，东接天台华顶峰，西北联沃洲山，上有枫千余丈。《寰宇记》云，登者闻天姥歌谣之响。《道藏经》云，沃洲天姥，福地也。谢灵运诗云：‘暝投剡中宿，明登天九岑。’李白诗云：‘辞君向天姥，拂石卧秋霜。’又《梦游天姥歌》云：‘天姥连天向天横，势拔五岳连赤城。天台四万五千丈，对此欲倒西南倾。’杜少陵《壮游》云：‘剡溪蕴秀异，欲罢不能忘。归帆拂天姥，中岁贡旧乡。’时少陵将辞剡西入长安也。或云自剡至天姥山八十里，归帆拂之，非也。诗人之辞，要当以意逆志，大概言此山之高而已。”⑥

天姥山最著名的诗篇就是李白的《梦游天姥吟留别》。许浑《早发天台中岩寺度关岭次天姥岑》诗云：“来往天台天姥间，欲求真诀驻衰颜。星河半落岩前寺，云雾初开岭上关。丹壑树多风浩浩，碧溪苔浅水潺潺。可知刘阮逢人处，行尽深山又

---

①　[宋]陈耆卿：《嘉定赤城志》卷二一，《宋元方志丛刊》第7册，中华书局1990年版，第7440页。
②　[清]彭定求：《全唐诗》卷二六七，中华书局1960年版，第2970页。
③　[清]彭定求：《全唐诗》卷六三，中华书局1960年版，第7700页。
④　[清]彭定求：《全唐诗》卷四七五，中华书局1960年版，第5415页。
⑤　[宋]乐史：《太平寰宇记》卷九六，中华书局2007年版，第1933页。
⑥　[宋]施宿：《嘉泰会稽志》卷九，《宋元方志丛刊》第7册，中华书局1990年版，第6878页。

是山。"①李敬方《登天姥》："天姥三重岭，危途绕峻溪。水喧无昼夜，云暗失东西。问路音难辨，通樵迹易迷。依稀日将午，何处一声鸡？"②灵澈《天姥岑望天台山》："天台众峰外，华顶当寒空。有时半不见，崔嵬在云中。"③

（四）四明山

宋祝穆《方舆胜览》卷七"庆元府"："四明山，在州西八十里。陆龟蒙云：'山有峰，最高四穴在峰上，每天色晴霁，望之如户牖相倚。'《福地记》云：'三十六洞天，第九曰四明山，二百八十峰洞，周回一百八十里，名丹山赤水之天。上有四门，通日月星辰之光，故曰四明山。'"④《太平寰宇记》卷九八"明州鄮县"："四明山，在州西八十里。有四角，各生一种木，皆不杂也。山顶有池，其池有三重石台。"⑤

有关四明山的诗歌，刘长卿《游四窗》："四明山绝奇，自古说登陆。苍崖倚天立，覆石如覆屋。玲珑开户牖，落落明四目。箕星分南野，有斗挂檐北。日月居东西，朝昏互出没。我来游其间，寄傲巾半幅。白云本无心，悠然伴幽独。对此脱尘鞅，顿忘荣与辱。长笑天地宽，仙风吹佩玉。"⑥施肩吾《遇越州贺仲宣》："君在镜湖西畔住，四明山下莫经春。门前几个采莲女，欲泊莲舟无主人。"⑦张籍《送施肩吾东归》："知君本是烟霞客，被荐因来城阙间。世业偏临七里濑，仙游多在四明山。早闻诗句传人遍，新得科名到处闲。惆怅灞亭相送去，云中琪树不同攀。"⑧

（五）镜湖

《太平寰宇记》卷九六"山阴县"："山阴镜湖。汉顺帝永和五年，会稽太守马臻创立镜湖，在会稽、山阴两县界，筑塘畜水，水高丈余，田又高海丈余。若水少则泄湖灌田，如水多则闭湖泄田中水入海，所以无凶年。堤塘周回三百一十里，都溉田九千余顷。又《会稽记》云：'创湖之始，多淹冢宅，有千余人怨诉于台，臻遂被刑于市。及台中遣使按鞫，总不见人，验籍，皆是先死亡人之名。'又按《舆地志》云：'山阴南湖，萦带郊郭，白水翠岩，互相映发若图画。'故逸少云'山阴路上行，如在镜中

①　［清］彭定求：《全唐诗》卷五三三，中华书局1960年版，第6090—6091页。
②　陈尚君：《全唐诗补编》续拾卷二九，中华书局1992年版，第1102页。
③　［清］彭定求：《全唐诗》卷八百十，中华书局1960年版，第9132页。
④　［宋］祝穆：《宋本方舆胜览》卷七，中华书局2003年版，第121页。
⑤　［宋］乐史：《太平寰宇记》卷九八，中华书局2007年版，第1960页。
⑥　［清］彭定求：《全唐诗》卷一五一，中华书局1960年版，第1580—1581页。
⑦　［清］彭定求：《全唐诗》卷四九四，中华书局1960年版，第5607页。
⑧　［清］彭定求：《全唐诗》卷三八五，中华书局1960年版，第4339页。

游'耳。唐玄宗朝秘书监贺知章乞为道士,还乡,敕赐'镜湖一曲'。"①《嘉泰会稽志》卷一〇"会稽县":"镜湖在县东二里,故南湖也。一名长湖,又名大湖。《通典》云:'东汉永和五年,太守马臻始筑塘立湖,周三百十里,溉田九千余顷,人获其利。'王逸少有云:'山阴路上行,如在镜中游。'镜湖之得名以此。《舆地志》:'山阴南湖,萦带郊郭,白水翠岩,互相映发,若镜若图。'任昉《述异记》云:'轩辕氏铸镜湖边,因得名。或云黄帝获宝镜于此也。'"②宋王象之《舆地纪胜》卷一〇《绍兴府》:"镜湖,在会稽、山阴两县界。后汉永和五年,太守马臻所创,水高丈余,周三百十里,灌田九千顷。或以为黄帝于此铸镜,因得名,非也。盖取其平如镜。又曰鉴湖,曰照湖。唐以赐贺知章。王逸少诗云:'山阴路上行,如在镜中游。'"③

吟咏镜湖最著名的诗作是贺知章《回乡偶书二首》其二:"离别家乡岁月多,近来人事半销磨。唯有门前镜湖水,春风不改旧时波。"④这首诗是天宝三载(744)贺知章正月由长安启程,二月抵达越州山阴时作。诗人37岁登进士第前即已离开家乡,至本年86岁,故回乡之后感触很深。尤其是第一首,通过回乡描述了一幕戏剧性场景,因为儿童相问表现出自己反主为客的悲哀之感,更体现出乡情之深。唐代大诗人向往浙东,游览浙东,最倾心的地方也是镜湖。李白《梦游天姥吟留别》:"我欲因之梦吴越,一夜飞度镜湖月。"⑤李白《越女词五首》其五亦云:"镜湖水如月,耶溪女似雪。新妆荡新波,光景两奇绝。"⑥宋之问《泛镜湖南溪》诗云:"乘兴入幽栖,舟行日向低。岩花候冬发,谷鸟作春啼。沓嶂开天小,丛篁夹路迷。犹闻可怜处,更在若邪溪。"⑦宋之问还有《早春泛镜湖》《春湖古意》等诗。孟浩然有《与崔二十一游镜湖寄包贺二公》诗云:"试览镜湖物,中流到底清。不知鲈鱼味,但识鸥鸟情。帆得樵风送,春逢谷雨晴。将探夏禹穴,稍背越王城。府掾有包子,文章推贺生。沧浪醉后唱,因此寄同声。"⑧李颀《寄镜湖朱处士》诗云:"澄霁晚流阔,微风吹绿蘋。鳞鳞远峰见,淡淡平湖春。芳草日堪把,白云心所亲。何时可为乐,梦里东山人。"⑨

① [宋]乐史:《太平寰宇记》卷九六,中华书局2007年版,第1926页。
② [宋]施宿:《嘉泰会稽志》卷一〇,《宋元方志丛刊》第7册,中华书局1990年版,第6888页。
③ [宋]王象之编,赵一生点校:《舆地纪胜》卷一〇,浙江古籍出版社2013年版,第374页。
④ [清]彭定求:《全唐诗》卷一一二,中华书局1960年版,第1147页。
⑤ [清]彭定求:《全唐诗》卷一七四,中华书局1960年版,第1779—1780页。
⑥ [清]彭定求:《全唐诗》卷一八四,中华书局1960年版,第1885页。
⑦ [清]彭定求:《全唐诗》卷五二,中华书局1960年版,第640页。
⑧ [清]彭定求:《全唐诗》卷一六〇,中华书局1960年版,第1662页。
⑨ [清]彭定求:《全唐诗》卷一三四,中华书局1960年版,第1359页。

更为重要的是,中唐时期,以严维为代表的文人集团专门就镜湖联句,作有《征镜湖故事联句》,联唱者陈允初、吕渭、严维、谢良弼、贾肃、郑概、庾骥、裴晃。诗云:"将寻炼药井,更逐卖樵风。(陈允初)刻石秦山上,探书禹穴中。(吕渭)溪边寻五老,桥上觅双童。(严维)梅市西陵近,兰亭上道通。(谢良弼)雷门惊鹤去,射的验年丰。(贾肃)古寺思王令,孤潭忆谢公。(郑概)帆开岩上石,剑出浦间铜。(庾骥)兴里还寻戴,东山更向东。(裴晃)"①

（六）剡溪

《水经注》称:"(浦阳)江水又东南,经剡县,与白石山水会。山上有瀑布,悬水三十丈,下注浦阳江。浦阳江水又东流南屈,又东回北转,经剡县东,王莽之尽忠也。"②唐李吉甫《元和郡县图志》"越州剡县"云:"剡溪,出县西南,北流入上虞县界为上虞江。"③宋高似孙《剡录》载:"是溪也,朱放谓之剡江,诗曰:'月在沃州山上,人归剡县江边。'李端谓之戴家溪,诗曰:'戴家溪北住,雪后去相寻。'方干谓之戴湾,诗曰:'戴湾冲濑片帆通,高枕微吟到剡中。'陆龟蒙谓之剡汀,诗曰:'归鸿吴岛尽,残雪剡汀销。'林概谓之嵊水,诗曰:'溪连嵊水兴何尽,路接仙源人自迷。'齐唐谓之戴迳滩,诗曰:'春树深藏崿浦曲,夜猿孤响戴迳滩。'"④《太平寰宇记》卷九六"剡县":"剡溪,在县南一百五十步。一源出台州天台县,一源出婺州武义县,即王子猷寻夜访戴迳之所也。亦名戴溪。"⑤

宋施宿《嘉泰会稽志》卷一〇亦云:"剡溪,在(嵊)县南一百五十步。溪有二源:一出天台,一出婺之武义,西南流至东阳入县。一百四十里,东北流入上虞县界,以达于江。晋王子猷居山阴,夜雪初霁,四望皓然独酌酒,咏左思《招隐》诗,忽忆戴迳时在剡,便乘小舟诣之,造门不前而返,曰:'本乘兴而行,兴尽而返,何必见戴安道耶!'今人称为戴溪,又曰雪溪,皆以此。邑中亦有戴溪亭云。李太白诗云:'试问剡溪道,东南指越乡。舟从广陵去,水入会稽长。'杜子美《昔游》云:'剡溪蕴秀异。'又曰:'归帆拂天姥。'皆谓此地也。"⑥

剡溪为曹娥江干流,流经嵊州一段的河流称剡溪,又称剡中、剡江、剡汀、戴湾、

---

① 贾晋华:《唐代集会总集与诗人群研究》(第2版),北京大学出版社2015年版,第360页。
② [北魏]郦道元撰,陈桥驿点校:《水经注校证》,中华书局2007年版,第945页。
③ [唐]李吉甫:《元和郡县图志》卷二六,中华书局1983年版,第620页。
④ [宋]高似孙:《剡录》卷二,浙江古籍出版社2015年版,第56页。
⑤ [宋]乐史:《太平寰宇记》卷九六,中华书局2007年版,第1933页。
⑥ [宋]施宿:《嘉泰会稽志》卷一〇,《宋元方志丛刊》第7册,中华书局1990年版,第6883—6884页。

戴逵滩等。剡溪众源并注，万壑争流，两岸风景如画，历来为文人向往之地。王羲之、谢灵运的隐居，增加了剡溪的文化底蕴，使之成为后世文人向往和崇敬之地。李白《秋下荆门》诗云："霜落荆门江树空，布帆无恙挂秋风。此行不为鲈鱼鲙，自爱名山入剡中。"①丁仙芝《剡溪馆闻笛》诗云："夜久闻羌笛，寥寥虚客堂。山空响不散，溪静曲宜长。草木生边气，城池泛夕凉。虚然异风出，髣髴宿平阳。"②剡溪最著名的典故是《世说新语·任诞篇》所载王徽之寻访戴逵之事："王子猷居山阴，夜大雪，眠觉，开室，命酌酒。四望皎然，因起彷徨，咏左思《招隐》诗。忽忆戴安道，时戴在剡，即便夜乘小船就之。经宿方至，造门不前而返。人问其故，王曰：'吾本乘兴而行，兴尽而返，何必见戴？'"③奇异的山水风景衬托出一代名士潇洒自适的真性情。也正是因为自然与人文的融合无间，才使得杜甫在《壮游》诗中发出"欲罢不能忘"的感叹。李白的千古名篇《梦游天姥吟留别》也深情地吟咏"明月照我影，送我到剡溪"。这一条名副其实的唐诗之路中心地，吸引古往今来无数诗家文士驻足于此。

在浙东唐诗之路上，最突出的是水路。以剡溪为主要通道的水路，是诗人在浙东游览风景的重要通道。这条道路在越州（绍兴）之前是与前面的驿站重合的，而过了绍兴之后，则走向曹娥埠，经过上虞江，到了剡县，再折入剡溪，更向天台山出发，中间经过新昌寨即今新昌县到天台山，进一步向台州临海。浙东唐诗之路，一山（天台山）一水（剡溪），是两个最为关键的节点。

剡溪是山水奇胜之地，因此唐诗的聚焦点也在此。仍以李白而言，他的诗中提到剡溪和剡中者特别多，上述《秋下荆门》诗就有代表性。他的另一首名篇《梦游天姥吟留别》也有"湖月照我影，送我至剡溪。谢公宿处今尚在，渌水荡漾清猿啼"的句子。因为是山水奇胜之地，加以少有战乱，故而安史之乱后，很多文人就避乱于此。李白作了一首《经乱后将避地剡中留赠崔宣城》诗，有"忽思剡溪去，水石远清妙。雪尽天地明，风开湖山貌"的句子。李白《赠王判官时余归隐居庐山屏风叠》有"会稽风月好，却绕剡溪回。云山海上出，人物镜中来"的句子，这"云山海上出，人物镜中来"，真是把嵊州的山水写绝了。李白是描写剡中山水登峰造极者，以李白为代表的唐代诗人，对于剡中山水的描写可谓淋漓尽致。著名诗人就有宋之问、杜

---

① ［清］彭定求：《全唐诗》卷一八一，中华书局 1960 年版，第 1844 页。
② ［清］彭定求：《全唐诗》卷一一四，中华书局 1960 年版，第 1156 页。
③ 余嘉锡：《世说新语笺疏》，上海古籍出版社 1993 年版，第 759 页。

甫、高适、韦应物、刘长卿、戴叔伦、贾岛、姚合以及"大历十才子"中的皇甫冉、李嘉祐、崔峒。其至茶圣陆羽也在剡中留下了不朽的山水篇章。我们举中唐刘禹锡的《送曹璩归越中旧隐》诗"剡中若问连州事,唯有千山画不如"①为例,其是以剡中与连州相映衬,以突出两地的山水之美。再如诗人赵嘏的《发剡中》诗:"正怀何谢俯长流,更览余封识嵊州。树色老依官舍晚,溪声凉傍客衣秋。南岩气爽横郛郭,天姥云晴拂寺楼。日暮不堪还上马,蓼花风起路悠悠。"②俯瞰剡溪之水,怀念王谢风流,树色苍茫向晚,溪声凉爽逢秋,南岩佳气笼罩城郭,天姥晴云擦过寺楼,就在这时告别剡中,依依不舍之情,随着蓼花之风不断袭来。这首诗是正面描写剡中风景的佳制。

剡溪的自然之境与心灵之境密切相关。刘长卿《送荀八过山阴旧县兼寄剡中诸官》诗"剡溪多隐吏,君去道相思"③,道出了剡溪美景如画,是适合隐逸的环境,故而这里"多隐吏"。优美的自然环境能净化人们的心灵,使得在这里为官之人也有退隐的情怀和高雅的格调。不仅如此,这样的自然环境还赢得了诸多诗僧的青睐。如皎然就有吟咏剡溪的诗歌多首。晚唐赵嘏《早发剡中石城寺》诗云:"暂息劳生树色间,平明机虑又相关。吟辞宿处烟霞去,心负秋来水石闲。竹户半开钟未绝,松枝静霁鹤初还。明朝一倍堪惆怅,回首尘中见此山。"④可见剡中山水,烟霞掩映;秋色笼罩,水石悠闲;竹户半开,钟声未绝;松枝静霁,白鹤初还。这样的风景,使人机心全消,然一离此地,不免惆怅万分。

（七）若耶溪

宋乐史《太平寰宇记》卷九六云:"若耶溪,在县东南二十八里。《越绝书》云:'薛烛对越王曰:若耶之溪,涸而出铜也。古欧冶子铸剑之所。'故《战国策》曰:'涸若耶以取铜,破堇山而出锡。'又《郡国志》云:'欧冶子铸剑处。'下有孤潭,深而且清,有孤石耸于潭,上有大栎树。客儿与弟惠连作诗联句,刻于树上。唐吏部侍郎徐浩游之,云:'曾子不居胜母之里,吾岂游若耶之溪?'遂改为五云溪。"⑤宋施宿《嘉泰会稽志》卷一〇亦云:"若邪溪,在（会稽）县南二十五里。溪北流与镜湖合。《越绝》云:'若邪之溪,涸而出铜。'《吴越春秋》云:'赤堇之山已合无云,若邪之溪深

---

① ［清］彭定求:《全唐诗》卷三六一,中华书局 1960 年版,第 4084 页。
② ［清］彭定求:《全唐诗》卷五四九,中华书局 1960 年版,第 6348 页。
③ ［清］彭定求:《全唐诗》卷一四九,中华书局 1960 年版,第 1530 页。
④ ［清］彭定求:《全唐诗》卷五四九,中华书局 1960 年版,第 6350 页。
⑤ ［宋］乐史:《太平寰宇记》卷九六,中华书局 2007 年版,第 1930 页。

而莫测。'《战国策》云：'涸若邪而取铜，破堇山而取锡。'溪傍即赤堇山也。后汉刘宠为会稽太守，去郡，若邪父老人赍百钱相送，为受一大钱。《十道志》云：'后人因此名刘宠溪。'唐徐季海尝游溪，因叹曰：'曾子不居胜母之间，吾岂游若邪之溪？'遂改为五云溪。李白诗云：'若邪溪边采莲女，笑隔荷花共人语。'李公垂诗云：'倾国佳人妖艳远，凿山良冶铸炉深。'自注云：'若邪溪，乃西子采莲、欧冶铸剑之所。'"①

若耶溪又称五云溪，许浑《泛五云溪》："此溪何处路，遥问白髯翁。佛庙千岩里，人家一岛中。鱼倾荷叶露，蝉噪柳林风。急濑鸣车轴，微波漾钓筒。石苔萦棹绿，山果拂舟红。更就千村宿，溪桥与剡通。"②

（八）曹娥江

宋施宿《嘉泰会稽志》卷一〇亦云："曹娥江，在（会稽）县南七十里。源出上虞县，经县界四十里北入海。《会稽典录》云：'曹娥，上虞人。父盱，汉安二年迎伍君神溯涛而上，为水所溺。娥年十四，自投江而死，江因娥得名也。'《世说》《晋阳秋》：'曹娥父盱溺，不得尸，娥投衣于江，祝曰：父在，此衣当淹。旬有七日，衣偶沉。娥遂投江而死。县长度尚悲怜其义，为之葬，且命邯郸子礼作碑。'蔡邕闻之来观，夜间以手摸其文而读之，题云：'黄绢幼妇，外孙齑臼。二百年后碑当堕，当堕不堕逢王叵。……'潘逍遥题诗云：'曹娥庙前秋草平，曹娥庙里秋月明。扁舟一夜炯无寐，近听潮声似哭声。'"③

因为曹娥感人的事迹，东汉元嘉元年（151），会稽上虞令度尚欲为曹娥立碑以颂扬曹娥的孝行，命其属吏魏朗撰写而未成，又命其弟子邯郸淳作操笔。传闻蔡邕闻之来观，夜间以手摸其文而读之，题写"黄绢幼妇，外孙齑臼"于碑阴，隐"绝妙好辞"四字，对碑文极为称赞。晋时王羲之也曾书写曹娥碑，为书法史佳制。唐人游浙东，特别对曹娥碑倾注情感。李白《送王屋山人魏万还王屋》："笑读曹娥碑，沈吟黄绢语。"④刘长卿《荀八过山阴旧县兼寄剡中诸官》："旧石曹娥篆，空山夏禹祠。"⑤刘长卿《无锡东郭送友人游越》："碑缺曹娥宅，林荒逸少居。"⑥贯休专门作《曹娥

---

① ［宋］施宿：《嘉泰会稽志》卷一〇，《宋元方志丛刊》第7册，中华书局1990年版，第6880页。
② ［清］彭定求：《全唐诗》卷五三七，中华书局1960年版，第6128页。
③ ［宋］施宿：《嘉泰会稽志》卷一〇，《宋元方志丛刊》第7册，中华书局1990年版，第6879—6880页。
④ ［清］彭定求：《全唐诗》卷一七五，中华书局1960年版，第1788—1789页。
⑤ ［清］彭定求：《全唐诗》卷一四九，中华书局1960年版，第1530页。
⑥ ［清］彭定求：《全唐诗》卷一四九，中华书局1960年版，第1532页。

碑》诗："高碑说尔孝应难，弹指端思白浪间。堪叹行人不回首，前山应是苎萝山。"①

曹娥江边有曹娥庙，更成为唐代诗吟咏的对象。刘长卿《送崔处士先适越》："山阴好云物，此去又春风。越鸟闻花里，曹娥想镜中。"②赵嘏《题曹娥庙》："青娥埋没此江滨，江树飕飗惨暮云。文字在碑碑已堕，波涛辜负色丝文。"③章孝标《曹娥庙》："孝女魂兮何所之？故园遗庙两堪悲。岭头霞散漫涂脸，江口月沈难画眉。恨迹未消云黯黯，愁痕长在浪漪漪。人间荣谢不回首，千载波涛丧色丝。"④周昙《后汉门·曹娥》："心摧目断哭江濆，窥浪无踪日又昏。不入重泉寻水底，此生安得见沈魂。"⑤

三、寺观

（一）国清寺

《嘉定赤城志》卷二八《寺院·天台》："景德国清寺，在县北一十里。旧名天台，隋开皇十八年为僧智顗建。先是，顗修禅于此，梦定光告曰：寺若成，国即清。大业中，遂改名国清。李邕记所谓应运题寺是也。唐会昌中废。大中五年重建。加大中。（额乃柳公权所书）国朝景德二年改今额。……寺左右有五峰双涧，号四绝之一。上有三贤堂，锡杖泉，香积厨有歌罗大神像。寺前有新罗园，唐新罗僧悟空所基。东南有祥云峰，拾得岩，东有清音亭。其最高处有更好堂。寺后岩有瀑布，循涧而上，尤为奇胜。僧徒虑人至，植丛棘以障之。"⑥《天台山全志》卷九《古迹》："天台佛，大中国清之寺，唐大中五年重建国清寺，散骑常侍柳公权书'大中国清之寺'六字，又'天台佛'三字。"⑦《国清寺志》第十章《大事记》："唐大中五年（851 年），宣宗下诏重兴寺刹，住持清观募资重建。宣宗加赐国清寺额，诏散骑常侍柳公权书'大中国清之寺'。"⑧

刘长卿有《送台州李使君兼寄题国清寺》诗云："露冕新承明主恩，山城别是武陵源。花间五马时行县，山外千峰常在门。晴江洲渚带春草，古寺杉松深暮猿。知

①　[清]彭定求：《全唐诗》卷八三七，中华书局 1960 年版，第 9433 页。
②　[清]彭定求：《全唐诗》卷一四八，中华书局 1960 年版，第 1513 页。
③　[清]彭定求：《全唐诗》卷五五〇，中华书局 1960 年版，第 6368 页。
④　陈尚君：《全唐诗补编》续拾卷二八，中华书局 1992 年版，第 1095 页。
⑤　[清]彭定求：《全唐诗》卷七二九，中华书局 1960 年版，第 8357 页。
⑥　[宋]陈耆卿：《嘉定赤城志》卷二八，《宋元方志丛刊》第 7 册，中华书局 1990 年版，第 7496—7497 页。
⑦　[清]张联元：《天台山全志》卷九，上海古籍出版社 2016 年版，第 510 页。
⑧　丁天魁：《国清寺志》，华东师范大学出版社 2009 年版，第 461 页。

到应真飞锡处,因君一想已忘言。"①皎然《送德守二叔侄上人还国清寺觐师》:"道贤齐二阮,俱向竹林归。古偈穿花线,春装卷叶衣。僧墟回水寺,佛陇启山扉。爱别吾何有,人心强有违。"②杜荀鹤《送僧归国清寺》:"吟送越僧归海涯,僧行浑不觉程赊。路沿山脚潮痕出,睡倚松根日色斜。撼锡度冈猿抱树,挈瓶盛浪鹭翘沙。到参禅后知无事,看引秋泉灌藕花。"③皮日休《寄题天台国清寺齐梁体》:"十里松门国清路,饭猿台上菩提树。怪来烟雨落晴天,元是海风吹瀑布。"④陆龟蒙《寄题天台国清寺齐梁体》:"峰带楼台天外立,明河色近罘罳湿。松间石上定僧寒,半夜楢溪水声急。"⑤刘昭禹《冬日暮国清寺留题》:"天台山下寺,冬暮景如屏。树密风长在,年深像有灵。高钟疑到月,远烧欲连星。因共真僧话,心中万虑宁。"⑥

(二)沃洲山禅院

《嘉泰会稽志》卷八"新昌县":"沃洲真觉院,在县东四十里。方新昌未为县时,在剡县南三十里。居沃洲之阳,天姥之阴,南对天台山之华顶、赤城,北对四明山之金庭、石鼓,西北有支遁养马坡、放鹤峰,东南有石桥溪,溪源出天台石桥,故以为名。晋白道猷、竺法潜、支道林、乾、兴、渊、支、道、开、威、蕴、崇、实、光、诚、斐、藏、济、度、逞、印皆尝居焉。会昌废。大中二年,有头陀白寂然来游,恋恋不能去。廉使元微之始为卜筑。白乐天为作记,以为'东南山水,越为首,剡为面,沃洲、天姥为眉目',其称之如此。旧名真封寺,不知其始,治平三年赐今额。"⑦

有关沃洲山的诗文,最为著名者是白居易的《沃洲山禅院记》。夏,沃洲山禅僧寂然遣门徒常赟至洛阳,请河南尹白居易撰《沃洲山禅院记》。该记记其撰写缘起云:"大和二年春,有头陀僧白寂然来游兹山,见道猷、支、竺遗迹,泉石尽在,依依然如归故乡,恋不能去。时浙东廉使元相国闻之,始为卜筑,次廉使陆中丞知之,助其缮完。三年而禅院成,五年而佛事立。……六年夏,寂然遣门徒僧常赟自剡抵洛,持书与图,诣从叔乐天乞为禅院记云。"⑧按,大和六年(832)白居易为河南尹,在洛阳。该记叙写沃州山的环境:"沃洲山在剡县南三十里,禅院在沃洲山之阳,天姥岑

① [清]彭定求:《全唐诗》卷一五一,中华书局1960年版,第1570页。
② [清]彭定求:《全唐诗》卷八一九,中华书局1960年版,第9231页。
③ [清]彭定求:《全唐诗》卷六九二,中华书局1960年版,第7969页。
④ [清]彭定求:《全唐诗》卷六一五,中华书局1960年版,第7099页。
⑤ [清]彭定求:《全唐诗》卷六二八,中华书局1960年版,第7214页。
⑥ [清]彭定求:《全唐诗》卷七六二,中华书局1960年版,第8646页。
⑦ [宋]施宿:《嘉泰会稽志》卷八,《宋元方志丛刊》第7册,中华书局1990年版,第6854页。
⑧ [清]董诰:《全唐文》卷六七六,中华书局1983年版,第6906页。

之阴。南对天台,而华顶、赤城列焉;北对四明,而金庭、石鼓介焉;西北有支遁岭,而养马坡、放鹤峰次焉;东南有石桥溪,溪出天台石桥,因名焉。其余卑岩小泉,如子孙之从父祖者,不可胜数。东南山水,越为首,剡为面,沃洲、天姥为眉目。"叙写沃洲山的人物:"夫有非常之境,然后有非常之人栖焉。晋宋以来,因山洞开,厥初有罗汉僧西天竺人白道猷居焉,次有高僧竺法潜、支道林居焉,次又有乾、兴、渊、支、遁、开、威、蕴、崇、实、光、识、裴、藏、济、度、逞、印凡十八僧居焉,高士名人有戴逵、王洽、刘恢、许元度、殷融、郗超、孙绰、桓彦表、王敬仁、何次道、王文度、谢长霞、袁彦伯、王蒙、卫玠、谢万石、蔡叔子、王羲之凡十八人,或游焉,或止焉。"叙写沃洲山的诗歌:"故道猷诗云:'连峰数千里,修林带平津。茅茨隐不见,鸡鸣知有人。'谢灵运诗云:'暝投剡中宿,明登天姥岑。高高入云霓,还期安可寻。'盖人与山相得于一时也。自齐至唐,兹山浸荒,灵境寂寥,罕有人游。故词人朱放诗云:'月在沃洲山上,人归剡县江边。'刘长卿诗云:'何人住沃洲。'此皆爱而不到者也。"[1]这篇记文,将诗、境、人融为一体,成为浙东唐诗之路诗文中艺术成就达到巅峰的作品。

最早吟咏沃洲山禅院的诗歌是魏徵的《宿沃洲山寺》,诗云:"崆峒山叟到江东,荷杖来寻支遁踪。马迹几经青草没,仙坛依旧白云封。一声清磬海边月,十里香风涧底松。何代沃洲今夜兴,倚杖来听赤城钟。"[2]但这首诗的真伪值得怀疑,因为魏徵的时代似乎难以出现这样严整的七言律诗。《舆地纪胜》卷四引此诗后四句,题作者为"魏徵"。中唐耿湋《登沃洲山》诗云:"沃州初望海,携手尽时髦。小暑开鹏翼,新篁长鹭涛。月如芳草远,身比夕阳高。羊祜伤风景,谁云异我曹。"[3]是耿湋在越中游沃洲山之作。

(三)石城寺

石城寺即新昌大佛寺,亦称宝相寺。《嘉泰会稽志》卷八"寺庙·新昌县":"宝相寺在县西南一十里,齐永明中,僧护凿石造弥勒像,建寺号石城。至梁天监十二年,像始成,身高百尺。刘勰作《记》。唐会昌五年,建三层阁,改寺曰瑞像阁。大中祥符元年,赐今额。以岁久倾圮,淳熙元年,僧智高一新之。汉嘉所谓大佛者,高千尺,过此殆十倍,黎阳大佛者,又加大焉。尝亡盗数人,捕不可得,久之乃于佛耳中

---

① [清]董诰:《全唐文》卷六七六,中华书局1983年版,第6906页。
② 陈尚君:《全唐诗补编》续拾卷一,中华书局1992年版,第640页。
③ [清]彭定求:《全唐诗》卷二六八,中华书局1960年版,第2989页。

获之。"①其名为"大佛寺",即因寺内有通高 16.3 米、两膝相距 10.6 米之石弥勒佛得名。

孟浩然有《腊月八日于剡县石城寺礼拜》诗云:"石壁开金像,香山倚铁围。下生弥勒见,回向一心归。竹柏禅庭古,楼台世界稀。夕岚增气色,余照发光辉。讲席邀谈柄,泉堂施浴衣。愿承功德水,从此濯尘机。"②赵嘏《早发剡中石城寺》:"暂息劳生树色间,平明机虑又相关。吟辞宿处烟霞去,心负秋来水石闲。竹户半开钟未绝,松枝静霁鹤初还。明朝一倍堪惆怅,回首尘中见此山。"③张祜《石头城寺》诗云:"山势抱烟光,重门突兀傍。连檐金像阁,半壁石龛廊。碧树丛高顶,清池占下方。徒悲宦游意,尽日老僧房。"④尹占华《张祜诗集校注》以为诗题应作"石城寺"⑤,应为是。

第三节 唐代浙东诗歌的艺术个性

一、山水美景的呈现

浙东唐诗之路,是中国山水诗发展的渊源地和繁盛地。浙东唐诗之路能形成自己的特色,也是因山水之美以及诗歌对于这种山水之美的呈现。

中国山水诗最为发达的时期是唐代,尤其是盛唐时期。盛唐时期的大诗人很多都漫游过浙东,李白、杜甫、孟浩然是其代表者。即使没有漫游过浙东的大诗人如王维、高适、岑参,也有不少关于浙东的诗作。他们或送友赴官,或与人赠别,想象浙东山水之美,犹如仙境。李白最向往浙东,他出川以后东下,目的就是浙东山水。其《秋下荆门》诗云:"霜落荆门烟树空,布帆无恙挂秋风。此行不为鲈鱼鲙,自爱名山入剡中。"李白来浙东,志在浙东山水,不在美食,而是自爱名山,仰慕剡中。李白沿江东下,再沿运河南下,度会稽,溯剡溪,一直到天台山。甚至其漫游浙东,前后四次,写下了众多优美的诗章,最著名者有《梦游天姥吟留别》等。李白还有《琼台》诗云:"龙楼凤阙不肯住,飞腾直欲天台去。碧玉连环八面山,山中亦有行人路。青衣约我游琼台,琪木花芳九叶开。天风飘香不点地,千片万片绝尘埃。我来正当重

---

① [宋]施宿:《嘉泰会稽志》卷八,《宋元方志丛刊》第 7 册,中华书局 1990 年版,第 6853 页。
② [清]彭定求:《全唐诗》卷一六〇,中华书局 1960 年版,第 1663 页。
③ [清]彭定求:《全唐诗》卷五四九,中华书局 1960 年版,第 6350 页。
④ [清]彭定求:《全唐诗》卷五一〇,中华书局 1960 年版,第 5818 页。
⑤ 尹占华:《张祜诗集校注》卷二,上海古籍出版社 2020 年版,第 106 页。

九后,笑把烟霞俱抖擞。明朝指袖出紫微,壁上龙蛇空自走。"①浙东之地,很大程度上因为李白的漫游而名扬天下,李白在浙东留的痕迹也最多。当然,李白的漫游有他的目的,既是因热爱山水,更在于学道求仙。

杜甫漫游浙东,主要体现他的壮游诗当中:"枕戈忆勾践,渡浙想秦皇。蒸鱼闻匕首,除道哂要章。越女天下白,鉴湖五月凉。剡溪蕴秀异,欲罢不能忘。归帆拂天姥,中岁贡旧乡。"②这里重点讲三个方面:一是越女,重点说会稽;二是剡溪,感受其"秀异";三是天姥,这是杜甫南游的终点,也说明唐代诗人对于天姥山的独钟,不独是李白有《梦游天姥吟留别》诗。尤其是"越女天下白,鉴湖五月凉",这两句是写越州也就是现在绍兴人与景的最出色也是最精练的句子。可见越州的山水人物令杜甫流连忘返。他在这次漫游越中后,即要回到旧乡参加科举考试。惜其游历越中的诗篇并没有流传下来。杜甫后来作《解闷十二首》之一云:"商胡离别下扬州,忆上西陵古驿楼。为问淮南米贵贱,老夫乘兴欲东游。"③是对曾经南游的美好回忆,其中最重要的地方就是浙东和扬州。

孟浩然漫游浙东,开元十七年(729)从洛阳出发,沿运河经谯县,南渡江,入浙西,其名篇《宿建德江》就是在浙西所作:"移舟泊烟渚,日暮客愁新。野旷天低树,江清月近人。"④进入浙东后,泛镜湖,游云门寺,过若耶溪,观浙江潮,赴天台,再云乐城(乐清),至温州。孟浩然《舟中晚望》诗云:"挂席东南望,青山水国遥。舳舻争利涉,来往任风潮。问我今何去,天台访石桥。坐看烟霞晚,疑是赤城标。"⑤孟浩然《渡浙江问舟中人》诗云:"潮落江平未有风,扁舟共济与君同。时时引领望天末,何处青山是越中。"⑥这首诗通过问答以描写山水。首句点明"渡浙江",言潮落江平,尚未有风,是渡江的最佳时刻,也透露出作者喜悦的心情;第二句说与舟中人共济,这是一种同舟共济的机缘,作者突出地表现出来,偶然的机缘蕴涵着真挚的情感,"君"指与作者一起渡江的舟中人,而非"舟子"。第三句就"济"字转折,"天末"指天边,即很远的地方,这句言心中想越,故引颈而望,"时时"见望之勤,"天末"见望之远,突出地表现出诗人对越中山水盼望之急切。第四句以问作结,说江上青山

---

① 安祖朝编注:《天台山唐诗总集》,浙江古籍出版社 2018 年版,第 140 页。
② [清]彭定求:《全唐诗》卷二二二,中华书局 1960 年版,第 2358 页。
③ [清]彭定求:《全唐诗》卷二三〇,中华书局 1960 年版,第 2517 页。
④ [清]彭定求:《全唐诗》卷一六〇,中华书局 1960 年版,第 1668 页。
⑤ [清]彭定求:《全唐诗》卷一六〇,中华书局 1960 年版,第 1652 页。
⑥ [清]彭定求:《全唐诗》卷一六〇,中华书局 1960 年版,第 1669 页。

无数,未知越山在于何处,因指山以问舟子,"青山"二字冠以"何处"二字,"越中"二字冠以"是"字,使题中"问"字不着痕迹,但写出神理。

贺知章《晓发》诗云:"江皋闻曙钟,轻枻理还舼。海潮夜约约,川露晨溶溶。始见沙上鸟,犹埋云外峰。故乡杳无际,明发怀朋从。"①据末联"故乡杳无际"语,应是贺知章初离家乡时所作。贺知章为越州永兴人,诗当为他离开家乡乘船到达西陵渡口即将过江时所作。诗写"江皋""海潮""川露""沙鸟"都与钱塘江拂晓的景色吻合。贺知章的《咏柳》诗,应该是吟咏江南家乡之柳:"碧玉妆成一树高,万条垂下绿丝绦。不知细叶谁裁出,二月春风似剪刀。"②这首诗是写景诗的佳制。前两句用"碧玉"形容柳树如同玉石般鲜嫩、青翠的光泽,集中描写足以代表柳树特征的茂密、轻柔、下垂的柳枝,让人仿佛看到了柳枝随风飘拂的样子。后两句着重描写柳树的嫩叶,但用了设问句表现细细的柳叶是春风剪裁出来的杰作。全诗通过一株柳树,写出了整个江南的春天。

一些诗人酬唱交往的诗篇也表现出浙东独特的山水美景,如诗人崔国辅任山阴县尉时,大诗人孟浩然漫游吴越,宿永嘉江寄诗于崔国辅,有《宿永嘉江寄山阴崔国辅少府》:"我行穷水国,君使入京华。相去日千里,孤帆天一涯。卧闻海潮至,起视江月斜。借问同舟客,何时到永嘉。"③孟浩然宿浙东永嘉江时,正逢崔国辅奉使入京,故投诗寄赠。首联点明宿永嘉江缘由在于水国漫游;颔联接着写在永嘉江远行之事,同时景中寓情,表现二人难以见面的惆怅;颈联以"海潮""江月"对举,从切身体会中感受永嘉江夜景,人与物已经合而为一;尾联以"借问"落笔,表达对于到达永嘉的期待。孟浩然又有《江上寄山阴崔少府国辅》诗:"春堤杨柳发,忆与故人期。草木本无意,荣枯自有时。山阴定远近,江上日相思。不及兰亭会,空吟被禊诗。"④诗人春行江上,正逢杨柳初发,引起对于故人的思念。接着以草木荣枯应时表现人与自然融合的感受。后面四句表现对于崔国辅的深情,而这些诗又与"山阴""江上"的山水风景融为一体。最后感叹自己没有赶上兰亭聚会,曲水题诗,只好追忆这样的不朽盛事。王昌龄有《同从弟销南斋玩月忆山阴崔少府》诗:"高卧南斋时,开帷月初吐。清晖淡水木,演漾在窗户。苒苒几盈虚,澄澄变今古。美人清

---

① [清]彭定求:《全唐诗》卷一一二,中华书局 1960 年版,第 1145 页。
② [清]彭定求:《全唐诗》卷一一二,中华书局 1960 年版,第 1147 页。
③ [清]彭定求:《全唐诗》卷一六〇,中华书局 1960 年版,第 1634 页。
④ [清]彭定求:《全唐诗》卷一六〇,中华书局 1960 年版,第 1635 页。

江畔,是夜越吟苦。千里其如何,微风吹兰杜。"①这首诗王昌龄由赏月而想到离别的好友,又因见到月亮的阴晴圆缺,感到人生聚散的无常以及古今世事的变迁。前四句写玩月,地点在南斋,扣紧诗题。五六句承上玩月而兴感。七八句转入忆山阴崔少府。"是夜越吟苦"是推想崔少府也在山阴忆念自己,这是表达友情的更深一层手法。最后二句结合南斋越地,将二人的感情通过微风吹动兰杜的香气紧密联系起来。全诗因景抒情,由月生感,怀之之情,深沉真挚。三首有关崔国辅诗合在一起阅读,可以体味出在优美的越中山水之中诗人情怀的蕴藉。

二、隐逸情怀的流露

浙东优美的山水,吸引了很多诗人隐居于此,甚至终老于此。这些诗人,或忘情山水,与大自然合而为一;或怀才不遇,现实中无法排遣郁结,故而追求世外的生活;或置身官场,然秉性清高,过着亦官亦隐的生活。他们把性情融于山水之中,把山水融于生活之中,发之于诗,体现出浙东诗歌独有的情调。下面我们略举几位隐居诗人作为代表加以说明。

秦系,字公绪,越州会稽人。天宝末,携带妻儿到剡溪避乱,自号东海钓客。当地州郡多次征辟,皆不就。德宗贞元四年(788),秦系已经年过六旬,徐州节度使张建封奏请德宗,就加"校书郎",实际并未赴任。他的诗主要写山居之乐与对大自然的感受,我们举其《晚秋拾遗朱放访山居》为例:"不逐时人后,终年独闭关。家中贫自乐,石上卧常闲。坠栗添新味,寒花带老颜。侍臣当献纳,那得到空山。"②

严维,字正文,越州山阴人。屡试不第,到至德二年(584)才进士及第。但他心恋家山,无意仕进,隐居剡溪。四十余岁出任诸暨尉,后又为余姚令,官终书秘书郎。他的一生基本上是隐居浙东的一生。早年曾短期隐居桐庐。与刘长卿等中唐诗人相友善。他的诗歌也以隐居时所写山水为主。如《酬刘员外见寄》诗有"药补清赢疾,窗吟绝妙词。柳塘春水慢,花坞夕阳迟"③之语,《秋夜船行》诗云:"扁舟时属暝,月上有余辉。海燕秋还去,渔人夜不归。中流何寂寂,孤棹也依依。一点前村火,谁家未掩扉。"④严维与中唐诗僧多有交游,这样也就促使他写诗更为接近世外的生活。如与灵一的交游,严维有《一公新泉》诗,刘长卿亦有《和灵一上人新

---

① [清]彭定求:《全唐诗》卷一四〇,中华书局 1960 年版,第 1425 页。
② [清]彭定求:《全唐诗》卷二六〇,中华书局 1960 年版,第 2895 页。
③ [清]彭定求:《全唐诗》卷二六三,中华书局 1960 年版,第 2914 页。
④ [清]彭定求:《全唐诗》卷二六三,中华书局 1960 年版,第 2925 页。

泉》,是三位诗人同咏新泉,灵一死后,严维还作《哭灵一上人》诗,称赞其"经论传缁侣,文章遍墨卿"①。与灵澈的交游,刘禹锡《澈上人文集纪》记载:"从越客严维学为诗,遂籍籍有闻。"②皎然《与包中丞书》云:"有会稽沙门灵澈,年三十有六,知其有文十余年,而未识之。此则闻于故秘书郎严维随州刘使君长卿前殿中皇甫侍御曾,尝所称耳。"③《嘉泰会稽志》亦载:"灵澈上人,字源澄,汤氏子。虽受经论,尤好篇章,从严维学诗。"④与清江的交游,清江有《宿严维宅简章八元》《早发陕州途中赠严秘书》《喜严侍御蜀还赠严秘书》诗三首。

方干,字雄飞,睦州桐庐人。应举不第后,终身不仕,过着隐居生活,而其隐居地点大多在会稽的镜湖,故镜湖的风景就是他吟咏的主要对象,也是他借以托志的处所。《嘉泰会稽志》卷一四称:"(方干)隐于会稽,渔于镜湖,萧然山水间,以诗自放。"⑤《唐才子传·方干传》:"举进士不第,隐居镜湖中。湖北有茅斋,湖西有松岛,每风清月明,推稚子邻叟,轻棹往还,甚惬素心。所住水木幽阒,一草一花,俱能留客。家贫,蓄古琴,行吟醉卧以自娱。"⑥会稽的山水都成了隐冶性情的场所,也是逍遥自由的心灵驰骋的空间。对于越州的景物,他从使院环境,到朋友的居所,都留心题咏。《题越州袁秀才林亭》云:"清邃林亭指画开,幽岩别派像天台。坐牵蕉叶题诗句,醉触藤花落酒杯。白鸟不归山里去,红鳞多自镜中来。终年此地为吟伴,早起寻君薄暮回。"⑦他的诗集中描写镜湖,《湖北有茅斋湖西有松岛轻棹往返颇谐素心因成四韵》:"湖北湖西往复还,朝昏只处自由间。暑天移榻就深竹,月夜乘舟归浅山。绕砌紫鳞欹枕钓,垂檐野果隔窗攀。古贤暮齿方如此,多笑愚儒鬓未斑。"⑧《鉴湖西岛言事》:"慵拙幸便荒僻地,纵听猿鸟亦何愁。偶斟药酒欺梅雨,却著寒衣过麦秋。岁计有时添橡实,生涯一半在渔舟。世人若便无知己,应向此溪成白头。"⑨《初归镜中寄陈端公》:"去岁离家今岁归,孤帆梦向鸟前飞。必知芦笋侵沙井,兼被藤花占石矶。云岛采茶常失路,雪龛中酒不关扉。故交若问逍遥事,玄

① [清]彭定求:《全唐诗》卷二六三,中华书局1960年版,第2921页。
② [唐]董诰:《全唐文》卷六〇五,中华书局1983年版,第6114页。
③ [清]董诰:《全唐文》卷九一七,中华书局1983年版,第9553页。
④ [宋]陈耆卿:《嘉泰会稽志》卷一五,《宋元方志丛刊》第7册,中华书局1990年版,第7007页。
⑤ [宋]陈耆卿:《嘉泰会稽志》卷一四,《宋元方志丛刊》第7册,中华书局1990年版,第6986页。
⑥ 傅璇琮主编:《唐才子传校笺》卷七,中华书局1995年版,第372—373页。
⑦ [清]彭定求:《全唐诗》卷六五一,中华书局1960年版,第7478页。
⑧ [清]彭定求:《全唐诗》卷六五〇,中华书局1960年版,第7470页。
⑨ [清]彭定求:《全唐诗》卷六五〇,中华书局1960年版,第7470页。

冕何曾胜苇衣。"①《镜中别业二首》:"寒山压镜心,此处是家林。梁燕窥春醉,岩猿学夜吟。云连平地起,月向白波沈。犹自闻钟角,栖身可在深。""世人如不容,吾自纵天慵。落叶凭风扫,香粳倩水春。花期连郭雾,雪夜隔湖钟。身外无能事,头宜白此峰。"②

三、江南风物的吟咏

浙东唐诗的一大特色是对于江南风物的吟咏,无论是浙东本土诗人,还是做官、漫游、退隐、贬谪此地的诗人,他们大都对于江南风物情有独钟,并且表现在诗歌当中。集中描写江南风物诗歌的代表作是《状江南十二咏》组诗,这在本书的第三章有专门的论述。本章选取五种特定的江南风物加以分析。

(一)梅

梅是江南最典型的风物,浙东诗歌涉及梅者较多。宋之问《游法华寺》诗云:"寒谷梅犹浅,温庭橘未华。"③描写的是越州法华寺之梅初开之况。宋之问《春湖古意》其一云:"院梅发向尺,园鸟复成曲。落日游南湖,果掷颜如玉。"④孙逖《宴越府陈法曹西亭》诗云:"公府西岩下,红亭间白云。雪梅初度腊,烟竹稍迎曛。水木涵澄景,帘栊引雾氛。江南归思逼,春雁不堪闻。"⑤描写越州西亭腊月刚过蜡梅仍开之景。李白《叙旧赠江阳宰陆调》:"江北荷花开,江南杨梅熟。……多沽新丰醁,满载剡溪船。"⑥描写的是江南杨梅初熟与江北荷花盛开同时,相互映衬。崔颢《舟行入剡》:"山梅犹作雨,溪橘未知霜。"⑦梅雨是江南的季节特点,崔颢入剡之时正逢梅雨季节,故有此作。刘长卿《酬秦系》:"家空归海燕,人老发江梅。"⑧描写秦系隐居之况,隐居之人家徒四壁,只有海燕归来,增添一景,隐居山中孤身寂寞,欣逢江梅初发,引以为伴。元稹《寄浙西李大夫四首》其一云:"柳眼梅心渐欲春,白头西望忆何人。"⑨春天将至,"柳眼梅心"是江南最宜人的景色,此时忆念友人,心情更显真挚。李绅《新楼诗二十首》第四首《杜鹃楼》:"早梅昔待佳人折,好月谁将老子

---

① [清]彭定求:《全唐诗》卷六五一,中华书局 1960 年版,第 7479 页。
② [清]彭定求:《全唐诗》卷六四八,中华书局 1960 年版,第 7443 页。
③ [清]彭定求:《全唐诗》卷五三,中华书局 1960 年版,第 652 页。
④ [清]彭定求:《全唐诗》卷五一,中华书局 1960 年版,第 623 页。
⑤ [清]彭定求:《全唐诗》卷一一八,中华书局 1960 年版,第 1192 页。
⑥ [清]彭定求:《全唐诗》卷一六九,中华书局 1960 年版,第 1744 页。
⑦ [清]彭定求:《全唐诗》卷一三〇,中华书局 1960 年版,第 1330 页。
⑧ [清]彭定求:《全唐诗》卷一四七,中华书局 1960 年版,第 1488 页。
⑨ [清]彭定求:《全唐诗》卷四一七,中华书局 1960 年版,第 4602 页。

同。惟有此花随越鸟,一声啼处满山红。"①将早梅与佳人对举,以状越州杜鹃楼的早春景象,从而衬托杜鹃的茂盛。李敬方《天台晴望》:"天台十二旬,一片雨中春。林果黄梅尽,山苗半夏新。"②描写黄梅季节的天台山景,雨中春色,清新宜人。曹松《客中立春》:"腊尽星回次,寒余月建寅。梅花将柳色,偏思越乡人。"③立春时节,梅花柳色是越乡最宜人的风景,而曹松客中相逢,更表现对于越乡友人的思念。

(二)柳

柳是遍布江南山水之中最亮丽的风景,碧波荡漾的江水、湖水、池水,辉映着婀娜多姿的垂柳。翠柳无尽地依恋于江南,江南也在翠柳的装点下显得妩媚多姿。唐代诗人的浙东吟咏,柳便成为重要对象。

孙逖《山阴县西楼》诗云:"谁知春色朝朝好,二月飞花满江草。一见湖边杨柳风,遥忆青青洛阳道。"④山阴二月飞花,春色满眼,湖边杨柳拂面,不禁令人萌发乡思。秦系《春日闲居三首》其一:"一似桃源隐,将令过客迷。碍冠门柳长,惊梦院莺啼。"⑤秦系隐居之所如同桃源仙境,能令过客着迷忘返者是门前碍冠的柳树与啼鸣的黄莺。刘长卿《酬秦系》:"家空归海燕,人老发江梅。最忆门前柳,闲居手自栽。"⑥则突出门前之柳是亲自栽种,较之海燕与江梅,显得更为亲切。刘长卿《送朱山人放越州贼退后归山阴别业》:"越州初罢战,江上送归桡。南渡无来客,西陵自落潮。空城垂故柳,旧业废春苗。闾里相逢少,莺花共寂寥。"⑦这里咏柳的情境不同,是因为在战乱之后,故而呈现出"空城垂故柳,旧业废春苗"的衰败景象。戴叔伦《越溪村居》诗云:"黄雀数声催柳变,清溪一路踏花归。"⑧通过柳色以表现季节的变化,表现出村居的闲适自得。许浑《泛五云溪》:"佛庙千岩里,人家一岛中。鱼倾荷叶露,蝉噪柳林风。"⑨五云溪即若耶溪,岛中风景,别有洞天。游鱼翻动着荷叶,蝉声响彻于柳林。这两句明显出于南朝王籍的《入若耶溪》"蝉噪林逾静,鸟鸣山更幽",更融入了荷与柳的意象,更切若耶溪的风景。赵嘏《送剡客》:"扁舟几

---

① [清]彭定求:《全唐诗》卷四八一,中华书局 1960 年版,第 5476 页。
② [清]彭定求:《全唐诗》卷五〇八,中华书局 1960 年版,第 5774 页。
③ [清]彭定求:《全唐诗》卷八八六,中华书局 1960 年版,第 10011 页。
④ [清]彭定求:《全唐诗》卷一一八,中华书局 1960 年版,第 1187 页。
⑤ [清]彭定求:《全唐诗》卷二六〇,中华书局 1960 年版,第 2897 页。
⑥ [清]彭定求:《全唐诗》卷一四七,中华书局 1960 年版,第 1488 页。
⑦ [清]彭定求:《全唐诗》卷一四七,中华书局 1960 年版,第 1489 页。
⑧ [清]彭定求:《全唐诗》卷二七三,中华书局 1960 年版,第 3092 页。
⑨ [清]彭定求:《全唐诗》卷五三七,中华书局 1960 年版,第 6128 页。

处逢溪雪,长笛何人怨柳花。"①一反"羌笛何须怨杨柳"的意象,赋予剡中柳花以清丽明朗的特征,与"扁舟""溪雪"相映,使得剡溪冬日更令人向往。方干《路入剡中作》:"波涛漫撼长潭月,杨柳斜牵一岸风。"②剡溪边春日来临,杨柳扶岸,在微风的吹拂下,枝条倾斜,妩媚旖旎。这句诗很有名,常被后人袭用,徐铉《春分》有"柳岸斜风带客归",宋人王珪《宫词》有"杨柳丝牵两岸风",宋释绍嵩《散策》有"杨柳斜牵一岸风,驿楼高倚外阳东"。

吟咏柳树最著名的诗篇还要数严维的《酬刘员外见寄》,诗云:"苏耽佐郡时,近出白云司。药补清羸疾,窗吟绝妙词。柳塘春水漫,花坞夕阳迟。欲识怀君意,明朝访楫师。"③"柳塘春水漫,花坞夕阳迟"描写江南风和日丽之景,如在目前。这两句诗成为后世诗评家关注的对象。欧阳修《六一诗话》云:"余曰:'语之工者固如是。状难写之景,含不尽之意,何诗为然?'圣俞曰:'作者得于心,览者会以意,殆难指陈以言也。虽然,亦可略道其仿佛,若严维"柳塘春水漫,花坞夕阳迟",则天容时态,融和骀荡,岂不如在目前乎?'"④清吴乔《答万季野诗问》云:"如严维之'柳塘春水漫,花坞夕阳迟',哀乐之意宛然,斯尽善矣!"⑤

（三）莲

说到咏莲花,首先会想到王勃描写江南风物的《采莲曲》。诗云:

> 采莲归,绿水芙蓉衣。秋风起浪凫雁飞,桂棹兰桡下长浦,罗裙玉腕摇轻橹。叶屿花潭极望平,江讴越吹相思苦。相思苦,佳期不可驻。塞外征夫犹未还,江南采莲今已暮。今已暮,采莲花。今渠那必尽娼家。官道城南把桑叶,何如江上采莲花。莲花复莲花,花叶何重叠。叶翠本羞眉,花红强如颊。佳人不兹期,怅望别离时。牵花怜共蒂,折藕爱连丝。故情何处所,新物徒华滋。不惜南津交佩解,还羞北海雁书迟。采莲歌有节,采莲夜未歇。正逢浩荡江上风,又值徘徊江上月。莲浦夜相逢,吴姬越女何丰茸!共问寒江千里外,征客关山更几重?⑥

---

① ［清］彭定求:《全唐诗》卷五四九,中华书局1960年版,第6355页。
② ［清］彭定求:《全唐诗》卷六二二,中华书局1960年版,第7488页。
③ ［清］董诰:《全唐文》卷二六三,中华书局1983年版,第2914页。
④ ［宋］欧阳修:《六一诗话》,凤凰出版社2003年版,第6页。
⑤ 丁福保:《清诗话》,中华书局1963年版,第33—34页。
⑥ ［清］彭定求:《全唐诗》卷二一,中华书局1960年版,第279页。

　　王勃曾在年少时漫游浙东,留下《越州永兴李明府宅送萧三还齐州序》《越州秋日宴山亭序》两篇序文。相互比照,王勃《采莲曲》应该是在越州所作。这首诗用乐府旧题,写一位采莲女子思念征夫的心情,诗中描写江南莲花盛开的景象与采莲女华丽、漂亮的服饰相互映衬,呈现出江南的大好风光。诗中"秋风起浪凫雁飞""叶屿花潭极望平"写的是秋景,"桂棹兰桡下长浦,罗裙玉腕摇轻橹"景中又浮现出亮丽的人影。"莲花复莲花,花叶何重叠。叶翠本羞眉,花红强如颊。"专写荷花与荷叶,处处又将采莲女寓于其中,全诗将莲与人融而为一,成为初唐诗歌的名篇佳制。有关采莲曲,本书第二章将辟出专节研究。

　　盛唐诗人李白描写浙东莲花的诗篇不少,我们列举三首,其《采莲曲》诗云:"若耶溪傍采莲女,笑隔荷花共人语。日照新妆水底明,风飘香袂空中举。岸上谁家游冶郎,三三五五映垂杨。紫骝嘶入落花去,见此踟蹰空断肠。"[1]李白《子夜吴歌四首》其二:"镜湖三百里,菡萏发荷花。五月西施采,人看隘若邪。回舟不待月,归去越王家。"[2]李白《对酒忆贺监》其二云:"狂客归四明,山阴道士迎。敕赐镜湖水,为君台沼荣。人亡余故宅,空有荷花生。"[3]第一首直接描写越州若耶溪畔的采莲情景,荷花明艳,采莲姑娘春风满面,与荷花共笑。清澈的溪水,倒映着浓艳的新妆,拂面的微风,吹拂着香气袭人的衣袖,呈现出一幅绚丽的江南采莲图。后半部分以对岸游冶郎的行动与感受衬托出采莲姑娘娇艳美丽、清新脱俗的形象。第二首首先描写镜湖的荷花,前两句是总写,表现出三百里镜湖荷花盛开、一片繁花的景象。接着引出采花之人西施,实际上这里的西施已经成为江南采莲女的代言。由西施突出了若耶溪的莲花,又有"隘"字与前面"三百里"对比,以表现西施采莲引人围观的场景。最后写采莲还没有等到月出就"归去越王家",对于西施后来的遭遇没有直接描写,给读者留下想象的余地。第三首对于贺知章的凭吊,最后以贺宅荷花再发表现物是人非之感。

　　唐代诗人描写浙东莲花的诗句还有不少,今略举如下。王维《皇甫岳云溪杂题五首》《莲花坞》:"日日采莲去,洲长多暮归。弄篙莫溅水,畏湿红莲衣。"[4]《鸬鹚堰》:"乍向红莲没,复出清蒲扬。独立何褵褷,衔鱼古查上。"[5]孙逖《同邢判官寻龙

---

①　[清]彭定求:《全唐诗》卷一六三,中华书局1960年版,第1693页。

②　[清]彭定求:《全唐诗》卷二一,中华书局1960年版,第264页。

③　[清]彭定求:《全唐诗》卷一八二,中华书局1960年版,第1859页。

④　[清]彭定求:《全唐诗》卷一二八,中华书局1960年版,第1302页。

⑤　[清]彭定求:《全唐诗》卷一二八,中华书局1960年版,第1302页。

湍观归湖中》诗云:"更从探穴处,还作棹歌行。丝管荷风入,帘帷竹气清。"①皎然《送稟上人游越》:"折荷为片席,洒水净方袍。剡路逢禅侣,多应问我曹。"②武元衡《送寇侍御司马之明州》:"地穷沧海阔,云入剡山长。莲唱蒲萄熟,人烟橘柚香。"③施肩吾《遇越州贺仲宣》:"君在镜湖西畔住,四明山下莫经春。门前几个采莲女,欲泊莲舟无主人。"④《花严寺松潭》联句严维诗云:"晚荷交乱影,疏竹引轻阴。"⑤李端有《宿兴善寺后堂池》诗云:"野客如僧静,新荷共水平。"⑥许浑《泛五云溪》诗云:"鱼倾荷叶露,蝉噪柳林风。"⑦方干《越中言事二首》其一云:"香起荷湾停棹饮,丝垂柳陌约鞭行。"⑧张籍《送朱庆馀及第归越》诗云:"湖声莲叶雨,野气稻花风。"⑨章孝标《思越州山水寄朱庆馀》诗云:"藕折莲芽脆,茶挑茗眼鲜。"⑩杜荀鹤有《送友游吴越》诗云:"去越从吴过,吴疆与越连。有园多种橘,无水不生莲。"⑪

(四)茶

江南是我国主要的产茶区域,浙东更是产茶胜地,名茶就有大佛龙井、开化龙顶、武阳春雨、松阳银猴、宁海望海茶等。

唐人咏茶诗甚多,最著名者要数皎然《饮茶歌诮崔石使君》所咏"剡溪茗",诗云:

> 越人遗我剡溪茗,采得金牙爨金鼎。素瓷雪色缥沫香,何似诸仙琼蕊浆。一饮涤昏寐,情来朗爽满天地。再饮清我神,忽如飞雨洒轻尘。三饮便得道,何须苦心破烦恼。此物清高世莫知,世人饮酒多自欺。愁看毕卓瓮间夜,笑向陶潜篱下时。崔侯啜之意不已,狂歌一曲惊人耳。孰知茶道全尔真,唯有丹丘得如此。⑫

---

① [清]彭定求:《全唐诗》卷一一八,中华书局 1960 年版,第 1192 页。
② [清]彭定求:《全唐诗》卷八一九,中华书局 1960 年版,第 9236 页。
③ [清]彭定求:《全唐诗》卷三一六,中华书局 1960 年版,第 3555 页。
④ [清]彭定求:《全唐诗》卷四九四,中华书局 1960 年版,第 5607 页。
⑤ 陈尚君辑校《全唐诗补编》续拾卷十七,中华书局 1992 年版,第 908 页。
⑥ [清]彭定求:《全唐诗》卷二八五,中华书局 1960 年版,第 3246—3247 页。
⑦ [清]彭定求:《全唐诗》卷五三七,中华书局 1960 年版,第 6128 页。
⑧ [清]彭定求:《全唐诗》卷六五一,中华书局 1960 年版,第 7475 页。
⑨ [清]彭定求:《全唐诗》卷三八四,中华书局 1960 年版,第 4314 页。
⑩ [清]彭定求:《全唐诗》卷五〇六,中华书局 1960 年版,第 5750 页。
⑪ [清]彭定求:《全唐诗》卷六九一,中华书局 1960 年版,第 7926 页。
⑫ [清]彭定求:《全唐诗》卷八二一,中华书局 1960 年版,第 9260 页。

这里的“崔石使君”是指唐德宗贞元六年(790)前后担任湖州刺史的崔石。皎然与崔石共饮剡溪茗茶时即兴而作此诗。诗的前四句叙说剡溪茗是越人所赠，是采取山中的茶叶嫩芽经过金鼎炒制而成香茗，放在洁白的茶杯中浸泡飘逸出沾齿的沫香，就如同仙人畅饮着花蕊的琼浆玉液。接着描写品饮剡溪茗的三重境界：一饮能够荡涤昏寐，使得神清气爽情满天地；二饮能够清净精神，如同飞雨洒涤轻尘；三饮能够得道全真，不必苦心费破除烦恼。实际上，一饮写出感受，二饮写出境界，三饮写出茶道。通过茶事活动的描写，蕴涵着茶禅一体的韵味。因为这里所说的荡涤昏寐、清净精神、破除烦恼，不仅是饮茶的境界，也是修禅的境界，更是做人的境界。三重境界归结到一起就是“清高”。故而此诗接着就以饮酒对比，衬托出品茶的清高。列举四个案例，一是毕卓因酒废职，二是陶潜嗜酒如命，三是崔侯啜酒无节。这三个人皎然都是否定的。第四位是丹丘子，据《神异记》记载：“余姚人虞洪入山采茗，遇一道士牵三青牛，引洪至瀑布山，曰：‘予丹丘子也。闻子善具饮，常思见惠。山中有大茗可以相给，祈子他日有瓯牺之余，乞相遗也。’因立奠祀。后常令家人入山，获大茗焉。”[①]这就是“丹丘茗”的由来。诗以饮茶得道作为饮茶的最高境界。他的另一首《送许丞还洛阳》诗云：“剡茗情来亦好斟，空门一别肯沾襟。悲风不动罢瑶轸，忘却洛阳归客心。”[②]因为饮斟剡茗而忘却归心，也说明他对剡茗情有独钟。

唐代吟咏浙东茶事之诗甚多，再举数例如下。灵一《妙乐观》：“瀑布西行过石桥，黄精采根还采苗。忽见一人檠茶碗，蓼花昨夜风吹满。”[③]天台名山，黄精、茶叶、蓼花是其精华。秦系《山中赠张正则评事》：“流水闲过院，春风与闭门。山茶邀上客，桂实落前轩。”[④]茶事高雅，邀请上客只有茶才相配。温庭筠《宿一公精舍》诗云：“松下石桥路，雨中山殿灯。茶炉天姥客，棋席剡溪僧。”[⑤]佛寺当中，茶炉与棋席，是修身养性的最佳环境。许浑《送段觉归东阳兼寄窦使君》诗云：“秋茶垂露细，寒菊带霜甘。”[⑥]秋茶滴过露水尤为细嫩，寒菊经霜气滋润更加甘甜。

值得注意的是，张又新《煎茶水记》这部茶学名著，与浙东有着密切的关系。文

① [明]高元濬：《茶乘》卷二，中州古籍出版社2015年版，第1196页。
② [清]彭定求：《全唐诗》卷八一五，中华书局1960年版，第9179页。
③ [清]彭定求：《全唐诗》卷八〇九，中华书局1960年版，第9130页。
④ [清]彭定求：《全唐诗》卷二六〇，中华书局1960年版，第2896页。
⑤ [清]彭定求：《全唐诗》卷五八三，中华书局1960年版，第6759页。
⑥ [清]彭定求：《全唐诗》卷五三一，中华书局1960年版，第6071页。

云："及刺永嘉，过桐庐江，至严子濑，溪色至清。"①其二十水中，第十七水就是"天台山西南峰千丈瀑布水"。考张又新担任温州刺史的时间，吴在庆《增补唐五代文史丛考》有所考证，时间在开成二年(837)。他曾经亲尝天台山西南峰千丈瀑布之水，应该就在开成二年(837)他赴任温州刺史途中。

（五）竹

王羲之《兰亭集序》："此地有崇山峻岭，茂林修竹，又有清流激湍，映带左右，引以为流觞曲水，列坐其次。虽无丝竹管弦之盛，一觞一咏，亦足以畅叙幽情。"②

唐代诗人涉及浙东之竹的吟咏，我们还是先列举李白的《别储邕之剡中》诗加以说明："借问剡中道，东南指越乡。舟从广陵去，水入会稽长。竹色溪下绿，荷花镜里香。辞君向天姥，拂石卧秋霜。"③留别朋友储邕到剡中而作诗，突出剡中的两种风物"竹"和"荷"。竹写竹色，荷写荷花。翠竹扎根于剡溪之边，倒映在水下，荷花盛开在水面之上散发着清香。

诗人孙逖曾经做过山阴县尉，对于山阴之竹情有独钟。其《宴越府陈法曹西亭》诗云："雪梅初度腊，烟竹稍迎曛。"④雪梅经冬过后更显清新，越中的竹林烟雾笼罩，在日落余辉的照耀下更加呈现迷人的景色。《奉和崔司马游云门寺》诗云："系马清溪树，禅门春气浓。香台花下出，讲坐竹间逢。"⑤写的是云门寺禅门之竹，在浓郁的春色里游云门寺，出入于香台与竹间，是畅适之事。《和登会稽山》诗云："仙花寒未落，古蔓柔堪引。竹涧入山多，松崖向天近。"⑥描绘会稽山上花、蔓、竹、松，而竹形成竹碉即竹林环绕的山涧，这样就状出了翠竹茂密，与仙花、古蔓、松崖融为一体的山间景色。

著名诗人吟咏浙东之竹，我们还可以举出更多的实例。孟浩然《腊月八日于剡县石城寺礼拜》："竹柏禅庭古，楼台世界稀。"⑦李颀《送山阴姚丞携妓之任兼寄苏少府》："山阴政简甚从容，到罢惟求物外踪。落日花边剡溪水，晴烟竹里会稽峰。"⑧张子容有《乐城岁日赠孟浩然》诗云："插桃销瘴疠，移竹近阶墀。半是吴风

---

① [清]董诰：《全唐文》卷七二一，中华书局1983年版，第7420页。
② [清]严可均：《全上古三代秦汉三国六朝文·全晋文》卷二十六，中华书局1958年版，第3217页。
③ [清]彭定求：《全唐诗》卷一七四，中华书局1960年版，第1783页。
④ [清]彭定求：《全唐诗》卷一一八，中华书局1960年版，第1192页。
⑤ [清]彭定求：《全唐诗》卷一一八，中华书局1960年版，第1189页。
⑥ [清]彭定求：《全唐诗》卷一一八，中华书局1960年版，第1186页。
⑦ [清]彭定求：《全唐诗》卷一六〇，中华书局1960年版，第1663页。
⑧ [清]彭定求：《全唐诗》卷一三三，中华书局1960年版，第1357—1358页。

俗,仍为楚岁时。"①皎然《题秦系山人丽句亭》:"满院竹声堪愈疾,乱床花片足忘情。"②韦应物《酬秦徵君徐少府春日见寄》:"朗咏竹窗静,野情花径深。那能有余兴,不作剡溪寻。"③李嘉祐《送越州辛法曹之任》:"缘塘剡溪路,映竹五湖村。"④李嘉祐《和袁郎中破贼后经剡县山水上太尉》:"破竹清闽岭,看花入剡溪。"⑤皇甫冉《送王绪剡中》:"不见关山去,何时到剡中。已闻成竹木,更道长儿童。"⑥张籍《送越客》:"见说孤帆去,东南到会稽。春云剡溪口,残月镜湖西。水鹤沙边立,山鼯竹里啼。谢家曾住处,烟洞入应迷。"⑦崔峒《送薛良史往越州谒从叔》诗云:"孤云随浦口,几日到山阴。遥想兰亭下,清风满竹林。"⑧李嘉祐《题道虔上人竹房》:"诗思禅心共竹闲。"道虔上人为大历时会稽诗僧。薛逢《送衢州崔员外》诗云:"红树暗藏殷浩宅,绿萝深覆偃王祠。风茅向暖抽书带,露竹迎风舞钓丝。"⑨

（六）剡藤

剡藤又为溪藤,即剡溪出产之藤所造的纸,诗中或称"剡藤""剡纸""剡硾"。剡纸的特点,张怀瓘《书诀》中有着生动的表现:"剡纸易墨,心圆管直。浆深色浓,万毫齐力。先临告誓,次写《黄庭》。骨丰肉润,入妙通灵。努如直槊,勒若横钉。虚专妥帖,殿斗峥嵘。开张凤翼,耸擢芝英。粗不为重,细不为轻。纤微向背,毫发死生。工之未尽,已擅时名。"⑩唐人舒元舆《悲剡溪古藤文》是今存较早述说剡藤的文章:

> 剡溪上绵四五百里,多古藤,株柿逼土。虽春入土脉,他植发活,独古藤气候不觉,绝尽生意。予以为本乎地者,春到必动,此藤亦本于地,方春且有死色,遂问溪上人。有道者言:溪中多纸工,刀斧斩伐无时,擘剥皮肌,以给其业。噫!藤虽植物者,温而荣,寒而枯,养而生,残而死,亦将似有命于天地间。今为纸工斩伐,不得发生,是天地气力,为人中伤,致一物疵疠之若此。异日过数

① [清]彭定求:《全唐诗》卷一一六,中华书局1960年版,第1176页。
② [清]彭定求:《全唐诗》卷八一七,中华书局1960年版,第9210页。
③ [清]彭定求:《全唐诗》卷一九〇,中华书局1960年版,第1954页。
④ [清]彭定求:《全唐诗》卷二〇六,中华书局1960年版,第2152页。
⑤ [清]彭定求:《全唐诗》卷二〇七,中华书局1960年版,第2161页。
⑥ [清]彭定求:《全唐诗》卷二四九,中华书局1960年版,第2796页。
⑦ [清]彭定求:《全唐诗》卷三八四,中华书局1960年版,第4305页。
⑧ [清]彭定求:《全唐诗》卷二九四,中华书局1960年版,第3345页。
⑨ [清]彭定求:《全唐诗》卷五四八,中华书局1960年版,第6324页。
⑩ 陈尚君辑校:《全唐诗补编》续拾卷十三,中华书局1992年版,第857页。

十百郡,洎东雒西雍,历见言书文者,皆以剡纸相夸。乃窬囊见剡藤之死,职正由此,此过固不在纸工。①

明人孙能传《剡溪漫笔·自述》云:"剡故嵊地,奉化与嵊接壤亦有剡溪,为余家上游。其地多古藤,土人取以作纸,所谓剡溪藤是也。余游走风尘,乃心未尝一日忘剡,服官之暇,时手一编,偶有所得,漫以片纸,笔之剡中纸,录剡中人语,故系之剡溪。"②《浙江通志·物产》引《嵊志》:"剡藤纸名擅天下,式凡五,藤用木椎椎治,坚滑光白者曰硾笺,莹润如玉者曰玉版笺,用南唐澄心堂纸样者曰澄心堂笺,用蜀人鱼子笺法者曰粉云罗笺,造用冬水佳,敲冰为之曰敲冰纸,今莫有传其术者。"③唐宋时期,剡藤为书家文人极其重视,诗歌的吟咏也不断出现。

顾况的《剡纸歌》是全篇吟咏剡纸的佳制:"云门路上山阴雪,中有玉人持玉节。宛委山里禹余粮,石中黄子黄金屑。剡溪剡纸生剡藤,喷水捣后为蕉叶。欲写金人金口经,寄与山阴山里僧。手把山中紫罗笔,思量点画龙蛇出。政是垂头蹋翼时,不免向君求此物。"④诗的前四句点出剡藤,山阴道人,宛委山中,剡藤和桂花出产最盛。"玉节"指藤杖,用山涛持杖的典故。《晋书·山涛传》:"魏帝尝赐景帝春服,帝以赐涛,又以母老,并赐藜杖一枚。"⑤唐胡曾《咏史·高阳池》:"何事山公持玉节,等闲深入醉乡来。"⑥"剡溪"四句描写剡藤制纸的过程,将剡藤捣烂成为蕉叶形的纸张。"欲写"以下几句是说自己想书写《金刚经》寄予山阴的僧人,手持紫罗之笔,思量着写了笔走龙蛇的书法,但苦于纸张不好而垂头丧气,只好向山僧求取剡藤纸。诗中"金口经"就是《金刚经》,"金口"谓佛之口舌如金刚坚固不坏。"紫罗笔"就是紫毫,因山中老兔之毛黑紫色,制笔为佳。白居易《紫毫笔》诗:"江南石上有老兔,吃竹饮泉生紫毫。宣城工人采为笔,千万毛中选一毫。"⑦

专咏剡纸者还有晚唐崔道融《谢朱常侍寄贶蜀茶剡纸二首》,其第二首专写剡纸:"百幅轻明雪未融,薛家凡纸漫深红。不应点染闲言语,留记将军盖世功。"⑧首句描写剡纸的洁白明亮,如同冬雪未融时的景象;次句以蜀地薛涛笺对比,以为薛

① [清]董诰:《全唐文》卷七二七,中华书局1983年版,第7495页。
② [明]孙传能:《剡溪漫笔》卷首,中国书店1987年版,第1页。
③ [清]沈曾植:《海日楼诗注》卷五,中华书局2001年版,第600页。
④ [清]彭定求:《全唐诗》卷二六五,中华书局1960年版,第2950页。
⑤ [唐]房玄龄:《晋书》卷四三,中华书局1974年版,第1224页。
⑥ [清]彭定求:《全唐诗》卷六四七,中华书局1960年版,第7427页。
⑦ [清]彭定求:《全唐诗》卷四二七,中华书局1960年版,第4708页。
⑧ [清]彭定求:《全唐诗》卷七一四,中华书局1960年版,第8210页。

涛笺着色深红,颇为凡俗,不若剡纸高雅洁净;三句是说在珍贵的剡纸之上,要写出与之相应的文章,而不应书写闲言杂语,以免污染剡纸的高贵;四句剡纸书写的文字最适合于记载朱常侍这样人物的盖世功勋。徐夤《纸帐》也着重描写剡纸:"几笑文园四壁空,避寒深入剡藤中。误悬谢守澄江练,自宿嫦娥白兔宫。几叠玉山开洞壑,半岩春雾结房栊。针罗截锦饶君侈,争及蒙茸暖避风。"①描绘用剡纸制成帐子。虽然是为了避寒用剡藤纸制作帏账,但在帐中悬挂谢朓"澄江静如练"的佳篇,犹如居住在嫦娥生活的月宫之中,纸帐结于山中,可以观层峦叠嶂的玉山洞壑和半岩的房栊春雾。相比之下,针罗截锦的奢侈帏帐,哪里比得上这样蒙茸的纸帐温暖避风?

唐诗中经常见描写剡纸的诗句,刘禹锡《牛相公见示新什谨依本韵次用以抒下情》:"符彩添隃墨,波澜起剡藤。拣金光熠熠,累璧势层层。"②皮日休《徐诗》其一:"宣毫利若风,剡纸光与月。"③将剡纸和宣笔对举,是当时文事所用工具之最佳者。齐己《谢人自钟陵寄纸笔》:"霜雪剪裁新剡硾,锋铓管束本宣毫。"④齐己《荆渚病中因思匡庐遂成三百字寄梁先辈》:"题忆剡硾,旧约怀匡庐。"⑤诗中的"剡硾"捶捣剡藤而制成纸张。

四、乡情主题的书写

乡情是中国文学中长盛不衰的主题,唐诗尤其如此,故而浙东的唐诗之中,乡情诗占据较大的比重。浙东的诗人,或本土,或漫游,或贬谪,或隐居,都在诗歌中不同程度地表现出乡情。而最突出的是及第觐省与告老还乡的作品。

(一)及第归觐

这一方面的诗作如晚唐越州人韦骦登进士第后回乡,兼受元稹之辟为越州从事,当时有朱庆馀、姚合、贾岛相送。贾岛《送韦琼校书》诗云:"宾佐兼归觐,此行江汉心。别离从阙下,道路向山阴。孤屿消寒沫,空城滴夜霖。若邪溪畔寺,秋色共谁寻。"⑥朱庆馀《送韦骦校书赴浙东幕》诗云:"丞相辟书新,秋关独去人。官离芸

---

① [清]彭定求:《全唐诗》卷七一〇,中华书局1960年版,第8174页。
② [清]彭定求:《全唐诗》卷三六二,中华书局1960年版,第4093页。
③ [清]彭定求:《全唐诗》卷六〇九,中华书局1960年版,第7028页。
④ [清]彭定求:《全唐诗》卷八四六,中华书局1960年版,第9579页。
⑤ [清]彭定求:《全唐诗》卷八三九,中华书局1960年版,第9464页。
⑥ [清]彭定求:《全唐诗》卷五七三,中华书局1960年版,第6668页。

阁早,名占甲科频。水驿迎船火,山城候骑尘。湖边寄家久,到日喜荣亲。"①姚合《送韦瑶校书赴越》诗云:"寄家临禹穴,乘传出秦关。霜落橘满地,潮来帆近山。相门宾益贵,水国事多闲。晨省高堂后,余欢杯酒间。"②"韦瑶"即"韦瓛"之误。韦瓛进士及第以后,又于唐敬宗宝历元年登贤良方正能直言极谏科,以校书郎入浙东观察使元稹幕府,离京时友人贾岛、姚合、朱庆馀相送。贾岛诗首句"宾佐兼归觐"就点明了韦瓛的身份,即是浙东观察使的宾佐,又因其为会稽人,担任宾佐也是回乡觐省。颔联描写离开京城奔赴山阴的过程,因为别离而贾岛赠诗。颈联想象韦瓛到达浙东后的情景,时当秋季,天气渐冷,江中孤岛,寒沫消散,凉夜空中,滴下露水,而最优美的地方是秋天若耶溪畔的云门寺,我们分别以后,只有你自己独自寻赏了。朱庆馀的诗所言"丞相"就是元稹,因为元稹于长庆三年为浙东观察使,元稹曾经担任过宰相,故诗称其显官。颔联言韦瓛由校书郎归觐,"芸阁"即秘书省藏书处,切韦瓛校书官职,"名占甲科频"是说韦瑶既及进士第,又中贤良方正能直言极谏科。颈联描写越州之景,突出其山水。尾联设想韦瑶还家后到达镜湖之旁共享天伦之乐的情景。姚合的诗首联点明韦瓛家在禹穴,故而及第归觐。颔联想象越州秋景,秋霜降落之时正是橘子丰收的季节,海潮上涌,江面宽阔,故而显得船帆与岸边群山相近。颈联上句点明韦瓛归觐的目的还在于入宰相元稹的浙东幕府,下句是说在江南水乡佐幕元稹仍会有闲时欢乐。尾联归结为归觐娱亲,清晨拜奉二亲,作欢更在杯酒之间。

(二)告老还乡

这方面的诗作以贺知章的《回乡偶书二首》最为著名:"少小离家老大回,乡音无改鬓毛衰。儿童相见不相识,笑问客从何处来。""离别家乡岁月多,近来人事半销磨。唯有门前镜湖水,春风不改旧时波。"③这两首诗是天宝三载(744)贺知章正月由长安启程,二月抵达越州山阴时作。一个人离开家乡多年,一旦回来,听到乡音,恐怕是感到十分亲切的。乡音无改,自己和乡亲们的距离一下子就接近了。这是没有改变的一面。可是岁月如流,自己的两鬓都已衰谢了,这是改变的一面。诗将两方面集中到一起写,既显出岁月的流逝,又显出自己对家乡的感情,是很有情

---

① [清]彭定求:《全唐诗》卷五一四,中华书局 1960 年版,第 5869 页。
② [清]彭定求:《全唐诗》卷四九六,中华书局 1960 年版,第 5629—5630 页。
③ [清]彭定求:《全唐诗》卷一一二,中华书局 1960 年版,第 1147 页。

趣的。明唐汝询《唐诗解》评此诗曰:"模写久客之感,最为真切。"①清章燮《唐诗三百首注疏》卷六:"久客回家,儿童相见情形,尽行描出。玩一'客'字,则伤老之意寓内,令读者一时不测,真天然佳句也。"②第二首仍然从变与不变着笔,先写岁月流逝的感慨,再写镜湖流水的永恒,在人事与自然的对比中悄然作结,给人以无尽的意味。沈祖棻《唐人七绝诗浅释》云:"他虽然'富贵而归故乡',但并没有庸俗地将那些为世俗所欣羡的情态写入诗中。他所反映的只是一个久客回乡的普通人的真情实感。这正是史籍上记载了的贺知章旷达豪迈,不慕荣利的具体表现。基于这种性格,他在诗中就以诙谐的语气着重地表现了那富有情趣的一刹那,从而冲淡了他内心里的迟暮之悲。这首诗的语言非常朴素,但却巧妙地表达了许多人所具有而往往不能恰如其分地加以表达的心情,给读者留下了深刻的印象。"③诗中既看不出衣锦还乡之感,也没有表现出"近乡情更怯"的忐忑心情,有的只是平和心境罢了。诗的第一首应该是回到自己的故乡永兴之作,这里的永兴已经改为萧山。因天宝元年(742),以永兴县与江南西道江夏郡县名重,改为萧山县,以县西萧山为名。诗的第二首应该是到达会稽时所作,故而诗歌着重写越州的镜湖。

五、诗僧创作的繁盛

唐代佛教的重要宗派天台宗、禅宗发达,且在南方崛起,且天台山国清寺是天台宗的发祥地,故唐代浙东僧诗,甚为繁盛。代表性诗人有清江、灵澈、寒山、拾得。

(一)清 江

清江,会稽人。幼时出家,代宗大历初在杭州华严寺,师华严宗僧人守真。后归越州开元寺。清江与著名诗人耿湋、严维、卢纶、朱湾、鲍防、刘言史交往频繁,其诗多送别赠答之作。《宋高僧传》卷一五《唐襄州辨觉寺清江传》云:"释清江,会稽人也,不详氏族。幼悟泡身拘羁鞅,因入精舍,便恋空门。"④

清江大历、贞元间以诗名闻于江南,与诗人皎然齐名,时称"会稽二清"。赵璘《因话录》卷四《江南多名僧》云:"贞元、元和以来,越州有清江、清昼,婺州有乾俊、乾辅,时谓之会稽二清,东阳二乾。"⑤刘禹锡《澈上人文集纪序》:"世之言诗僧多出

---

① [明]唐汝询:《唐诗解》卷二五,河北大学出版社2001年版,第620页。

② [清]章燮:《唐诗三百首注疏》卷六,安徽人民出版社1983年版,第225页。

③ 沈祖棻:《唐人七绝诗浅释》,北京出版社2021年版,第53页。

④ [宋]赞宁:《宋高僧传》卷一五,中华书局1987年版,第368页。

⑤ [唐]赵璘:《因话录》卷四,上海古籍出版社1979年版,第94页。

江左。灵一导其源,护国袭之。清江扬其波,法振沿之。"①

　　清江与严维交游甚多,《宿严维宅简章八元》诗云:"佳期曾不远,甲第即南邻。惠爱偏相及,经过岂厌频。秋寒林叶动,夕霁月华新。莫话羁栖事,平原是主人。"②《早发陕州途中赠严秘书》诗云:"此身虽不系,忧道亦劳生。万里江湖梦,千山雨雪行。人家依旧垒,关路闭层城。未尽交河虏,犹屯细柳兵。艰难嗟远客,栖托赖深情。贫病吾何有,精修许少卿。"③《喜严侍御蜀还赠严秘书》:"往年分首出咸秦,木落花开秋又春。江客不曾知蜀路,旅魂何处访情人。当时望月思文友,今日迎骢见近臣。多羡二龙同汉代,绣衣芸阁共荣亲。"④

　　清江诗以清苦著称,《早春书寄河南崔少府》云:"病身空益老,愁鬓不知春。"⑤《送赞律师归嵩山》云:"清贫修道苦,孝友别家难。"⑥《春游司直城西鸬鹚溪别业》云:"家贫知索行,心苦见清溪。"⑦《秋日晚泊》句:"万木无一叶,客心悲此时。"⑧《长安卧病》云:"身世足堪悲,空房卧病时。"⑨

　　清江有一首特殊的诗歌,就是《七夕》:"七夕景迢迢,相逢只一宵。月为开帐烛,云作渡河桥。映水金冠动,当风玉珮摇。惟愁更漏促,离别在明朝。"⑩这首情借七夕以抒情,而又太过多情,与清江一贯的清苦风格并不相同。

　　(二)灵　澈

　　灵澈,或作灵彻,俗姓汤,字源澄,会稽人。出家后,住越州云门寺。灵澈初从严维学诗,大历时名闻一时。皎然《赠包中丞书》云:"会稽沙门灵澈,年三十有六,知其有文十余年而未识之。此则闻于故秘书郎严维、随州刘使君长卿、前殿中皇甫侍御曾,所常称耳。及上人自浙右来湖上见存,并示制作,观其风裁,味其情致,不下古手,不傍古人,则向之严、刘、皇甫所许,畴今所觌,三君所言,犹未尽上人之美矣。"⑪灵澈与中唐时期的文人诗侣,多所酬唱,在诗坛上影响甚大。如卢纶、刘长

　　①　[唐]董诰:《全唐文》卷六〇五,中华书局 1983 年版,第 6114 页。
　　②　[清]彭定求:《全唐诗》卷八一二,中华书局 1960 年版,第 9145 页。
　　③　[清]彭定求:《全唐诗》卷八一二,中华书局 1960 年版,第 9144 页。
　　④　[清]彭定求:《全唐诗》卷八一二,中华书局 1960 年版,第 9147 页。
　　⑤　[清]彭定求:《全唐诗》卷八一二,中华书局 1960 年版,第 9144 页。
　　⑥　[清]彭定求:《全唐诗》卷八一二,中华书局 1960 年版,第 9145 页。
　　⑦　[清]彭定求:《全唐诗》卷八一二,中华书局 1960 年版,第 9144 页。
　　⑧　[清]彭定求:《全唐诗》卷八一二,中华书局 1960 年版,第 9148 页。
　　⑨　[清]彭定求:《全唐诗》卷八一二,中华书局 1960 年版,第 9146 页。
　　⑩　[清]彭定求:《全唐诗》卷八一二,中华书局 1960 年版,第 9146 页。
　　⑪　[清]董诰:《全唐文》卷九一七,中华书局 1983 年版,第 9553 页。

卿、权德舆、杨衡、白居易、熊孺登、吕温、陈羽、张祜、窦庠、韦丹、灵一等诗人,都留下了唱和之作。灵澈与皎然有着师徒关系,师于皎然,故能"心冥空无,而迹寄文字",又变于皎然,臻于"心不待境静而静"的境地。总之,灵澈文才杰出,心境虚静。而他又与世俗接触较多,终于被贬斥汀州。

《新唐书·艺文志》四:"《僧灵澈诗集》十卷。"又:"《僧灵澈酬唱集》十卷。"柳宗元《韩漳州书报澈上人亡因寄二绝》:"早岁京华听越吟,闻君江海分逾深。他时若写兰亭会,莫画高僧支道林。""频把琼书出袖中,独吟遗句立秋风。桂江日夜流千里,挥泪何时到甬东。"①

刘禹锡《澈上人文集序》是对灵澈生平的记述、地位的评定,对于灵澈研究,具有重要意义:

> 释子工为诗尚矣。休上人赋别怨,约法师哭范尚书,咸为当时才士之所倾叹。厥后比比有之。上人生于会稽,本汤氏子。聪察嗜学,不肯为凡夫。因辞父兄出家,号灵澈,字源澄。虽受经论,一心好篇章。从越客严维学为诗,遂籍籍有闻。维卒,乃抵吴兴,与长老诗僧皎然游,讲艺益至。皎然以书荐于词人包侍郎佶,包得之大喜。又以书致于李侍郎纾。是时以文章风韵主盟于世者曰包、李。以是,上人之名由二公而扬,如云得风,柯叶张王。以文章接才子,以禅理说高人,风仪甚雅,谈笑多味。贞元中,西游京师,名振辇下。缁流疾之,造飞语激动中贵人,因侵诬得罪,徙汀州,会赦归东越。时吴楚间诸侯多宾礼招延之。元和十一年,终于宣州开元寺,年七十有一。门人迁之,建塔于越之山阴天柱峰之陲,从本教也。
>
> 初,上人在吴兴,居何山,与昼公为侣。时予方以两髦执笔砚,陪其吟咏,皆曰孺子可教。后相遇于京洛,与支、许之契焉。上人没后十七年,予为吴郡,其门人秀峰捧先师之文来乞词以志,且曰:"师尝在吴,赋诗近二千首,今删去三百篇,勒为十卷。自大历至元和,凡五十年间,接词客闻人酬唱,别为十卷。今也思行乎昭代,求一言羽翼之。"因为评曰:"世之言诗僧多出江左。灵一导其源,护国袭之。清江扬其波,法振沿之。如么弦孤韵,瞥入人耳,非大乐之音。独吴兴昼公,能备众体。昼公后,澈公承之。"至如《芙蓉园新寺》诗云:"经来白马寺,僧到赤乌年。"《谪汀州》云:"青蝇为吊客,黄耳寄家书。"可谓入作者

---

① 〔清〕彭定求:《全唐诗》卷三五二,中华书局1960年版,第3939页。

间域,岂独雄于诗僧间邪?①

作为浙东诗僧的代表,这篇集序对灵澈的生平事迹、文人交往、诗歌留存、作品评述进行了全面的记载和评述,以灵澈为代表的浙东诗僧全面地展现在读者面前。从而看出,浙东山川秀丽,宗教发达,寺宇众多,诗僧也不断涌出,会稽诗僧清江和灵澈活跃于中唐诗坛,与文人士大夫赠予唱答,成为江左诗脉一源。

皎然有《赠包中丞书》,其中论及灵澈云:"有会稽沙门灵澈,年三十有六,知其有文十余年,而未识之。此则闻于故秘书郎严维随州刘使君长卿前殿中皇甫侍御曾,常所称耳。及上人自浙右来湖上见存,并示制作。观其风裁,味其情致,不下古手,不傍古人,则向之严、刘、皇甫所许。畴今所觌,则三君之言,犹未尽上人之美矣!读其《道边古坟》诗,则有'松树有死枝,冢上唯莓苔,石门无人入,古木花不开'。《答范秘书》作,则有'绿竹岁寒在,故人衰老多'。《云门雪夜》作,则有'天寒猛虎叫岩雪,松下无人空有月。千年像教人不闻,烧香独为鬼神说'。《石帆山》作,则有'月色静中见,泉声深处闻'。《题李尊师堂》,则有'古庙茅山下,诸峰欲曙时。真人是皇子,玉堂生紫芝'。《题曹溪能大师蒋山》作,则有'禅门至六祖,衣钵无人得'。《登天姥岑望天台山》作,则有'天台众山外,岁晚当寒空。有时半不见,崔嵬在云中'。《伤古墓》作,则有'古墓碑表折,荒垄松柏稀'。《福建还登黎岭望越中》作,则有'秋深知气正,家近觉山寒'。《九日》作则有'山僧不记重阳日,因见茱萸忆去年'。《宿延平津怀古》作,则有'今非古狱下,莫向斗间看'。又有《归湖南》诗,则有'山边水边待月明,暂向人间借路行。如今还向山边去,惟有湖水无行路'。此僧诸作皆妙,独此一篇,使昼见欲弃笔砚。伏惟中丞高鉴宏量,其进诸乎?其舍诸乎?"②

权德舆《送灵澈上人庐山回归沃洲序》云:"吴兴长老昼公,掇六义之清英,首冠方外,入其室者,有沃洲灵澈上人。上人心冥空无,而迹寄文字,故语甚夷易,如不出常境,而诸生思虑,终不可至。其变也,如风松相韵,冰玉相叩,层峰千仞,下有金碧。耸鄙夫之目,初不敢视,三复则淡然天和,晦于其中。故睹其容览其词者,知其心不待境静而静。况会稽山水,自古绝胜,东晋逸民,多遗身世于此。夏五月,上人自炉峰言旋,复于是邦。予知夫拂方袍,坐轻舟,溯沿镜中,静得佳句。然后深入空

---

① [唐]董诰:《全唐文》卷六〇五,中华书局 1983 年版,第 6113—6114 页。
② [清]董诰:《全唐文》卷九一七,中华书局 1983 年版,第 9553 页。

寂,万虑洗然,则向之境物,又其稊稗也。鄙人方景慕企尚之不暇,焉敢以离群为叹?"①

刘长卿《送灵澈上人还越中》诗云:"禅客无心杖锡还,沃洲深处草堂闲。身随敝屦经残雪,手绽寒衣入旧山。独向青溪依树下,空留白日在人间。那堪别后长相忆,云木苍苍但闭关。"②方回《瀛奎律髓》评曰:"三、四佳。第六句亦不犹人。灵澈工于诗,有诗留别,故和而送之。"③

刘长卿又有《酬灵澈公相招》诗云:"石涧泉声久不闻,独临长路雪纷纷。如今渐欲生黄发,愿脱头冠与白云。"④当为灵澈还越中之前邀请刘长卿游越之作,与《送灵澈上人还越中》同时。

卢纶《酬灵澈上人》,题一作"口号戏赠灵澈上人时奉事入城"。诗云:"军人奉役本无期,落叶花开总不知。走马城中头雪白,若为将面见汤师。"⑤

灵澈有与薛苹唱和之作,欧阳修《集古录跋尾》卷九《唐薛苹唱和诗》(大和中)云:"《唐薛苹唱和诗》,太和中。右薛苹《唱和诗》,其间冯宿、冯定、李绅皆唐显人,灵澈以诗名后世,皆人所想见者,然诗皆不及苹,岂唱者得于自然,和者牵于强作邪?"⑥

(三)寒　山

寒山是唐代著名的诗僧,寓居于天台山。有关寒山的生活与创作时代,学者们颇有争议。唐代记载寒山生平的材料主要有两条:一条是相传为台州刺史闾丘胤所作的《寒山子诗集序》:

> 详夫寒山子者,不知何许人也。自古老见之,皆谓贫人、风狂之士,隐居天台唐兴县西七十里,号为寒岩。每于兹地时还国清寺。寺有拾得知食堂,寻常收贮余残菜滓于竹筒内。寒山若来,即负而去。或长廊徐行,叫唤快活,独言独笑。时僧遂捉骂打趁,乃驻立,呵呵大笑。良久而去。且状如贫子,形貌枯悴。一言一气,理合其意,沉而思之,隐况道情。凡所启言,洞该玄默。乃桦皮为冠,布裘破弊,木屐履地。是故至人遁迹,同类化物。或长廊唱咏,唯言:"咄

---

① [清]董诰:《全唐文》卷四九三,中华书局1983年版,第5027页。

② [清]彭定求:《全唐诗》卷一五一,中华书局1960年版,第1563—1564页。

③ [元]方回:《瀛奎律髓》卷四七,上海古籍出版社1993年版,第535页。

④ [清]彭定求:《全唐诗》卷一五〇,作《酬灵彻公相招》,中华书局1960年版,第1557页。

⑤ [清]彭定求:《全唐诗》卷二七七,中华书局1960年版,第3144页。

⑥ [宋]欧阳修:《欧阳修全集》卷一四二,中华书局2001年版,第2289页。

哉！咄哉！三界轮回。"或于村墅与牧牛子而歌笑，或逆或顺，自乐其性，非哲者安可识之矣。[①]

间丘胤在序中还自述其莅任台州刺史三日，即到寺院询问寒山消息，后到寒岩访问寒山。而寒山子入于穴中，其穴自合，莫可追之。故而裒集其诗三百余首，编为《寒山子诗集》。

一条是《太平广记》卷五五引杜光庭《仙传拾遗》：

> 寒山子者，不知其名氏，大历中隐居天台翠屏山。其山深邃，当暑有雪，亦名寒岩，因自号寒山子。好为诗，每得一篇一句，辄题于树间石上，有好事者随而录之，凡三百余首。多述山林幽隐之兴，或讥讽时态，能警励流俗，桐柏征君徐灵府序而集之，分为三卷，行于人间。十余年，忽不复见。[②]

这两条材料，所载寒山子的时代，一在初唐贞观时期，一在中唐的大历时期，差异巨大。间丘胤之序受到后人的质疑。余嘉锡先生《四库提要辨证》根据李吉甫《元和郡县图志》和徐灵府《天台山记》以考证序中"唐兴县"之更名在肃宗上元二年（761），进而通过寒山诗的内证以确定寒山的生活年代为中晚唐时期。王运熙、杨明《寒山子诗歌的创作年代》进一步加以论证，认为"所谓间丘胤序确系伪作；而杜光庭《仙传拾遗》关于寒山子大历间隐居天台寒岩之说，则是相当可信的"[③]。寒山的诗歌，《全唐诗》收录 311 首。项楚《寒山诗注》对寒山诗进行了全面的整理，成为寒山诗的定本。《寒山诗注》的一段文字给予寒山以恰当的定位："寒山是中国古代诗国中的一枝奇葩，既有悲天悯人的情怀，又有对人生无常的慨叹；既有山林隐逸中达到的禅悟，又有世俗生活里体味出的旷达。不拘格律，直写胸臆，亦俗亦雅，涉笔成趣。寒山诗长期流传于禅宗丛林，成为谈禅说道的'话头'。宋以后受到诗人文士的喜爱和摹拟，号称'寒山体'。近代以来风靡欧美和日本，形成世界范围内的'寒山诗热'。"[④]

寒山诗以白话写禅理，形成了独特的"寒山体"。项楚《寒山诗注》云："寒山诗的艺术风格也是多样化的。《四库全书总目》引清王士禛《居易录》论寒山诗云：'其诗有工语，有率语，有谐语，至云"不烦郑氏笺，岂待毛公解"，又似儒生语，大抵佛、

---

① ［清］董诰：《全唐文》卷一六二，中华书局 1983 年版，第 1662 页。
② ［宋］李昉：《太平广记》卷五五，中华书局 1961 年版，第 338 页。
③ 王运熙、杨明：《寒山子诗歌的创作年代》，《中华文史论丛》1980 年第 4 期，第 58 页。
④ 项楚：《寒山诗注》，中华书局 2000 年版，扉页。

菩萨语也。'大体说来,寒山的化俗诗,多用白描和议论的手法,而以俚俗的语言出之。他的隐逸诗,则较多风景描写,力求创造禅的意境。而不拘格律,直写胸臆,或俗或雅,涉笔成趣,则是寒山诗的总的风格,后人称寒山所创造的这种诗体为'寒山体'。"①他的作诗态度非常率意,非常自由。他在一首诗中说:"有个王秀才,笑我诗多失。云不识蜂腰,仍不会鹤膝。平侧不解压,凡言取次出。我笑你作诗,如盲徒咏日。"②而他在另一首诗中说道:"有人笑我诗,我诗合典雅。不烦郑氏笺,岂用毛公解。不恨会人稀,只为知音寡。若遣趁官商,余病莫能罢。忽遇明眼人,即自流天下。"③是说他的诗是合乎典雅的,但不需要毛传郑笺那样,进行无谓的笺解,因为这种典雅不是宫商与形式方面的要求。

寒山诗最值得注意的是描写天台山的秀丽风景,如:

> 我闻天台山,山中有琪树。永言欲攀之,莫晓石桥路。
> 缘此生悲叹,幸居将已慕。今日观镜中,飒飒鬓垂素。④

> 自见天台顶,孤高出众群。风摇松竹韵,月现海潮频。
> 下望青山际,谈玄有白云。野情便山水,本志慕道伦。⑤

> 迥耸霄汉外,云里路岩峣。瀑布千丈流,如铺练一条。
> 下有栖心窟,横安定命桥。雄雄镇世界,天台名独超。⑥

> 平野水宽阔,丹丘连四明。仙都最高秀,群峰耸翠屏。
> 远远望何极,矶矶势相迎。独标海隅外,处处播嘉名。⑦

> 卜择幽居地,天台更莫言。猿啼溪雾冷,岳色草门连。
> 折叶覆松室,开池引涧泉。已甘休万事,采蕨度残年。⑧

---

① 项楚:《寒山诗注》,中华书局 2000 年版,第 14 页。
② [清]彭定求:《全唐诗》卷八〇六,中华书局 1960 年版,第 9099 页。
③ [清]彭定求:《全唐诗》卷八〇六,中华书局 1960 年版,第 9090 页。
④ [清]彭定求:《全唐诗》卷八〇六,中华书局 1960 年版,第 9101 页。
⑤ [清]彭定求:《全唐诗》卷八〇六,中华书局 1960 年版,第 9091 页。
⑥ [清]彭定求:《全唐诗》卷八〇六,中华书局 1960 年版,第 9096 页。
⑦ [清]彭定求:《全唐诗》卷八〇六,中华书局 1960 年版,第 9096 页。
⑧ [清]彭定求:《全唐诗》卷八〇六,中华书局 1960 年版,第 9073 页。

多少天台人，不识寒山子。莫知真意度，唤作闲言语。①

自从到此天台境，经今早度几冬春。
山水不移人自老，见却多少后生人。②

余家本住在天台，云路烟深绝客来。
千仞岩峦深可遁，万重溪涧石楼台。
桦巾木屐沿流步，布裘藜杖绕山回。③

丹丘迥耸与云齐，空里五峰遥望低。
雁塔高排出青嶂，禅林古殿入虹霓。
风摇松叶赤城秀，雾吐中岩仙路迷。④

　　他的诗描写寒岩的景象，并倾注了自己对于天台山的仰慕之心与隐居之情："欲得安身处，寒山可长保。微风吹幽松，近听声愈好。下有斑白人，嘓嘓读黄老。十年归不得，忘却来时道。"⑤又云："家住绿岩下，庭芜更不芟。新藤垂缭绕，古石竖巉岩。山果猕猴摘，池鱼白鹭衔。仙书一两卷，树下读喃喃。"⑥他在寒岩隐居，长达三十余年："一向寒山坐，淹留三十年。昨来访亲友，太半入黄泉。渐减如残烛，长流似逝川。今朝对孤影，不觉泪双悬。"⑦三十余年隔绝世事，而一旦去访问亲友，已经是太半去世，沧桑变化，感慨多端，更觉形影相吊，不禁双泪俱下。但他的人生态度还是随缘顺化，任凭斗转星移，仍然岩中独坐："一自遁寒山，养命餐山果。平生何所忧，此世随缘过。日月如逝川，光阴石中火。任你天地移，我畅岩中坐。"⑧
　　寒山作为浙东的一位独特诗僧，创作了300余首独树一帜的白话诗，在后世产

---

①　[清]彭定求：《全唐诗》卷八〇六，中华书局1960年版，第9086页。
②　[清]彭定求：《全唐诗》卷八〇六，中华书局1960年版，第9089页。
③　[清]彭定求：《全唐诗》卷八〇六，中华书局1960年版，第9088页。
④　[清]彭定求：《全唐诗》卷八〇六，中华书局1960年版，第9087页。
⑤　[清]彭定求：《全唐诗》卷八〇六，中华书局1960年版，第9065页。
⑥　[清]彭定求：《全唐诗》卷八〇六，中华书局1960年版，第9065页。
⑦　[清]彭定求：《全唐诗》卷八〇六，中华书局1960年版，第9069页。
⑧　[清]彭定求：《全唐诗》卷八〇六，中华书局1960年版，第9084页。

生了极大的影响。宋代以后,摹拟寒山体的诗人层出不穷。近代以来,随着白话文运动的兴起,寒山诗的地位得到了前所未有的提升。胡适《白话文学史》将寒山、王梵志和王绩并称为三大白话诗人。寒山诗因为带有禅意和通俗易懂的特点,20 世纪初传到了日本,形成了"寒山热"。寒山诗也通过各种语言的翻译媒介传到了欧美,引起风靡,其声誉甚至在李白、杜甫之上。

第二章　浙东唐诗经典名篇阐释

浙东唐诗之路这样的山水形胜之地,吸引了大批诗人来到这一神奇的土地,留下了大量的诗作,其中很多篇章名垂千古,流芳百世。比如初唐名篇有,虞世南《咏蝉》、王勃《采莲曲》、孙逖《春日留别》、宋之问《泛镜湖南溪》;盛唐名篇有,李白《梦游天姥吟留别》、杜甫《壮游》、王维《皇甫岳云溪杂题五首》《西施咏》、綦毋潜《春泛若耶溪》、严维《酬刘员外见寄》、李颀《送山阴姚丞携妓之任兼寄苏少府》;中唐名篇有,李谅《苏州元日郡斋感怀寄越州元相公杭州白舍人》、元稹《以州宅夸于乐天》、顾况《剡纸歌》、于良史《春山夜月》;晚唐名篇有,许浑《早发天台中岩寺度关岭次天姥岑》、张祜《游天台山》、皮日休《孙发百篇将游天台请诗赠行因以送之》。深入阐释与分析这些代表性名篇,可以突显浙东唐诗之路的文学内涵和文化意义。

我们这里选取王勃、李白、杜甫三位诗人的名篇作为重点阐释对象,以表现浙东诗歌的高标和底蕴。王维是初唐时期的代表诗人,他诗文兼擅,曾经游于浙东,并留下诗文《采莲曲》《采莲赋》《越州秋日宴山亭序》等。唐代伟大诗人李白与杜甫,都有漫游浙东的经历。李白最向往浙东,出川以后,即写了《秋下荆门》诗:"此行不为鲈鱼脍,自爱名山入剡中。"[①]李白一生四次漫游浙东,留下了很多名篇佳制。杜甫与李白不同,由于他早年的诗作很少流传下来,故而浙东诗篇我们能够见到的很少。但他晚年所作的《壮游》,其中回忆漫游吴越的经历,不仅使得杜甫身世有了明确的记载,而且这首诗堪称浙东唐诗的一颗明珠。王勃、李白、杜甫三位诗人中,我们选取描写浙东最著名的《采莲曲》《梦游天姥吟留别》和《壮游》进行重点阐释,以呈现浙东唐诗登峰造极的艺术成就。

第一节　王勃《采莲曲》

采莲归,绿水芙蓉衣,秋风起浪凫雁飞。

---

① ［清］彭定求:《全唐诗》卷一八一,中华书局 1960 年版,第 1844 页。

桂棹兰桡下长浦,罗裙玉腕轻摇橹。

叶屿花潭极望平,江讴越吹相思苦。

相思苦,佳期不可驻。

塞外征夫犹未还,江南采莲今已暮。

今已暮,采莲花,渠今那必尽娼家?

官道城南把桑叶,何如江上采莲花?

莲花复莲花,花叶何稠叠!

叶翠本羞眉,花红强似颊。

佳人不在兹,怅望别离时。

牵花怜并蒂,折藕爱连丝。

故情无处所,新物徒华滋。

不惜西津交佩解,还羞北海雁书迟。

采莲歌有节,采莲夜未歇。

正逢浩荡江上风,又值徘徊江上月。

徘徊莲浦夜相逢,吴姬越女何丰茸!

共问寒江千里外,征客关山路几重?①

一、王勃的生平经历与《采莲曲》的作年

(一)王勃的生平经历

王勃是隋末大儒王通的孙子,初唐诗人王绩的侄孙。六岁能文章,乾封元年,王勃未到 20 岁,通过李常伯上《宸游东岳颂》一篇,接着应幽素科试及第,授朝散郎。撰《乾元殿颂》,文章绮丽,唐高宗见其词美义壮,惊叹不已,王勃的文名也为之大振。王勃与杨炯、卢照邻、骆宾王合称"初唐四杰",并被推为首位。后为沛王府侍读,沛王李贤与英王李显斗鸡,王勃写了一篇《檄英王鸡文》,讨伐英王的斗鸡。唐高宗见之不喜,将王勃斥出沛王府。后为在虢州参军,官奴曹达犯罪,王勃把他藏起来,后又怕事泄,为了灭口,把他杀了。事情败露后,被判处死刑,遇赦除名,他的父亲王福畤受到牵连被降职为交趾令。此事对于王勃影响很大,他在《上百里昌言疏》中表达了对父亲的内疚之情:"如勃尚何言哉!辱亲可谓深矣。诚宜灰身粉骨,以谢君父……今大人上延国谴,远宰边邑。出三江而浮五湖,越东瓯而渡南海。

① [清]彭定求:《全唐诗》卷五五,中华书局 1960 年版,第 672 页。

嗟乎！此皆勃之罪也，无所逃于天地之间矣。"①上元三年（676），王勃去交趾看他父亲，渡海溺死，年27岁。

（二）王勃《采莲曲》作年考证

据《旧唐书》卷一九〇《王勃传》："上元二年，勃往交趾省父，道出江中，为《采莲赋》以见意，其辞甚美。"②大概是王勃赴交趾省父，南下过了长江，再到钱塘江，经历过吴越之地，故而写出了《采莲赋》。《采莲曲》和《采莲赋》应作于同时。

根据日本正仓院发现的《王勃诗序》41篇，其中有两篇有关浙东越州的作品，这就是《越州秋日宴山亭序》《越州永兴李明府宅送萧三还齐州序》。王勃《越州秋日宴山亭序》，是一篇游宴之序，也是一篇诗序。因为在秋日越州山亭宴集时，每位参加宴集者都要按韵赋诗，而王勃这篇序文就是放在诸人诗集的前面。这篇序文集中描写越州秋日的风光："红兰翠菊，俯映砂亭；黛柏苍松，深环玉砌。参差夕树，烟侵橘柚之园；的历秋荷，月照芙蓉之水。"③同时引述越地名人的历史典故与山美景相映衬："昔王子敬琅琊之名士，常怀习氏之园；阮嗣宗陈留之俊人，直至山阳之坐。岂非琴樽远契，必兆联于佳辰；风月高情，每留连于胜地？是以东山可望，林泉生谢客之文；南国多才，江山助屈平之气。况乎扬子云之故地，岩壑依然；宓子贱之芳猷，弦歌在属。"④而这样的用典，是王勃骈体文的重要特色，在这篇诗序当中有着突出的表现。作者连用了王献之、阮籍、谢安、屈原的典故，与江山形胜相映衬，透露出越中风景所蕴含的文化底蕴，并由此激发文人的江山之恋与文思之涌。

根据王勃事迹，上元二年（675）陪同其父赴交趾任，春天由家乡龙门出发，春过桑泉，作《春夜桑泉别王少府序》；秋至楚州，作《秋日楚州郝司户宅饯崔使君序》《过淮阴谒汉祖庙祭文》；继而到江宁，作《江宁吴少府宅宴饯序》；九月到达洪州，作《秋日登洪府滕王阁饯别序》。揆之王勃行程，盖其至江宁后，取道越州再向洪州，故而以上两篇序文应作于上元二年（675）八月。

王勃的《采莲曲》有"秋风起浪凫雁飞"之句，是作于秋天，又有"吴姬越女何丰茸"之句，是作于吴越之地，根据《旧唐书·王勃传》，参以王勃《越州秋日宴山亭序》《越州永兴李明府宅送萧三还齐州序》，印证王勃《采莲曲》所透露的节令和地点，我

---

① ［清］董诰：《全唐文》卷一七九，中华书局1983年版，第1820页。
② ［后晋］刘昫：《旧唐书》卷一九〇上，中华书局1975年版，第5005页。
③ ［清］董诰：《全唐文》卷一八一，中华书局1983年版，第1842—1843页。
④ ［清］董诰：《全唐文》卷一八一，中华书局1983年版，第1842页。

们可以大致确定《采莲曲》一诗当在上元二年（675）作于越州。

二、王勃的诗风与文学成就

王勃是初唐时期最为著名的文学家，其诗文与杨炯、卢照邻、骆宾王齐名，四人并称"初唐四杰"。《新唐书·文艺传》云："唐有天下三百年，文章无虑三变。高祖、太宗，大难始夷，沿江左余风，缉句绘章，揣合低卬，故王、杨为之伯。"[1]王勃在《上吏部裴侍郎启》中指出："自微言既绝，斯文不振，屈宋导浇源于前，枚马张淫风于后。谈人主者，以宫室苑囿为雄；叙名流者，以沈酗骄奢为达。故魏文用之而中国衰，宋武贵之而江东乱。虽沈谢争骛，适先兆齐梁之危；徐庾并驰，不能止周陈之祸。于是识其道者，卷舌而不言；明其弊者，拂衣而径逝。《潜夫》《昌言》之论，作之而有逆于时；周公、孔氏之教，存之而不行于代。天下之文，靡不坏矣。"[2]杨炯在《王勃集序》中称赞其对于龙朔诗风的改革："以兹伟鉴，取其雄伯，壮而不虚，刚而能润，雕而不碎，按而弥坚。大则用之以时，小则施之有序。徒纵横以取势，非鼓怒以为资。长风一振，众萌自偃，遂使繁综浅术，无藩篱之固；粉绘小才，失金汤之险。积年绮碎，一朝清廓，翰苑豁如，词林增峻。反诸宏博，君之力焉；矫枉过正，文之权也。"[3]这里拈出王勃所追求的诗风是"壮而不虚，刚而能润，雕而不碎，按而弥坚"，也就是要做到雄壮坚强，刚柔相济，精工浑成，充实深邃。王勃有感于斯文之衰，故思而振作，文辞豁达峻洁，由绮碎变为宏博，开启了龙朔一代之风。

王勃的创作实绩，也充分实践了他的文学主张。他的诗气象浑厚，风格清新雄放，音律谐畅，开初唐新风，尤以五言律诗为工。如《送杜少府之任蜀州》，起承转合，流转又工于造语；章法井然，整饬而富于变化。他的骈文对仗精切，句式齐整。如《秋日登洪府滕王阁饯别序》，王勃曾应洪州都督之邀，参加了滕王阁落成的宴会，并写下了这首千古名篇《滕王阁序》。文章写景富于变化，偶对精工奇巧，词采宏博瑰丽，风格纵逸多姿，悲愤中见豪迈之气，伤感中呈阔大之境。宋洪迈《容斋四笔》卷五云："王勃等四子之文，皆精切有本原。其用骈俪作记序碑碣，盖一时体格如此，而后来颇议之。杜诗云：'王、杨、卢、骆当时体，轻薄为文哂未休。尔曹身与名俱灭，不废江河万古流。'正谓此耳。身名俱灭，以责轻薄子。江河万古流，指四子也。韩公《滕王阁记》云：'江南多游观之美，而滕王阁独为第一。及得三王为序、

---

[1]　[宋]欧阳修、宋祁：《新唐书》卷二〇一，中华书局1975年版，第5725页。
[2]　[清]董诰：《全唐文》卷一八〇，中华书局1983年版，第1829—1830页。
[3]　[唐]杨炯：《杨炯集笺注》卷三，中华书局2016年版，第274页。

赋、记等,壮其文辞。'注谓'王勃作《游阁序》'。又云:'中丞命为记,窃喜载名其上,词列三王之次,有荣耀焉。'则韩之所以推勃,亦为不浅矣。"①王勃为初唐四杰之首,他诗文兼擅,引领文学潮流。他的乐府诗、古体诗、格律诗都写得非常精美,他的诗作既吸收到魏晋南北朝重视语言锤炼之所长,在一定程度上摒弃了南朝绮靡的诗风,融进了唐诗的清刚之气,成为唐诗风格形成发展过程中的始音。

三、"采莲"入曲的文学传统

江南吴越之地,自古以来,江河湖泊星罗棋布,形成了代表南方特色的水乡特点,饱含着深厚的文化风韵。而在江南水乡特色中,采莲是最集中的表现。随着采莲的普及,文人作品中间有关于采莲活动的记载。较早的就有曹植的《芙蓉赋》:

> 芙蓉寒产,菡萏星属。丝条垂珠,丹荣吐绿。煜煜韡韡,烂若龙烛。观者终朝,情犹未足。于是狡童媛女,相与同游,擢素手于罗袖,接红葩于中流。②

夏侯湛《芙蓉赋》:

> 临清池以游览,观芙蓉之丽华。潜灵藕于玄泉,擢修茎乎清波。焕然荫沼,灼尔星罗。若乃回萦外散,菡萏内离;的出艳发,叶恢花披;绿房翠蒂,紫饰红敷;黄螺圆出,垂蕤散舒;缨以金牙,点以素珠。③

南朝时期,采莲习俗风靡,这些详尽描写采莲的文学作品就出现在此时,采莲成为当时文学中常见的题材和意象。比较著名者有梁简文帝萧纲《采莲赋》:

> 望江南兮清且空,对荷花兮丹复红。卧莲叶而覆水,乱高房而出丛。楚王暇日之欢,丽人妖艳之质。且弃垂钓之鱼,未论芳萍之实。唯欲回渡轻船,共采新莲。傍斜山而屡转,乘横流而不前。于是素腕举,红袖长。回巧笑,堕明珰。荷稠刺密,亟牵衣而绾裳。人喧水溅,惜亏朱而坏妆。物色虽晚,徘徊未反。畏风多而榜危,惊舟移而花远。④

梁元帝萧绎《采莲赋》:

> 紫茎兮文波,红莲兮芰荷。绿房兮翠盖,素实兮黄螺。于是妖童媛女,荡

---

①　[宋]洪迈:《容斋随笔》卷五,中华书局2005年版,第688页。
②　[清]严可均:《全上古三代秦汉三国六朝文·全三国文》卷一四,中华书局1958年,第1129页。
③　[清]严可均:《全上古三代秦汉三国六朝文·全晋文》卷六八,中华书局1958年版,第1851页。
④　[清]严可均:《全上古三代秦汉三国六朝文·全梁文》卷八,中华书局1958年版,第2998页。

舟心许,鹢首徐回,兼传羽杯。棹将移而藻挂,船欲动而萍开。尔其纤腰束素,迁延顾步。夏始春余,叶嫩花初。恐沾裳而浅笑,畏倾船而敛裾。故以水溅兰桡,芦侵罗襦。菊泽未反,梧台迥见。荇湿沾衫,菱长绕钏。泛柏舟而容与,歌采莲于江渚。①

宋郭茂倩《乐府诗集》卷五〇"清商曲辞七"收录梁武帝《江南弄七首》,引《古今乐录》解题曰:"梁天监十一年冬,武帝改西曲,制《江南上云乐》十四曲,《江南弄》七曲:一曰《江南弄》,二曰《龙笛曲》,三曰《采莲曲》,四曰《凤笛曲》,五曰《采菱曲》,六曰《游女曲》,七曰《朝云曲》。"②梁简文帝、梁元帝所作,对采莲场景、采莲女子心理的描摹均很细致。梁武帝首制《采莲曲》,萧绎、萧纲二人继作,臣子附和者甚众,一时蔚为风尚,形成了《采莲曲》系列。

南朝《采莲曲》共11首,保存在郭茂倩所编《乐府诗集》第五十卷"清商曲辞七"中。梁武帝《采莲曲》画面定格于采莲将归之时,"花发田叶芳袭衣"一句是描写的重心所在,写荷叶之形状、荷花之香气。而简文帝《采莲曲》"桂楫兰桡浮碧水"之句写船具、水色,富丽堂皇,描写的视角或者说重心在"江花玉面两相似"一句。这一句抓住了荷花与采莲女的相似点,一笔双写,可以说是锱铢相称、不偏不倚。而到了陈后主的《采莲曲》,描写重心已经完全欹侧于采莲女。从女子的起床("相催暗中起")、化妆("随宜巧注口,薄落点花黄")、衣饰("风住疑衫密,船小畏裾长")写至采莲过程、采莲归来。可见,南朝《采莲曲》中"采莲女"的形象,并不是真正民间的"采莲女",而是宫女、仕女,因此对江南风情、风俗展示得都不充分,只是一幅宴乐图,而非风俗图。

至于唐代,随着中原清商乐和西域燕乐的大融合,属于南方音乐的清商乐在全国范围内流行起来,采莲民歌也随着这一潮流传入北方,葛晓音《盛唐清乐的衰落和古乐府诗的兴盛》一文中论述:"采莲之事风向天下,正是北人倾慕江南文化一个典型例证。因采莲而产生大量'丽什''情诗',原是南朝清商乐府的主要特色,如今也随着采莲之风遍及全国。"③唐朝的采莲曲也是可歌的,独孤及《东平蓬莱驿夜宴平卢杨判官醉后赠别姚太守置酒留宴》诗说:"木兰为樽金为杯,江南急管卢女弦。

---

① [清]严可均:《全上古三代秦汉三国六朝文·全梁文》卷一五,中华书局1958年版,第3038页。
② [宋]郭茂倩:《乐府诗集》卷五〇,中华书局1979年版,第726页。
③ 葛晓音:《盛唐清乐的衰落和古乐府诗的兴盛》,《社会科学战线》1994年第4期,第212页。

齐童如花解郢曲,起舞激楚歌采莲。"①说明到中唐独孤及时期,采莲曲还是很受欢迎的宴席传唱之曲。采莲曲的发展,在唐代具有两个明显的特点:一是从初唐到晚唐体现出逐渐繁盛的过程;二是晚唐五代以后逐渐向词体融合与转化。

先就时代发展来看,初唐时期,以王勃的《采莲曲》为代表。到了盛唐,有李白的《采莲曲》与《湖边采莲妇》,王昌龄的《采莲曲》,徐彦伯的《采莲曲》,刘方平的《采莲曲》等。李白诗下文还要论述,徐彦伯的《采莲曲》云:"妾家越水边,摇艇入江烟。既觅同心侣,复采同心莲。折藕丝能脆,开花叶正圆。春歌弄明月,归棹落花前。"②刘方平的《采莲曲》云:"落日晴江里,荆歌艳楚腰。采莲从小惯,十五即乘潮。"③中唐时期,有白居易《看采莲》二首:"菱叶萦波荷飐风,荷花深处小船通。逢郎欲语低头笑,碧玉搔头落水中。""小桃闲上小莲船,半采红莲半白莲。不似江南恶风浪,芙蓉池在卧床前。"④张籍《采莲曲》:"秋江岸边莲子多,采莲女儿凭船歌。青房圆实齐戢戢,争前竞折漾微波。试牵绿茎下寻藕,断处丝多刺伤手。白练束腰袖半卷,不插玉钗妆梳浅。船中未满度前洲,借问阿谁家住远。归时共待暮潮上,自弄芙蓉还荡桨。"⑤杨衡《采莲曲》:"凝鲜雾渚夕,阳艳绿波风。鱼游乍散藻,露重稍欹红。楚客伤暮节,吴娃泣败丛。促令芳本固,宁望雪霜中。"⑥戎昱的《采莲曲》二首:"虽听采莲曲,讵识采莲心。漾楫爱花远,回船愁浪深。烟生极浦色,日落半江阴。同侣怜波静,看妆堕玉簪。"⑦"涔阳女儿花满头,毵毵同泛木兰舟。秋风日暮南湖里,争唱菱歌不肯休。"⑧霍总的《采莲女》:"舟中采莲女,两两催妆梳。闻早渡江去,日高来起居。"⑨薛涛的《采莲舟》:"风前一叶压荷蕖,解报新秋又得鱼。兔走乌驰人语静,满溪红袂棹歌初。"⑩晚唐时期,有方干的《采莲》:"采莲女儿避残热,隔夜相期侵早发。指剥春葱腕似雪,画桡轻拨蒲根月。兰舟迟速有输赢,先到河湾赌何物。才到河湾分首去,散在花间不知处。"⑪顾非熊的《采莲词》:"纤手折

① ［清］彭定求:《全唐诗》卷二四七,中华书局1960年版,第2770页。
② ［清］彭定求:《全唐诗》卷七六,中华书局1960年版,第824页。
③ ［清］彭定求:《全唐诗》卷二五一,中华书局1960年版,第2839页。
④ ［清］彭定求:《全唐诗》卷四五一,中华书局1960年版,第5095页。
⑤ ［清］彭定求:《全唐诗》卷三八二,中华书局1960年版,第4283页。
⑥ ［清］彭定求:《全唐诗》卷四六五,中华书局1960年版,第5285页。
⑦ ［清］彭定求:《全唐诗》卷二七〇,中华书局1960年版,第3022页。
⑧ ［清］彭定求:《全唐诗》卷二七〇,中华书局1960年版,第3023页。
⑨ ［清］彭定求:《全唐诗》卷五九七,中华书局1960年版,第6911页。
⑩ ［清］彭定求:《全唐诗》卷八〇三,中华书局1960年版,第9041页。
⑪ ［清］彭定求:《全唐诗》卷六四八,中华书局1960年版,第7439页。

芙蕖,花洒罗衫湿。女伴唤回船,前溪风浪急。"①李中的《采莲女》:"晚凉含笑上兰舟,波底红妆影欲浮。陌上少年休植足,荷香深处不回头。"②齐己的《采莲曲》:"越溪女,越江莲。齐菡萏,双婵娟。嬉游向何处,采摘且同船。浩唱发容与,清波生漪涟。时逢岛屿泊,几共鸳鸯眠。襟袖既盈溢,馨香亦相传。薄暮归去来,苎萝生碧烟。"③

再就文体融合来看,温庭筠《张静婉采莲歌》可以说是诗词融合的早期作品:"兰膏坠发红玉春,燕钗拖颈抛盘云。城边杨柳向娇晚,门前沟水波粼粼。麒麟公子朝天客,珂马珰珰度春陌。掌中无力舞衣轻,剪断鲛绡破春碧。抱月飘烟一尺腰,麝脐龙髓怜娇娆。秋罗拂水碎光动,露重花多香不销。鹳鹆交交塘水满,绿芒如粟莲茎短。一夜西风送雨来,粉痕零落愁红浅。船头折藕丝暗牵,藕根莲子相留连。郎心似月月未缺,十五十六清光圆。"④这首诗是采莲曲独特的作品,前人谓此诗语极妖艳,炼句而不炼意,皆未的。盖此诗从南朝乐府出,而过人之处有二:一以采莲人与采莲地合写,融而为一。二为此诗末尾以月亮圆缺之喻,揭示张静婉之命运,故重在炼意。盖作诗以艳语入雅者难,以雅语含艳者易。庭筠诗,其语妖艳,而其意则雅,此极过人处也。若此诗,首言静婉之态,极言其艳丽。此就作者角度观之。第五句以下始言采莲。而采莲之状态,是从麒麟公子之视觉中所见。直至末六句,始回转至采莲之张静婉以作收。采莲女遇麒麟公子,起初恩爱无比,但转瞬即逝,静婉只留下眷恋与悲怜,作者亦对其寄予同情。

《采莲曲》到了晚唐五代,渐向词体转化。赵崇祚《花间集序》有"《芙蓉》《曲渚》之篇,豪家自制"语,即谓文学中的"采莲曲"。该书即收入皇甫松《采莲子二首》:"菡萏香连十顷陂,小姑贪戏采莲迟。晚来弄水船头湿,更脱红裙裹鸭儿。"⑤"船动湖光滟滟秋,贪看年少信船流。无端隔水抛莲子,遥被人知半日羞。"⑥早期的词大多是咏本调,皇甫松的两首《采莲子》都是表现采莲女子采莲时的情态。第一首首句描写十里荷塘,菡萏飘香,采莲少女,流连于此,竟忘了采莲,而忘情于嬉戏,直到天色将晚,红裙沾水,以至脱下红裙,裹起水鸭,尽情玩耍。第二首重在描写采莲女

① [清]彭定求:《全唐诗》卷五〇九,中华书局1960年版,第5791页。
② [清]彭定求:《全唐诗》卷七四八,中华书局1960年版,第8526页。
③ [清]彭定求:《全唐诗》卷八四七,中华书局1960年版,第9590页。
④ [清]彭定求:《全唐诗》卷五七五,中华书局1960年版,第6697页。
⑤ 曾昭岷等:《全唐五代词》卷一,中华书局1999年版,第92页。
⑥ 曾昭岷等:《全唐五代词》卷一,中华书局1999年版,第93页。

子贪看少年的娇羞情态。因为受到莲塘旁边翩翩少年的吸引,故而忘了划船,莲舟随意飘荡。接着采莲女向岸边少年抛去莲子,表现对于少年的爱慕,不料被人发觉而娇羞半日。这两首词还配合着动作,每首四句,第一句为"举棹",第二句为"年少",第三句为"举棹",第四句为"年少",两首的动作都是女子采莲时的举棹动作,而其心里都在贪看少年。刘永济《唐五代两宋词简析》评曰:"此二首中之'举棹''年少',皆和声也。采莲时,女伴甚多,一人唱'菡萏香连十顷陂'一句,余人齐唱'举棹'和之。第二、三、四句亦同。此二首写采莲女子之生活片段,非常生动,读之如见电影镜头,将当日采莲情景摄入,有非画笔所能描绘者。"[①]

四、王勃《采莲曲》章句解读

王勃的《采莲曲》是唐代乐府诗的经典名篇,但我们检阅了诸多文学史著作,很少有对于这首诗进行专门的论述,甚至一般的文学史著作,连这首诗的题目都没有提到,因此我们有必要对这首诗进行分章解读。

第一韵:"采莲归,绿水芙蓉衣,秋风起浪凫雁飞。"与南北朝诗人所写的采莲诗不同,王勃并不是着眼于采莲的全过程来细致地刻画,而是截了采莲归来的情景进行特写。但诗人从采莲归来写起,也就给人一种采莲全过程的期待。对于采莲女而言,是归来;而对于读者而言,是期待。采莲归途之景诗意盎然:采莲女归来时乘着莲船,浮于绿水之上,茂密绿色荷叶遍布池塘,采莲女穿行池塘之中,似乎荷叶就成为她们的衣裳,这时正值秋风吹拂荷塘,激起波浪,惊动了凫雁,从荷丛中飞出。这是一幅多么富有诗意的秋日采莲晚归图。

第二韵:"桂棹兰桡下长浦,罗裙玉腕轻摇橹。叶屿花潭极望平,江讴越吹相思苦。相思苦,佳期不可驻。塞外征夫犹未还,江南采莲今已暮。"仍然描写采莲归来水上摇船的情景。可以分为两层来看。第一层写归来时的情态与歌声,桂棹兰桡是画船,罗裙玉腕是采莲女,她们在"下长浦",在"轻摇橹",一天的采莲肯定收获满满,故而非常高兴,眺望漫无边际的叶屿花潭,唱着年轻女子的相思曲。第二层是由第一层展开,描写相思曲的内容,因为思念着塞外征夫,盼望能够在佳期归来,并由采莲归来的天色渐晚,联想到自己青春迟暮,不由得生发感伤。

第三韵:"今已暮,采莲花,渠今那必尽倡家?官道城南把桑叶,何如江上采莲花?""今已暮"重叠上句的后三字,加重了语气,实际上是上句更深一层的表达。采

---

① 刘永济:《唐五代两宋词简析》,上海古籍出版社1981年版,第4页。

莲女白天欢快地劳作,一边采莲,一边讴歌,不由得想念自己的丈夫。而采莲归来,更为难耐的是忍受孤独的痛苦。"渠今那必尽倡家",是语气很重的表白,也是爱情坚贞的呈现。也正因为如此,才有下面两句"官道城南"的对比,用的是汉乐府《陌上桑》的典故,表现出的品格与操守更胜于陌上桑的女子。这也从另一个角度说明,当时的《采莲曲》歌舞的采莲者有不少是青楼女子,而王勃诗的主人公是特别的例外,她并不是娼家,这也是通过对比而表现采莲女的清纯脱俗。也正因如此,才有下面"还忧北海雁书迟"这样思念丈夫的描绘。

第四韵:"莲花复莲花,花叶何稠叠!叶翠本羞眉,花红强似颊。"这一段写荷花,也是写采莲女。秋天正是莲花盛叶之时,花叶密重叠,密密层层,但这样的荷叶虽然翠色欲滴,但还是比不上采莲女的翠眉;红色的莲花娇嫩鲜艳,正好与采莲女的面颊媲美。

第五韵:"佳人不在兹,怅望别离时。牵花怜并蒂,折藕爱连丝。故情无处所,新物徒华滋。不惜西津交佩解,还羞北海雁书迟。"接着由莲花与采莲女的类比,引出心理状态的描写。"佳人"是采莲女思念之人,故而由思念转入别离时节的回忆。这里采着莲花,最爱的是并蒂莲,折断莲藕也是因为喜欢藕断丝连,藕丝双关着相思。但面对现实,人之情成为故物,花之开徒增伤感。但是操守坚定,对于丈夫仍然忠贞不渝。这样的情感是通过两个典故表现的。第一是"西津交佩解",运用汉刘向《列仙传·江妃二女》事:江妃二女神,游于江汉之湄,逢郑交甫,交甫见其貌美如花,一见倾心,且不知其为神女,遂向其索要珠佩,神女遂解佩与之。交甫悦,受佩而去,数十步,空怀无佩。王勃诗歌运用这一典故,表现采莲女既美艳动人,又无限惆怅。第二是"北海雁书迟",运用汉班固《汉书·苏武传》的典故,是说苏武牧羊,雁足传书。王勃是说采莲女很久没有得到丈夫的书信,非常忧虑。诗中的"羞"应作"忧"解。

第六韵:"采莲歌有节,采莲夜未歇。正逢浩荡江上风,又值徘徊江上月。"这一段是写采莲女归来时一边采莲,一边讴歌,不觉已到夜晚,"歌有节"是唱歌按着节拍,"夜未歇"是夜晚仍有采莲兴致。夜晚江风吹来,清凉畅快;江月徘徊荷塘,幽美恬静。虽然是采莲归来,情感仍然倾注于荷塘,即使夜晚也其情难舍。

第七韵:"徘徊莲浦夜相逢,吴姬越女何丰茸!共问寒江千里外,征客关山路几重?"这一段描绘采莲女归来时仍然徘徊莲浦,一群采莲女美丽丰茸,在明月的笼罩下更加魅力动人,她们相逢时询问,从这条采莲的寒江到达征人所在的边塞,到底要越过多少重关山?诗歌写到这里,实际上是表达出一个普遍的思妇征夫的社会主题。而清人贺裳《载酒园诗话又编》尤其钟爱最后一段,评论说:"不特迷离婉约,态度撩人,结处尤得性情之正。"①

五、《采莲曲》的浙东地域风情

（一）"若耶溪边采莲女":浙东采莲的地域风情

荷花是南国水乡之花,广泛分布于古代的楚、吴、越等地,由于区域文化优势的递变,荷花的中心产地在文献记载中也有着相应的变化。大体而言,汉代之前,荷主要是楚地荷花;而东晋至南朝,主要是以建业为中心的吴地荷花;唐代,主要是"唐诗之路"周边、沿带的越地荷花。

在农业生产中,采摘是女性经常从事的劳动,为了缓解单调、重复劳动产生的烦闷心情,配合劳动的节奏,由此产生了异彩纷呈的民歌,采莲活动泛舟于湖光山色之间,清风徐徐,花色、人面交映,更具美感。可以说,采莲是最美的劳动之一;这也是千百年来,采莲不断为文人所讴歌的深层原因所在。

南朝时的采莲曲,其主人公采莲女,一般江南女子都能充任。但发展到唐代,逐渐以"越女"代替了"采莲女",或者如王勃《采莲曲》中的采莲女是指"吴姬越女",其发展会有这样的方向:采莲女—吴姬越女—越女。这样的意象集中的过程当然与浙东的地域风情相关。

东晋南渡后,历经宋、齐、梁、陈四代,吴越地区的文化优势日益凸显,降及初唐,江左文士纷纷崛起于文坛、政坛,据《旧唐书》所载:"神龙中,知章与越州贺朝、万齐融,扬州张若虚、邢巨,湖州包融,俱以吴、越之士,文词俊秀,名扬于上京。"②又据《新唐书·艺文志四》:"融与储光羲均延陵人,曲阿有余杭尉丁仙芝、缑氏主簿蔡隐丘、监察御史蔡希周、渭南尉蔡希寂、处士张彦雄、张潮、校书郎张晕、吏部常选周瑀、长洲尉谈贾,句容有忠王府仓曹参军殷遥、碨石主簿樊光、横阳主簿沈如筠,江宁有右拾遗孙处玄、处士徐延寿,丹徒有江都主簿马挺,武进尉申堂构,十八人皆有诗名。殷璠汇次其诗,为《丹阳集》者。"③可见江左文人在当时文坛上的影响,他们也创作了一些流转、婉媚的江南民歌,如贺知章的《采莲曲》、丁仙芝的《江南曲五首》、张潮的《采莲词》和《江南行》、徐延寿的《南州行》等。江左文人以其创作展现了南国风情、吴越文化。

① 陈伯海主编:《唐诗汇评·上》,浙江教育出版社1995年版,第96页。
② [后晋]刘昫:《旧唐书》卷一九〇,中华书局1975年版,第5035页。
③ [宋]欧阳修、宋祁:《新唐书》卷六〇,中华书局1975年版,第1609—1610页。

　　浙东荷花盛开的状况,也在诗歌中频繁出现,谢灵运曾在剡溪岸边,今上虞、嵊州交界处经营"始宁山庄",庄内湖沼中广植荷花。《山居赋》:"虽备物之偕美,独扶蕖之华鲜。播绿叶之郁茂,含红敷之缤翻。"①《自石壁精舍还湖中》也有"芰荷迭映蔚"之句。浙东的采莲胜地当首推镜湖。唐之镜湖面积与今相比,不可同日而语。唐代的镜湖方圆 206 平方千米,是今天的 110 倍,湖内荷花盛开,贺知章《采莲曲》中写的就是镜湖采莲:"稽山罢雾郁嵯峨,镜水无风也自波。莫言春度芳菲尽,别有中流采芰荷。"②李白《采莲曲》同样写若耶溪:"若耶溪傍采莲女,笑隔荷花共人语。日照新妆水底明,风飘香袂空中举。岸上谁家游冶郎,三三五五映垂杨。紫骝嘶入落花去,见此踟蹰空断肠。"③描写平湖之中,一片融融泄泄的劳动场景;即便有忧伤,也只是一层淡淡的表色。李白的这首作品写少年郎与采莲女,"多情却被无情恼",也成为采莲文学中的一种常见模式。王昌龄《采莲曲》:"吴姬越艳楚王妃,争弄莲舟水湿衣。来时浦口花迎入,采罢江头月送归。""荷叶罗裙一色裁,芙蓉向脸两边开。乱入池中看不见,闻歌始觉有人来。"④一共两首,从吴姬越艳写起,其妖娆之态宛然可见。第二首次句"芙蓉向脸两边开"显然受到梁元帝的"莲花乱脸色"的启发,但是梁元帝只是一种静态的比拟,而王昌龄是一种动态的展现,更为生动、传神。明人瞿佑在《归田诗话》中说:"贡有初,泰父尚书侄也,刻意于诗。尝谓予曰:'荷叶罗裙一色裁,芙蓉向脸两边开。棹入横塘人不见,闻歌始觉有人来。'王昌龄《采莲曲》也。诗意谓叶与裙同色,花与脸同色,故棹入花间不能辨,及闻歌声,方知有人来也。用意之妙,读者皆草草看过了。"⑤宋词中的"绣面芙蓉一笑开"脱胎于王昌龄的诗句,两"开"字同样精彩。而"乱入池中看不见"又有一种花面交相映,花深不知处的浑然、悠远的意味。李白、王昌龄从北方来,秀丽的江南水乡对其产生了"陌生化"的审美效应,他们以热烈的笔调去讴歌、描绘江南风情。唐代的采莲作品根植于越地,得山水之助,也大多染上一层明秀的亮色。唐人何希尧《操莲曲》:"锦莲浮处水粼粼,风外香生袜底尘。荷叶荷裙相映色,闻歌不见采莲人。"⑥"荷叶荷裙相映色""闻歌不见采莲人"对王昌龄的诗或顺承或翻案,也是佳作。王

① [清]严可均:《全上古三代秦汉三国六朝文》,中华书局 1958 年版,第 2605 页。
② [清]彭定求:《全唐诗》卷一一二,中华书局 1960 年版,第 1147 页。
③ [清]彭定求:《全唐诗》卷一六三,中华书局 1960 年版,第 1693 页。
④ [清]彭定求:《全唐诗》卷一四三,中华书局 1960 年版,第 1444 页。
⑤ [明]瞿佑:《归田诗话》卷上,丁福保辑《历代诗话续编》,中华书局 2006 年版,第 1240 页。
⑥ [清]彭定求:《全唐诗》卷五〇五,中华书局 1960 年版,第 5746 页。

昌龄的这首作品强化、固化了荷花描写中的一种模式,即人面、荷花映照模式。李中《采莲女》:"晚凉含笑上兰舟,波底红妆影欲浮。陌上少年休植足,荷香深处不回头。"①宋代秦观《调笑令·采莲》:"若耶溪边天气秋,采莲女儿溪岸头。……肠断谁家游冶郎,近日踟蹰临岸柳。"②王昌龄、李白作品中,江南"采莲女"明艳、活泼、娇羞,弥补了六朝以来"采莲女"形象的苍白、虚饰,开始成熟,以后陆续有作品描写"采莲女",从各个角度展现"采莲女"的生活,采莲女形象丰满、可感。如李白《越女词五首》:"耶溪采莲女,见客棹歌回。笑入荷花去,佯羞不出来。"

(二)"扣舷击榜,吴歈越吟":王勃《采莲赋》的文学表现

王勃《采莲赋》也是初唐时期咏物赋的佳制,序云:"昔之赋芙蓉者多矣,曹王潘陆之逸曲,孙鲍江萧之妙韵,莫不杂陈丽美,粗举采掇……顷乘暇景,历睹众制,伏玩累日,有不满焉,遂作赋曰。"③据赋序,王勃读了此前"曹王潘陆""孙鲍江萧"的赋作,虽赞其"逸曲""妙韵",但总体上有所不满,故而作《采莲赋》。

因为是采莲赋,故而先写莲花:"非登高可以赋者,唯采莲而已矣。况洞庭兮紫波,复潇湘兮绿水。或暑雨兮朝霁,乍凉飙兮暮起。黛叶青跗,烟周五湖。红葩绛花,电烁千里。尤见重于幽客,信作谣于君子。"前两句为总揽,接着依次描写莲花的生长之地,生长之时,莲叶之形,莲花之色。由莲花类比幽客与君子。由莲花之光彩、妙品、馨香之后,就自然写到采莲,突出采莲女。"是以吴娃越艳,郑婉秦妍。感灵翘于上朔,悦瑞色于中年。锦帆映浦,罗衣塞川。飞木兰之画楫,驾芙蓉之绮船。问子何去,幽潭采莲。"这一段重点是点明采莲的人物,描写采莲的准备,她们乘着画楫绮船,奔赴幽潭采莲。"搴条拾蕊,沿波溯流。池心宽而藻薄,浦口窄而萍稠。和桡姬之卫吹,接榜女之齐讴。去复去兮水色夕,采复采兮荷华秋。"这一段描写采莲的具体地点和时间,更重要的是表现采莲女的动作"去复去兮""采复采兮",映衬在"水色夕""桂华秋"的背景之上,给读者以欢快、流动、畅达的动感。这些都是描写白天的采莲。"扣舷击榜,吴歈越吟。溱与洧兮叶覆水,淮与济兮花冒浔。值明月之夕出,逢丹霞之夜临。茱萸歌兮轸姜思,芍药曲兮伤人心。伊采莲之贱事,信忘情之盖寡。"这一段是描写采莲女在夜幕降临时的感受。采莲时欢快畅达,吴歈越吟,不觉白天已逝,而采莲女兴致未减,由茱萸歌、芍药曲有感动情而伤心。

---

① [清]彭定求:《全唐诗》卷七四八,中华书局1960年版,第8612页。
② 唐圭璋:《全宋词》,中华书局1965年版,第466页。
③ [清]董诰:《全唐文》,中华书局1983年版,第1803页。

"时有东鄙幽人,西园旧客,常陪帝子之舆,经侍天人之籍。咏绿竹于风晓,赋彤管于日夕。暑往寒来,忽矣悠哉。蓬飘梗逝,天涯海际。似还邛之寥廓,同适越之淫滞。萧索穷途,飘飖一隅。昔闻七泽,今过五湖。听菱歌兮几曲,视莲房兮几珠。非邺地之宴语,异睢苑之欢娱。"这一段描写文人包括作者描写采莲之感慨。"今过五湖",五湖是太湖的别称,说明此赋为王勃过太湖时有感于江南采莲场景而作,也以作于浙东越州的可能性最大。赋的最后以歌吟结尾:"芳华兮修名,奇秀兮异植。红光兮碧色,禀天地之淑丽,承雨露之沾饰。莲有藕兮藕有枝,才有用兮用有时。何当婀娜华实移,为君何当藻凤池。"从中可以看出,有关采莲的文学,无论是诗,是词,是赋,都与乐曲具有一定的关联,集中体现了采莲文学入曲的传统。

王勃的《采莲赋》与《采莲曲》都表现了江南尤其是浙东的特定风貌,是我们认识与了解浙江唐诗之路的重要篇章,但就影响而言,诗的影响比赋更大。盖赋为骈体,对于魏晋南北朝赋作的因袭更多,如《采莲赋》的开头"非登高可以赋者,唯采莲而已矣",明显是仿照《江淹》别赋"黯然销魂者,惟别而已矣"。《采莲曲》则汲取了魏晋南朝乐府诗之长,而又有所创造,成为初唐诗时期的名篇。

第二节　李白《梦游天姥吟留别》

海客谈瀛洲,烟涛微茫信难求;

越人语天姥,云霞明灭或可睹。

天姥连天向天横,势拔五岳掩赤城。

天台四万八千丈,对此欲倒东南倾。

我欲因之梦吴越,一夜飞度镜湖月。

湖月照我影,送我至剡溪。

谢公宿处今尚在,渌水荡漾清猿啼。

脚著谢公屐,身登青云梯。

半壁见海日,空中闻天鸡。

千岩万转路不定,迷花倚石忽已暝。

熊咆龙吟殷岩泉,栗深林兮惊层巅。

云青青兮欲雨,水澹澹兮生烟。

列缺霹雳,丘峦崩摧。

洞天石扉,訇然中开。

青冥浩荡不见底，日月照耀金银台。

霓为衣兮风为马，云之君兮纷纷而来下。

虎鼓瑟兮鸾回车，仙之人兮列如麻。

忽魂悸以魄动，恍惊起而长嗟。

惟觉时之枕席，失向来之烟霞。

世间行乐亦如此，古来万事东流水。

别君去兮何时还？且放白鹿青崖间。须行即骑访名山。

安能摧眉折腰事权贵，使我不得开心颜！①

一、《梦游天姥吟留别》作年与题旨

詹锳《李白诗文系年》天宝五载(746)："《梦游天姥吟留别》，《河岳英灵集》题作《梦游天姥山别东鲁诸公》。按此诗既见于《河岳英灵集》，当是天宝十二载以前所作。……仇注《杜少陵集·春日忆李白》诗下引顾宸曰：'天宝五载春公归长安，白被放浪游，再入吴。'按杜甫之去鲁在天宝五载秋，已见前，其归至长安似应在本年冬季。至白别东鲁诸公再游吴越，亦在是时，翌年春则已达会稽，故杜甫有诗怀之也。"②郁贤皓《李太白全集校注》卷一二："梦游天姥吟留别：《河岳英灵集》卷上题作《梦游天姥山别东鲁诸公》。宋本、萧本、郭本、缪本、王本、咸本、《全唐诗》校：'一作《别东鲁诸公》。'天姥：山名。《元和郡县图志》卷二十六江南道越州剡县：'天姥山，在县南八十里。'唐代属剡县，在今浙江新昌县南部。主峰拨云尖海拔八一七米，其峰孤峭突起，仰望如在天表。按：此诗当是天宝五载(746)李白离开东鲁南下会稽时告别东鲁友人之作。"③

这首诗《河岳英灵集》卷上题作"梦游天姥山别东鲁诸公"④，内涵表述得更为清楚，又源自与李白同时的《唐人选唐诗》，应更为可靠。薛天纬《李白诗选》云："天宝五载秋冬之际将由东鲁赴越时作。诗题从胡震亨《李诗通》。宋蜀本诗题作《梦游天姥吟留别》，题下注云：'一作别东鲁诸公。'古今各家注本及选本均依宋蜀本，但诗题中'留别'之后无施与对象，因而不符合李白及其他唐代诗人写作歌行类诗篇的命题方式，成为唯一的'个例'，实为误题。若依其题下注，自题中'别'字起作

① 　[清]彭定求：《全唐诗》卷一七四，中华书局1960年版，第1779—1780页。
② 　詹锳：《詹锳全集》卷五《李白诗文系年》，河北教育出版社2016年版，第76—77页。
③ 　郁贤皓：《李太白全集校注》卷一二，凤凰出版社2015年版，第1762—1763页。
④ 　[唐]殷璠：《河岳英灵集》卷上，《唐人选唐诗新编(增订本)》，中华书局2014年版，第175页。

'别东鲁诸公',则与《李诗通》同。"①薛天纬专门有《〈梦游天姥吟留别〉诗题辨误》一文,以为《河岳英灵集》提供的原始版本的重要信息是:李白此诗的诗题由三个基本要素构成:前半部是诗的本题"梦游天姥山",后半部是诗的施与对象"东鲁诸公",中间是连接前、后部的动词"别"。这种构成可图示为"梦游天姥山＋别＋东鲁诸公",此后这一诗题虽然出现了文字变易,但无论其如何变异,都不应该丢失这三个基本要素;任何一项的文字丢失,都意味着诗人原意的严重丢失。在这样的基础上,薛先生论定了《李诗通》所载诗《梦游天吟留别东鲁诸公》是此诗的最佳题词目。② 又啸流《梦游天姥吟留别诗题诗旨辨》云:"这首歌行诗的本题《梦游天姥吟》,当毋庸置疑,《河岳英灵集》将'吟'作'山',可视为传抄之误;诗中有'别君去兮何时还'一语,表明诗有特定读者对象,它的题目应属于前述歌行诗题的第二种形式,即'本题＋动词＋人物宾语';再以《河岳英灵集》为基本参照,可以推定这首诗的题目是《梦游天姥吟留别东鲁诸公》或《梦游天姥吟别东鲁诸公》。"③

　　全诗皆写梦境,开头并未直接写天姥,而是从海上仙山瀛洲发起,引出天姥。然后"天姥连天"四语正面写天姥,入正题。从"我欲因之梦吴越"一直到"恍惊起而长嗟",都是写梦游,扣紧题目,此处描写,惝恍迷离,纯是梦境,与实写游览山景之态者迥然不同。从"惟觉时之枕席"开始一直到结束,又由梦境转到人事。"世间行乐亦如此,人间万事如流水"二句点明作诗之旨,写出林中幻想不常,悟出人间万事也是如此。从结构上看,这二句是结束上文,振起下文。下面几句是对神仙世界的热烈向往和追求,最后两句表现了李白蔑视权贵的傲岸性格,具有鲜明强烈的反抗性。这首诗的特定背景是李白入翰林,本来壮志满怀,但后来被放还山,无异好梦一场,梦醒之后跌落现实之中,只留无限惆怅,故而颇感人生虚妄,是李白现实碰壁,转入仙境,仙境幻灭又归现实的过程。全诗通过梦游,抒写了对名山大川的热爱和向往以及对神仙世界的追求,并表现了作者鄙弃尘俗、蔑视权贵、追求自由的思想。艺术上想象丰富,描写生动。体制非常解放,句法上四言至九言均有,除用了古诗句法外,还用了骚体句法和辞赋句法,而形式上的这些方面,作者并不受任何拘束,而是才气奔放,兴到笔随,气势磅礴,有如排山倒海。再加上内容丰富,情节曲折,用语奇谲,形式多变,构成了全诗浪漫主义的主旋律,堪称李白的代表作。

---

① 薛天纬:《李白诗选》,人民文学出版社 2017 年版,第 146 页。
② 薛天纬:《〈梦游天姥吟留别〉诗题辨误》,《文学评论》2013 年第 2 期,第 45—48 页。
③ 啸流:《梦游天姥吟留别诗题诗旨辨》,《中国李白研究》1991 年集,第 256 页。

二、《梦游天姥吟留别》章句梳理

吴小如先生评析这首诗云："这是一首乐府歌行体的杂言古诗。而古诗的传统特征,是以韵脚的转换来体现诗义的转折和诗境的转移的。因此,我们读这首诗就应根据其韵脚的变换来划分它的层次和章节。全诗分为三个段落,开头是引子,末段是结语,中间是梦游正文。结构很完整,纯系散文格局。"①这段话对于《梦游天姥吟留别》的把握非常准确,诗虽针线细密而脉络清楚。我们根据韵律的转换与诗情的发展逐句加以分析。

"海客谈瀛洲,烟涛微茫信难求;越人语天姥,云霞明灭或可睹",诗人从想象着笔,表现对于天姥的向往,透露出梦游天姥的缘由。瀛洲,一般的注释都注释出典是《史记·秦始皇本纪》:"齐人徐市等上书,言海中有三神山,名曰蓬莱、方丈、瀛洲,仙人居之。请得斋戒,与童男女求之,于是遣徐市发童男女数千人,入海求仙人。"②但李白用典的指向并非《史记》,而是汉代东方朔的《海内十洲记》:"瀛洲,在东海中,地方四千里。大抵是对会稽,去西岸七十万里。上生神芝仙草。又有玉石,高且千丈。出泉如酒,味甘,名之为玉醴。饮之数升辄醉,令人长生。洲上多仙家,风俗似吴人,山川如中国也。"③从用典看出,李白这四句诗都是指向越州的,"海客"所谈是指越州大的范围,是与会稽相对的;"越人"所语是指越州小的范围,是集中于天姥的。瀛洲在烟涛微茫当中隐约模糊,难以寻觅,但对着会稽,风俗似吴,又有如酒且令人长生之泉,当然是李白向往的地方。天姥山是具体的梦游对象,因为越人谈到天姥山,虽然云霞明灭,时隐时现,但有时还是可以见其真容。而且天姥山在唐人的记载中非常真切,白居易《沃洲山禅院记》称:"东南山水,越为首,剡为面,沃洲、天姥为眉目。"同时这一开头也是化用了谢灵运《登临海峤初发强中作与从弟惠连见羊何共和之》诗的句意:"暝投剡中宿,明登天姥岑。高高入云霓,还期那可寻?"④"高高入云霓"是写实之笔,"云霞明灭或可睹"则在写实的基础上又加上了幻化的色彩。

"天姥连天向天横,势拔五岳掩赤城。天台四万八千丈,对此欲倒东南倾",四句描写想象中天姥山的高峻雄伟。这里仍用类比的手法,第一句直接描天姥山横

---

① 裴斐主编:《李白诗赏析集》,巴蜀书社1988年版,第122页。
② [汉]司马迁:《史记》卷六,中华书局1982年版,第247页。
③ [清]王琦注:《李太白全集》卷十五,中华书局1977年版,第706页。
④ 丁福保编:《全汉三国晋南北朝诗》,中华书局1959年版,第646页。

空出世以后,先以五岳类比,再以天台类比,衬托出天姥山天下无双。这几句的关键是几个地名,一是五岳,劈地摩天,气冠群伦,在中国是被称为"岳"的名山。二是赤城,这是位于台州近于天姥的名山,孙灵符《会稽记》称:"赤城山,色皆赤,状似云霞,望之如雉堞。"①三是天台,是东南最著名的山峰之一。南朝梁陶弘景《真诰》称:"天台山高一万八千丈,周回八百里。山有八重,四面如一,顶对三辰,当牛女之分。以其上应台宿,光辅紫宸,故名天台。"②这是天台山命名的由来。东晋孙绰《游天台山赋》云:"天台山者,盖山岳之神秀者也。涉海则有方丈蓬莱,登陆则有四明天台,皆玄圣之所游化,灵仙之所窟宅。夫其峻极之状,嘉祥之美,穷山海之瑰富,尽人神之壮丽矣。"③诗句"四万八千丈",有些刻本作"一万八千丈",更符合《真诰》所载天台山的高度,但"四万八千丈"也可以看成李白描写天台山的更为夸张之笔,这样就更衬托出天姥山的卓拔与雄奇。以上总写天姥山的雄伟壮观。

"我欲因之梦吴越,一夜飞度镜湖月",四句描写梦游的具体路线。"因之"是承上启下之笔,是说听了越人之语而向往吴越,进而梦游吴越。梦游吴越的第一站是镜湖。"著一'飞'字,形容历程之快,显示游山之心切。驾长风,披月光,越镜湖,抵剡溪,来到当年灵运宿处,眼见荡漾渌水,耳闻清猿啼鸣。于是游兴更浓,连夜登山。"④镜湖是越中最著名的胜地,《嘉泰会稽志》卷一〇"会稽县":"镜湖在县东二里,故南湖也。一名长湖,又名大湖。《通典》云:'东汉永和五年,太守马臻始筑塘立湖,周三百十里,溉田九千余顷,人获其利。'王逸少有云:'山阴路上行,如在镜中游。'镜湖之得名以此。《舆地志》:'山阴南湖,萦带郊郭,白水翠岩,互相映发,若镜若图。'任昉《述异记》云:'轩辕氏铸镜湖边,因得名。或云黄帝获宝镜于此也。'"⑤而梦境中的月下镜湖,空灵缥缈,晶莹澄澈,确实是人间仙境。这两句写作者对天姥山的向往,故而连夜飞度,梦中漫游。

"湖月照我影,送我至剡溪。谢公宿处今尚在,渌水荡漾清猿啼。脚著谢公屐,身登青云梯。半壁见海日,空中闻天鸡",这段描写梦游吴越第二站是剡溪。"写梦登天姥的情景。'著''登'动作的连写,可看出诗人登山的轻捷情态。到达半山时,

---

① [清]永瑢等撰:《嘉定赤城志》,《四库全书总目》卷六八,中华书局1965年版,第2106页。
② [清]董诰:《全唐文》,《唐文拾遗》卷五十,中华书局1983年版,第10941页。
③ [南朝梁]萧统:《文选》卷一一,上海古籍出版社1986年版,第493—494页。
④ 郁贤皓:《李太白全集校注》卷一二,凤凰出版社2015年版,第1776页。
⑤ [宋]施宿:《嘉泰会稽志》卷一〇,《宋元方志丛刊》第7册,中华书局1990年版,第6888页。

眼看海上日出,耳闻天鸡鸣叫。诗人心境是愉悦的。"①剡溪古已有之,唐代剡溪在剡县。《水经注》称:"(浦阳)江水又东南,经剡县,与白石山水会。山上有瀑布,悬水三十丈,下注浦阳江。浦阳江水又东流南屈,又东回北转,经剡县东。"②《世说新语·任诞》所载晋王徽之雪夜访戴安道的故事就是发生在剡溪的典故。唐李吉甫《元和郡县图志》越州剡县云:"剡溪,出县西南,北流入上虞县界为上虞江。"③因为是梦游,李白是用动态来描写地名的流动的。李白这里突出剡溪,也表现出他对于剡溪的极度向往。他在最初出川时,就写了《秋下荆门》诗:"霜落荆门江树空,布帆无恙挂秋风。此行不为鲈鱼鲙,自爱名山入剡中。"④对于剡中山水表现出无比崇尚向慕之情。山水诗鼻祖谢灵运为永嘉太守时,开辟了七百里剡中道,剡溪真正成为名南名胜之地。这里今天仍然留存谢灵运的遗迹,无怪于李白说"谢公宿处今尚在"。谢灵运选择自己居住之地,渌水荡漾,猿声清啼,堪称山水绝佳之地,故而吸引了李白前来漫游,漫游之前,先是梦游。然后就想象当中模仿谢灵运登山的情况。这里有几个词语需要阐释一下,一是谢公屐,这是一种根据上山或下山需要可以调换屐齿的木屐。《宋书·谢灵运传》:"寻山陟岭,必造幽峻,岩嶂千重,莫不备尽。登蹑常著木履,上山则去前齿,下山去其后齿。尝自始宁南山伐木开径,直至临海,从者数百人。"⑤二是青云梯,这也来源于谢灵运的诗歌,其《登石门最高顶》诗:"惜无同怀客,共登青云梯。"⑥李白诗王琦注:"青云梯,谓山岭高峻,如上入青云,故名。"⑦三是天鸡,南朝梁任昉《述异记》卷下:"东南有桃都山,上有大树,名曰'桃都',枝相去三千里。上有天鸡,日初出,照此木,天鸡则鸣,天下鸡皆随之鸣。"⑧这一段由上一段的梦游中的夜景转移到天明后的昼景,天亮以后,看到了谢公宿处,也看到了渌水荡漾,听到了清猿悲啼,也听到了天鸡齐鸣。说明作者已经从剡溪到达了天姥山。这一段描写天姥山晴朗之景。

"千岩万转路不定,迷花倚石忽已暝。熊咆龙吟殷岩泉,栗深林兮惊层巅。云青青兮欲雨,水澹澹兮生烟",这一段描写梦游天姥山之景,侧重于暮景的描写。作

① 郁贤皓:《李太白全集校注》卷一二,凤凰出版社 2015 年版,第 1776 页。

② [北魏]郦道元撰,陈桥驿点校《水经注校证》卷四〇,中华书局 2007 年版,第 945 页。

③ [唐]李吉甫《元和郡县图志》卷二六,中华书局 1983 年版,第 620 页。

④ [清]彭定求《全唐诗》卷一八一,中华书局 1960 年版,第 1844 页。

⑤ [南朝梁]沈约《宋书》卷六七,中华书局 1974 年版,第 1775 页。

⑥ 丁福保编:《全汉三国晋南北朝诗》,中华书局 1959 年版,第 643 页。

⑦ [清]王琦注:《李太白全集》卷一五,中华书局 1977 年版,第 707 页。

⑧ [清]王琦注:《李太白全集》卷一,中华书局 1977 年版,第 10 页。

者梦游了一天的天姥山，千岩万转，重叠回环，迷花倚石，目不暇接，不觉已渐天晚。这时听到熊咆龙吟之声，震动崖谷，惊耸深林，加以浓云渐密，似欲降雨，泉水澹澹，烟雾腾腾，令人惊讶莫名，顿生恐惧。这一段描写天姥山阴沉之景。

"列缺霹雳，丘峦崩摧。洞天石扉，訇然中开。青冥浩荡不见底，日月照耀金银台。霓为衣兮风为马，云之君兮纷纷而来下。虎鼓瑟兮鸾回车，仙之人兮列如麻"，这一段是天姥山仙境的描写。作者在惊恐莫名之时，突然听到霹雳一声，山峦摧裂，洞门大开，呈现出一片世外洞天。浩荡的天空无边无际，日月的光辉洒落在仙人的楼台，列队的仙人以云为衣，以风为马，纷纷自天而降，虎在为之鼓瑟，鸾在为之驾车，仙人列于天姥之境，纷繁如麻。这一段对于天姥仙境的描写，想象奇特，夸张大胆，使得梦游达到高潮，也把天姥山的神奇推向了极致。郁贤皓先生分析这一段说："写幽深的峰峦中所见的惊险神奇的境界。这是梦游的重点。白天的游程，只用'千岩万转路不定，迷花倚石忽已暝'二句概括。正当游极乐时，夜幕突然降临，这时出现了可怕的景象：熊咆哮，龙吟啸，岩泉为之震荡，深林为之战栗，峰巅为之惊惧。浓云欲雨，流水腾烟。接着用四字句写电闪雷鸣，山崩石裂，洞府石门，轰地打开。于是，诗人把幻想推向高峰，用瑰丽的色彩描绘神仙世界：天空广阔，无边无际，日月高照，楼台辉煌，仙人们以霓为衣，以风为马，纷纷飞下。白虎弹瑟，鸾鸟驾车，神仙之多，犹如乱麻。"[1]这一段描写天姥山仙洞之景。

"忽魂悸以魄动，恍惊起而长嗟。惟觉时之枕席，失向来之烟霞"，这四句是梦醒后的惊觉。梦游之境一扫而空，枕边缭绕仙气的烟霞顿然消失，回到现实之中，只见原来的枕席依旧如常，大梦一场，更觉寥落寂寞，这是梦游与梦醒的对比，也是李白胸中块垒的抒发，人生失意感慨也隐含其中。这一段描写梦境惊醒后的情形。

"世间行乐亦如此，古来万事东流水。别君去兮何时还？且放白鹿青崖间。须行即骑访名山。安能摧眉折腰事权贵，使我不得开心颜"，这七句是梦游之感，作为诗篇的结束。点出对于名山仙境的向往，同时也是对于权贵的抗争，这是诗歌的题旨所在。这一段分两层意思，一是点明留别，落脚于"别君去兮何时还"，因为不知道几时还，故而写下这首诗以留别东鲁诸公，留别时又留下了"世间行乐亦如此，古来万事东流水"的感慨，而李白的感慨又升华为下面两句心志的表现。二是表明心志，这就是最后两句"安能摧眉折腰事权贵，使我不得开心颜"，这是整个诗歌的灵魂，也是李白性格的表露，更是文人风骨的表现。而要达到这样的心志，其外在方

---

① 郁贤皓：《李太白全集校注》卷一二，凤凰出版社 2015 年版，第 1776—1777 页。

式就是"且放白鹿青崖间。须行即骑访名山","访名山"当然重在游天姥,这样就在最后又进一步扣紧题目,表现出梦游天姥的要旨,并通过震撼的呼声给诗歌带来了昂扬的结尾。这一段描写梦境惊醒后的感想。

三、《梦游天姥吟留别》艺术表现

我们逐句分析《梦游天姥吟留别》的意蕴之后,再综合探讨这首诗的艺术表现。严羽《沧浪诗话》所称李白诗"飘逸"的特点,在这首诗中表现得淋漓尽致。我们看司空图《诗品》对于"飘逸"风格的描写:"落落欲往,矫矫不群,猴山之鹤,华顶之云。高人惠中,令色絪缊,御风蓬叶,泛彼无垠。"这样的作品,需要矫健雄毅,脱落群俗,就像猴山之鹤、华顶之云那样潇洒,姿态闲逸,飘然若仙,超脱尘世,如驾一叶扁舟,在无边无际的太空遨游。具体说来,这样飘逸的风格是通过韵律、音响、激情、气势来表现的。

（一）韵 律

这首诗在韵律上也非常独到,学者黄永武的分析颇为精彩:"起首四句,用了二个'促起式'的短韵,'洲、求''姥、睹',句句押韵,造成一股迅疾之势,很快地引出了主题。接着是隔句用韵,气势便稍缓,由于转韵的七言古风,第一句总以入韵为原则,所以四句中有'横、城、倾'三个韵脚。这四句的目的是借五岳、赤城、天台来衬托天姥的高耸,所以四句中有'横、城、倾'等庚韵字,来与'高大'的情境谐合;一面在'天姥连天向天横'句中,重出了三个'天'字,读来佶屈聱牙,也正象征着天姥艰涩难攀的形势。"[1]因为韵脚的安排,使得诗的开头读来一气流走,飘逸畅达,李白写作在各个方面都在追求变化,于此可见一斑。再如末尾几句"别君去兮何时还?且放白鹿青崖间。须行即骑访名山。安能摧眉折腰事权贵,使我不得开心颜",韵律配合着昂扬激越的感情,抒写着李白的心志。黄永武分析说:"'别君去兮何时还',这句诗是畸零句,畸零句必须入韵,这'还、间、山、颜',五句中具备了四个韵脚,情感就显得激动,语句也很遒劲,'还、间、山、颜'等删韵字,近乎浩叹的声音。'安能摧眉折腰事权贵'的九字长句,不押韵,穿插在激动浩叹的音响里,一口气快读九个字,必然很激越,这种激越的情绪,由于这凸出的九字句,破坏了诗行的平衡结构,得以充分地表达。"[2]黄永武论述韵律与情感的关系,认为用"删"韵字以表现

---

[1] 黄永武:《中国诗学·设计篇》,新世界出版社2012年版,第137页。
[2] 黄永武:《中国诗学·设计篇》,新世界出版社2012年版,第139页。

感的激动、声音的浩叹、语句的遒劲,梦醒以后的情境由此惟妙惟肖地展现出来。

（二）音　响

李白这首诗在艺术表现上最为突出的方面还在于对音响的描写,使得诗歌取得了有声有色有画有情的艺术效果。从开头的"谈""语"到结尾的"安能摧眉折腰事权贵"的放情抒怀,都在传达李白的心声。我们这里列举中间一段加以分析:"熊咆龙吟殷岩泉,栗深林兮惊层巅。云青青兮欲雨,水澹澹兮生烟。列缺霹雳,丘峦崩摧。洞天石扉,訇然中开。青冥浩荡不见底,日月照耀金银台。霓为衣兮风为马,云之君兮纷纷而来下。虎鼓瑟兮鸾回车,仙之人兮列如麻。"李白梦游,在"迷花倚石忽已暝"的景色铺垫之后,突然进入了震撼心弦的声音描写。声音又是在环境气氛中表现的,"熊咆""龙吟""虎鼓瑟""鸾回车",已将声音拟人化;"訇然洞开",通过声音的表现衬托出天门大开的宏敞境界,同时"訇然"这样惊天的声响也将全诗的音响表现推向了极致;"仙之人兮列如麻",仙人众多,纷纷扰扰,声音的集聚与传播也可以想见。音节的安排与韵脚的搭配也体现了音响的节奏。这一段一共85字,用了58个平声、27个仄声,平声占了绝大多数,是运用形容声响的高平调表现诗歌高昂爽朗的风格。在运用仄声的地方还注重与平声相对照,如"列缺霹雳,丘峦崩摧",上句全用仄声,下句全用平声,目的也是要突出音响效果。

（三）激　情

李白诗歌是充满激情的,这当然来源于李白的独特个性,这种个性又在他的诗歌中得到最充分、最明显的表达。《梦游天姥吟留别》以情而起,梦游天姥的目的之一是要留别东鲁诸公,留别诗集中于抒情。而整个诗篇都是李白激情的奔泻。开头以"海客""越人"之谈论引起,抒情之笔由客体而发。因客体而进入主体,直接点明"我"。进入我的主体很快就入梦,梦游飞渡当然所见为景,而这景是融入情中的。"一夜飞度镜湖月",是梦游,也是夜游,故这时无论是景还是情都是由"月"笼罩。"月"是夜间梦游的情景交融之物,而夜游之情舒缓恬淡。而梦游转入白天之后,随着仙境的繁盛缤纷,情也由舒缓恬淡转为激荡跳跃。而梦醒之后跌入现实之中,则表现出情的孤寂寥落,感叹世间行乐,悠忽聚散,如同一梦。但这样的感慨之后,李白仍然激情奔越,表明了不事权贵的心志与风骨,使得全诗的激情表现到达最高峰。因此,这首诗在感情表达上,也是百回千转、激昂奋发的。

（四）气　势

李白的诗歌往往发兴无端,气势壮大,想落天外,奇之又奇,气势浩大的形象中,就寄寓着李白傲世独立的人格力量,《梦游天姥吟留别》就是代表作之一。这首诗的气势流转于现实与幻梦之间。诗从现实发端,由"海客""越人"引入"瀛洲""天姥"的描写,一开头就奠定了雄健豪迈的基调,同时又呈现出飘逸清丽的文笔。进入梦游之后,一个"飞"字既表现梦中的疾捷,又表现梦中的轻盈,夜中飞度所见,是渌水荡漾,清猿啼鸣,这里气势还较为舒缓,而这一舒缓也是为下面的气势腾跃所做的铺垫。而到了天明,更是身登青云梯,空中闻天鸡。天明之后,逐渐进入仙境的描写,到了薄暮达到极致。当李白进入深林惊讶莫名的时候,突然"列缺霹雳,丘峦崩摧。洞天石扉,訇然中开",接着排山倒海的气势令人惊恐莫名。作者在梦境之中也悲喜交集。梦醒跌入现实之后,尽管顿生悲慨,感叹形迹,觉得"人间万事如流水",但作者并未沉沦,更不逃避,而是激情高昂,表现出不事权贵的傲岸情格和铮铮风骨。因此我们可以说,这首诗最震撼人心者是通贯全诗的"气":气势、气韵、气魄、气质。由"气"融贯为昂扬振奋的格调,呈现出飘逸流畅的特质。

（五）虚　实

这首诗艺术表现上的一大特色是虚实结合,将梦中之景、亲历之景、历史事实、虚幻想象融合在一起,达到了奇之又奇的境界。马茂元《唐诗选》有关这首诗的点评最为精到:"太白诗以奇称,此诗奇中又奇,虚虚实实,全从空中落笔。'游'天姥,却先从'海客谈瀛洲'起作陪衬,虚写一层。继以'越人语天姥',阑入赤城天台,又一层陪衬,又一层虚写。'我欲因之梦吴越'以下入'游'字,愈唱愈奇,万幻千变,似为实写;忽然魂悸魄动,惊起惟见枕席,则实写仍为虚写。再返问前面,曰'信难求',曰'或可睹',曰'梦吴越',曰'镜湖月',曰'照我影',早已节节点明'梦游',只为状写太真切、太奇丽,读者才以梦为真,以虚为实。末节就美梦与现实展开议论,发抒不平,结出'留别'两字,拟骑白鹿、访名山以求梦中境界,避开污浊世界,傲骨自珍,期开心颜,则与实中怀虚,仍扣'游天姥'题面。天马行空,逸足神骏,而步武不紊,可为此诗之比。"[1]这段评论通过写景与抒情、对比与衬托、勾连与照应、主观与客观等各个方面,揭示出这首诗虚实结合而千变万化,从而达到奇妙莫名的境界。

四、《梦游天姥吟留别》诗集评

宋严羽《沧浪诗话》:"子美不能为太白之飘逸,太白不能为子美之沉郁。太白

---

①　马茂元:《唐诗选》,上海古籍出版社1999年版,第225—226页。

《梦游天姥吟》《远别离》等，子美不能道。子美《北征》《兵车行》等，太白不能作。论诗以李、杜为准，挟天子以令诸侯也。"①

宋范德机《批选李太白集》卷三："'云霓明灭或可睹'，瀛洲难求而不必求，天姥可睹而实未睹，故因梦而睹之耳。'空中闻天鸡'，甚显。'迷花倚石忽已暝'，甚晦。'日月照耀金银台'，甚显。'霓为衣兮风为马'，又甚晦。'失向来之烟霞'，显而晦，晦而，极而与人接矣。不知其梦耶？非耶？倏而悸而惊起，得枕席而失烟霞。非有太白天之胸次笔力，亦不能发此。'惟觉时之枕席，失向来之烟霞'二句最有力。'我欲'以下，梦之源委；次诸节，梦之波澜。二句，梦之会归也；结语就平衍，亦文势之当如此也。"②

宋谢枋得："此太白避乱鲁中而留别之作，然以游仙为是，以游宦为非，盖出于不得已之情。"（《李太白诗醇》卷六引）③

明吴山民曰："'天台四万八千丈'，形容语，'白发三千丈'同意，有形容天姥高意。'千岩万壑'句，语有概括。下三句，梦中危景。又八句，梦中奇景。四句，梦中所遇。'唯觉时之枕席'二语，篇中神句，结上启下。'世间行乐'二句，因梦生意。结超。"（《删补唐诗选脉会通评林》）④

明唐汝询《唐诗解》卷一三："此将之天姥，托言梦游，以见世事皆虚幻也。瀛洲在海，其说近虚；天姥在越，其言可信。盖此山有极天之峻，超拔五岳，而掩赤城之标。天台虽高，对此犹倾倒也。此皆越人所述，我欲因其言以梦游吴越，则心神固已随镜湖之月而飞度矣。湖月照影以下，皆述梦中所历。言既经谢公投宿处，而又深入穷岩，时闻霹雳之声，丘峦若崩者，乃洞天石扇之开也。其中浩荡无极，日月所照，皆仙境矣；所见之人，皆霓衣风马，来往焱疾，鸟兽皆能鼓瑟，回车而仙者，又不胜其众。于是魂魄动而惊起，乃叹曰：此枕席间岂复有向来之烟霞哉！乃知世间行乐亦如此梦耳，古来万事亦岂有在者乎？皆如流水之不返矣。我今别君而去，未知何时可还，且放白鹿于山间，归而乘之，以遍访名山，安能屈身权贵，使不得豁我之襟怀乎？"⑤

明朱谏《李诗选注》："按此诗初叙天姥之胜概（计八句）。次言梦中游历之事及

① ［宋］严羽：《沧浪诗话》诗评，［清］何文焕辑：《历代诗话》，中华书局 2002 年版，第 697 页。
② 裴斐、刘善良编：《李白资料汇编》金元明清之部一，中华书局 1994 年版，第 65 页。
③ 詹锳主编：《李白全集校注汇释集评》卷十三，百花文艺出版社 1996 年版，第 2111 页。
④ 詹锳主编：《李白全集校注汇释集评》卷十三，百花文艺出版社 1996 年版，第 2112 页。
⑤ 詹锳主编：《李白全集校注汇释集评》卷十三，百花文艺出版社 1996 年版，第 2110 页。

既觉之情(计二十句)。又次言古今凡事皆如梦也,以总结上意(计二句)。末言归留别以著作诗之由(计五句)。此天姥次序略节之要也。(第一段)此李白梦游天姥留别而作也。言瀛洲仙景在于大海之中,海客虽尝谈其胜概,然玄万里,烟涛微茫,非舟楫之可到,信乎其难以求也。若是越人语乎天姥之胜,则天姥在乎舆图之内,界乎瓯越之间,虽有云霓之明灭,其巍然峻拔者或可得而见也。此山上连青天,横亘中土,势同五岳,下掩赤城。天台虽有四万八千丈之高,亦倾偃于东南,娄于海隅,不敢与之抗衡,较崇庳、论低昂矣。(第三段)言天姥之胜,我欲往游,迹不得遂,因形于梦寐之间,一夜恍然,飞度镜湖之月份。月照我影,送至剡溪,见公留宿之处今尚在也,水流猿啼,宛然旧境。我乃脚着谢公之屐,身登记青云之梯,见海日之初升,闻天鸡之报晓,岩壑萦回,而路出多歧,迷花倚石,而又晚矣。熊咆龙吟,动岩谷,殊为可骇。云气密而雨,水色澹而生烟,丘峦崩摧,有如雷电之交作,而险怪之状不一。石洞门开,日月光照乎仙台,而青冥浩荡之无虚(底)也。洞中仙人以霓为裳,以风为马,云中之君皆来会集,虎鼓瑟而鸾回车,班列如麻,何其多也!使我一见之间魂魄惊动,喟然发叹,忽焉而起,乃知身在枕席之上,向来所历之烟霞皆是梦中所历之境象,出于假借,非实有也。("世间"二句)承上言我之梦游天姥非身到其地也,乃假托于精神,想象于形迹而已经,岂其游耶!由是观之,世间行乐亦皆如此,倏忽取散,乍有乍无,同一梦耳。自古及今,万事悠悠,有似东流之水,去而不返,茫无定迹,万古亦一梦也。亦岂止一行乐而已哉!(末段)承上言功名富贵同于一梦,有不足于累于吾心者,我为天姥之吟,与君留别,别君而去,何时还乎?吾将骑白鹿于青崖之间,寻访于天姥之下,安得低眉屈身以事权贵,戚戚然于功名富贵乎!"[1]

明桂天祥《批点唐诗正声》:"《梦游天姥吟》胸次皆烟霞云石,无分毫尘浊,别是一副言语,故特为难到。"[2]

清吴昌祺《删订唐诗解》卷七:"山既佳,而又托之梦中,足以任其挥洒。……(别君去兮何时还)至此方入留别意。"[3]

清沈德潜《唐诗别裁集》卷六:"托言梦游,穷形尽相,以极洞天奇幻,至醒后顿失烟矣。知世间行乐,亦同一梦,安能于梦中屈身权贵乎?吾当别去,遍游名山以

---

① 詹锳主编:《李白全集校注汇释集评》卷十三,百花文艺出版社1996年版,第2101页。

② [清]蘅塘退士,[清]朱孝臧编:《唐诗三百首 宋词三百首》,万卷出版有限责任公司2017年版,第47页。

③ 尚永亮主编:《唐诗观止》,陕西人民教育出版社1998年版,第111页。

终天年也。诗境虽奇,脉理极细。'海客谈瀛洲',引起'一夜飞度镜湖月'。'飞度镜湖月'以下,皆言梦中所历。'洞天石扉,訇然中开',一路离奇灭没,恍恍惚惚,是梦境,是仙境。'恍惊起而长嗟',梦醒。'古来万事如流水',因梦游推开,见世事皆成虚幻也。'别君去兮何时还','留别'意末路一点。"①

清弘历《唐宋诗醇》卷六:"七言歌行,本出楚骚、乐府,至于太白,然后穷极笔力,优入圣域。昔人谓其'以气为主,以自然为宗,以俊逸高畅为贵,咏之使人飘扬欲仙'。而尤推《天姥吟》《远别离》等篇,以为虽子美不能道。盖其才横绝一世,故兴会标举,非学可及。正不必执此谓子美不能及也。此篇天矫离奇,不可方物。然因'语'而'梦',因'梦'而'悟',因'悟'而'别',节次相生,丝毫不乱。而中间梦境迷离,不过意伟怪耳。胡应麟以为'无首无尾,窈冥昏默',是真不可以说梦也,特谓非其才力,学之立见颠踣,则诚然耳。"②

清方东树《昭昧詹言》卷一二:"陪起,令人迷。'我欲'以下正欲梦,愈唱愈高,愈出愈奇。'失向'句收住。'世间'二句入作意,因'梦游'推开,见世事皆成虚幻也,不发此则作诗之旨无归宿。'留别'意只末后一点。韩《记梦》之本。"③

清陈沆《诗比兴笺》卷三:"此篇昔人皆置不论,一若无可疑议者。试问:题以《留别》为名,夫离别则有离别之情矣,留别则有留别之体矣,而通篇徒作梦寐冥茫之境,山林变幻之词,胡为乎?'忽魂悸以魄动,恍惊起而长嗟',此于留别何谓耶?果梦想名山之胜,而又云'世间行乐亦如此,古来万事如流水',又何谓耶?所别者,东鲁之人,而云'安能摧眉折腰事权贵,使我不得开心颜',又何谓耶?盖此篇即屈原《远游》之旨,亦即太白《梁甫吟》'我欲攀龙见明主,雷公砰訇震天鼓',……'阊阖九门不可通,以额扣关阍者怒'之旨也。太白被放以后,回首蓬莱宫殿,有若梦游,故托天姥以寄意。首言求仙难必,遇主或易,故'我欲因之梦吴越,一夜飞度镜湖月',言欲乘风而至君门也。'身登青云梯。半壁见海日'以下,言金銮召见,置身云霄,醉草殿廷,侍从亲近也。'忽魂悸魄动'以下,言一旦被放,君门万里,故云'惟觉时之枕席,失向来之烟霞'也。'世间万事东流水''安能摧眉折腰事权贵'云云,所谓'平生不识高将军,手污吾足乃敢嗔'也。题曰'留别',盖寄去国离都之思,非徒酬赠握别之什。"④

---

① [清]沈德潜选编,刘福元等点校:《唐诗别裁集》,河北人民出版社1997年版,第91页。
② [清]乾隆御定:《唐宋诗醇》,上海科学技术文献出版社2020年版,第103页。
③ 裴斐、刘善良编:《李白资料汇编》金元明清之部三,中华书局1994年版,第1113页。
④ 裴斐、刘善良编:《李白资料汇编》金元明清之部三,中华书局1994年版,第1162页。

清乔亿《剑溪说诗》卷上："太白诗'一夜飞度镜湖月',又诗'一溪初入千花明,万壑度尽松风声',皆天仙语也。太白诗境正如此。"①

清延君寿《老生常谈》云："《梦游天姥吟留别》诗,奇离惝恍,似无门径可寻。细玩之,起首入梦不突,后幅出梦不竭,极恣肆幻化之中,又极经营惨淡之苦,若只貌其格句字面,则失之远矣。一起淡淡引入,至'我欲因之梦吴越'句,乘势即入,使笔如风,所谓缓则按辔徐行,急则短兵相接也。'湖月照我影'八句,他人捉笔,可云已尽能事矣,岂料后边尚有许多奇奇怪怪。'千岩万转'二句,用仄韵一束。以下至'仙之人兮'句,转韵不转气,全以笔力驱驾,遂成鞭山倒海之能。读去似未曾转韵者,有真气行乎其间也。此妙可心悟,不可言喻。出梦时,用'忽魂悸以魄动'四句,似亦可以收煞得住,试想若不再足'世间行乐'二句,非但喝题不醒,抑亦尚欠圆满。'且放白鹿'二句,一纵一收,用笔灵妙不测。后来惟东坡解此法,他人多昧昧耳。"②

第三节　杜甫《壮游》

往昔十四五,出游翰墨场。斯文崔魏徒,以我似班扬。

七龄思即壮,开口咏凤凰。九龄书大字,有作成一囊。

性豪业嗜酒,嫉恶怀刚肠。脱略小时辈,结交皆老苍。

饮酣视八极,俗物都茫茫。东下姑苏台,已具浮海航。

到今有遗恨,不得穷扶桑。王谢风流远,阖闾丘墓荒。

剑池石壁仄,长洲荷芰香。嵯峨阊门北,清庙映回塘。

每趋吴太伯,抚事泪浪浪。枕戈忆勾践,渡浙想秦皇。

蒸鱼闻匕首,除道哂要章。越女天下白,镜湖五月凉。

剡溪蕴秀异,欲罢不能忘。归帆拂天姥,中岁贡旧乡。

气劘屈贾垒,目短曹刘墙。忤下考功第,独辞京尹堂。

放荡齐赵间,裘马颇清狂。春歌丛台上,冬猎青丘旁。

呼鹰皂枥林,逐兽云雪冈。射飞曾纵鞚,引臂落鹙鸧。

苏侯据鞍喜,忽如携葛强。快意八九年,西归到咸阳。

许与必词伯,赏游实贤王。曳裾置醴地,奏赋入明光。

天子废食召,群公会轩裳。脱身无所爱,痛饮信行藏。

---

① 裴斐、刘善良编:《李白资料汇编》金元明清之部三,中华书局1994年版,第805—806页。

② 裴斐、刘善良编:《李白资料汇编》金元明清之部三,中华书局1994年版,第1062—1063页。

黑貂不免敝，斑鬓兀称觞。杜曲晚耆旧，四郊多白杨。

坐深乡党敬，日觉死生忙。朱门任倾夺，赤族迭罹殃。

国马竭粟豆，官鸡输稻粱。举隅见烦费，引古惜兴亡。

河朔风尘起，岷山行幸长。两宫各警跸，万里遥相望。

崆峒杀气黑，少海旌旗黄。禹功亦命子，涿鹿亲戎行。

翠华拥英岳，螭虎啖豺狼。爪牙一不中，胡兵更陆梁。

大军载草草，凋瘵满膏肓。备员窃补衮，忧愤心飞扬。

上感九庙焚，下悯万民疮。斯时伏青蒲，廷争守御床。

君辱敢爱死，赫怒幸无伤。圣哲体仁恕，宇县复小康。

哭庙灰烬中，鼻酸朝未央。小臣议论绝，老病客殊方。

郁郁苦不展，羽翮困低昂。秋风动哀壑，碧蕙捐微芳。

之推避赏从，渔父濯沧浪。荣华敌勋业，岁暮有严霜。

吾观鸱夷子，才格出寻常。群凶逆未定，侧仁英俊翔。①

一、杜甫《壮游》诗的自叙性质

杜甫《壮游》诗，据仇兆鳌《杜诗详注》引宋人黄鹤注，为大历元年（766）秋作。此时杜甫 55 岁，已届晚年，回忆壮年游历，写下这首自传式的诗篇。

全诗根据杜甫一生的不同阶段，铺写游历。

从"往昔十四五"到"俗物多茫茫"，写少年之游。表现自己少年颖异，具有豪迈不羁之才。十四五岁时就出入文场，崭露头角，受到当时名流崔尚、魏启心的赞扬，认为杜甫的文章类似于汉代班固、扬雄一样的大家。接着回溯自己少年颖异的表现，七岁时文思敏捷，写出了吟咏凤凰的诗篇，九岁时可以书写形体较大的文字，创作的诗篇已能装满锦囊。情怀豪爽恃酒放狂，性格刚强疾恶如仇。这时已经脱离了同龄同辈之人，而与年长老苍者结交。酒酣以后远视八极，庸人俗物都排斥到茫茫视野之外。

从"东下姑苏台"到"欲罢不能忘"，写吴越之游。这一段又分为两层，"除道咿要章"以上写吴，重在吴门古迹；"越女天下白"以下写越，重在越中胜境。杜甫本想东下姑苏，浮海东航，但愿望没有实现不能达到扶桑之地而深表遗憾。在吴地，他所游览的古迹有王谢故地、阖闾丘墓、剑池石壁、吴都阊门、太伯清庙。吴中人物则

---

① ［清］彭定求：《全唐诗》卷二二二，中华书局 1960 年版，第 2358—2359 页。

相忆越王勾践、秦始皇、王僚、朱买臣等。有关越中胜境的描写，下节专门论述。

从"气劚屈贾垒"到"忽如携葛疆"，写齐赵之游。这一段先写自己对文章的自信，可以匹敌屈原、贾谊，俯视曹植、刘桢。但是自己在考功员外郎主持下的进士考试中违逆不顺，不幸落第，于是只身辞谢京尹而东游齐赵。在齐赵之间，放荡不羁，裘马清狂，呈现一幅豪侠少年图景：春歌丛台，冬猎青丘，呼鹰皂林，逐兽云岗，箭射飞鸟，放箸疾驰，得到了同游者苏源明的赞叹。杜甫在齐赵将近十年，是一生当中最快意的时刻。

从"快意八九年"到"引古惜兴亡"，写长安之游。齐赵游后，又到了长安。杜甫游齐赵在开元二十五年（737），再赴京城长安，在天宝五载（746），时间相隔八九年。杜甫在长安的交游，多为同气相求的词坛名宿，如岑参、郑虔辈，以及汝阳王李琎等。就在这时，游于王公之门，最终向玄宗呈献《三大礼赋》。受到玄宗青睐之后，时得官右率府胄曹并非所爱，故而耽于饮酒，逍遥率府，然而随着逐渐年老，生活窘迫，境遇每况于下，加以朝事纷纭，令人感叹。

从"河朔风尘起"到"鼻酸朝未央"，写凤翔之游。杜甫在长安时，恰逢安史之乱，玄宗奔蜀，杜甫却陷于长安。第二年，皇太子李亨收兵至灵武即皇帝位，是为肃宗，尊玄宗为太上皇，这样一在灵武，一在成都，故称"两宫各警跸，万里遥相望"。后来肃宗至凤翔，内外兵力悉集以抵抗安禄山。杜甫不顾艰难困苦，只身赴凤翔以见肃宗，授官左拾遗，并向皇帝进谏以补救过失。面对安史之乱，满目疮痍，生民涂炭，杜甫忧心如焚。后来两京收回，天子回朝，国事渐转，杜甫也扈从还京，感慨万千，不觉鼻酸泪下。这一段写得回旋往复，忠爱之心也表现得淋漓尽致。

从"小臣议论绝"到"侧仁英俊翔"，写巴蜀之游。杜甫回京之后，仍官左拾遗，因为谏官要言事，对朝事发表议论，而这时因议论而被贬华州司功参军，故言"议论绝"，也就是不再议论。这一句骤栝被贬黜的复杂过程以及自己数年之间播迁动荡之事，具有极强的概括力。后来就因政治上郁郁不得志而客居成都，因而这一段重点表现客居之况："郁郁苦不展，羽翮困低昂"，表现客居之况；"秋风动哀蛩，碧蕙捐微芳"，描写客居之景；"之推避赏从，渔父濯沧浪"，抒写客居之感；"荣华敌勋业，岁暮有严霜"，表现自慨之意；"吾观鸱夷子，才格出寻常"，透露隐逸之思；"群凶逆未定，侧仁英俊翔"，仍寓忧国之心。

总体上看，这首诗是杜甫自书身世的名篇，平生大节，历历写出，开头回忆少年气概，清丽爽朗，中间表现壮游过程，豪放刚健，后面述及晚年遭遇，沉郁悲壮。前人评价认为有太史公自叙之风，洵为的评。盖此诗以追叙着笔，自少而壮，自壮而老,种种阅历,蕴涵其中。自少及老,以时间为经;自吴越到巴蜀,以地方为纬;突出文章之成就,隐含忧国的情怀。综合起来,其主旨表现出壮游之心事。内涵上,文章气骨,交游遭遇,一一写出;风格上,悲壮慷慨,跌宕豪放,力透纸背;语言上,含蓄蕴藉,平稳妥帖,入木三分。

二、杜甫《壮游》诗与吴越漫游

钱谦益《杜甫年谱》:"开元二十三年乙亥,《壮游》诗:'归帆拂天姥,中岁贡旧乡。忤下考功第,拜辞京尹堂。放荡齐赵间,裘马颇清狂。快意八九年,西归到咸阳。'按史,二十四年,移贡举于礼部。则下考功第在二十四年之前。"①仇兆鳌《杜诗详注》卷首《杜工部年谱》:"开元二十三年乙亥。公自吴越归,赴京兆贡举,不第。黄曰:公本传:'尝举进士不第。'故《壮游》诗云:'归帆拂天姥,中岁贡旧乡。忤下考功第,独辞京兆堂。'朱按:史:唐初,考功郎掌贡举。至开元二十四年,考功郎李昂为举人诋诃,帝以员外郎望轻,徙礼部,以侍郎主之。则公下考功第,当在二十三年。盖唐制年年贡士也。《选举志》:每岁仲冬,州县馆监举其成者,送之尚书省。《旧史》云:'天宝初,应进士不第。'非。"②唐时贡举在春天举行,而举子大约会在前一年的秋冬抵达长安。故而杜甫漫游吴越应在开元二十二年(734)之前。杜甫《壮游》诗叙述游浙东之经历:"越女天下白,鉴湖五月凉。剡溪蕴秀异,欲罢不能忘。归帆拂天姥,中岁贡旧乡。气劘屈贾垒,目短曹刘墙。忤下考功第,独辞京尹堂。"③

杜甫漫游吴越,还具有一定的人事因缘。冯至《杜甫传》云:"他往江南,不是没有人事上的因缘。他的叔父杜登是武康(今浙江湖州)县尉,还有一个姑丈,名贺扬,任常熟县尉。他们在这一带地方作县尉,不一定同时,可是从这里可以知道,杜甫的亲属与江南是有一些关系的。"④"只是渡过钱塘江,登西陵(萧山县西)古驿台,在会稽体会了勾践的仇恨,寻索了秦始皇的行踪。五月里澄清的鉴湖凉爽如秋,湖畔的女孩子洁白如花,他乘船一直到了曹娥江的上游剡溪,停泊在天姥山下。"⑤

杜甫漫游浙东有三个关键节点,也就是浙东著名的几个游览胜地以及相关的历史人物。

---

① [清]钱谦益:《钱注杜诗》附录《少陵先生年谱》,上海古籍出版社 2009 年版,第 721 页。
② [唐]杜甫著,[清]仇兆鳌注:《杜诗详注》卷首,中华书局 1979 年版,第 12 页。
③ [清]彭定求:《全唐诗》卷二二二,中华书局 1960 年版,第 2358 页。
④ 冯至:《杜甫传》,百花文艺出版社 1999 年版,第 18 页。
⑤ 冯至:《杜甫传》,百花文艺出版社 1999 年版,第 20 页。

"越女天下白，鉴湖五月凉"，是说的会稽，也就是现在的绍兴。越女是用西施之典，以状会稽之地女子的美丽。相传会稽若耶溪在城东三十五里若耶山下，水至清澈，照山倒影，窥之如画。綦毋潜《春泛若耶溪》诗将其美景惟妙惟肖地刻画出来："幽意无断绝，此去随所偶。晚风吹行舟，花路入溪口。际夜转西壑，隔山望南斗。潭烟飞溶溶，林月低向后。生事且弥漫，愿为持竿叟。"①若耶溪旁有西施浣纱石。王维有《西施咏》诗就是吟咏西施与越地的关系："艳色天下重，西施宁久微。朝为越溪女，暮作吴宫妃。贱日岂殊众，贵来方悟稀。邀人傅香粉，不自著罗衣。君宠益娇态，君怜无是非。当时浣纱伴，莫得同车归。持谢邻家子，效颦安可希。"②若耶溪之水向北流入镜湖，故而下一句就写五月的镜湖，凉风习习，清爽宜人。而唐代诗人吟咏西施、镜湖与若耶溪者，如李白《子夜吴歌四首》其二："镜湖三百里，菡萏发荷花。五月西施采，人看隘若邪。回舟不待月，归去越王家。"③因而杜甫首次游于越中，初到若耶溪，最先感受的是人美"越女天下白"，若耶的女子洁白如玉；其次感受的景美"鉴湖五月凉"，澄澈的鉴湖凉爽宜人。

"剡溪蕴秀异，欲罢不能忘"，是说的剡溪，也就是现在的嵊州。杜甫游剡溪，最突出的感受是其"秀异"。剡溪为曹娥江干流，流经嵊州一段的河流称剡溪，又称剡中、剡江、剡汀、戴湾、戴逵滩等。剡溪众源并注，万壑争流，两岸风景如画，历来为文人向往之地。《剡录》卷四"王、谢饮水"条载："世传王、谢诸人，雪后泛舟至此，徘徊不能去，曰：'虽寒，强饮一口。'在县北二十里。"④李白《秋下荆门》诗云："霜落荆门江树空，布帆无恙挂秋风。此行不为鲈鱼鲙，自爱名山入剡中。"⑤丁仙芝《剡溪馆闻笛》诗云："夜久闻羌笛，寥寥虚客堂。山空响不散，溪静曲宜长。草木生边气，城池泛夕凉。虚然异风出，髣髴宿平阳。"⑥说明唐代诗人最向往的地方是剡中山水。剡溪最著名的典故是《世说新语·任诞篇》所载王徽之寻访戴逵之事："王子猷居山阴，夜大雪，眠觉，开室，命酌酒。四望皎然，因起彷徨，咏左思《招隐》诗。忽忆戴安道，时戴在剡，即便夜乘小船就之。经宿方至，造门不前而返。人问其故，王曰：'吾本乘兴而行，兴尽而返，何必见戴？'"⑦奇异的山水风景衬托出一代名士潇

① ［清］彭定求：《全唐诗》卷一三五，中华书局 1960 年版，第 1368 页。
② ［清］彭定求：《全唐诗》卷一二五，中华书局 1960 年版，第 1251 页。
③ ［清］彭定求：《全唐诗》卷二一，中华书局 1960 年版，第 264 页。
④ ［宋］高似孙：《剡录》卷四，浙江古籍出版社 2015 年版，第 82 页。
⑤ ［清］彭定求：《全唐诗》卷一八一，中华书局 1960 年版，第 1844 页。
⑥ ［清］彭定求：《全唐诗》卷一一四，中华书局 1960 年版，第 1156 页。
⑦ 余嘉锡：《世说新语笺疏》，上海古籍出版社 1993 年版，第 759 页。

洒自适的真性情。也正是因为自然与人文的融合无间,才使得杜甫发出"欲罢不能忘"的感叹。

"归帆拂天姥,中岁贡旧乡",是说的天姥山,也就在现在的新昌。天姥山以李白《梦游天姥吟留别》最为著名,而它的山川地理与历史文化都源远流长。《太平寰宇记》引《后吴录》云:"传云登者闻天姥歌谣之响。"①《嘉泰会稽志》卷九"山·新昌县"云:"天姥山在县东南五十里,东接天台华顶峰,西北联沃洲山,上有枫千余丈。《寰宇记》云,'登此山者或闻天姥歌谣之响'。《道藏经》云,'沃洲天姥,福地也'。谢灵运诗云:'暝投剡中宿,明登天姥岑。'李白诗云:'辞君向天姥,拂石卧秋霜。'又《梦游天姥歌》云:'天姥连天向天横,势拔五岳连赤城。天台四万五千丈,对此欲倒西南倾。'杜少陵《壮游》云:'剡溪蕴秀异,欲罢不能忘。归帆拂天姥,中岁贡旧乡。'时少陵将辞剡西入长安也。或云自剡至天姥山八十里,归帆拂之,非也。诗人之辞,要当以意逆志,大概言此山之高而已。"②王琦注《李太白全集》引《一统志》云:"天姥峰,在台州天台县西北,与天台山相对。其峰孤峭,下临嵊县,仰望如在天表。"③谢灵运《登临海峤初发彊中作与从弟惠连可见羊何共和之》诗:"暝投剡中宿,明登天姥岑。高高入云霓,还期那可寻。"④杜甫漫游吴越,最南边到达天姥山,然后就开始北返以赴长安应试。因此,天姥山是杜甫漫游所到达的最南端,也是记忆最深的漫游之地。郁贤皓先生《唐代诗人与浙东山水》云:"杜甫在开元十九年(731)至二十三年(735)间也曾漫游吴越,他后来在《壮游》诗中回忆说……他赞美越女,描写鉴湖、剡溪,都充满感情。尤其是'归帆拂天姥'一句,前人都不得其解。其实,这说明杜甫从天台山回程是舟行过沃洲湖,遥望天姥山,正和李白一样,看到的是'云霞明灭或可睹'。舟帆一拂而过,故云'归帆拂天姥'。"⑤杜甫漫游吴越,最南边到达天姥山,然后就开始北返以赴长安应试。因此,天姥山是杜甫漫游所到达的最南端,也是印象最深的漫游之地。

三、杜甫《壮游》诗集评

宋陆游《东屯高斋记》:"予太息曰:少陵,天下士也。早遇明皇、肃宗,官爵虽不尊显,而见知深,盖尝慨然以稷卨自许,及落魄巴蜀,感汉昭烈、诸葛丞相之事,屡见

---

① [宋]乐史:《太平寰宇记》卷九六,中华书局 2007 年版,第 1933 页。
② [宋]施宿:《嘉泰会稽志》卷九,《宋元方志丛刊》第 7 册,中华书局 1990 年版,第 6878 页。
③ [清]王琦注:《李太白全集》卷一五,中华书局 1977 年版,第 706 页。
④ [南朝梁]萧统:《文选》卷二五,上海古籍出版社 1986 年版,第 479 页。
⑤ 郁贤皓:《唐代诗人与浙东山水》,《唐风观杂稿》,辽宁大学出版社 1999 年版,第 270 页。

于诗,顿挫悲壮,反覆动人,其规模志意岂小哉?然去国寖久,诸公故人,熟睨其穷,无肯出力,比至夔,客于柏中丞、严明府之间,如九尺丈夫俯首居小屋下,思一吐气而不可得。予读其诗,至'小臣议论绝,老病客殊方'之句,未尝不流涕也。嗟夫!辞之悲乃至是乎?荆卿之歌、阮嗣宗之哭,不加于此矣!少陵非区区于仕进者,不胜爱君忧国之心,思少出所学佐天子,兴贞观、开元之治,而身愈老,命愈大谬,坎壈且死,则其悲至此,亦无足怪也。"①

宋黄彻《䂬溪诗话》:"书史蓄胸中而气味入于冠裾;山川历目前而英灵助于文字。太史公南游北涉,信非徒然。观杜老《壮游》云:'东下姑苏台……西归到咸阳。'其豪气逸韵,可以想见。"②

宋刘克庄《后村诗话》新集卷三:"《壮游》诗押五十六韵,在五言古风中,尤多悲壮语,如云:'往者十四五,出游翰墨场。斯文崔魏徒,以我似班扬。'又云:'脱略小儿辈,结交皆老苍。''东下姑苏台,已具浮海航。到今有遗恨,不得穷扶桑。'又云:'上感九庙焚,下悯万民疮。''小臣议论绝,老病客殊方。'虽荆卿之歌,雍门之琴,高渐离之筑,音调节奏,不如是之跌宕豪放也。"③

清朱彝尊曰:"追叙一生,由少而壮,壮而老,始而文章,继而交游,继而忧国,终有望于英雄之救时,此希稷契心事也。但迤逦说去,亦是平调。"④(《杜诗集评》卷三引)

清查慎行曰:"此公一生行实,以《壮游》为题,追叙而言之也。由少而壮、而老,中间许多阅历,平叙中自见排宕之趣。以年华为经,以地方为纬,以文章为始,以忧国为终,写出壮游心事。……一诗之中文章气骨、交游遭遇,一一写出。"⑤(《杜诗集评》卷三引)

清李因笃曰:"生平大节,历历写出,有太史公自叙之风,然亦稍节之。"⑥(《杜诗集评》卷三引)

清仇兆鳌《杜诗详注》卷一六:"此篇短长夹行,起十四句,即以十二句间之。次十六句,即以二十二句间之。后二十六句,又以十四句收之。参错之中,自成部

①　叶文轩等编:《古典文学研究资料汇编杜甫卷》上编二,中华书局1964年版,第617页。
②　叶文轩等编:《古典文学研究资料汇编杜甫卷》上编二,中华书局1964年版,第484页。
③　叶文轩等编:《古典文学研究资料汇编杜甫卷》上编二,中华书局1964年版,第849页。
④　萧涤非主编:《杜甫全集校注》卷一四,人民文学出版社2014年版,第4104页。
⑤　萧涤非主编:《杜甫全集校注》卷一四,人民文学出版社2014年版,第4104页。
⑥　萧涤非主编:《杜甫全集校注》卷一四,人民文学出版社2014年版,第4104页。

署。……杜集中,叙天宝乱离事,凡十数见,而语无重复,其才思能善于变化。"①

清张溍《读书堂杜工部诗文集注解》卷一四:"此诗之佳在叙往事有含蓄,不甚说明,若太白则必不能。郑善夫谓此诗豪宕奇伟,无一字一句不稳贴,乃见老杜神力。此诗佳处尤在后一段,两押'浪'字、'扬'字,字同而义不同。"②

清张谦宜《茧斋诗谈》:"每叙一处,提笔径下。若停手细描,有浓淡相间,便令章法不匀,气概不壮。"③

清浦起龙《读杜心解》卷二之五:"此诗可续《八哀》,是自为列传也。……第六段,'小臣'二句,臬栝拾遗被黜,数年迁播之事,笔力过人。'荣华'二句,通篇结穴。……'吾观'四句,又作掉尾势,谚所谓'家贫望邻富'也,有无限期待。一气读去,莽莽苍苍,宕往豪迈。"④

清杨伦《杜诗镜铨》卷一四:"蒋弱六云:后文说到极凄凉处,未免衰飒,却正是'烈士暮年,壮心不已'之意,想见酒酣耳热,击碎唾壶时。题目妙,只说得上半截,或谓前半不免有意夸张,是文人大言,要须看其反面,有血泪十斗也。"⑤

清乔亿《杜诗义法》卷上:"子美生平,概见于此,亦太史公自叙也。诗如骏马下坡,雄快莫当。然未免铺叙,视《咏怀》《北征》沉挚多转变,大有间矣。"⑥

清梁运昌《杜园说杜》卷五:"旧编此四首,一《往在》,二《昔游》,三《壮游》,四《遣怀》,亦自有理,当从之。缀此诗于《八哀》之后,明是自哀,不入八篇内者,政以前人无此体例耳。其叙述处则与八篇无异也。首十二句,从最初出游叙起,是直起法,而急顿出,豪性刚肠,为通篇骨子。以下逐段分应,不外此二意。'东下'二十句叙吴越之游,'归帆'六句叙试京兆被落,'气劘'二语,非空写才气,盖即'忤下'之由,说具《杜谭》中。'放荡'十句,叙齐赵之游,'快意'二十二句,叙西归长安献赋授官时事。'杜曲'四句,隐含朝廷故旧零落,即'九龄已老韩休死'意。'朱门'四句,指杨、李倾陷朝士,'国马'二句言朝廷靡耗钱财。'未隔'二句收束。此十句将朝局时事用重笔顿住,以作上半篇关锁。'河朔'二十八句叙值乱为拾遗,以直言失官始末。……杜诗叙事,往往用逆卷势耳?旧以'赫怒'字便坐定疏救房琯一事,亦注在

---

① [唐]杜甫著、[清]仇兆鳌注:《杜诗详注》卷十六,中华书局1979年版,第1446页。

② [清]张溍著:《读书堂杜工部诗文集注解》诗集注解卷之十四,齐鲁书社2014年版,第946页。

③ 彭会资主编:《中国文论大辞典》,百花文艺出版社1990年版,第367页。

④ [清]浦起龙撰:《读杜心解》卷一,中华书局1961年版,第162页。

⑤ [唐]杜甫著,[清]杨伦笺注:《杜诗镜铨》,上海古籍出版社1980年版,第701页。

⑥ 萧涤非主编:《杜甫全集校注》卷一四,人民文学出版社2014年版,第4105页。

凤翔。时事孔棘,公安得无言?所言必有批逆鳞者,故致肃宗震怒,几于被刑也。观下文议论字,可见所言非一事。……'郁郁'八句,总束上文,为通篇大结穴。'不展低昂'言承平时不得展布,甫得一官,旋经离乱,低昂犹俗言高不成低不就。'秋风'二句,言被废弃也。此二句寓意甚深,不只是说谗毁。'荣华'句言己之文章气节,可敌数公之勋业,惜乎岁暮霜严,荣淬顷刻,此岂救房琯一事所充当者,旧解亦殊不伦。'吾观'四句,著力一掀,另作结笔语,若属望他人者,而实以鸥夷自命。杜老论兵,不在郧侯之下。自负鸥夷,盖非妄语。惜被新、旧《唐书》所埋没。余虽力表而出之,犹恐不为人所信也。随文散叙而提接转渡,即具于各段之中,处处照应,豪性刚肠,意线索亦密,莽莽苍苍,大有汉人风格。"[1]

清施鸿保《读杜诗说》卷一六:"《壮游》注:上诗言'昔者与高李',故以昔游为题,此诗言'往者十四五',当以往游为题,若作壮年之游,何以诗中兼及老少时事?此字疑误。今按上诗专说与高、李游事,故实指为昔游,此诗乃统说生平游历胜处,故题壮游,壮犹壮观之壮,即胜游意也。若作往游,与昔游无别矣。"[2]

清郭曾炘《读杜札记》:"炘按:二田说此段引《通鉴》,皆就凤翔说,一气串下,虽与诸家注解不同,然于'爪牙'二句,却说得圆澈。惟少海句,杨西河谓当指灵武即位,故曰旌旗黄。朱注谓指东西皆用兵,固混。浦注以少海指广平,亦非。在灵武时,广平尚未立为太子也。禹功下乃及肃宗命子专征事,涿鹿以蚩尤比禄山也。但杨注仍以'爪牙'句指陈涛之败,殊不可解。陈涛事浦注已驳之,朱注又以为邺城之溃,似皆不如浦注之说为长也。又仇沧柱谓杜集中序天宝乱离事凡十数见,而语无重复,足征笔力著于变化,此亦读杜者所宜参究也。"[3]

第四节　张祜《游天台山》

崔嵬海西镇,灵迹传万古。群峰日来朝,累累孙侍祖。

三茅即拳石,二室犹块土。傍洞窟神仙,中岩宅龙虎。

名从干取象,位与坤作辅。鸾鹤自相群,前人空若瞽。

巉巉割秋碧,娲女徒巧补。视听出尘埃,处高心渐苦。

才登招手石,肘底笑天姥。仰看华盖尖,赤日云上午。

---

① 〔清〕梁运昌:《杜园说杜》,书目文献出版社1995年版,第280—281页。

② 〔清〕施鸿保:《读杜诗说》卷一六,中华书局上海编辑所1962年版,第159页。

③ 〔清〕郭曾炘:《读杜札记》,上海古籍出版社1984年版,第329—330页。

奔雷撼深谷，下见山脚雨。回首望四明，蠢若城一堵。

昏晨邈千态，恐动非自主。控鹄大梦中，坐觉身栩栩。

东滇子时月，却孕元化母。彭蠡不盈杯，浙江微辨缕。

石梁屹横架，万仞青壁竖。却瞰赤城颠，势来如刀弩。

盘松国清道，九里天莫睹。穹崇上攒三，突兀傍耸五。

空崖绝凡路，痴立麋与麈。邈峻极天门，觑深窥地户。

金庭路非远，徒步将欲举。身乐道家流，惇儒若一矩。

行寻白云叟，礼象登峻宇。佛窟绕杉岚，仙坛半榛莽。

悬崖与飞瀑，险喷难足俯。海眼三井通，洞门双阙挂。

琼台下昏侧，手足前采乳。但造不死乡，前劳何足数。①

一、张祜的生平与诗歌成就

张祜，字承吉，清河（今邢台清河）人。出身清河张氏望族，家世显赫，被人称作张公子，初寓姑苏（今江苏苏州），后至长安，长庆中令狐楚表荐之，不报。辟诸侯府，为元稹所排挤，遂至淮南，爱丹阳曲阿地，隐居以终，卒于唐宣宗大中六年（852）。

张祜早年寓居苏州，常往来于扬州、杭州等都市，并模山范水，题咏名寺。他的《题润州金山寺》诗，空前绝后：

　　一宿金山寺，超然离世群。僧归夜船月，龙出晓堂云。树色中流见，钟声两岸闻。翻思在朝市，终日醉醺醺。②

这首诗真实地反映了中晚唐佛教世俗化的进程，既反映出诗人对佛寺清静之地的羡慕之情，又突出了对尘世生活的厌恶，这正是张祜当时心境的真实写照。

他作的《宫词二首》之一："故国三千里，深宫二十年。一声何满子，双泪落君前。"③流行一时。后来这首词传入宫禁，唐武宗病重时，孟才人恳请为上歌一曲，唱到"一声何满子"，竟气急肠断而死。这种至精至诚的共鸣，恰恰说明张祜诗的魅力。

白居易很欣赏张祜的《观猎诗》，认为与王维的观猎诗相比难分优劣。然而，张

---

① ［清］彭定求：《全唐诗》卷五一○，中华书局 1960 年版，第 5794 页。
② ［清］彭定求：《全唐诗》卷五一○，中华书局 1960 年版，第 5818 页。
③ ［清］彭定求：《全唐诗》卷五一一，中华书局 1960 年版，第 5834 页。

祜性情狷介,不肯趋炎附势,终生没有跻身仕途,未沾皇家寸禄。张祜晚年,在丹阳曲阿筑室种植,寓居下来。尝与村邻乡老聊天,赏竹,品茗,饮酒,过着世外桃源的隐居生活,一生坎坷不达而以布衣终。

　　张祜一生虽官场不利,史书也没记载他的事迹,但他的诗作流传下来的不少,《全唐诗》中亦有 349 首,北京图书馆珍藏的南宋初蜀刻十卷本《张承吉文集》共收诗 469 首,有"海内名士"之誉。张祜的一生,在诗歌创作上取得了卓越成就。"故国三千里,深宫二十年",张祜以是得名,而在仕途上却坎坷不达。他的为人和他的著作一样,有其独具的风格,纵情声色、流连诗酒的同时,还任侠尚义,喜谈兵剑,心存报国之志,希图步入政坛,效力朝廷,一展抱负。在人际交往中,他因诗扬名,以酒会友,酬酢往来,结识了不少名流显官。然而由于他性情孤傲,狂妄清高,多次受辟于节度使,沦为下僚。有心报国,陈力无门,使他只好"幽栖日无事,痛饮读离骚","千年狂走酒,一生癖缘诗"。张祜颇有影响,颜萱《过张祜处士丹阳故居》诗云:"忆昔为儿逐我兄,曾抛竹马拜先生。书斋已换当时主,诗壁空题故友名。岂是争权留怨敌,可怜当路尽公卿。柴扉草屋无人问,犹向荒田责地征。"①陆龟蒙《和过张祜处士丹阳故居》诗云:"胜华通子共悲辛,荒径今为旧宅邻。一代交游非不贵,五湖风月合教贫。魂应绝地为才鬼,名与遗编在史臣。闻道平生多爱石,至今犹泣洞庭人。"②

二、张祜《游天台山》的山水景物

　　在唐诗中,有关天台山的题材非常广泛,有写景、酬赠、送别、论道等,其中"刘阮遇仙"的故事最为风靡,据《艺文类聚》载:

　　　　汉明帝永平五年,剡县刘晨、阮肇共入天台山,度山出一大溪,溪边有二女子,姿质妙绝,遂留半年。怀土思天台,元日,亲旧零落,邑屋改易,无复相识。询问,得七世孙。③

　　刘阮的故事发生在天台山,唐人到过天台山实地又就其本事进行吟咏者,许浑《早发天台中岩寺度关岭次天姥岑》是代表作品。诗云:"来往天台天姥间,欲求真诀驻衰颜。星河半落岩前寺,云雾初开岭上关。丹壑树多风浩浩,碧溪苔浅水潺潺

---

① [清]彭定求:《全唐诗》卷六三一,中华书局 1960 年版,第 7241 页。
② [清]彭定求:《全唐诗》卷六二六,中华书局 1960 年版,第 7194 页。
③ [唐]欧阳询:《艺文类聚》卷七,中华书局 1965 年版,第 138 页。

潺。可知刘阮逢人处,行尽深山又是山。"①

　　与此同时,与天台山有关的地理意象越来越多地进入诗人们的创作视野,他们开始关注天台山的自然景观与人文典故。孙绰《游天台山赋》中称赞道"盖山岳之神秀者也""灵仙之所窟宅",②其著名景观往往与道教修炼、神仙传说紧密联系在一起,歌咏山水,缅怀仙道、神仙之说,表达对长生、成仙的羡慕与向往,张祜《游天台山》诗"赤城""石梁""琼台双阙"等自然景物描写与人文相结合,成为诗中用典的典范。

　　赤城　　"赤城"山被视为天台山的南门。徐灵府《天台山记》云:"其山积石,石色赭然如朝霞,望之如雉堞,故名赤城,亦名烧山。"③赤城山是天台山中唯一的丹霞地貌景观,山有石洞十二,以紫云洞和玉京洞最为著名。山顶有赤城塔,为南朝梁岳阳王妃所建。赤城山因名道司马承祯的逸闻轶事受到文人们青睐。司马承祯,字子微,自号白云子,又号赤城居士,隐居玉霄峰三十余年,曾受武则天、唐睿宗、唐玄宗召见。唐睿宗问以国事后,朝廷大臣三百余人曾赋诗赠别。他与陈子昂、宋之问、李白、孟浩然、王维、贺知章等合称为"仙宗十友"。

　　诗人们题咏赤城时,多赞其雄伟,如李白《梦游天姥吟留别》诗:"天姥连天向天横,势拔五岳掩赤城。"李商隐《病中闻河东公乐营置酒口占寄上》诗:"只将沧海月,长压赤城霞。"罗隐《寄剡县主簿》诗:"洞连沧海阔,山拥赤城寒。"司马承祯在赤城山与李白结识之事尤被宋代词人津津乐道,苏轼《水龙吟》序云:"子微著《坐忘论》七篇,《枢》一篇,年百余。将终,谓弟子曰:'吾居玉霄峰,东望蓬莱,尝有真灵降焉。今为东海青童君所召。'乃蝉脱而去。其后,李太白作《大鹏赋》云:'尝见子微于江陵,谓余有仙风道骨,可与神游八极之表'……乃作《水龙吟》一首,记子微、太白之事,倚其声而歌之。其词曰:'古来云海茫茫,道山绛阙知何处。人间自有,赤城居士,龙蟠凤举。清净无为,坐忘遗照,八篇奇语。向玉霄东望,蓬莱暗霭,有云驾、骖凤驭。行尽九州四海,笑纷纷、落花飞絮。临江一见,谪仙风采,无言心许。八表神游,浩然相对,酒酣箕踞。待垂天赋就,骑鲸路稳,约相将去。'"④这首词以神话传说作题材,运用浪漫主义的笔调,记述谢自然仙女求师蓬莱真人良师司马子微而白日仙去事;还记叙了谪仙李白曾见司马子微于江陵,获得"仙风道骨,可谓神游八极

---

　　①　[清]彭定求:《全唐诗》卷五三三,中华书局1960年版,第6090—6091页。
　　②　[清]严可均编:《全上古三代秦汉三国六朝文·全晋文》卷六十一,中华书局1958年版,第1806a页。
　　③　[清]董诰:《全唐文》唐文拾遗续拾卷五〇,中华书局1983年版,第10948页。
　　④　[宋]苏轼:《苏轼词编年校注》"元丰七年甲子",中华书局2007年版,第556页。

之表"的美誉事,且能歌唱,反映了作者对世俗生活的厌倦,对有道之士的无限敬仰,亦望求仙解脱,超然世外,创造了一种云海、人间与仙境融会,历史、仙话与现实交错的空间文化观。

石梁　又称石桥,在县北五十里,崇山翠谷之中,一石横跨天际,瀑布喷涌而下,"昼夜起风雷",令历代文人骚客为之倾倒,留下无数壮美诗篇,被誉为"天下第一奇观",这是天生桥——石梁飞瀑,有举世闻名的佛教五百罗汉道场——方广寺。千古石梁,天下奇观,瀑以梁奇,梁以瀑险,山、石、水奇妙结合,历来被誉为天台山风景之"眉目"。唐徐灵府《天台山记》引长康《启蒙记》称:"其水深冷,前有石桥,遥望不盈尺,长数十步,临绝溟之涧,忘其身者,然后能度。度者见天台山蔚然凝秀双岭于青霄之上,有琼楼玉堂,瑶林醴泉,仙物异种。偶或有见者,当时斫树记之,再寻则不复可得也。"①南宋时期,有隐居天台山者将李白以来咏石桥诗编为三卷,名为《天台山石桥诗集》,台州通判洪适曾为之作序,可见其深受文人骚客之喜爱。

石桥方广寺是五百罗汉道场,五百罗汉曾于此显圣。《宋高僧传》载:"永嘉全亿长史画半千罗汉形象。每一迎请,必于石桥宿夜,焚香具幢盖,锣钹引导入于殿,香风送至。幡幢之势前靡,而入门即止。其石梁圣寺在石桥之里,梵呗方作,香霭始飘。先有金色鸟飞翔,后林树石畔见梵僧,或行或坐,或招手之状,或卧空之形,晌息之间千变万化。"②直至宋代,词人仍常以"石桥"入词,如吴文英《金盏子》:"卜筑西湖,种翠萝犹傍,软红尘里。来往载清吟,为偏爱吾庐,画船频繁。笑携雨色晴光,入春明朝市。石桥锁,烟霞五百名仙,第一人是。临酒论深意。流光转、莺花任乱委。冷然九秋肺腑,应多梦、岩扃冷云空翠。漱流枕石幽情,写猗兰绿绮。专城处,他山小队登临,待西风起。"③词人歌咏石桥时,自然会联想起此地所传神仙之事,五百名仙,即指方广寺五百罗汉。

琼台双阙　琼台双阙是天台山历史最久的胜景之一。一峰拔地而起,四面凌空,为琼台。琼台西首有"马鞍石",如马鞍摆放在两块一人多高的巨石上,历经千年风霜雨雪而岿然不动。马鞍石东南有一根两人多高奇岩,俨然矗天而立的"生命之父"。岩中有一石龛,面临万丈深渊,可并排坐两人,曰"仙人座"。东晋孙绰作《天台山赋》,便有"双阙云竦以夹路,琼台中天而悬居"之句。明末山阴王季重评论

---

① ［清］董诰:《全唐文》唐文拾遗续拾卷五〇,中华书局1983年版,第10948页。
② ［宋］赞宁:《宋高僧传》卷二七,中华书局1987年版,第681页。
③ 唐圭璋:《全宋词》,中华书局1965年版,第2909页。

台山名胜十五景,首推琼台双阙,曰:"文章胎骨清高,气象华贵,万玉剖而壁明,万绣开而锦夺,昆仑嫡血,奴仆群山,仙或许知,人不能到,所谓琼台双阙也,第一。"[①]

唐人吟咏"琼台双阙"之景仅见于张祜《游天台山诗》,唐代张祜《游天台山》诗曾咏及琼台,但将"琼台双阙"连用入诗歌,宋时却十分流行,入诗入词都很常见。如曾几《和李宗丞》:"海邦西渡即朝廷,双阙琼台天下名。"[②]洪适《雨中宿万年寺》:"已问琼台双阙路,此心何必羡层城。"[③]南宋中后期道士白玉蟾将"琼台双阙"入词。白玉蟾,原名葛长庚,字如晦,号海琼子,福建人,生于琼州,得法于张伯端之再传,乃金丹派南宗五祖之一,曾居天台桐柏方瀛山传道授徒。白玉蟾曾作二词咏琼台双阙,其中《水龙吟》乃情景交融之佳作,词曰:"层峦叠巘浮空,断崖直下分三井。苍苔路古,鹿鸣芝涧,猿号松岭。露浥凤箫,烟迷枸杞,绿深翠冷。笑携筇一到,登高眺远,是多少、仙家景。长念青春易老,尚区区、枯蓬断梗。人间天上,喟然俯仰,只身孤影。世事空花,春心泥絮,此回还省。向琼台双阙,结间茅屋,坐千峰顶。"[④]词是典型的即景抒情模式,上阕写琼台双阙层峦叠嶂,耸立云端之险峻,毗邻的三井龙潭瀑布飞流直下,此地鹿鸣猿号,露浥烟迷,天生仙境;下阕感伤身世,幡然醒悟,欲在琼台双阙结茅修炼。

三、张祜《游天台山》分章解读

张祜《游天台山》诗全篇六十句,我们根据游览的脉络,分为五段解读。

第一段:"崔嵬海西镇,灵迹传万古。群峰日来朝,累累孙侍祖。三茅即拳石,二室犹块土。傍洞窟神仙,中岩宅龙虎。名从干取象,位与坤作辅。鸾鹤自相群,前人空若瞽。巉巉割秋碧,娲女徒巧补。"张祜赞扬美天台山作为东南灵秀,千古奇迹,屹立于海西,一开头就奠定了震撼天地的气势和凌压四海的格局。尤其是迥拔于群峰之上,独尊于海岳之边。作者用了两个比喻来形容,一是群峰每天来朝见,一是子孙侍立于祖宗之旁。这样的比喻我们还可以拿杜甫和白居易的诗文来印证。杜甫《望岳》诗:"西岳崚嶒竦处尊,诸峰罗立似儿孙。"[⑤]白居易《沃洲山禅院记》:"其余卑岩小泉,如子孙之从父祖者,不可胜数。"[⑥]天台山为道教名山,"三茅

---

① [明]王季重著:《王季重集》,浙江古籍出版社2012年版,第124页。
② 浙江省地方志编纂委员会编:《宋元浙江方志集成》第十四册,杭州出版社2009年版,第6872页。
③ 浙江省地方志编纂委员会编:《宋元浙江方志集成》第十四册,第6865页。
④ 唐圭璋编:《全宋词》,中华书局1965年版,第2565页。
⑤ [清]彭定求:《全唐诗》卷二二三,中华书局1960年版,第2378页。
⑥ [清]董诰:《全唐文》卷六七六,中华书局1983年版,第6906页。

即拳石,二室犹块土",仍然用他山衬托天台山,又暗含了道教的典故。"三茅"用三茅君事,《太平御览》卷四一引《茅君内传》:"句曲山,秦时名为华阳之天,三茅君居之,因而为名。"①"二室"用王子晋事,"二室"即嵩高山之太室、少室。《初学记》卷五嵩高山引戴延之《西征记》:"其山东谓太室,西谓少室,相去十七里,嵩其总名也。"②西汉刘向《列仙传》记载:"周灵王太子晋也。好吹笙作凤凰鸣。游伊、洛之间,道士浮丘公接以上嵩高山。"③"傍洞"以下数句仍然以对比映衬为主,从近处类比,突出天台山的气概。后面两句反用女娲补天的典故,突出天台山巉岩峭壁在秋天翠色欲滴的风采,即使是女娲补天与此相较也只能是徒然精巧,相形见绌了。

　　第二段:"视听出尘埃,处高心渐苦。才登招手石,肘底笑天姥。仰看华盖尖,赤日云上午。奔雷撼深谷,下见山脚雨。回首望四明,蠢若城一堵。"这一段描写登上天台山的感受,用"心渐苦"表现越高越苦之感。招手石,用天台山智顗大师事,《景德传灯录》卷二七《天台山智顗禅师》:"十五,礼佛像,誓志出家,恍焉如梦,见大山临海际,峰顶有僧招手,复接入一伽蓝,云:'汝当居此,汝当居此。'……隐天台山佛龙峰,有定光禅师先居此峰,谓弟子曰:'不久当有善知识领徒至此。'俄而师至,光曰:'还忆畴昔举手招引时否?'师即悟礼像之征。悲喜交怀,乃执手共至庵所。"④用这一典故,说明登天台山对于佛教天台宗创始者智顗大师的崇敬,既写登高之景,又抒崇敬之怀。招手石已经接近天台山顶,高于天姥山最高峰,故有下一句"肘底笑天姥"。再进一步登高则到了华盖峰,据王象之《舆地纪胜》卷一二记载:"华顶峰,在天台县东北六十里,盖天台第八重最高处。旧传高一万丈,少晴多晦,夏有积雪,可观日之出入。中黄金洞,有葛玄丹井,王羲之墨池。"⑤明人所编《天台山志》也说:"华顶峰在县东北六十里,乃天台第八重最高处。……天台九峰,崒嵂犹如莲花,此为花心之顶,故名华顶。"⑥这个时候向下看,山脚在下雨,高下悬殊,由此想见。回头看四明山,也似乎小到了一座城。足见天台山迥出世外,高出云霄。

　　第三段:"昏晨邈千态,恐动非自主。控鹄大梦中,坐觉身栩栩。东溟子时月,

---

①　[宋]李昉编纂:《太平御览》卷四一,中华书局1960年版,第1956页。
②　[唐]徐坚:《初学记》卷五,中华书局2004年版,第102页。
③　林屋译注:《列仙传》卷上,中华书局2021年版,第95页。
④　[宋]道原:《景德传灯录译注》卷二十七,上海书店出版社2009年版,第2163页。
⑤　[宋]王象之编,赵一生点校:《舆地纪胜》卷一二,浙江古籍出版社2013年版,第473页。
⑥　[清]王琦注:《李太白全集》卷十六,中华书局1977年版,第754页。

却孕元化母。彭蠡不盈杯,浙江微辨缕。"这一段着重抒写登山之感,登上天台山,所见景色千姿百态,惊恐疑虑的心情不由自主地袭来,就好像身处大梦之中,与天地合一,而不知道自己是人还是物。这里连用了两个典故,以表现自己登上峰顶的惊奇之感。一是"控鹤",用王乔的典故,孙绰《游天台山赋》有"王乔控鹤以冲天,应真飞锡以蹑虚"语。二是"栩栩",用庄周的典故,《庄子》有"昔者庄周梦为蝴蝶,栩栩然蝴蝶也"语。由此又想象到天台山犹东海子时之月,孕育了大地精华,彭蠡湖与之相比,不到杯子大小,钱塘江与之相比,更是一丝细缕。

第四段:"石梁屹横架,万仞青壁竖。却瞰赤城巅,势来如刀弩。盘松国清道,九里天莫睹。穿崇上攒三,突兀傍耸五。空崖绝凡路,痴立麋与麏。邈峻极天门,觑深窥地户。金庭路非远,徒步将欲举。"这一段特写天台山最著名的三处名胜,一是石梁,也就是古今闻名的石桥。诗写石梁横架于万仞青壁之上,俯瞰赤城山之巅如同斧削一般。《太平寰宇记》卷九八"台州天台县":"天台山,在州西一百一十里。《临海记》云:'天台山超然秀出,山有八重,视之如一帆。高一万八千丈,周回八百里。又有飞泉,悬流千仞似布。'……《启蒙记》注云:'天台山去天不远,路经油溪,水深险清泠。前有石桥,路径不盈尺,长数十丈,下临绝涧。惟忘其身,然后能济。济者梯岩壁,援萝葛之茎,度得平路。见天台山蔚然绮秀,列双岭于青霄,上有琼楼、玉阙、天堂、碧林、醴泉,仙物毕具也。'"[1]二是国清寺之路,国清寺盘绕青松,遮天蔽日,成为佛教的清净胜地。国清寺,《嘉定赤城志》卷二八《寺院·天台》:"景德国清寺……寺左右有五峰双涧,号四绝之一。上有三贤堂,锡杖泉,香积厨有歌罗大神像。寺前有新罗园,唐新罗僧悟空所基。东南有祥云峰,拾得岩,东有清音亭。其最高处有更好堂。寺后岩有瀑布,循涧而上,尤为奇胜。僧徒虑人至,植丛棘以障之。"[2]与诗可以相互印证。国清寺位于天台山高处,诗句又"攒三"与"耸五"以状其高插云霄。南朝梁陶弘景《真诰》称:"天台山高一万八千丈,周回八百里。山有八重,四面如一,顶对三辰,当牛女之分。以其上应台宿,光辅紫宸,故名天台。"[3]因为天台顶对三辰,上应台宿,故言"攒三"。又《天台山志》:"五峰在国清寺侧,其峰有五:正北曰八桂,东北曰灵禽,东南曰祥云,西南曰灵芝,西北曰映霞。"集中于国清寺,故言"耸五"。三是金庭观之路,张祜游览天台山后,就要向金庭洞天

---

① [宋]乐史:《太平寰宇记》卷九八,中华书局 2007 年版,第 1966 页。

② [宋]陈耆卿:《嘉定赤城志》卷二八,《宋元方志丛刊》第 7 册,中华书局 1990 年版,第 7496—7497 页。

③ [清]董诰:《全唐文》唐文拾遗续拾卷五○,中华书局 1983 年版,第 10941 页。

进发。《赤城续志》云："金庭观,在浙江台州府嵊县东南,天台华顶之东门也。《道经》云:'越有金庭、桐柏,与四明、天台相连,神仙之宫也。'唐裴通记云:'剡中山水之奇丽,金庭洞天为最,其洞即道明所谓赤城丹霞第六洞天也。'"①《剡录》卷八:"金庭观在剡金庭山,是为崇妙洞天。"又云:"道经曰:……周王子晋善吹笙,为凤凰之声,从浮丘登高而羽化,猴山去后,主治天台华顶,号白云先生。往来金庭,风月之夕,山中有闻吹笙者。"②

第五段:"身乐道家流,惇儒若一矩。行寻白云叟,礼象登峻宇。佛窟绕杉岚,仙坛半榛莽。悬崖与飞瀑,险喷难足俯。海眼三井通,洞门双阙拄。琼台下昏侧,手足前采乳。但造不死乡,前劳何足数。"这一段表明张祜登天台山是出于对于道教和佛教的崇敬之情。前两句是说自己乐于道家学说,也在遵守儒家规矩。然后就道佛展开,第三句说寻求道叟,第四句说参拜佛祖。接着四句仍回到登山的描写,侧重于四个景点,一是飞瀑,《太平寰宇记》:"天台山超然秀出,山有八重,视之如一帆。……又有飞泉,悬流千仞似布。"③二是三井,《舆地纪胜》卷十二"台州府":"三井在县北二十里昭庆院东,唐时尝遣使投金龙白璧,旧传为尼所触,一井塞,其二深不可测。或云通海,又云海眼,李郢所谓'三井应潮通海眼'是也。"④三是双阙,东晋孙绰作《天台山赋》,有"双阙云竦以夹路,琼台中天而悬居"之句,顾恺之《启蒙记》注:"天台山,列双阙于青霄中,上有琼楼、瑶林、醴泉,仙物毕具。"⑤四是琼台,《嘉定赤城志》卷二一:"琼台、双阙两山,自崇道观西北行二里至元应真人祠,由真人祠取道仙人迹,经龙潭侧,凡五里至琼台,转南三里至双阙。皆翠壁万仞,森倚相向,孙绰《赋》所谓'双阙云竦以夹道,琼台中天而危居'是也。"⑥最后达于不死之乡,即金庭桐柏之中。陶弘景《真诰》卷一四:"金庭有不死之乡,在桐柏之中。"⑦结尾也回应了上文"金庭路非远,徒步将欲举",表现出张祜对于道教和神仙的向往。

四、张祜浙东诗概览

张祜漫游浙东,留下了多首诗作。我们根据他的漫游地点,做简略的考察,以

---

① 马蓉等点校:《永乐大典方志辑佚》台州地区,中华书局 2004 年版,第 944 页。
② [宋]高似孙:《剡录》卷八,《宋元方志丛刊》第 7 册,中华书局 1990 年版,第 7249 页。
③ [宋]乐史:《太平寰宇记》卷九八,中华书局 2007 年版,第 1966 页。
④ [宋]王象之编,赵一生点校:《舆地纪胜》卷一二,浙江古籍出版社 2013 年版,第 465 页。
⑤ [宋]王象之编,赵一生点校:《舆地纪胜》卷一二,浙江古籍出版社 2013 年版,第 463 页。
⑥ [宋]王象之编,赵一生点校:《舆地纪胜》,浙江古籍出版社 2013 年版,第 464 页。
⑦ [梁]陶弘景:《真诰》卷一四,中华书局 2011 年版,第 262 页。

与其《游天台山》诗相印证。

张祜《将之会稽先寄越中知友》诗云："三年此路却回头,认得湖山是旧游。百里镜中明月夜,万重屏外碧云秋。竹林雨过谁家宅,杨叶风生河处楼。先问故人篱落下,肯容藤蔓系扁舟。"①是张祜准备到越中而先寄越中友人之作。此诗应该是他第二次游越中之作,故有首联回忆三年前的游历,故而对于越中山水非常熟悉。颔联描写越中的著名山水,上句写镜湖,下句写会稽山。颈联描写越中的特定景物,上句写竹林,下句写杨叶。尾联通过对于故人的设问,表现出对于越中的期待。

张祜《题樟亭》诗云："晓雾凭虚槛,云山四望通。地盘江岸绝,天映海门空。树色连秋霭,潮声入夜风。年年此光景,催尽白头翁。"②《乾道临安志》卷二:"樟亭驿,晏殊《舆地志》云:'在钱塘县旧治之南五里,白居易有《宿樟亭驿》诗。'"③这首诗是张祜赴越州宿于杭州樟亭驿之诗。由杭州到越州必须经过西陵渡钱塘江,江北杭州有樟亭驿,江南越州有西陵驿,这在唐人笔下常有描绘。张祜诗是经过樟亭驿所见之景,首联描写早登樟亭,凭栏四望,云山宽敞,杳渺无际。颔联描写钱塘江的形势,樟亭附近江岸,群山绵延,向远望去,江与大海相连。颈联描写江景和江潮,这是钱塘江特有的风景。尾联表现张祜流连于此,直待白头。

张祜《观潮十韵》诗云："泯泯顺为回,泙泙逆是来。草微淹泽莽,沙涨积云堆。不止灵威怒,当凭怪力推。夏天江叠雪,晴日海奔雷。近落痕犹浅,初平势渐开。舟惊浮浩渺,石看打崔嵬。鸟下愁滩没,人行畏岸颓。鼓风连涵澹,值汱更旋回。进退随蟾魄,虚盈合蚌胎。何妨俾巨浸,为尔济川才。"④这首诗是张祜由杭赴越渡江时观潮之作。钱塘江大潮是天下奇观,开头描写江潮顺逆的状态,这是钱塘江潮最特殊的地方,因为江为"之"字形,故有回头潮。接着描写潮势之大,淹没草莽,拥沙成堆,如此大潮不仅本身威力巨大,更使人怀疑一定有特殊的怪力推动。尤其是在夏天的晴日,惊涛涌起,层层叠雪,海波汹涌,响若奔雷。接着描写潮涨满江的情景,潮涨不歇,江岸宽阔,船浮江上,石打山岩,使得鸟因找不到江滩而下发愁,人行走江边也害怕江堤崩颓。潮平之后,慢慢消退,这是自然规律,又是由于月亮的影响而作,故诗的最后"进退随蟾魄,虚盈合蚌胎"既写月对潮的影响,同时表现出虚盈循环的哲理意蕴。"何妨俾巨浸,为尔济川才"又发出自己的慨叹,表现出济川的

① 尹占华:《张祜诗集校注》卷八,上海古籍出版社 2020 年版,第 373 页。
② [清]彭定求:《全唐诗》卷五一〇,中华书局 1960 年版,第 5806 页。
③ [宋]周淙:《乾道临安志》卷二,《宋元浙江方志集成》第 1 册,杭州出版社 2009 年版,第 42 页。
④ 尹占华:《张祜诗集校注》卷九,上海古籍出版社 2020 年版,第 428 页。

愿望。从中可以看出,张祜赴浙东,也是为实现人生的某种目标而来。

　　张祜《越州怀古》诗云:"振楫大江东,前林波万顷。高秋海天阔,色落湖山影。行寻王谢迹,望望登绝岭。荒林草木瘦,古树泉石冷。昔游不可见,牢落余风景。穷愁心未死,一笔聊复秉。"①诗为张祜东游越州时作。诗题言"怀古",实际上是将心中事与眼前景结合在一起描写。前面四句是写景,大江之东,山林万顷,海天空阔,湖山落影。接着"行寻王谢迹"是怀古,全诗怀古也只有这一句,接着又是写景,山是绝岭,荒林草木,古树泉石,呈现一片秋景。置身于这样的情景之中,不由生发忧愁,只有赋诸笔端,表现自己不甘穷愁的心境。

　　张祜《夏日梅溪馆寄庞舍人》诗云:"东阳宾礼重,高馆望行期。扫簟因松叶,簪瓜使竹枝。卷帘闻鸟近,翻枕梦人迟。坐听津桥说,今营太守碑。"②清嘉庆《重修一统志》卷二九九《金华府》:"梅溪,在义乌县南十里。源出青岩山,中有巨石,旧名石溪,西流四里汇于大陂曰新塘,又西至合港入东阳溪。"③按,据诗云"东阳宾礼重",唐代婺州为东阳郡。《太平广记》卷一五六引《前定录》:"唐京兆尹庞严为衢州刺史,到郡数月,忽梦二僧入寝门。严不信释氏,梦中呵之。僧曰:'使君莫怒,余有先知,故来相告耳。'严喜闻之,乃问曰:'余为相乎?'曰:'无。''有节制乎?'曰:'无。''然则当为何官?'曰:'类廉察而无兵权,有土地而不出畿内。过此已往,非吾所知也。'曰:'然寿几何?'曰:'惜哉,所乏者寿。向使有寿,则何求不可。'曰:'何日当去此?'曰:'来年五月二十二日及明年春有除替。先以状请于廉使,愿得使下相待。'时廉使元稹素与严善,必就谓得请。行有日矣。其月晦日,因宴,元公复书云:'请俟交割。'严发书曰:'吾固知未可以去。'具言其梦于座中。竟以五月二十二日发。其后为京兆尹而卒。"④是庞严曾在浙东任衢州刺史。衢州与婺州接壤,是知此诗为张祜宿于婺州梅海馆时寄予衢州刺史庞严之作。首联是说得到庞严的邀请,现在处于高馆迫切等待启程以往衢州。颔联是说自己作为庞严的宾友,甘心为其清扫簟席,整理瓜园。颈联描写想象中的衢州环境,凌晨起身,卷帘能闻鸟声,翻侧枕上,则梦见故人。尾联赞扬庞严为政仁德和事功,因为赢得百姓的爱戴而营造太守之碑。

　　张祜《石头城寺》诗云:"山势抱烟光,重门突兀傍。连檐金像阁,半壁石龛廊。

①　尹占华:《张祜诗集校注》卷九,上海古籍出版社 2020 年版,第 432 页。
②　[清]彭定求:《全唐诗》卷五一〇,中华书局 1960 年版,第 5823 页。
③　嘉庆:《重修一统志》卷二九九,上海商务印书馆四部丛刊本民国二十四年(1935)版,第 16b 页。
④　[宋]李昉:《太平广记》卷一五六,中华书局 1961 年版,第 1119 页。

碧树丛高顶,清池占下方。徒悲宦游意,尽日老僧房。"①尹占华《张祜诗集校注》以为诗题应作"石城寺"②,是。《嘉泰会稽志》卷八"寺庙·新昌县":"宝相寺在县西南一十里,齐永明中僧护凿石造弥勒像建寺,号石城。至梁天监十二年,像始成,身高百尺。刘勰作《记》。唐会昌五年建三层阁,改寺曰瑞像阁。大中祥符元年赐今额。"③"石城寺"就是现在新昌的大佛寺。佛寺绵延于山崖,凭借石窟原有岩体雕刻成卧佛一尊,佛像与自然山体融为一体,为亚洲第一卧佛。诗中描写的山寺形势,"抱烟光""突兀傍",与石城寺正相切合。寺为南朝古刹,天然胜境,现在还有天王殿、西方殿、大雄宝殿、大佛殿、地藏殿、藏经楼、隐鹤楼等,部分殿阁建于崖壁之下,佛寺山崖之下有十里潜溪,正是诗中"碧树丛高顶,清池占下方"实境。张祜来浙东漫游是为宦而来,故称"宦游",但似乎并不得志,寄宿于僧房,有感而写下这首佳作。

张祜《酬余姚郑模明府见赠长句四韵》诗云:"仙令东来值胜游,人间稀遇一扁舟。万重山色军江微,十里溪声到县楼。吏隐不妨彭泽远,公才多谢武城优。生疏莫笑沧浪叟,白首直竿是直钩。"④张祜《题余杭(一作姚)县龙泉观》诗云:"四回(一作明)山一面,台殿已嵯峨。中路见山远,上方行石多。天晴花气漫,地暖鸟音和。徒漱葛仙井,此生其奈何。"⑤上面两首诗是张祜漫游浙东时淹留余姚时所作。诗题作"余杭"误。龙泉寺,《嘉泰会稽志》卷八"余姚县":"龙泉寺在县西二百步,东晋咸康二年建,唐会昌五年废,大中五年重建,咸通二年改今额。"⑥王象之《舆地纪胜》卷一〇《绍兴府》:"龙泉,在余姚灵绪山龙泉寺上,王荆公所谓'龙向此中蟠'者是也。"⑦诗首句"四明山一面",祝穆《方舆胜览》卷七《庆元府》:"四明山,在州西八十里。陆龟蒙云:'山有峰,最高四穴在峰上,每天色晴霁,望之如户牖相倚。'《福地记》云:'三十六洞天,第九曰四明山,二百八十峰洞,周回一百八十里,名丹山赤水之天。上有四门,通日月星辰之光,故曰四明山。'"⑧

张祜《送卢弘本浙东觐省》诗云:"东望故山高,秋归值小舠。怀中陆绩橘,江上

---

① [清]彭定求:《全唐诗》卷五一〇,中华书局1960年版,第5818页。
② 尹占华:《张祜诗集校注》卷二,上海古籍出版社2020年版,第104页。
③ [宋]施宿:《嘉泰会稽志》卷八,《宋元方志丛刊》第7册,中华书局1990年版,第6853页。
④ 尹占华:《张祜诗集校注》卷八,上海古籍出版社2020年版,第357页。
⑤ [清]彭定求:《全唐诗》卷五一〇,中华书局1960年版,第5819页。
⑥ [宋]施宿:《嘉泰会稽志》卷八,《宋元方志丛刊》第7册,中华书局1990年版,第6848页。
⑦ [宋]王象之编,赵一生点校:《舆地纪胜》卷一〇,浙江古籍出版社2013年版,第371页。
⑧ [宋]祝穆:《方舆胜览》卷七,中华书局2003年版,第121页。

伍员涛。好去宁鸡口,加餐及蟹螯。知君思无倦,为我续离骚。"①卢弘本,尹占华《张祜诗集校注》卷一注云:"浙东:唐乾元元年置浙江东道观察使,治越州,今浙江绍兴。卢弘本:未详。"②按,《卢弘本墓志》近年已经出土,为其兄卢简求撰。志云:"唐大中十一年岁次丁丑三月之廿七日,河中府司录参军卢君,名弘本,字子道,终于帝京之延康里,享年六十有五。"③据张祜《投苏州卢郎中》等诗,"卢郎中"就是卢简求,即卢弘本堂兄,亦即《卢弘本墓志》撰者,故知张祜赠诗之"卢弘本"即墓志之卢弘本。又据墓志所载生卒年推算,卢弘本大和九年(835)三十岁。诗题称"送卢弘本浙东觐省",是其时张祜不在越州,因其送卢弘本赴浙东有关,故附论于此。

张祜漫游浙东,至少有两次,浙东风物给他留下了深刻的印象。故而离开浙东以后,经常在诗中表现出深情的回忆。重要的诗作有三首,录之并略考于下。

张祜《忆江东旧游四十韵寄宣武李尚书》诗有"忆作江东客,猖狂事颇曾。海隅思变化,云路折飞腾。小子今何述,高贤昔谬称"④语,则是回忆以前作客于江东的情景。"宣武李尚书"为李绅,时为宣武军节度使。这里的"高贤昔谬称"无疑是说李绅昔日对自己的称誉。"蒲晚帆山叶,花开镜水菱","帆山"指越州的石帆山,"镜水"指越州的镜湖。李绅为浙东观察使,又为宣武军节度使,诗即是张祜投赠宣武军节度使李绅而忆在浙东时与李绅交游之作。五代何光远《鉴戒录》卷七:"会昌四年,李相公绅节镇淮南日,所为尊贵,薄于布衣,若非皇族卿相嘱致,无有面者。张祐(祜)与崔涯同寄府下,前后廉问向祜诗名,悉蒙礼重,独李到镇,不得见焉。祜遂修刺谒之,诗题《钓鳌客》,将俟便呈。相国遂令延入,怒其狂诞,欲于言下挫之。及见祜,不候从容,及问曰:'秀才既解钓鳌,以何物为竿?'祜对曰:'用长虹为竿。'又问曰:'以何物为钩?'曰:'以初月为钩。'又问曰:'以何物为饵?'曰:'用唐朝李相公为饵。'相公良久思之,曰:'用予为饵,钓亦不难致。'遂命酒对斟,言笑竟日,怜祜触物善对,遂为诗酒之知。"⑤

张祜《忆游天台寄道流》诗云:"忆昨天台到赤城,几朝仙籁耳中生。云龙出水风声过,海鹤鸣皋日色清。石笋半山移步险,桂花当洞拂衣轻。今来尽是人间梦,

①　[清]彭定求:《全唐诗》卷五一〇,中华书局 1960 年版,第 5798 页。

②　尹占华:《张祜诗集校注》卷一,上海古籍出版社 2020 年版,第 8 页。

③　赵荣主编:《桃花依旧》,三秦出版社 2018 年版,第 244 页。

④　尹占华:《张祜诗集校注》卷一〇,上海古籍出版社 2020 年版,第 526 页。

⑤　陶敏主编:《全唐五代笔记》第四册,三秦出版社 2012 年版,第 3051 页。

刘阮茫茫何处行。"①

张祜《忆江东旧游四十韵寄宣武李尚书》诗云:"忆作江东客,猖狂事颇曾。海隅思变化,云路折飞腾。小子今何述,高贤昔谬称。瘦体休问马,病爪莫论鹰。海棹扁舟泛,江开一槛凭。岸环青莽苍,峰峭碧崚嶒。水国程无尽,烟郊思不胜。金丝援嫩柳,玉片犯残冰。夜泊闻操楫,朝行看下罾。沙明春雨霁,野白暮云蒸。蒲晚帆山叶,花开镜水菱。乱芳丛沼沚,余溜泄沟塍。鹭岭因支访,龙门诣李登。黄莺春恼客,白鹤夜依僧。粗得狂歌趣,深疑笑病症。地穷屯健马,天尽抑飞鹏。桂彩分城堞,松香在阁层。酒徒穷不破,诗债老相仍。伯玉年将近,宣尼《易》未弘。岁储虽自乏,社肉必均秤。造化三光借,乾坤一块凝。才当论曲直,命可系衰兴。凤鸟非无叹,骅骝靡不乘。豹文须蔚蔚,羊目漫睖睖。范蠡尝金铸,吴王昔土崩。雄图翻自失,高躅鲜相承。禹庙思陈藻,秦山忆杖藤。几时心谺谺,长日醉瞢瞢。水室穷深讨,云门极峻登。北归天尚远,东望海方澄。鹤跂虚为羡,人言敢不应。旅游星正字,愁望月初绶。讵欲由斜径,聊思枕曲肱。兴扪头上虱,闲视笔锋蝇。鸟岸劳方寸,鱼瓶惜一升。诗秋情未剧,别夜思偏增。白首身从贱,青云气可凌。当知在尘土,言直更兢兢。"②按,"宣武李尚书"即李绅,《旧唐书·文宗纪》下:开成元年六月"癸亥,以河南尹李绅检校礼部尚书、汴州刺史,充宣武军节度使"③。《旧唐书·武宗纪》上:开成五年(840)九月,"以宣武军节度使、检校吏部尚书、汴州刺史李绅代德裕镇淮南"④。因为李绅大和中为越州刺史、浙东观察使时,张祜漫游浙东,受到李绅的优待,故而李绅为宣武军节度使时,张祜寄诗,忆江东旧游,多为越州之事。所述越州名胜即有石帆山、镜湖、禹庙、秦望山、云门寺等。

① [清]彭定求:《全唐诗》卷五一一,中华书局 1960 年版,第 5828 页。
② 尹占华:《张祜诗集校注》卷一〇,上海古籍出版社 2020 年版,第 526—527 页。
③ [后晋]刘昫:《旧唐书》卷一七下,中华书局 1975 年版,第 565 页。
④ [后晋]刘昫:《旧唐书》卷一八上,中华书局 1975 年版,第 585 页。

第三章　唐代浙东组诗的探讨

组诗是指同一诗题、同一主题的若干首诗组合而成的作品,它较一般的单篇诗作,具有更深的内涵与更大的容量。组诗有同一作家创作的作品,如陶渊明《饮酒二十首》《归园田居五首》,李白《永王东巡歌》《上皇西巡歌》《秋浦歌十七首》,杜甫的《秋兴八首》《诸将五首》《陪郑广文游何将军山林十首》等,也有作家群体创作的作品,如白居易等人的《香山九老会》诗。浙东唐诗之路的诗歌当中,组诗成为一道亮丽的风景线。这表现在两个方面:一是个人的组诗作品不断涌现,二是集体的唱和组诗形成了很大的规模。这些组诗,标志着浙东诗人群体唱和活动在不断展开,是浙东地区将唐诗推向繁盛的重要活动。本章选取四组集体唱和的诗歌进行专题研究,这四组诗是《状江南十二咏》《忆长安十二咏》《送贺秘监归会稽》《送最澄上人还日本国》。这四组诗分别代表四个层面:《状江南十二咏》重在吟咏江南风物,《忆长安十二咏》是身在浙东而忆念长安,《送贺秘监归会稽》是长安官员送贺知章归隐浙东,《送最澄上人还日本国》是浙东文人送别日本高僧。

第一节　《状江南十二咏》

作为组诗,最能体现浙东地域特色的诗作无疑是《状江南十二咏》。这组诗历来受到研究者的关注,郑学檬《从〈状江南〉组诗看唐代江南的生态环境》云:

> 由于两咏创作是在越州进行,地点已无问题。但是,把《状江南》所涉及的地域局限于越州(江南的一部分)似乎不妥。从诗中描绘的内容看,可以扩大到浙西,即当时通称的江南地区,包括润、常、苏、湖、杭、睦、越、明、台等州,也就是反映了江南(两浙)的生态环境。①

贾晋华《唐代集会总集与诗人群研究》云:

---

① 郑学檬:《从〈状江南〉组诗看唐代江南的生态环境》,《唐研究》第一卷,北京大学出版社1995年版,第377页。

整组诗按照四时十二月的次序,分咏江南的美景佳产风土人情,描写细微如画,比喻新鲜贴切,用词自然流丽,充满清新秀美的江南水乡风味。这组诗与前一组诗(《忆长安》)是相互关联的,忆长安而状江南,这正是当时南渡文士的典型心理:盛世回忆使他们产生了绵绵不尽的感伤情绪,北方中原的动乱和破坏令他们厌倦和怡悦。而《忆长安》和《状江南》二组诗的并置,则形成一种潜在的主题张力:通过描绘赞美江南风物,含蓄地感伤叹惜北方中原的衰微动乱,大唐盛世一去不复返。①

戴伟华《〈状江南〉的艺术创新及其诗史意义——兼论敦煌〈咏廿四气诗〉的性质与写作时间》云:

> 大历年间鲍防、严维等人创作的《状江南》是长篇《春江花月夜》后有关江南的集体发声。如果基于文本判断,《春江花月夜》的出现客观上反映了江南文化的诗歌叙述,呈现出与《帝京篇》《长安古意》不同的精神气息;而《状江南》则是弘扬南方文化的自觉行为和艺术实践。唐代月令节气诗《状江南》十二咏之前主要有李峤《十二月奉教作》十首、敦煌《咏廿四气诗》,和李峤、敦煌诗比较,《状江南》以比喻体叙事呈现出崭新的风貌和写作方法,在月令诗写作中独树一帜,在诗歌发展史上具有特别意义。②

郑学檬从生态学的角度研究这一组诗歌,阐述了组诗的节气定历对保护生态环境的作用,揭示了组诗所反映的江南优越的生态环境,特别是水稻生产与生态环境的关系。贾晋华注意到这组诗按照一年十二个月的月令次序,以描写江南的风土人情,而关注这一作者群体,则更有安史之乱给予他们心理的投影。戴伟华教授也将这组诗定位为月令诗,其写法则在月令诗中独树一帜。戴伟华教授更关注这组诗的状物特点在中国诗歌史上的意义,这组咏物诗的感物途径、物象构建、咏物对象,都在前人咏物诗的基础上独辟蹊径。贾晋华与戴伟华两位教授的论述极大地提升了这组诗在浙东唐诗之路诗歌中的地位,而其宏观意义的概括更具有指导性,以至于研究浙东唐诗之路的艺术个性就不能回避这组诗。

一、《状江南十二咏》的文本和作者

《状江南》组诗十二首,是十二个月的节气按顺序写作的组诗,是以鲍防为代表

---

① 贾晋华:《唐代集会总集与诗人群研究》(第2版),北京大学出版社2015年版,第81页。
② 戴伟华:《〈状江南〉的艺术创新及其诗史意义——兼论敦煌〈咏廿四气诗〉的性质与写作时间》,《文学评论》2020年第3期,第113页。

的浙东大历诗人集团的标志性作品。《唐诗纪事》卷四七"谢良辅"条云即载此十二首诗,现录之如下:

鲍防《孟春》:"江南孟春天,荇叶大如钱。白雪装梅树,青袍似苇田。"①鲍防,《旧唐书》卷一五九有传,穆员有《工部尚书鲍防碑》。防字子慎,襄州襄阳人。天宝十二载(753)及进士第。薛兼训为浙东观察使,辟为行军司马。薛兼训移镇太原,鲍防亦为少尹、行军司马。不久主持留后事务,兼太原尹、河东节度使。入为御史大夫,历任福建、江西观察使,召入为左散骑常侍。德宗幸奉天,鲍防随之,擢礼部侍郎,封东海郡公。

谢良辅《仲春》:"江南仲春天,细雨色如烟。丝为武昌柳,布作石门泉。"②《仲春》诗作者谢良辅,《唐诗纪事》卷四七《谢良辅》条:"良辅,登天宝十一年进士第。德宗时刺商州,为团练所杀。"③《新唐书·德宗纪》:建中四年(783)十月,"商州军乱,杀其刺史谢良辅"。《全唐诗》卷三〇七《谢良辅小传》:"谢良辅,天宝十一年进士第。德宗时商州刺史。诗四首。"④李白与谢良辅有所交往,其《与谢良辅游泾川陵岩寺》诗云:"乘君素舸泛泾西,宛似云门对若溪。且从康乐寻山水,何必东游入会稽。"⑤陶翰《送谢氏昆季下第归南阳序》:"吾常游江表,得二谢焉。青青子衿,始在童卯,时已辨其梢云喷浪之兆。江河萧散,垂二十秋。忽然上京,再莹心目。《诗》《骚》之兴天假,流略之奥日新。才艺克备,文锋其锐。吾以此自负,不为非知人矣。金门未偶,征盖言旋;云峰闭于武阁,春野开于楚邓。盖将穷讨策府,琢磨词律。他日之奋六翮,登九霄,未为后耳。春水尚寒,郊草无色,何以赠别? 必在乎斯文。"⑥顾况《礼部员外郎陶翰集序》:"鲍、马二京兆,中书谢舍人良弼、良辅,侍御史李封,殿中刘全诚,名自公出,名著公器。"⑦《全唐文补遗·千唐志斋新藏专辑》载《鲍宣妻萧氏墓志铭》:"父中和……娶于博陵崔氏,即博州固安令讳缂之女。……是生夫人洎商州刺史谢良辅妻,即人之伯姊也。"⑧这里的"鲍宣"实即"鲍宣公"释文之误,鲍宣公即鲍防。由鲍防妻墓志透露出鲍防与谢良辅具有特殊的亲缘关系,

---

① [清]彭定求:《全唐诗》卷三〇七,中华书局1960年版,第3485页。
② [宋]计有功:《唐诗纪事》卷四七,中华书局1965年版,第712页。
③ [宋]计有功:《唐诗纪事》卷四七,中华书局1965年版,第712页。
④ [清]彭定求:《全唐诗》卷三〇七,中华书局1960年版,第3483页。
⑤ [清]彭定求:《全唐诗》卷一七九,中华书局1960年版,第1831页。
⑥ [清]董诰:《全唐文》卷三三四,中华书局1983年版,第3382页。
⑦ [清]董诰:《全唐文》卷五二八,中华书局1983年版,第5366页。
⑧ 吴钢主编:《全唐文补遗·千唐志斋新藏专辑》,三秦出版社2006年版,第288页。

这是他们成为一个唱和集团的因缘之一。

严维《季春》："江南季春天,莼叶细如弦。池边草作径,湖上叶如船。"①《季春》诗作者严维,字正文,越州人。《唐才子传》卷三有传。至德二年(757)进士,又擢辞藻宏丽科,调诸暨尉。辟河南幕府。终秘书省校书郎。严维早年曾进士下第,刘长卿赠以《送严维下第还乡》诗。回越州不久,即遭遇安史之乱。因为中原混乱,至德二年(757)进士在江东举行,由礼部侍郎李希言知贡举,严维于是年中了进士,后来担任诸暨县尉。薛兼训为浙东观察使,鲍防担任行军司马,浙东形成了文人集团,严维成为要员之一。经常唱酬赠答,联句赋诗。大历五年(770)擢为金吾卫长史。大历十二年(777)受河南尹严郢辟为幕吏,兼领河南尉。严郢为京兆尹,严维也入京担任秘书郎。严维在大历诗坛声望甚隆,《古刻丛钞》载《唐故江南两道观察判官星监察御史里行太原王公墓志铭》:"时秘书郎严维有盛名于代。……时携幼弟适郢,乃赋诗以赠云:'万里天连水,孤舟弟与兄。'时属而和者连郡继邑,染简飞翰,期月不息。"严维与当时著名诗人交往甚多,岑参有《送严维下第归江东》,章八元有《归桐庐旧居寄严长史》,武元衡有《酬严维秋夜见寄》,耿湋有《赠严维》,皇甫冉有《宿严维宅送包七》《秋夜宿严维宅》《和朝郎中扬子玩雪寄山阴严维》,李嘉祐有《送严维归越州》《晚发江宁道中呈严维》,秦系有《将移耶溪旧居留赠严维》,刘长卿有《对酒寄严维》《送严维尉诸暨》《送严维赴河南充严中丞幕府》《蛇浦桥下重送严维》《重别严维》,钱起有《送严维尉河南》等诗。

贾弇《孟夏》:"江南孟夏天,慈竹笋如编。蜃气为楼阁,蛙声作管弦。"②《元和姓纂》卷七"宛句贾氏":"承恩,……生弇、全。"③《全唐诗》卷三〇七《贾弇小传》:"贾弇,长乐人。登大历进士第,为校书郎。诗一首。"④穆员《工部尚书鲍防碑》:"御史中丞武威贾全,公之甥也。"⑤是贾弇亦为鲍防之甥,这也是贾弇能成为鲍防集团唱和者原因之一。柳宗元《先君石表阴先友记》:"贾弇,长乐人。善也。为校书郎,卒。"注:"大历二年中进士第。"⑥李益有《送贾校书东归寄振上人》,题一作《振上人院喜见贾弇兼酬别》诗。其弟贾全,曾为杭州刺史,在西湖孤山建贾亭,即

---

① [宋]计有功:《唐诗纪事》卷四七,中华书局1965年版,第715页。

② [宋]计有功:《唐诗纪事》卷四七,中华书局1965年版,第719页。

③ [唐]林宝:《元和姓纂》卷三〇七,中华书局2008年版,第3483页。

④ [清]彭定求:《全唐诗》卷三〇七,中华书局1960年版,第3483页。

⑤ [清]董诰:《全唐文》卷七八三,中华书局1983年版,第8191页。

⑥ [清]董诰:《全唐文》卷五八八,中华书局1983年版,第5945页。

白居易《钱塘湖春行》所言"孤山寺北贾亭西"之贾亭。兄弟二人都是文人，都曾在江南任职。近年在杭州市西湖区双浦镇定山风水洞发现一处摩崖石刻，题名为："监察御史李事举，杭州刺史贾全，大理司直王□。"

樊珣《仲夏》："江南仲夏天，时雨下如川。卢橘垂金弹，甘蕉吐白莲。"①樊珣，《全唐诗》卷三〇七《樊珣小传》："樊珣，贞元时人。诗二首。"②陶敏《全唐诗作者小传补正》，据以樊珣存《忆长安·九月》《状江南·季夏》，《全唐诗》卷七八九与严维、鲍防等《中元日鲍端公宅遇吴天师》联句，知其预大历四年(769)、五年(770)浙东联唱，证明小传"贞元时人"误。《全唐文》卷四四五樊珣有《绛岩湖记》末署："大历十二年十月三日记。"③

范灯《季夏》："江南季夏天，身热汗如泉。蚊蚋成雷泽，袈裟作水田。"④范灯，《全唐诗》卷三〇七《范灯小传》："范灯，贞元时人。"⑤岑仲勉《元和姓纂四校记》卷七"钱塘范氏"："安亲，房州别驾。生怦、愉、憕、憕。"⑥疑"范灯"为"范憕"之误。陶敏《全唐诗作者小传补正》，据范憕有《忆长安·九月》《状江南·季夏》预大历年浙东联唱，证明小传"贞元时人"误。

郑概《孟秋》："江南孟秋天，稻花白如毡。素腕惭新藕，残妆妒晚莲。"⑦司空曙有《病中赠郑十六兄》诗，题注："一本题下有'概'字。"⑧

沈仲昌《仲秋》："江南仲秋天，鳠鼻大如船。雷是樟亭浪，苔为界石钱。"⑨《全唐诗》卷三〇七《沈仲昌小传》："沈仲昌，临汝人。登天宝九年进士第。诗一首。"⑩皎然有《赠乌程李明府伯宜沈兵曹仲昌》诗。

刘蕃《季秋》："江南季秋天，栗熟大如拳。枫叶红霞举，苍芦白浪川。"⑪《唐诗纪事》二七《刘蕃》条："蕃，登天宝六载进士第。"⑫

① [宋]计有功：《唐诗纪事》卷四七，中华书局1965年版，第719页。
② [清]彭定求：《全唐诗》卷三〇七，中华书局1960年版，第3489页。
③ [清]董诰：《全唐文》卷四四五，中华书局1983年版，第4541页。
④ [宋]计有功：《唐诗纪事》卷四七，中华书局1965年版，第719页。
⑤ [清]彭定求：《全唐诗》卷三〇七，中华书局1960年版，第3489页。
⑥ [唐]林宝：《元和姓纂》卷七，中华书局2008年版，第1152页。
⑦ [宋]计有功：《唐诗纪事》卷四七，中华书局1965年版，第717页。
⑧ [清]彭定求：《全唐诗》卷二九二，中华书局1960年版，第3312页。
⑨ [宋]计有功：《唐诗纪事》卷四七，中华书局1965年版，第720页。
⑩ [清]彭定求：《全唐诗》卷三〇七，中华书局1960年版，第3483页。
⑪ [宋]计有功：《唐诗纪事》卷四七，中华书局1965年版，第719页。
⑫ [宋]计有功：《唐诗纪事》卷四七，中华书局1965年版，第719页。

吕渭《仲冬》:"江南仲冬天,紫蔗节如鞭。海将盐作雪,山用火耕田。"①吕渭,《全唐诗》卷三〇七《吕渭小传》:"吕渭,字君载,河中人。第进士,为浙西支使。后贬歙州司马。贞元中,累迁礼部侍郎。出为潭州刺史。诗五首。"②《全唐文补遗》第四辑载有《吕渭墓志铭》,叙述其生平事迹颇为详尽。吕渭与文人交游广泛,孟郊有《擢第后东归书怀献座主吕侍御(一作郎)》诗,湛贲有《伏览吕侍郎渭丘员外丹旧题十三代祖历山堂诗因书纪事》诗,杨巨源有《和吕舍人喜张员外自北番回至境上先寄二十韵》诗。

丘丹《季冬》:"江南季冬月,红蟹大如鳊。湖水龙为镜,炉风气作烟。"③《季冬》诗作者丘丹,《全唐诗》卷三〇七《丘丹小传》:"丘丹,苏州嘉兴人。诸暨令,历尚书郎。隐临平山,与韦应物、鲍防、吕渭诸牧守往还。存诗十一首。"④丘丹与文交游广泛,如于頔、崔峒、顾况、湛贲、李端、李益、韦夏卿、秦系、丘为都有赠丘丹诗。韦应物赠丘丹诗多达八首:《赠丘员外二首》《秋夜寄丘二十二员外》《复理西斋寄丘员外》《送丘员外还山》《重送丘二十二还临平山居》《送丘员外归山居》《经无锡县酬吟寄丘丹》。丘丹赠韦应物诗亦有五首:《和韦使君秋夜见寄》《奉酬韦苏州使君》《和韦使君听江笛送陈侍御》《奉酬韦使君送归山之作》《奉酬重送归山》。新出土《韦应物墓志》题撰者:"守尚书祠部员外郎骑都尉赐绯鱼袋吴兴丘丹撰。"⑤

谢良辅《孟冬》:"江南孟冬天,获穗软如绵。绿绢芭蕉裂,黄金橘柚悬。"⑥《孟冬》诗作者亦为谢良辅,按,以上二诗或有一首为谢良弼作。因为《状江南十二咏》只有谢良辅创作了两首诗,其他人都是一首,颇有疑窦。陶敏《全唐诗作者小传补正》:"在浙东联唱中,严维等人各有咏十二月之《忆长安》《状江南》一首,各赋一月,但《全唐诗》卷三〇七谢良辅《忆长安》存《正月》《十二月》,《状江南》存《仲春》《孟冬》二首,以一人而赋两月,与众人不同,不合情理。良弼兄弟同预浙东唱和,故疑此四诗中有二诗为谢良弼所作,误为良辅诗。"⑦戴伟华《〈状江南〉唱和诗核心人物及其咏物创新形式》:"陶先生质疑有理,《中元日鲍端公宅遇吴天师联句》'游方依地僻,卜室喜墙连'应为谢良辅作,而'养形奔二景,练骨度千年'应为谢良弼作,良

---

① [宋]计有功:《唐诗纪事》卷四七,中华书局1965年版,第718页。
② [清]彭定求:《全唐诗》卷三〇七,中华书局1960年版,第3488页。
③ [宋]计有功:《唐诗纪事》卷四七,中华书局1965年版,第714页。
④ [清]彭定求:《全唐诗》卷三〇七,中华书局1960年版,第3480页。
⑤ 《文汇报》2007年11月4日第8版。
⑥ [清]彭定求:《全唐诗》卷三〇七,中华书局1960年版,第3484页。
⑦ 陶敏:《全唐诗作者小传补正》,辽海出版社2010年版,第1432页。

弼联句云'景',原指日月,这里隐指鲍防和谢良辅。鲍防和谢良辅既是连襟,又是邻舍,关系异于他人,相互接触的机会亦多于他人。"①有关谢良弼的材料,顾况《礼部员外郎陶氏集序》:"唐词臣姓陶氏,讳翰。……开元十八年进士上第,天宝文明载登宏词拔萃两科,累陟太常博士礼部员外郎。……綦毋著作潜、王龙标昌龄则其敌。登公之门,李膺之门也,鲍、马二京兆中书谢舍人良弼、良辅,侍御史李封殿中刘全诚名自公出。"②陶翰有《送谢氏昆季下第归南阳序》之"谢氏昆季"③即谢良辅、谢良弼。《云笈七签》卷一一五:"王氏者,中书舍人谢良弼之妻也,东晋右军逸少之后,会稽人也。良弼进士擢第,为浙东从事而婚焉。"④

二、《状江南十二咏》与江南风物

《状江南十二咏》最大的特色是组诗致力于呈现江南地区的风物。贾晋华在辑校《大历年浙东联唱集》时录这组诗,依据《古今岁时杂咏》,将题目定为"状江南十二月每月需一物形状",戴伟华对此提出质疑,以为"十二月"之"月"为误植,而《状江南》每月一诗,一诗不止'一物形状',而是'三物形状'"⑤。按戴伟华教授怀疑每月需一物形状有误,以为应该是"三物形状",但没有检核《古今岁时杂咏》原书。重新检核原书,则在《岁时杂咏》卷四三收谢良辅诗,题为《状江南十二月每句须一物形状》⑥,是贾晋华所录有误,遂使后人产生误解。由《状江南十二月每句须一物形状》这一诗题,可以进一步论述这组诗在表现江南风物方面的特色。

（一）《状江南》所咏江南风物的分章分析

鲍防《孟春》:"江南孟春天,荇叶大如钱。白雪装梅树,青袍似葑田。"⑦这首诗是通过"荇""梅""葑"来表现江南孟春的节令。"荇"即荇菜,别名金莲,是一种水荷,叶浮于水面。正月荇叶初发,大如铜钱。"梅"即梅花,早梅正月即开白花,如同白雪装点。"葑"蔓菁,一种菜名,根茎肥大,可供食用,故南方多种之。诗中描写的三种植物,都是江南特产。荇叶黄色,梅花白色,蔓菁青色,交相辉映,清丽无比。《农政全书·牧养》云:"池中先栽荇草,栽法:二三月边,旧鱼入大塘,去水洒半干,

---

① 戴伟华:《〈状江南〉唱和诗核心人物及其咏物创新形式》,《文学遗产》2021年第1期,第89页。
② [清]董诰:《全唐文》卷五二八,中华书局1983年版,第5366页。
③ [清]董诰:《全唐文》卷三三四,中华书局1983年版,第3382页。
④ [宋]张君房:《云笈七签》卷一一五,中华书局2003年版,第2549页。
⑤ 戴伟华:《〈状江南〉唱和诗核心人物及其咏物创新形式》,《文学遗产》2021年第1期,第92页。
⑥ [宋]蒲积中:《岁时杂咏》卷四三,辽宁教育出版社1998年版,第491页。
⑦ [宋]计有功:《唐诗纪事》卷四七,中华书局1965年版,第713页。

栽荇草于内,栽完,放水长草,以养新鱼。"① 故知荇草具有养鱼的功效,故南方池塘湖泊中多有栽种。

谢良辅《仲春》:"江南仲春天,细雨色如烟。丝为武昌柳,布作石门泉。"② 这首诗是通过"雨""柳""泉"来表现江南仲春的节令。仲春时节,江南的特点就是细雨如烟,垂柳逐渐发芽,枝条细长如丝,山泉流淌如布。如烟的细雨,如丝的柳条,如布的山泉,融为一体,构成了仲春时节江南特有的烟雨迷蒙的轻柔美景。

严维《季春》:"江南季春天,莼叶细如弦。池边草作径,湖上叶如船。"③ 这首诗是通过"莼叶""池草""湖叶"来表现江南季春的节令。"莼"即莼菜,莼叶为江南名菜,其形为椭圆形,浮于水面,季春时节,莼叶刚生,细如琴弦。池边小径,春草已较茂盛,使得道路两边绿草如茵。湖上荷叶已开,高托水面,叶大如船。这里描写的三种景物,莼叶嫩绿,池草碧绿,荷叶深绿,纯然一色,春意盎然。而且这个时候的莼叶,嫩绿细柔,最宜食用。

贾弇《孟夏》:"江南孟夏天,慈竹笋如编。蜃气为楼阁,蛙声作管弦。"④ 这首诗是通过"慈竹""蜃气""蛙声"来表现江南孟夏的节令。"慈竹"其形弯曲下垂如钓丝之状,如同慈母之爱子,加以新竹旧竹密结,高低相倚,若老少相依,故称"慈竹"。"蜃气"笼罩着美丽的楼阁亭台,如同幻境。群蛙鸣叫如同弹奏着管弦乐曲,自由欢快。表现的是孟夏江南,烟岚动岫的芳华丽景。

樊珣《仲夏》:"江南仲夏天,时雨下如川。卢橘垂金弹,甘蕉吐白莲。"⑤ 这首诗是通过"时雨""卢橘""甘蕉"来表现江南仲夏的节令。"时雨"是忽降忽止的阵雨,暴降如川。南方的仲夏季节最为常见。"卢橘"是金橘的别称,司马相如《上林赋》有"卢橘夏熟,黄甘橙楱,枇杷橪柿,亭奈厚朴"之咏。金橘色黄,故如金弹下垂,亦形容果实繁盛。"甘蕉"是香蕉的一种,花蕊如同白莲般美丽。这首诗写出了阵雨如注的天气,衬以黄色的金橘和白色的甘蕉,表现出江南仲夏时节暖色调的景色。

范灯《季夏》:"江南季夏天,身热汗如泉。蚊蚋成雷泽,袈裟作水田。"⑥ 这首诗是通过"热汗""蚊蚋""水田"来表现江南季夏的节令。季夏时节,汗流如泉,蚊蚋哄

---

① 彭世奖:《中国传统要术集萃》,中国农业出版社 1998 年版,第 259 页。
② 〔宋〕计有功:《唐诗纪事》卷四七,中华书局 1965 年版,第 712 页。
③ 〔宋〕计有功:《唐诗纪事》卷四七,中华书局 1965 年版,第 715 页。
④ 〔宋〕计有功:《唐诗纪事》卷四七,中华书局 1965 年版,第 719 页。
⑤ 〔宋〕计有功:《唐诗纪事》卷四七,中华书局 1965 年版,第 719 页。
⑥ 〔宋〕计有功:《唐诗纪事》卷四七,中华书局 1965 年版,第 719 页。

叫,如在沼泽。"袈裟作水田"一句,吟咏的是"水田衣"。明焦竑《焦氏笔乘》解释:
"王少伯诗'手巾花甀净,香帔稻畦成',王右丞诗'乞食从香积,裁衣学水田',稻畦
帔,水田衣,即袈裟也。内典:袈裟字作毠毲,盖西域以毛为之。一名逍遥服,又名
无尘衣。"①清钱大昕《十驾斋养新录·水田衣》:"释子以袈裟为水田衣。"②清翟灏
《通俗编·服饰》:"王维诗:'乞饭从香积,裁衣学水田。'按,时俗妇女以各色帛寸翦
间杂,紩以为衣,亦谓之水田衣。"③诗意是江南以水田为多,夏天人们从事农业劳
动,穿着如同袈裟的百衲衣,在蚊蚋成泽的水田中劳作,热汗如泉。这首诗是描写
江南酷热夏天的典型诗篇。

郑概《孟秋》:"江南孟秋天,稻花白如毡。素腕惭新藕,残妆妒晚莲。"④这首诗
是通过"稻花""新藕""晚莲"来表现江南孟秋的节令。开满稻花的水田如同洁白的
毛毡,新生的嫩藕使得女子洁白的手臂都自惭不如,晚开的红莲使得残存红妆的美
女感到嫉妒。这首诗运用以人比物手法,把江南初秋七月的美景描写得令人陶醉
与神往。标题是"孟秋",而后两句的主语是"素婉"和"残妆",看似重在写人,实际
上是用侧面烘托来表现初秋的美丽动人。

沈仲昌《仲秋》:"江南仲秋天,鳣鼻大如船。雷是樟亭浪,苔为界石钱。"⑤这首
诗是通过"鳣""雷""苔"来表现江南仲秋的节令。"鳣"是江中特有之鱼,白鲟的古
称。《史记·屈原贾生列传》:"横江湖之鱣鳣兮,固将制于蚁蝼。"裴骃《集解》引臣
瓒曰:"鳣鱼无鳞,口近腹下。"因为口近腹下,故鳣鼻很大。仲秋时节,雷声很大,能
够掀起樟亭之浪。樟亭是指杭州钱塘江北岸的樟亭驿,故"樟亭浪"实际上是代指
钱塘江大潮。"苔为界石钱"是说青苔形圆如钱,附于界石之上。诗重在渲染雷声
触浪,江水滔天,江鳣起伏,横游江中的情景,而江边界石,青苔黏附,这是典型的江
南中秋之景。

刘蕃《季秋》:"江南季秋天,栗熟大如拳。枫叶红霞举,苍芦白浪川。"⑥这首诗
是通过"熟栗""枫叶""苍芦"来表现江南季秋的节令。晚秋是板栗成熟的季节,江
南高温多雨,板栗果形硕大如拳,与北方板栗不同。"枫叶"已经变成红色,在秋风

①　[明]焦竑:《焦氏笔乘》续集卷四,中华书局 2008 年版,第 361 页。
②　[清]钱大昕:《十驾斋养新录》卷一六,凤凰出版社 2016 年版,第 441 页。
③　[清]翟灏:《通俗编》卷二五,浙江古籍出版社 2016 年版,第 584 页。
④　[宋]计有功:《唐诗纪事》卷四七,中华书局 1965 年版,第 717 页。
⑤　[宋]计有功:《唐诗纪事》卷四七,中华书局 1965 年版,第 720 页。
⑥　[宋]计有功:《唐诗纪事》卷四七,中华书局 1965 年版,第 719 页。

中如红霞飘举。"苍芦"即芦苇,芦花白色,又于白浪水中,更是一片洁白。三句吟咏三物,板栗褐色,枫叶红色,苍芦白色,这样的冷色调与暖色调对照,更显得深秋季节色彩的丰富。

谢良辅《孟冬》:"江南孟冬天,荻穗软如绵。绿绢芭蕉裂,黄金橘柚悬。"[1]这首诗是通过"荻穗""芭蕉""橘柚"来表现江南孟冬的节令。"荻穗"柔软如同丝绵,芭蕉成熟犹如绿绢,黄金橘柚挂满树枝。这几句也重在写色,荻穗白色,芭蕉绿色,橘柚黄色,给孟冬江南之景添上了厚重的光泽。

吕渭《仲冬》:"江南仲冬天,紫蔗节如鞭。海将盐作雪,山用火耕田。"[2]这首诗是通过"紫蔗""海盐""山火"来表现江南仲冬的节令。"紫蔗"是紫微甘蔗,是江南盛产又是特产的一种甘蔗,仲冬季节成熟,其节如鞭。江南也盛产海盐,一片海盐,如同雪景。这里农民们又进行冬季烧田,也就是焚山开荒,称为"畬田"。这几句仍然将紫、白、红间用,以表现江南人民在冬天劳作。

丘丹《季冬》:"江南季冬月,红蟹大如鳊。湖水龙为镜,炉峰气作烟。"[3]这首诗是通过"红蟹""湖水""炉风"来表现江南季冬的节令。"红蟹"即江南红螃蟹,其形大如黄鳊;"湖水"清澈如镜,山峰烟气氤氲。"龙为镜"意谓如同有龙饰图案的铜镜,"炉峰"意谓好像庐山香炉峰一样的山峰。一年之末,红蟹正肥,湖水清澈如镜,山峰云气如烟,面对此情此景,不由引发对于当年的留恋和来年的期待。

(二)《状江南》所咏江南风物的类别特点

唐代江南江河湖泊较多,水产风物是《状江南》最为关注的对象。植物有水荇,鲍防《孟春》"荇叶大如钱";荷叶,严维《季春》"湖上叶如船";莼叶,严维《季春》"莼叶细如弦";莲花,郑概《孟秋》"残妆妒晚莲";白藕,郑概《孟秋》"素腕惭新藕";刘蕃《季秋》"苍芦白浪川";荻穗,谢良辅《孟冬》"荻穗软如绵"等。动物有青蛙,贾弇《孟夏》"蛙声作管弦";鳣鱼,沈仲昌《仲秋》"鳣鼻大如船";红蟹,丘丹《季冬》"红蟹大如鳊"等。这些诗句见证了唐代江南水产资源十分丰富,生态环境非常优越。

唐代江南青山绿水,农业发达,《状江南》组诗中对于各种果树植物也尽情加以吟咏。如卢橘,樊珣《仲夏》"卢橘垂金弹";橘柚,谢良辅《孟冬》"黄金橘柚悬";板栗,刘蕃《季秋》"栗熟大如拳";紫蔗,吕渭《仲冬》"紫蔗节如鞭";芭蕉,樊珣《仲夏》

---

① [清]彭定求:《全唐诗》卷三○七,中华书局1960年版,第3484页。
② [宋]计有功:《唐诗纪事》卷四七,中华书局1965年版,第718页。
③ [宋]计有功:《唐诗纪事》卷四七,中华书局1965年版,第714页。

"甘蕉吐白莲"。江南景物则有梅花,鲍防《孟春》"白雪装梅树";柳树,谢良辅《仲春》"丝为武昌柳";池草,严维《季春》"池边草作径";慈竹,贾弇《孟夏》"慈竹笋如编";石苔,沈仲昌《仲秋》"苔为界石钱";枫叶,刘蕃《季秋》"枫叶红霞举"。

最值得注意的是《状江南》中对于江南稻作的描写,郑概《孟秋》"江南孟秋天,稻花白如毡",这是直接描写稻花的诗句;范灯《季夏》"江南季夏天,裂裳作水田",这是描写稻田的诗句。郑学檬先生对前一首进行分析说:"正确地描绘出江南水稻生产的景象。唐代江南的水稻生产一般仍是单季稻,至孟秋抽穗开花,这就是粳稻。其米为粳米,为当时人们主要食物。靓女花色白,望之如毡。"①这也可以与其他诗人的诗作相印证,刘长卿《送度支留后若侍御之歙州便赴信州省觐》:"即山榆荚变,降雨稻花残。"②又《送李侍御贬鄱阳》:"暮天江色里,田鹤稻花中。"③权德舆《田家即事》:"漠漠稻花资旅食,青青荷叶制儒衣。"④张籍《送朱庆馀及第归越》:"湖声莲叶雨,野气稻花风。"⑤白居易《九月宴集醉题郡楼》:"江南九月未摇落,柳青蒲绿稻穟香。"⑥又《答刘禹锡白太守行》:"去年到郡时,麦穗黄离离。今年去郡日,稻花白霏霏。"⑦殷尧藩《送客游吴》:"吴国水中央,波涛白渺茫。衣逢梅雨渍,船入稻花香。"⑧又《喜雨》:"山上乱云随手变,浙东飞雨过江来。……千里稻花应秀色,酒樽风月醉亭台。"⑨郑谷《野步》:"日暮渚田微雨后,鹭鹚闲暇稻花香。"⑩皮日休《太湖诗·庵里》:"风吹稻花香,直过龟山顶。"⑪

三、《状江南十二咏》的艺术贡献

（一）《状江南十二咏》的群体创作

《状江南十二咏》最大的艺术贡献无疑是立足于江南而进行的群体创作。组诗共12首,应该是12位作者,他们是鲍防、谢良辅、严维、贾弇、樊珣、范灯、郑概、沈

① 郑学檬:《从〈状江南〉组诗看唐代江南的生态环境》,《唐研究》第一卷,北京大学出版社1995年版,第381页。
② ［清］彭定求:《全唐诗》卷一四七,中华书局1960年版,第1498页。
③ ［清］彭定求:《全唐诗》卷一四八,中华书局1960年版,第1509页。
④ ［清］彭定求:《全唐诗》卷三二〇,中华书局1960年版,第3609页。
⑤ ［清］彭定求:《全唐诗》卷三八四,中华书局1960年版,第4314页。
⑥ ［清］彭定求:《全唐诗》卷四四四,中华书局1960年版,第4968页。
⑦ ［清］彭定求:《全唐诗》卷四四四,中华书局1960年版,第4975页。
⑧ ［清］彭定求:《全唐诗》卷四九二,中华书局1960年版,第5565页。
⑨ ［清］彭定求:《全唐诗》卷四九二,中华书局1960年版,第5568页。
⑩ ［清］彭定求:《全唐诗》卷六七六,中华书局1960年版,第7750页。
⑪ ［清］彭定求:《全唐诗》卷六一〇,中华书局1960年版,第7042页。

仲昌、刘蕃、谢良弼（辅）、吕渭、丘丹。

　　既然是集体创作，就有一个时间节点。关于这组诗的作年，《唐才子传校笺》卷三《鲍防传》傅璇琮笺证云："据《旧唐书·代宗纪》，大历五年（770）秋七月丁卯，以浙东观察使薛兼训为'太原尹、北都留守，充河东节度使'。防即于此时为薛兼训浙东从事。碑文（指《鲍防碑》）又云：'是时中原多故，贤士大夫以三江五湖为家，登会稽者若鳞介之集渊薮，以公故也。'……时江东文士与防唱酬者甚众。《唐诗纪事》卷四七载防与谢良辅、杜奕、丘丹、严维、郑概、陈元初、吕渭、范灯、樊珣、刘蕃、贾弇、沈仲昌等人同赋《忆长安十二咏》《状江南十二咏》，可谓东南诗坛之盛事。"①郑学檬《从〈状江南〉组诗看唐代江南的生态环境》云："两咏的时间当在大历五年秋七月以前，鲍防为薛兼训从事之时。当时，谢良辅从鲍防在越州，严维为地方名士。鲍防在越州，维还未他适或入朝，他的诗《送薛尚书入朝》即送薛兼训离越的，时间在大历五年（770）七月。《唐诗纪事》卷四七《谢良辅》注云：'自良辅至沈仲昌，有相会作《忆长安十二咏》，因载他诗于其后。'此次相会当在大历五年七月之前。"②邹志方《"浙东唱和"考索》云："《状江南》十二咏，注于严维名下，严维咏的是'季春'，则唱酬当作于此时。'咏江南而忆长安'，连类而及，《忆长安十二咏》当作于同时，或在稍后的五月。因严维咏的是'五月'，题注亦在严维名下。"③这组诗作于大历五年（770）七月之前，已经成为学术界的共识。

　　这一创作的群体有一个共同的特点，那就是他们是越州人，或者具有越州生活的经历，对于越州的风俗习惯和风土人情具有较为深刻的了解。鲍防在薛兼训越州幕府多年，担任行军司马；谢良辅、谢良弼兄弟为浙东从事，其中谢良弼娶妻王氏，为王羲之之孙女，会稽人，在谢良弼为浙东从事时结婚；吕渭，广德元年（763）至五年（767）间，任越州兵曹参军；丘丹，吴兴人，为诸暨令；严维，会稽人，为诸暨尉。其他还有一些作者，其籍贯生平难以确考，但从参加浙东联唱活动情况看，他们也都是浙东观察使府的幕吏。这一群熟稔江南节物的文人聚集在一起，唱和赋诗，故能够把江南风物的最核心部分表现出来。

　　在这一群体当中，核心人物无疑是鲍防。贾晋华《唐代集会总集与诗人群研究》就将鲍防作为浙东幕府的主事之人，其时江南地区的士大夫纷纷投奔于此，加

---

　　① 傅璇琮：《唐才子传校笺》第一册卷三，中华书局1995年版，第494—495页。
　　② 郑学檬：《从〈状江南〉组诗看唐代江南的生态环境》，《唐研究》第一卷，北京大学出版社1995年版，第381页。
　　③ 邹志方：《"浙东唱和"考索（续）》，《绍兴师专学报》1992年第1期，第33页。

上一部分北方避乱南渡者,就形成一个群体。① 戴伟华《〈状江南〉唱和诗核心人物及其咏物创新形式》进一步阐述鲍防为唱和诗的核心人物,他认为:"能担当大历唱和主持人的鲍防,本身也是诗人。……幕府中行军司马性质特殊,文武兼备,地位亦崇;而鲍防又有诗才,故大历唱和中成为领袖,势在必然。"②我们考察一下穆员《工部尚书鲍防碑》:

> 天宝中,天下尚文,其日闻人,则重伴有德,贵齿高位。公赋《感遇》十七章,以古之正(一作名)法,刺讥时病。丽而有则,属诗者宗而诵之。举进士高第,调太子正字。中州兵兴,全德违难,辞永王,去来填,为李光弼所致。光弼上将薛兼训授专征之命于越,辍公介之。始兼训之奉光弼也,以顺命为忠,不及于义。公知光弼之不终也,谕而绝焉。东越仍师旅饥馑之后,三分其人,兵盗半之。公之佐兼训也,令必公口,事必公手,兵兼于农,盗复于人。自中原多故,贤士大夫以三江五湖为家,登会稽者如鳞介之集渊薮,以公故也。③

这段文字将鲍防的诗歌成就、文坛地位以及在浙东为行军司马时组织语文人集团的情况表述得非常清楚。他在浙东时,具有天时、地利、人和之便,故而成为诗坛的中心人物和核心人物。而就《状江南十二咏》这组诗而言,他也是第一个吟咏的作者,其所作为《孟春》诗。也就是说,在这一组诗当中,鲍防也是组织者和核心人物。实际上,鲍防在越州,引起了全国文人的注意,李华《送十三舅适越序》云:"舅氏适越,华拜送西阶之下,俟命席端。舅氏曰:'吾交侍御鲍君,夫玉待琢者也。知我者鲍君,成我者鲍君。是以如越,求琢于鲍。'"④皇甫冉《送陆鸿渐赴越》诗序云:"尚书郎鲍侯,知子爱子者,将推食解衣以拯其极,讲德游艺以凌其深。岂徒尝镜水之鱼,宿耶溪之月而已?"⑤

(二)《状江南十二咏》的表现手法

《状江南》组诗的表现手法,是每月一题、每句一物的手法,在唐代咏物诗中具有特殊的意义,在中国咏物诗的发展史上更具有里程碑式的意义。中唐时期集体唱和对于诗歌体式的推进作用是巨大的,这就说明,浙东唐诗之路上的创作,完全

---

① 贾晋华:《唐代集会总集与诗人群研究》(第2版),北京大学出版社2015年版,第73—74页。
② 戴伟华:《〈状江南〉唱和诗核心人物及其咏物创新形式》,《文学遗产》2021年第1期,第89页。
③ [清]董诰:《全唐文》卷七八三,中华书局1983年版,第8190页。
④ [清]董诰:《全唐文》卷三一五,中华书局1983年版,第3200页。
⑤ [清]彭定求:《全唐诗》卷二五〇,中华书局1960年版,第2820页。

超越了地域层面而具有广泛深刻的意义。就《状江南十二咏》本身来说,这组诗对于我们认识并了解唐代以越州为主的江南生态环境有着重要的意义。江南的春天:"池边草作径,湖上叶如船。"江南的夏天:"蜃气为楼阁,蛙声作管弦。"江南的秋天:"素腕惭新藕,残妆妒晚莲。"江南的冬天:"海将盐作雪,山用火耕田。"一年四季,春华秋实,四时美景,佳丽宜人,处处使人流连忘返,置身在这样的境地,无怪乎他们有些人想要终老于此了。尤其是果树水产丰富,体现出江南的特色:水草则水荇、莼丝、莲藕、苍蒲;果品则芦橘、芭蕉、毛栗、金柚;水产则青蛙、鲈鱼、红蟹、鳞鲟。适意心境与美丽风光以及山川风土的结合,形成了这组诗独有的江南情调,读之让人对于唐代的江南憧憬无限。

戴伟华教授以为"从字义上解释,'状'是形容、描绘及陈述的意思。如结合大历越州诗人写作实际,'状'并非一般意义上的形容描绘,而是和'比'同义"①,这当然是对于《状江南》诗研究的一大推进,也基本符合这一唱和群体致力于写景状物的特点。因为同期而作的《柏梁体状云门山物并序》联句,秦瑀序云:"状,比也,比与释氏有药草谕品,诗家则六艺之一焉。义取睹物临事,君子早辩不当,有似是而非,采诗之官可得而补缺矣。无以小言默,无以细言弃,相尚佳句,题于层阁,古者称会必赋,其能阙乎。星郎主文,宾赋所以中隽也。"②这样就将"状"与"比"直接关联,而"比"又有两方面的来源:一是佛教之喻,二是六艺之比。而戴伟华教授又进一步说:《状江南》的写作模式是每诗四句,首句入题,其余三句每句一物,加上喻体,应是六物。"③以这样的标准衡定《状江南》诗,戴教授也认为有些诗歌并不合标准:"《状江南》唱和中非人人都能做到严守写作规定,作为唱和领袖的鲍防在写作中就破了规矩。'荇叶大如钱''青袍似莳田'有本体、喻体及喻词,而'白雪装梅树'就不很严格,本体是'白雪',喻体不明显,不能说'梅树'是喻体,这一句不是比喻句,而是主谓宾结构,白雪装点梅树,'白雪'和'梅树'二者不是'状'的关系。"④实际上,这是强合"状"为作为修辞之"比喻"而得出的结论,其实并不完全符合《状江南十二咏》的实际情况。因为题目中"每句须一物形状",只要是能够写景状物,切合江南风景即可,而不一定都是符合"比喻"中既有本体又有喻体的标准。即如鲍防的《孟春》诗:"江南孟春天,荇叶大如钱。白雪装梅树,青袍似莳田。"通过"荇"

① 戴伟华:《〈状江南〉唱和诗核心人物及其咏物创新形式》,《文学遗产》2021年第1期,第90页。
② 陈尚君:《全唐诗补编》续拾卷十七,中华书局1992年版,第907页。
③ 戴伟华:《〈状江南〉唱和诗核心人物及其咏物创新形式》,《文学遗产》2021年第1期,第90页。
④ 戴伟华:《〈状江南〉唱和诗核心人物及其咏物创新形式》,《文学遗产》2021年第1期,第92页。

"梅""荠"来表现江南孟春的节令。其中"荇叶大如钱""青袍似荠田"符合本体与喻体结合之"比",而"白雪装梅树"并不符合,但这一句仍然惟妙惟肖地写出了江南早春梅花盛开时一片银装如同白雪的绚丽场景,是描摹江南的著名诗句,而不应视为破坏规矩的败笔。因此,从这个意义上说,"状"就是描摹和陈述的意思。只要把江南的风物描摹和表现出来,就是"状"的成功,不一定都要局限于"比"上。再如刘蕃《季秋》诗"枫叶红霞举,苍芦白浪川",谢良辅《孟冬》诗"绿绢芭蕉裂,黄金橘柚悬",樊珣《仲夏》诗"卢橘垂金弹,甘蕉吐白莲",范灯《季夏》诗"蚊蚋成雷泽,袈裟作水田",都是描摹江南的名句,而其中并没有"比喻"义。我们回过来再看秦瑀序文所言之比,如果取六艺之"比"也是传统的"以彼物比此物也",并非本体与喻体非常明确,而佛教香草之喻,则更为广泛。

（三）《状江南十二咏》的文学意义

1. 文体演变的意义

《状江南十二咏》是中唐文人首次集体亮相的一次大型唱和活动,是将古代月令诗的题材融合江南风物而展示的江南的全景图画,这是任何单篇诗作所不能替代的。戴伟华《〈状江南〉唱和诗核心人物及其咏物创新形式》云:

> 《状江南》在咏物诗歌中具有开拓性,在咏物诗中自创一体,具有深广的时代内涵和地域文化书写的价值。《状江南》写作的"睹物临事",使其与传统咏物诗有了区分。首先,其感物途径不同,是直感型的观照方法;其次,物象中心的构建方式不同,限以实物,而不像传统咏物那样,物象结构中知识和经验占有重要比例;再次,"物""事"是描写对象,而非传统咏物诗所具有的咏物抒情倾向。《状江南》每月一题、"每句须一物形状"的写作要求,有别于传统咏物诗的一首一物。而一句一物的短处在于所咏之物仅为本体和喻体的结合,未免单薄;但作为月令组诗的咏物诗,其长处显而易见,咏物组诗形式决定了取象的丰富性、系统性。因此,从艺术效果看,《状江南》咏物组诗具有强烈的时序感与地域性,真实而准确、具体而鲜活地描绘了江南物产丰饶而风物明丽的图景。①

戴伟华教授的这段文字阐述了《状江南十二咏》的文体意义,很得这组唱和诗之精

---

① 戴伟华：《〈状江南〉唱和诗核心人物及其咏物创新形式》,《文学遗产》2021年第1期,第95页。

髓。这组诗最重要的贡献就是将传统的月令诗与咏物诗融合,在集大成的基础上呈现出新的元素,而这些元素又聚焦于时令的指向与风物的呈现。

2.地域文学研究的意义

《状江南十二咏》以江南立题,是区域文学的杰作,由此在中国文学史上开启了专咏南方风物的风气。就其地域而言,是以越州为中心向整个江南辐射。贾晋华教授也有精当的论述:

> 这一组诗实际上为歌辞,其在文学史上的另一个重要意义是引出了一大批专咏南方风物的诗词。其后几年,有张志和等人的《渔父》,接着是刘禹锡的《竹枝词》、白居易的《忆江南》,再后是皇甫松的《梦江南》、韦庄的《菩萨蛮》、欧阳炯的《南乡子》等等。这些众多的诗词都以描写南方美景佳产风土人情为中心,而且它们虽然各有其特定的写作背景和旨意,从总体上看,却具有一个总的大背景——唐中央集权的日益削弱,南方政治、经济、文化的日益强盛;一个总的潜主题——通过描绘赞美江南风物,感伤叹惜北方中原的衰微动乱。[①]

贾晋华教授的这段文字重在阐述《状江南十二咏》对于词体文学表现江南的情况,实际上,这一组诗对于后世江南诗歌的影响,应该比对词的影响更大。查屏球教授对于盛中唐时期地域文化变迁的论述,对我们有所启发:"北方战乱不休,时局动荡不安,使得他们已不可以取名京城诗坛作为人生的唯一选择。因此,其诗歌创作也不再以京城诗风为唯一的艺术范式。这一创作环境反而使得他们能够自由地发展自己的审美个性,并能表现出自身的江南文化气质。"[②]自从鲍防这一浙东诗人群体集中于江南的吟咏之后,江南地区形成了更多诗歌唱和群体,如颜真卿担任湖州刺史,在湖州组织了唱和群体;元稹为浙东观察使,继续了鲍防集团的流风余韵,写下了大量吟咏江南的诗作;李绅为浙东观察使,幕中文人也留下了不少诗篇。

3.浙东唐诗之路研究的意义

《状江南十二咏》群体唱和的地点在越州,这是浙东观察使的治所,也是浙东唐诗之路的集结地。作为浙东观察使,管辖越州、台州、明州、婺州、衢州、温州、处州,治所在越州。因此,这次唱和既是越州文人群体的集中展示,对于浙东观察使辖境

---

① 贾晋华:《唐代集会总集与诗人群研究》(第2版),北京大学出版社2015年版,第81—82页。
② 查屏球:《由皎然高仲武对江南诗人的评论看大历贞元诗风之变》,《复旦学报》2003年第6期,第113页。

七州具有很强的辐射作用。其表现特点在于：第一，人的会聚。这次唱和活动，体现了安史之乱后浙东地区文人的集中会聚，同时体现出南方州郡幕府重文的特点。唱和的十二人当中，主要有两种类型，一种是本地文人，如严维，一种是幕府从事，如吕渭、谢良辅等。他们鲍防的组织下进行各种唱和活动，而以这组《状江南十二咏》最具有代表性。第二，诗的咏叹。这组诗是以月令诗的形式，集中吟咏越州，是浙东唐诗之路上的代表诗作。由越州辐射到江南，并把江南十二月变化，其风物特点、风土民情都表现出来。第三，物的呈现。这组诗都是咏物之作，它所呈现的是以越州为中心的江南风物，将地方物产用组诗的形式全面、系统、生动地呈现出来，通过风物吟咏进一步呈现富饶、美丽的江南生活，将东南形胜用艺术化的手段表现出来，对我们今天而言，具有很大的认识意义。

第二节　《忆长安十二咏》

《忆长安十二咏》是与《状江南十二咏》先后所作的一组诗歌，其作诗地点与《状江南》组诗一致，因而这组诗也是浙东唐诗之路上的著名诗作。但这两组诗的作诗取向并不一致，《状江南十二咏》着重于江南风物的表现，《忆长安十二咏》着重于长安盛事的回忆。这一群作者由两类人构成：一是南方本土之人，如严维等；二是北方南迁之人，如吕渭、鲍防等。但这两类人都曾在长安生活过，或在长安科举及第，或在长安做官，他们都经历过安史之乱前的天宝盛世，故留存于记忆中的长安非常值得缅怀。

一、《忆长安十二咏》的作者

《忆长安十二咏》组诗十二首，也是按十二个月的节气按顺序写作的组诗，是以鲍防为代表的浙东大历诗人集团的标志性作品。据上条引邹志方考证，《忆长安十二咏》是因为"咏江南而忆长安"，连类而及，当作于同时，或在稍后的五月。因为严维是该组题咏的主要人物，他咏的是五月，故以五月更为合适。《唐诗纪事》卷四七《谢良辅》注云："自良辅至沈仲昌，有相会作《忆长安十二咏》，因载他诗于其后。"①

这组诗共十二首，作者也应该是十二人，目前流传的版本都是十一人，而谢良辅作了《正月》和《腊月》两首，这样的情况也应该与《状江南十二咏》一样，其中有一首是谢良弼的作品。

① ［宋］计有功：《唐诗纪事》卷四七，中华书局1965年版，第712页。

只作《忆长安》而没有作《状江南》的诗人只有杜奕和陈允初二人，我们就将这二位诗人事迹补充如下。

杜奕，《全唐诗》卷三〇七即收其《忆长安》诗一首，小传言"贞元时人"。"贞元"应为"大历"之误。杜奕即大历中浙东鲍防唱和集团诗人之一，《古今岁时杂咏》卷二八、《全唐诗》卷七八九严维《中元日鲍端公宅遇吴天师联句》，参加者14人，其中有杜奕。《会稽掇英总集》卷一四《柏梁体状云门山物并序》联句，参加者11人，其中有杜奕。《会稽掇英总集》卷一五《云门寺济公上方偈》，作偈者11人，其中有杜奕。鲍防序云："己酉岁，仆忝尚书郎司浙南之武。时府中无事，墨客台省而下者凡十有一人，会云门济公之上方。以偈者，赞之流也，姑取于佛事云。""己酉岁"是大历四年（769），杜奕大历四年（769）在浙东。

陈允初，《全唐诗》卷三〇七收陈元初诗一首，小传云："陈元初（元，一作允），校书郎，居麻源，僧灵一有《送元初卜居麻源诗》。"[1]同书卷七八九严维《中元日鲍端公宅遇吴天师联句》《一字至九字诗联句》，同赋者有"陈元初"[2]。岑仲勉《唐全唐诗札记》又云："陈孙《移耶溪旧居呈陈元初校书》，又云，'陈孙，明皇时人'。余按《纪事》二八秦系下：'系《将移耶溪旧居留呈严长史陈校书允初》云'……《纪事》四七陈元初下讹陈孙，《全诗》编者未加互勘，故至沿误。又允初殿中侍御史，见《姓纂》，《纪事》四七著录鲍防、严维、丘丹等联句，亦正作允初，'元'字误。"[3]又云："严维联句中人有陈元初，按元初应作允初。"[4]按，岑说是。《唐代墓志汇编续集》贞元〇一七《柳氏江夏李夫人墓志》："次女适侍御史陈允初。"[5]可为确证。《元和姓纂》卷三"会稽陈氏"："大常博士陈齐卿，堂弟景津，生允叔、允众、允初。……允初，殿中侍御史。"[6]《宋高僧传》卷一七《唐越州焦山大历寺神邕传》："旋居故乡法华寺，殿中侍御史皇甫曾、大理评事张河、金吾卫长史严维、兵曹吕渭、诸暨长丘丹、校书陈允初赋诗往复，卢士式为之序。"[7]由此知大历中陈允初由校书郎为浙东从事。陶敏《全唐诗作者小传补正》："《全唐诗》卷二六〇秦系有《将移耶溪旧居留赠严维秘书》诗，校云'一作留呈严长史陈秘书'，卷二五八误收陈孙诗，题作《移耶溪旧居

---

① ［清］彭定求：《全唐诗》卷三〇七，中华书局1960年版，第3487页。
② ［清］彭定求：《全唐诗》卷七八九，中华书局1960年版，第8888页。
③ 岑仲勉：《唐人行第录》（外三种），上海古籍出版社1982年版，第225—226页。
④ 岑仲勉：《唐人行第录》（外三种），上海古籍出版社1982年版，第275页。
⑤ 周绍良、赵超编：《唐代墓志汇编续集》，上海古籍出版社2001年版，第745页。
⑥ ［唐］林宝：《元和姓纂》卷三，中华书局1994年版，第346页。
⑦ ［宋］赞宁：《宋高僧传》卷一七，中华书局1987年版，第422页。

呈陈元初校书》，即陈允初。同书卷八〇九灵一《送陈允初卜居麻园（源）》。[1]由上考证可知，陈允初，会稽人。为校书郎，曾居麻源。大历中为浙东观察从事。官终殿中侍御史。与著名诗人秦系、诗僧灵一都有交往。

二、《忆长安十二咏》分章解读

谢良辅《正月》："忆长安，正月时，和风喜气相随。献寿彤庭万国，烧灯青玉五枝。终南往往残雪，渭水处处流澌。"[2]这首诗描绘长安正月祥和雍容的局面。"彤庭"即皇宫，正月万国献寿，说明长安是国际性大帝国。"烧灯"《西京杂记》典："高祖初入咸阳宫，周行库府，金玉珍宝，不可称言。其尤惊异者，有青玉五枝灯，高七尺五寸。作蟠螭，以口衔灯，灯燃，鳞甲皆动，焕炳若列星而盈室焉。"[3]这里是以汉喻唐，表现出长安繁盛的景象。最后两句以终南山和渭河之景以衬托长安。终南残雪之后，山峰更加高大优美。即如祖咏《终南望余雪》所描写的景象："终南阴岭秀，积雪浮云端。林表明霁色，城中增暮寒。"正月冰冻渐融，渭河流水夹带着冰块，显出冬去春来的变化。

鲍防《二月》："忆长安，二月时，玄鸟初至禖祠。百啭宫莺绣羽，千条御柳黄丝。更有曲江胜地，此来寒食佳期。"[4]"玄鸟"用殷帝成汤的故事，《竹书纪年·殷商成汤》："初，高辛氏之世，妃曰简狄，以春分玄鸟至之日，从帝祀郊禖，与其妹浴于玄丘之上。有玄鸟衔卵而坠之，五色甚好。二人竞取，覆以二筐。简狄先得而吞之，遂孕。胸剖而生契。长为尧司徒，成功于民，受封于商。"[5]这里用玄鸟的典故衬以宫廷之莺、御沟之柳、曲江之胜，表现长安春分寒食时节生机益然的景象。

杜奕《三月》："忆长安，三月时，上苑遍是花枝。青门几场送客，曲水竟日题诗。骏马金鞭无数，良辰美景追随。"[6]"上苑"句描写长安三月的总体景象。上苑花发，常见诗歌吟咏。武则天《腊日宣诏上苑催花诗》："明朝游上苑，火速报春知。花须连夜发，莫待晓风吹。"[7]武则天的诗歌正好是杜奕诗绝好的注脚。接着选择了长

---

① 陶敏：《全唐诗作者小传补正》，辽海出版社 2010 年版，第 567 页。
② ［宋］计有功：《唐诗纪事》卷四七，中华书局 1965 年版，第 712 页。
③ ［晋］葛洪：《西京杂记》卷三，三秦出版社 2006 年版，第 140 页。
④ ［宋］计有功：《唐诗纪事》卷四七，中华书局 1965 年版，第 713 页。
⑤ ［清］郝懿行：《竹书纪年校证》卷五，齐鲁书社 2010 年版，第 3851 页。
⑥ ［宋］计有功：《唐诗纪事》卷四七，中华书局 1965 年版，第 713 页。
⑦ ［清］彭定求：《全唐诗》卷五，中华书局 1960 年版，第 58 页。

安青门送客、曲水题诗和骏马金鞭的场景,以表现良辰美景欢愉。"青门"是长安的东南门,本名灞城门,因其色青,故称"青门"。长安三月,杨柳枝垂,正是人们远行的最好时节,故而在青门往来相送。李白有《灞陵行送别》可以与此诗相印证:"送君灞陵亭,灞水流浩浩。上有无花之古树,下有伤心之春草。我向秦人问路歧,云是王粲南登之古道。古道连绵走西京,紫阙落日浮云生。正当今夕断肠处,黄鹂愁绝不忍听。"[①]"曲水"即曲江,是长安的游览胜地。而诗又将此地曲水与东晋王羲之在会稽兰亭修禊曲水流觞题诗作序事联系在一起。

丘丹《四月》:"忆长安,四月时,南郊万乘旌旗。尝酎玉卮更献,含桃丝笼交驰。芳草落花无限,金张许史相随。"[②]这首诗回忆四月长安南郊祭祀事。"尝酎"句谓祭祀时献上新酒,"含桃"句谓祭祀时献上特制的食品。宋庞元英《文昌杂录》卷三:"唐岁时节物:元日,有屠苏酒、五辛盘、咬牙饧;人日,则有煎饼;上元,则有丝笼。"[③]最后两句总括祭官祀的场面,在四月芳草茂盛、繁花落英的时节,长安官僚豪贵都参与了盛大的宫廷祭祀活动。"金张许史"代指权门贵族,《汉书》卷七七《盖宽饶传》:"进有忧国之心,退有死节之义,上无许、史之属,下无金、张之托。"唐颜师古注引应劭曰:"许伯,宣帝皇后父。史高,宣帝外家也。金,金日磾也。张,张安世也。此四家属无不听。"[④]

严维《五月》:"忆长安,五月时,君王避暑华池。进膳甘瓜朱李,续命芳兰彩丝。竞处高明台榭,槐阴柳色通逵。"[⑤]这首诗回忆天宝时唐玄宗幸骊山华清宫避暑之事。华清宫南依骊山,北面渭水,是唐初开始建筑,玄宗悉心经营的大型宫殿。唐玄宗几乎每年都要到华清宫游幸,有时一年两次。"进膳"句表现华清宫膳食之侈靡,"续命"句表现应节景物之奢华。"竞处"句描绘台榭之宽敞,"槐阴"句描绘道路通畅。"芳兰彩丝"为应节之物,汉应劭《风俗通》:"五月五日,以五彩丝系臂者,辟兵及鬼,令人不病瘟。"[⑥]又名"长命缕""续命缕""辟兵缯""五色缕""朱索"。唐代宫中常于端午日以彩丝所结长命缕赐诸臣。李世民《芳兰》诗:"春晖开紫苑,淑景媚兰场。映庭含浅色,凝露泫浮光。日丽参差影,风传轻重香。会须君子折,

---

① [清]彭定求:《全唐诗》卷一七六,中华书局 1960 年版,第 1796 页。
② [宋]计有功:《唐诗纪事》卷四七,中华书局 1965 年版,第 714 页。
③ [宋]庞元英:《文昌杂录》卷三,大象出版社 2019 年版,第 163 页。
④ [汉]班固:《汉书》卷七七,中华书局 1962 年版,第 3247—3248 页。
⑤ [宋]计有功:《唐诗纪事》卷四七,中华书局 1965 年版,第 715 页。
⑥ [清]钱大昕:《风俗通义逸文》,凤凰出版社 2016 年版,第 363 页。

佩里作芬芳。"①

郑概《六月》:"忆长安,六月时,风台水榭逶迤。朱果雕笼香透,分明紫禁寒随。尘惊九衢客散,赭珂滴沥青骊。"②这首诗回忆长安六月风台水榭游憩眺望的情景。"朱果"特指柿子,是说柿子形状像雕笼一样,散发出浓厚的香气。虽然在六月,但禁城却清凉宜人,带有寒意。客散之时,长安道上,滚尘弥漫,青骊骏马,珂声清脆。

陈元初《七月》:"忆长安,七月时,槐花点散罘罳。七夕针楼竞出,中元香供初移。绣毂金鞍无限,游人处处归随。"③这首诗回忆长安七月节物的场面。七月正是槐花盛开的季节,洒满了宫廷的回廊曲阁。"罘罳"是宫中连阙曲阁,《汉书·文帝纪》:"未央宫东阙罘罳灾。"颜师古注:"罘罳,谓连阙曲阁也,以覆重刻垣墉之处,其形罘罳然,一曰屏也。"④"七夕"句描绘七夕穿针的习俗,针楼为穿针之楼。《西京杂记》卷一:"汉彩女常以七月七日穿七孔针于开襟楼,俱以习之。"亦为乞巧楼,五代王仁裕《开元天宝遗事》卷下:"宫中以锦结成楼殿,高百尺,上可以胜数十人,陈以瓜果酒炙,设坐具,以祀牛女二星,嫔妃各以九孔针五色线向月穿之,过者为得巧之候。动清商之曲,宴乐达旦,谓之乞巧楼。"⑤"中元"句描绘七月十五日中元节移香供案祭祀祖先的情景。中元节有放灯的习俗,达官贵人乘着绣毂金鞍,游于长安街市,场面一片繁华。

吕渭《八月》:"忆长安,八月时,阙下天高旧仪。衣冠共颁金镜,犀象对舞丹墀。更爱终南灞上,可怜秋草碧滋。"⑥八月是中秋时节,长安阙下的衣冠贵族,共赏明月,犀象对舞丹墀,一片欢欣。远处的终南山,近处的灞水河,秋草碧绿,更是可爱的去处。"金镜"指月亮,李贺《七夕》诗:"天上分金镜,人间望玉钩。"⑦杜牧《寄沈褒秀才》诗:"仙桂茂时金镜晓,洛波飞处玉容高。"⑧"犀象"句是描写唐代宫廷中的舞兽节目。《资治通鉴》记载:"引犀象入场,或拜或舞,动容鼓振,赐宴设酺,中于音律。"⑨诗人常衮《奉和圣制麟德殿燕百僚应制》:"云辟御筵张,山呼圣寿长。玉阑

① [清]彭定求:《全唐诗》卷一,中华书局1960年版,第16页。
② [宋]计有功:《唐诗纪事》卷四七,中华书局1965年版,第717页。
③ [宋]计有功:《唐诗纪事》卷四七,中华书局1965年版,第717页。
④ [汉]班固:《汉书》卷四,中华书局1962年版,第122页。
⑤ [五代]王仁裕:《开元天宝遗事》卷下,中华书局2006年版,第50页。
⑥ [宋]计有功:《唐诗纪事》卷四七,中华书局1965年版,第718页。
⑦ [清]彭定求:《全唐诗》卷三九〇,中华书局1960年版,第4394页。
⑧ [清]彭定求:《全唐诗》卷五二四,中华书局1960年版,第5998页。
⑨ [宋]司马光:《资治通鉴》卷二一八,中华书局1956年版,第6994页。

丰瑞草,金陛立神羊。台鼎资庖膳,天星奉酒浆。蛮夷陪作位,犀象舞成行。"

范灯《九月》:"忆长安,九月时,登高望见昆池。上苑初开露菊,芳林正献霜梨。更想千门户,月明砧杵参差。"①这首诗回忆九月登高眺望长安昆明池的情景。昆明池是长安最重要的名胜,杜甫《秋兴八首》回忆道:"昆明池水汉时功,武帝旌旗在眼中。织女机丝虚夜月,石鲸鳞甲动秋风。波漂菰米沉云黑,露冷莲房坠粉红。关塞极天惟鸟道,江湖满地一渔翁。"九月登高赏菊是唐代长安的普遍习俗,甚至在全国形成了风气。此时长安,霜凝上苑,露菊盛开,秋梨上市,景色宜人。千门万户人家,佳人乘月捣衣,展现出一幅秋意盎然的人物风景画。

樊珣《十月》:"忆长安,十月时,华清士马相驰。万国来朝汉阙,五陵共猎秦祠。昼夜歌钟不歇,山河四塞京师。"②这首诗回忆唐玄宗于十月游幸华清宫的场面。据《资治通鉴》记载,天宝四载(745)八月壬寅,册杨太真为贵妃。及贵妃三姊,皆赐第京师,宠贵赫然。其年十月丁酉,玄宗幸骊山温泉宫,十二月还宫。五载(746)十月戊戌,又幸骊山温泉,十一月乙巳还宫。六载(747),"冬十月己酉,上幸骊山温泉,改温泉宫曰华清宫。"③唐朝是一个国际型的大帝国,据《唐六典》记载,极盛时期,向唐帝国来朝的国家有300多个,唐玄宗时有70多个藩属国。王维《和贾舍人早朝大明宫之作》"九天阊阖开宫殿,万国衣冠拜冕旒",崔立之《南至隔仗望含元殿香炉》"千官望长安,万国拜含元",就是典型的写照。而华清宫与大明宫可相媲美,唐玄宗每年十月巡幸华清宫,一切政事都在华清宫办理,故而出现"万国来朝汉阙"的局面。而国内的情况是"五陵共猎秦祠",也就是说皇室贵族都在往日的秦祠汉陵中打猎。华清宫处于山河四塞的京城,昼夜歌舞不断,呈现一片繁华的景象。

刘蕃《子月》:"忆长安,子月时,千官贺至丹墀。御苑雪开琼树,龙堂冰作瑶池。兽炭毡炉正好,貂裘狐白相宜。"④"子月"即十一月,《尔雅·释天》:"十一月为辜。"清郝懿行义疏:"辜者,故也。十一月阳生,欲革故取新也。十月建亥,亥者根荄也。至建子之月,而孳孳然生矣。"⑤这时正是仲冬季节,千官在丹墀朝贺,御苑由积雪覆盖,犹如洁白的琼树;龙堂冰透莹润,犹如王母瑶池。在这寒冷的季节,皇室贵族

---

① [宋]计有功:《唐诗纪事》卷四七,中华书局1965年版,第718页。
② [宋]计有功:《唐诗纪事》卷四七,中华书局1965年版,第719页。
③ [宋]司马光:《资治通鉴》卷二一五,中华书局1956年版,第6877页。
④ [宋]计有功:《唐诗纪事》卷四七,中华书局1965年版,第719页。
⑤ [清]郝懿行:《尔雅义疏》中之四,齐鲁书社2010年版,第3310页。

都对拥香炉,身着貂裘。

谢良辅《腊月》:"忆长安,腊月时,温泉彩仗新移。瑞气遥迎凤辇,日光先暖龙池。取酒虾蟆陵下,家家守岁传卮。"①这是一年最后的情景,表现出宫中行乐的热烈场面。皇帝的仪仗由骊山温泉宫回到平日的宫廷,祥云瑞气迎着皇帝的车驾,冬日的阳光先照耀到龙池。长安城中,虾蟆陵下,家家除夕守岁,举酒传杯迎接新年。"虾蟆陵"亦作"下马陵",其旁有董仲舒墓,唐韦述《两京记》记载:"汉武帝至墓前下马,故曰下马陵。"②在长安城东南,唐时为歌楼酒馆聚集的地方。唐皎然《长安少年行》:"翠楼春酒虾蟆陵,长安少年皆共矜。纷纷半醉绿槐道,蹀躞花骢骄不胜。"唐白居易《琵琶行》:"自言本是京城女,家在虾蟆陵下住。"

三、《忆长安十二咏》的艺术表现

与《状江南十二咏》的咏物不同的是,《忆长安十二咏》重在忆事。贾晋华云:"《忆长安十二咏》的主题很值得注意。这组诗深情地回顾了安史乱前的长安从一月到十二月的不同景致和游乐情事:曲江胜游,上苑花枝,昆明池水,华清池台,五陵冬猎,温泉彩仗,终南残雪……长安代表大唐帝国,诗人们所依依怀念的实际上是那刚刚成为旧梦的开元天宝盛事,那'献寿彤庭万国''万国来朝汉阙'的帝国声威。这一主题在当时十分流行。"③其实还不仅如此,长安作为大唐帝国的政治与文化中心,一直是人们向往的象征,开元盛世自不必说,即使是安史之乱以后,其象征的地位也并不减损,因此曾经在长安生活过的文人们,存留于心中的大都是美好的记忆。

（一）身处江南之地,回忆长安声威

长安的声威:"万国来朝汉阙,五陵共猎秦祠。"(樊珣)长安的名胜:"更有曲江胜地,此来寒食佳期。"(鲍防)长安的风景:"百啭宫莺绣羽,千条御柳黄丝。"(鲍防)长安的文化:"青门几场送客,曲水竟日题诗。"(杜奕)长安的节序:"七夕针楼竞出,中元香供初移。"(陈元初)长安的风俗:"取酒虾蟆陵下,家家守岁传卮。"(谢良辅)这一群诗人,身处江南佳丽之地,对于长安保持着美好的回忆,说明大唐帝国的声威,不断地在他们的脑海中得到回荡。他们所描绘的,或是长安"和风喜气"的祥和雍容气象("和风喜气相随"),或是万国朝拜的帝都风采("献寿彤庭万国"),或是三

---

① ［宋］计有功:《唐诗纪事》卷四七,中华书局 1965 年版,第 712 页。
② ［唐］韦述:《两京新记辑校》卷二,中华书局 2020 年版,第 79 页。
③ 贾晋华:《唐代集会总集与诗人群研究》(第 2 版),北京大学出版社 2015 年版,第 80—81 页。

月上巳的繁华("上苑遍是花枝"),或是四月郊祀的庄严("南郊万乘旌旗"),或是七月节物的丰茂("七夕针楼竞出,中元香供初移"),或是中秋庆典的热烈("衣冠共颁金镜,犀象对舞丹墀"),或是九月赏菊的盎然("上苑初开露菊"),或是腊月守岁的欢快情景("取酒虾蟆陵下,家家守岁传卮")。尤其是写到十月份,唐玄宗行幸华清宫,万国来朝,五陵共猎,昼夜歌舞不断,应该是长安最具声威的时候,也是与安史之乱之后的局势形成强烈对比的情景。

　　就文学表现的空间来说,这一批作家,身处越州,是他们作诗的实际地域,而长安则是他们的想象空间。他们曾经身处长安,沐浴过盛世的和风,领略过帝国的声威,体验过安定的时代,他们中有人也曾经通过诗歌表现过长安的风貌,而现在这些美好的场景还映现在他们的脑海之中,说明长安在诗人心目中的中心地位,无论是盛唐,还是中唐,都是不曾动摇的。

　　(二)《忆长安十二咏》的形式特点

　　《忆长安十二咏》每首都按照一定格式写作,前两句三言,后五句六言。这是模仿民间歌谣和佛教乐曲进行写作的尝试。比如敦煌乐曲受佛教音乐影响的作品,如 P2714《十二时普劝四众依教修行》第 13 至 16 首云:

> 这娘子,年十八,面目端正如菩萨。高堂妙舍伴夫郎,床上追欢悉罗拽。
> 不知僧,在夏月,房舍无屋日炙热。有甚橡木施些些,如此福田不可说。
> 这郎君,英聪哲,斜文疏张帽抄薛。共于妻子入洞房,同杯饮燕相喻啜。
> 不知僧,饥以渴,唇口曹熬生蹿烈。若能割减施些些,如此福口不可说。[①]

很明显,这四首作品与《忆长安十二咏》基本相同,只是后五句为七言句式。这种劝人修行的作品,都是长短句式,是按照曲谱演唱的,无论从语词还是音乐层面,都体现出词的特性。任半塘《唐声诗》云:"杂言《忆长安》之为填词,完全肯定无疑。"[②]贾晋华也认为《忆长安十二咏》对于文体发展促进较大:"首先是对文人词人发展的促进。《忆长安十二咏》和《状江南十二咏》实际上皆为歌辞。《敦煌曲》有《长安辞》,岑参有《忆长安曲二章寄庞潍》,说明《忆长安》本为曲子名。《忆长安十二咏》以十二月分咏长安风物,句法一致,皆是'三三、六、六六、六六',又皆押四平韵,显

---

① 根据李小荣《敦煌佛教音乐文学研究》校理文字,福建人民出版社 2011 年版,第 607 页。
② 任半塘:《唐声诗》,上海古籍出版社 1982 年版,第 502 页。

然依音乐曲拍成句。"①考之鲍防等人在越州还会利用佛偈形式群体作诗,有《云门寺济公上方偈》十一首并序,说明以鲍防为首的这群诗人在诗歌体式常常尝试交融,故而他们利用民间歌谣融合佛教乐曲进行《忆长安十二咏》的创作是完全可能的。

（三）忆长安主题的递变

我们拓展一下论述,可以注意到唐代离开京城的诗人都有着魂牵梦萦的长安情结,故形成了唐诗中专门以"忆长安"为题的诗歌。这在盛唐诗中已见端倪。岑参《忆长安曲二章寄庞潗》:"东望望长安,正值日初出。长安不可见,喜见长安日。""长安何处在,只在马蹄下。明日归长安,为君急走马。"②岑参天宝八载（749）首次赴安西,九载（750）写了忆长安曲寄给自己的朋友庞潗,表现出对于长安的想象与自己思归长安的心情。我们再看敦煌曲中的一组《长安辞》:

> 天长地阔杳难分,中国众生不可闻。长安帝德承恩报,万国归投拜圣君。
（其一）
> 汉家法用令章新,四方取则玉华吟。文章络绎如流水,白马驮经即自临。
（其二）
> 故来行险远寻求,谁谓明君不暂留。修身不避关山苦,学问仍须度百秋。
（其三）
> 谁知此地却回还,泪下沾衣不觉斑。愿身死作中华鬼,来生得见五台山。
（其四）③

有关敦煌曲《长安辞》,柴剑虹先生有专门研究,揭示了词作者的背景:"作者远离长安,一路艰辛,来到沙州敦煌,一面对帝乡长安有怀念之情,一面又决心以玄奘为榜样继续向西去寻求真经,以达到修身留名报帝恩的目的。所以取名'长安词'。"④因此,这样的《长安辞》是离开长安忆念长安之作,与鲍防等人《忆长安十二咏》或许具有一定的渊源。

安史之乱以后,由于中原动乱,国力逐渐衰微,长安无往日气象,南方较为安定,经济繁荣,加以州郡长官重视营造文化环境,南方成为文人墨客向往之所,这以

---

①　贾晋华:《唐代集会总集与诗人群研究》(第 2 版),北京大学出版社 2015 年版,第 82 页。
②　廖立:《岑嘉州诗笺注》卷六,中华书局 2004 年版,第 742 页。
③　任半塘:《敦煌歌辞总编》,上海古籍出版社 1987 年版,中册第 885 页。
④　柴剑虹:《列宁格勒藏敦煌〈长安词〉写卷分析》,《北京师范大学学报》1983 年第 4 期,第 20 页。

大历时期的浙东幕府最为典型。唐代州郡各地，还建有望京楼或望阙亭，以表现外迁官员对于京城长安的思念。唐代诗人令狐绹还作有《登望京楼赋》诗："夷门一镇五经秋，未得朝天不免愁。因上此楼望京国，便名楼作望京楼。"①武元衡《春日偶题》云："山川百战古刀州，龙节来分圣主忧。静守化条无一事，春风独上望京楼。"②武元衡初镇西川，想干出一番事业，以为圣主分忧，故而春日来临，独自登上望京楼，以表现对于皇帝的崇敬与长安的向往。李益《献刘济》诗："感恩知有地，不上望京楼。"③则是感恩藩镇首领刘济之后，而以不上望京楼思念长安，以衬托刘济对于其幕吏的恩德。最典型的李德裕被贬海南，登望阙亭而作诗。《唐语林》卷七云："李卫公在珠崖郡，北亭谓之望阙亭。公每登临，未尝不北睇悲咽。题诗云：'独上江亭望帝京，鸟飞犹是半年程。碧山也恐人归去，百匝千遭绕郡城。'"④即使是贬谪诗人，也无一例外地在诗歌创作中表现出浓厚的长安情结。

安史之乱后忆念长安的时歌，艺术成就最高者无疑要数杜甫的《秋兴八首》。组诗的每一首都是从现实写起，然后进入回忆，接着又进入现实，这样回环往复，层层递进。第一首前四句"玉露凋伤枫树林，巫山巫峡气萧森。江间波浪兼天涌，塞上风云接地阴"，写的是夔州的现实。接着二句"丛菊两开他日泪，孤舟一系故园心"，进入了回忆。最后两句"寒衣处处催刀尺，白帝城高急暮砧"又回到了现实。第二首的写法与第一首有所不同，是将现实与回忆交杂起来描写。"夔府孤城落日斜"是现实，"每依南斗望京华"是回忆，"听猿实下三声泪"是现实，"奉使虚随八月槎"是回忆，"画省香炉违伏枕"是回忆，"山楼粉堞隐悲笳"是现实，"请看石上藤萝月，已映洲前芦荻花"也是现实。第三首前四句"千家山郭静朝晖，一日江楼坐翠微。信宿渔人还泛泛，清秋燕子故飞飞"是现实，"匡衡抗疏功名薄，刘向传经心事违。同学少年多不贱，五陵衣马自轻肥"是回忆。第四首："闻道长安似弈棋，百年世事不胜悲。王侯第宅皆新主，文武衣冠异昔时。直北关山金鼓振，征西车马羽书驰。鱼龙寂寞秋江冷，故国平居有所思。"八句基本都是回忆。第五首："蓬莱宫阙对南山，承露金茎霄汉间。西望瑶池降王母，东来紫气满函关。云移雉尾开宫扇，日绕龙鳞识圣颜。一卧沧江惊岁晚，几回青琐点朝班。"重点也是回忆。第六首："瞿塘峡口曲江头，万里风烟接素秋。花萼夹城通御气，芙蓉小苑入边愁。珠帘绣

① ［清］彭定求：《全唐诗》卷五六三，中华书局 1960 年版，第 6531 页。
② ［清］彭定求：《全唐诗》卷三一七，中华书局 1960 年版，第 3578 页。
③ ［清］彭定求：《全唐诗》卷二八三，中华书局 1960 年版，第 3217 页。
④ 周勋初：《唐语林校证》卷七，中华书局 1987 年版，第 619 页。

柱围黄鹄,锦缆牙樯起白鸥。回首可怜歌舞地,秦中自古帝王州。"前两句是现实,三四句是回忆,五六句是现实,七八句是回忆。第七首:"昆明池水汉时功,武帝旌旗在眼中。织女机丝虚夜月,石鲸鳞甲动秋风。波漂菰米沉云黑,露冷莲房坠粉红。关塞极天惟鸟道,江湖满地一渔翁。"前四句是回忆,后四句是现实。第八首:"昆吾御宿自逶迤,紫阁峰阴入渼陂。香稻啄余鹦鹉粒,碧梧栖老凤凰枝。佳人拾翠春相问,仙侣同舟晚更移。彩笔昔曾干气象,白头吟望苦低垂。"八句都是侧重于回忆,只是最后一句由回忆转向现实。这样的一组八首诗作,由秋天兴感,由现实转向回忆,通过今昔的对比,感慨自寓其中。

与杜甫的《秋兴八首》相较,《忆长安十二咏》在艺术上尽管有高下之别,但是其认识作用很值得细加挖掘。题目直接是《忆长安》,"忆"字就贯穿了全诗的始终,而现实的感慨只能隐藏在诗歌的背后,鲍防等人对于长安的美好回忆反衬出离开长安后的寂寞与失落,更有对于安史之乱前后国运悬隔的感慨。这组诗由不同的作者创作同一主题,这样所反映的群体意识,比杜甫一人创作的组诗更具社会化,所蕴含的心理因素也更为复杂。作诗者所处的地点不同,一个是处于西南的山城,一个是处于东南的水乡,映射到诗歌中的情景与物象也各有特点。

第三节　《送最澄上人还日本国》

日本僧人来唐学法者众多,著名的高僧即有最澄、空海、圆行、圆仁、圆珍、惠远、宗睿、常晓,称为"入唐八家"。最澄学成返回日本后,在日本创立了天台宗。最澄之所以能够创立天台宗,与其在天台山国清寺学法有着密切的关系。肖瑞峰教授对于日本平安朝的汉诗具有深入的研究,他谈到最澄对于浙东唐诗之路的贡献时说:"在'浙东唐诗之路'向海外传播与延伸的过程中,最澄同样功不可没。之所以这样说,理由有二。其一是他亲自跋涉过'浙东唐诗之路',不仅耳濡而且目染于其间的自然景观和人文景观,回国后必然在传教的同时,把自己对'浙东唐诗之路'的感受也传达给教徒,诱发起他们的向往之情。其二是自他创立日本天台宗后,留学僧奔赴浙东天台,就具有了寻宗认祖的意味,这样,天台对日本留学僧的感召力与吸引力也就远远超过了其他名山胜刹。'游天台',势必'入剡中',于是'浙东唐诗之路'便留下了越来越多的留学僧的足迹。"[1]非常值得重视的方面是最澄于贞

---

① 肖瑞峰:《浙东唐诗之路与日本平安朝汉诗》,《文学遗产》1995 年第 4 期,第 45 页。

元二十一年(805)返回日本国时,台州文武官员相送,并作诗饯别,留下了《送最澄上人还日本国》组诗。这组诗歌堪称浙东唐诗之路与海上丝绸之路的融会,文学与宗教的结合,浙东唐诗之路有了这组诗,其国际影响力也就得到了更大的提升。

一、《送最澄上人还日本国》文本清理

我们先根据相关典籍,将这组诗并序整理于下。

送最澄上人还日本国叙

　　过去诸佛,为求法故,或碎身如尘,或捐躯强虎。尝闻其说,今睹其人,日本沙门最澄,宿植善根,早知幻影,处世界而不著,等虚空而不凝,于有为而证无为,在烦恼而得解脱。闻中国故大师智顗,传如来心印于天台山,遂赍黄金涉巨海,不惮滔天之骇浪,不怖映日之惊鳌。外其身而身存,思其法而法得,大哉其求法也。以贞元二十年九月二十六日臻于海郡。谒太守陆公,献金十五两,筑紫斐纸二百张,筑紫笔二管,筑紫墨四挺,刀子一,加斑组二,火铁二加火石八。兰木九,水精珠一贯,陆公精孔门之奥旨,蕴经国之宏才,清比冰囊,明逾霜月,以纸等九物,达于庶使,返金于师。师译言:请货金贸纸,用以书天台止观。陆公从之,乃命大师门人之裔哲曰道邃,集工写之,逾月而毕,邃公亦开宗指审焉。最澄忻然瞻仰,作礼而去,三月初吉,退方景浓。酌新茗以饯行,对春风以送远,上人还国谒奏,知我唐圣君之御宇也。

贞元二十一年巳日　台州司马吴顗叙[①]

送最澄上人还日本国

台州司马吴顗

重译越沧溟,来求观行经。问乡朝指日,寻路夜看星。
得法心愈喜,乘杯体自宁。扶桑一念到,风水岂劳形。

台州录事参军孟光

往岁来求请,新年受法归。众香随贝叶,一雨润禅衣。
素舸轻翻浪,征帆背落晖。遥知到本国,相见道流稀。

台州临海县令毛涣

万里求文教,王春怆别离。来传不住相,归集祖行诗。
举笔论蕃意,梵香问汉仪。莫言沧海阔,杯度自应知。

---

① ［日］安藤俊雄、薗田香融:《日本思想大系4·最澄》,岩波书店1974年版,第352页。

乡贡进士崔蕡

一叶来自东,路在沧溟中。远思日边国,却逐波上风。

问法言语异,传经文字同。何当至本处,定作玄门宗。

广文馆进士全济时

家与扶桑近,烟波望不穷。来求贝叶偈,还过海龙宫。

流水随归处,征帆远向东。相思渺无畔,应使梦魂通。

天台沙门行满

异域乡音别,观心法性同。来时求半偈,去罢悟真空。

贝叶翻经疏,归程大海东。何当到本国,继踵大师风。

天台归真弟子许兰

道高心转实,德重意唯坚。不惧洪波远,中华访法缘。

精勤同慧可,广学等弥天。归到扶桑国,迎人拥海埂。

天台僧幻梦

却返扶桑路,还乘旧叶船。上潮看浸日,翻浪欲滔天。

求宿宁逾日,云行讵隔年! 远将乾竺法,归去化生缘。

前国子监明经林晕

求获真乘妙,言归倍有情。玄关心地得,乡思日边生。

作梵慈云布,浮杯涨海清。看看达彼岸,长老散华迎。[1]

　　这里值得注意的是以诗歌为中心的中日交流活动,其地点在浙东的台州,又是最澄要启航归国的地点,故而可以说台州是海上丝绸之路的起点之一。因此,这组诗最重要的价值就是能够作为浙东唐诗之路与海上丝绸之路交会的标志。

二、最澄行历与组诗的作者

　　与此相关,我们重点谈一下这组诗涉及的三个问题。

　　一是最澄的行历。最澄于贞元二十年(804)七月六日,搭乘日本第十七次遣唐使第二舶石川道益之船从日本筑紫(今福冈)出发,航行五十余日,于九月一日抵达

---

[1]　《送最澄上人还日本国》诗九首,张步云《唐代中日往来诗辑注》据日本最澄《显戒论缘起》卷上录入(陕西人民出版社1988年版,第32—47页),陈尚君《全唐诗续拾》卷一九又据张步云《辑注》录入。户崎哲彦撰有《唐代台州刺史陆淳与日僧最澄》(《台州学院学报》2019年第1期,第11—13页),对于这组诗重新校订,胜义较多。今参合诸家,录组诗于上。

明州之鄮县。① 九月十二日,最澄前往台州拿到公验,十五日,与弟子兼译语僧义真、行者丹福成启程前往台州。抵达台州之后,即拜谒台州刺史陆淳,"献金十五两,筑紫斐纸二百张,筑紫笔二管,筑紫墨四挺,刀子一,加斑组二,火铁二加火石八。兰木九,水精珠一贯"。陆淳就是陆质,永贞革新的代表人物,其名因为犯唐宪宗李淳之讳,故改名陆质。最澄此行,目的在于"求妙法于天台,学一心于银地"②。十二月,最澄随道邃上天台山,在修禅寺遇道邃同门行满法师,二人颇为投契,行满"倾以法财,舍以法宝"③。十二月七日,最澄复至山下国清寺,并和义真一同受具足戒毕,《显戒论缘起》中还录有义真的戒牒。贞元二十一年(805)三月,最澄结束台州的行程,四月返抵明州。但彼时离遣唐使团启航返日尚有一个多月的时间,于是最澄又向明州官府请求前往越州巡礼。四月中旬,最澄抵达越州,于越州龙兴寺遇顺晓法师,继而受善无畏三藏直传的秘密灌顶,又受其付法印记。五月,复返明州。五月中旬,最澄将在唐期间所获全部经论整理汇集,编制成一卷《日本国求法僧最澄目录》(即后来的《传教大师请来目录》),并求得明州刺史郑审则赐官方印记。五月十九日,最澄改乘遣唐使第一船,从明州望海镇(今宁波镇海)起碇归国,六月五日平安抵达日本的对马岛,为期将近一年的入唐求法之旅至此真正结束。④

二是送行时的台州府官员、文人与僧徒。首先值得关注的是诗序当中提到的台州刺史陆淳,也是给最澄签发过所的长官。他是浙东唐诗之路与海上丝绸之路上的焦点人物,同时也是与唐代政治、学术、文学都很有关联之人。就政治而言,因为他在罢任台州刺史之后被征为给事中,就入朝参加了在当时和后世极具影响的"永贞革新",并为皇太子侍读,未几病卒。从学术上看,陆质是唐代著名的儒学大师,是《春秋》学派的代表人物,他研究经学,注重会通,表现了对传统观念的大胆怀疑精神,其立足点是对旧学的否定,因而在当时和后世被视为"异儒"。著有《集注春秋》二十卷、《类礼》二十卷、《君臣图翼》二十五卷等。永贞革新的代表人物都是陆质的弟子。陆质《春秋》之学,是永贞革新的思想基础。从文学上看,当时从陆质学者柳宗元、刘禹锡、吕温、韩泰等都是著名的文学家,陆质即置身其中成为文学与

---

① 据《宁波日报》2011 年 11 月 18 日报道,宁波观宗讲寺于 2011 年立"日本传教大师最澄入唐上岸圣迹碑",来自日本佛教天台宗的日中友好天台宗协会会长小堀光诠、理事长阿纯孝等一行 30 人参加了揭碑仪式。

② 〔日〕伊藤松辑:《邻交征书》,上海古籍出版社 2007 年版,第 112 页。

③ 〔日〕伊藤松辑:《邻交征书》,上海古籍出版社 2007 年版,第 112 页。

④ 有关最澄的行迹,可参考陈凯林《唐代中日往来诗研究》,浙江大学硕士学位论文 2016 年,第 50—52 页。

学术兼长的代表人物。陆质的文章,《全唐文》《唐文拾遗》《唐文续拾》《全唐文补编》都有收录,尚存多篇。陆淳之诗,《全唐诗》不载只字,但日本比睿山无量院沙门慈本在文久二年(1862)所撰的《天台霞标》第四篇第一卷收陆淳诗一首,诗名题为《台州刺史陆淳送最澄阇梨还日本》:"海东国主尊台教,遣僧来听妙法华。归来香风满衣袂,讲堂日出映朝霞。"[1]这首诗是否为陆淳所作,近来学者有所怀疑。但就其所言情事,再与台州官员送最澄诗比照,作为陆淳所作,应该是有依据的。诗歌也写得很好,首句叙说最澄来台州的原因是日本皇帝尊崇天台山佛教,"台教"一词也符合陆淳作为台州刺史的身份;次句叙说最澄受日本天皇的委派来台州听授《妙法莲华经》的过程,更切最澄来华的事实且关涉当时送行的场面;第三句则言最澄归国的情况,设想其香火旺盛,布满僧衣;第四句设想最澄弘扬教义的情景,讲堂与朝霞相映,是对最澄最好的赞美。全诗语言朴素明畅,情景真切。

其他官员、文人及僧徒的诗作都是五言律诗,台州诗人以五言律诗的形式创作送赠最澄之组诗。从内容上看,这九首诗作皆以《送最澄上人还日本国》为题,虽作者不同,在风格上却显示出高度的统一,表现出对于最澄入唐求法的赞美之情,对于最澄求法成功回归日本,既有祝愿,也表现出难舍难分的伤情惜别之情,更有对最澄求法而成的祝福与未来学佛之路的期许之情。我们举一首广文馆进士全济时的诗作以见一斑:"家与扶桑近,烟波望不穷。来求贝叶偈,还过海龙宫。流水随归处,征帆远向东。相思渺无畔,应使梦魂通。"这首诗首联写最澄居于海东之日本,近于扶桑,大海一望无际。次联言其为了求法而远过大海。三联言学成回国远随流水而征帆向东。尾联则由送行分别而表现出相思之情,不因大海的阻隔而与魂梦相通。

从这组诗产生的地点,我们可以做这样的定位:它是一组群体所作的诗歌,其地点就在浙东唐诗之路最东端的大海之滨,同时这里也是海上丝绸之路的起点,因此这组诗就不仅具有文学、宗教上的意义,而且成为文化、地理等多方面集中的标志。

三、《送最澄上人还日本国》组诗章句解读

第一篇是台州司马吴顗的诗作:"重译越沧溟,来求观行经。问乡朝指日,寻路夜看星。得法心愈喜,乘杯体自宁。扶桑一念到,风水岂劳形。"诗写最澄越海求经

---

[1] 参户崎哲彦《留传日本的有关陆质的史料及若干考证》,《中国哲学史研究》1985年第1期,第54页。

与得法返国的过程。首联开门见山,直接点明最澄跨越沧溟,来求天台佛经。颔联想象得法回乡的行程,问及家乡是早上指向日出的地方,因为古人认为日本属于日出扶桑之地,而夜间海上行船只好看着天上的星星辨别方向。颈联描写最澄求法以后的心境,心中随生欢喜之念,加以有法护身,乘船渡海,体自安宁。尾联是说日本虽远,但心中有法,专心向佛,一念可到,尽管遭遇风雨,也不觉疲倦劳累。诗为送僧人而作,故而运用佛教典故较多。观行,是天台宗创始人智𫖮所创的佛法,他说:"观行佛者,观佛相好,如铸金像,心缘妙色,与眼作对,开眼闭目,若明若暗,常得不离见佛世尊,从大相海,流出小相,浩浩漾漾如大劫水,周眸遍览,无非佛界;念一佛与十方佛等,念现在佛与三世佛等,一身一智慧,力无畏亦然。念色身、念法门、念实相,常运念,无不念时,念念皆觉,是名观行佛也。"[1]简言之就是观心修行。"心愈喜",一本作"心念喜",最澄《显戒论缘起》卷上,张步云《辑注》引日本甲本注云:"心念之念,疑随字。"[2]心随喜是天台宗教义的重要组成部分,为天台宗智𫖮修《法华经》时所做的五悔法之一,五悔即忏悔、劝请、随喜、回向、发愿。"乘杯"亦为佛家语,即乘船渡海。《高僧传》卷一〇:"宋京师杯度,不知姓名。常乘木杯度水。因以为名。初见在冀州,不修细行,神力卓越,世莫测其由来。"[3]木杯即是木船。

第二篇是台州录事参军孟光的诗作:"往岁来求请,新年受法归。众香随贝叶,一雨润禅衣。素舸轻翻浪,征帆背落晖。遥知到本国,相见道流稀。"首联回忆最澄去年求法来天台的过程,而当下已到新年,成功求取佛法而归本国。颔联谓充满众香之佛国随着贝叶禅经而运转,佛法就像雨一样滋润着众僧之心。颈联想象最澄乘船渡海的情景,不加装饰的帆船翻着轻浪,背着落晖,缓缓远行。尾联设想最澄到了日本之后,相见就更加艰难了。这首诗艺术表现非常别致,开头从新旧对比着笔,点出最澄求法的过程,接着描写佛教天台宗普度众僧人的功绩,随后描写最澄归国时海上的情景,最后表现送行者离别以后的思念之情。这首诗也用了不少佛教的典故,如众香,《维摩经·香积佛品》:"上方界分过四十二恒河沙佛土有国名'众香',佛号'香积'。"[4]佛寺多有"香积"之名,也源于此。贝叶即贝叶经,是佛教经典的代表,源于写在贝树叶子上的经文。一雨,指佛雨,是说佛法像雨一样滋润,能够普度众生。禅衣,即袈裟,《大乘本生心地观经》卷五载:"袈裟是佛净衣,永断

---

① [日本]实观分会:《佛说无量寿佛经疏钞宗钞会本》卷一,中华书局 2020 年版,第 587 页。

② 张步云:《唐诗品评》,上海大学出版社 2004 年版,第 19 页。

③ [梁]释慧皎:《高僧传》卷十,中华书局 1992 年版,第 379 页。

④ [后秦]鸠摩罗什译:《维摩诘所说经》卷下,中华书局 2012 年版,第 857b 页。

烦恼而作良田。"①

第三篇是台州临海县令毛涣的诗作:"万里求文教,王春怆别离。来传不住相,归集祖行诗。举笔论蓄意,梵香问汉仪。莫言沧海阔,杯度自应知。"描写最澄不远万里来到台州求礼学佛,现在求法成功于三月启程归国,于此时送行,深感别离的悲怆。接着叙说最澄来唐是为了传承大乘的佛法,而现在学成归国之时,精心收集唐人赠送给他的送行诗篇。最澄举笔落墨表现出日本僧人友好的意旨,梵香礼佛接受的是中华礼仪。正值归国之际,不要担心沧海的辽阔,因为有木杯为舟,佛法护身,一定能够顺利到达彼岸。这首诗特别记述了最澄收集台州府幕官员僚属与文人僧侣的送行诗作,说明最澄对于文化交流的重视与自己对送别的珍视,同时这一组诗因为最澄的收集而存留在最澄所撰《显戒论缘起》卷上,而在中土文献中并未完整保留。

第四篇是乡贡进士崔暮的诗作:"一叶来自东,路在沧溟中。远思日边国,却逐波上风。问法言语异,传经文字同。何当至本处,定作玄门宗。"陈尚君教授分析这首诗说:"值得注意的是后四句。'问法言语异,传经文字同'二句,知当时最澄对汉文佛经能阅读理解,但交谈会话,似乎还有相当隔阂。最后两句是期待,崔暮对最澄解悟佛法的能力有充分理解,因此相信他归国后可为一代宗师。"②这首诗首联描写来唐,颔联描写归国,颈联描写求法,尾联描写传道。诗的前半部分是说最澄乘舟经过沧溟来唐,而求法后又随着波上的顺风而回到日本。诗的后半部分是说最澄来唐求法,言语不同但他能够克服困难得法而归,所求得的佛经文字是相同的,希望他将求得的经书带回本国以弘扬这玄妙的法门。"问法言语异,传经文字同"是求法僧人最典型的写照,也因为最澄能够求法传经,故而成为日本天台宗的始祖。

第五篇是广文馆进士全济时的诗作:"家与扶桑近,烟波望不穷。来求贝叶偈,还过海龙宫。流水随归处,征帆远向东。相思渺无畔,应使梦魂通。"这首诗重在表现送别的情感与别后的相思。首联描写最澄的家近于遥远的扶桑,隔着大海烟波一望无际。因为来唐求法礼佛,故而经过海中的龙宫。现在求法已毕,随流水而归国,乘征帆更向东。从此相思渺无边际,只能在梦中求见以通音问。结尾表现出送

---

① ［清］来舟:《大乘本生心地观经浅注》卷五,中华书局 2021 年版,第 540 页。
② 陈尚君:《睿山新月冷,台峤古风清——唐代的中日交往诗歌》,《古典文学知识》2020 年第 3 期,第 80 页。

行唐人与日僧最澄的深厚情谊,故而此诗洵为中日交流诗的佳制。

第六篇是天台沙门行满的诗作:"异域乡音别,观心法性同。来时求半偈,去罢悟真空。贝叶翻经疏,归程大海东。何当到本国,继踵大师风。"陈尚君教授分析这首诗说:"这是老师对异国学生的期待。行满是万州南浦人,早岁辞亲受戒。代宗大历中,从学于荆溪湛然。湛然卒,至天台修行,栖华顶峰下二十余年。卒年八十余。也就是说,最澄是湛然的再传弟子,行满传江时,年龄至少在六十以上。他诗语重心长,是惜别更是期待。末句之'大师',指智者大师,是希望最澄归国后弘传天台法门,将天台宗风播衍海东。"①最澄来唐求法,与行满交谊最厚,行满不仅赠送他很多佛经,还专门写了《付法最澄法师书》以赞美最澄来唐求法的艰苦卓绝的精神。这首诗是僧人送僧人,也最得唐代僧诗之精髓。首联直接点明最澄从异域来唐求法,虽然与中国乡音有别,但求取观心法性是一致的。颔联上句赞颂最澄舍身求法的精神,下句赞美最澄求得佛法超越众生相的境界。"半偈"源于《心地观经·序品》:"时佛往昔在凡夫,入于雪山求佛道。摄心勇猛勤精进,为求半偈舍全身。"②是说释迦牟尼成佛前在雪山修行,为求得半偈而舍身。"真空"是指佛教能够超出一切色相与意识所限的境界,即《楞严经》"性色真空,性空真色",达到了极高的修道境界。颈联描写最澄在唐时翻译佛经,现在回国要奔向大海之东。尾联希望最澄回国后能够继承天台大师的遗风,在日本弘扬佛法。行满是最澄在唐时的导师,他传给最澄天台佛法,促成了最澄回到日本创立日本的天台宗。

第七篇是天台归真弟子许兰的诗作:"道高心转实,德重意唯坚。不惧洪波远,中华访法缘。精勤同慧可,广学等弥天。归到扶桑国,迎人拥海堧。"这首诗主要称赞最澄的德行和精神。一是"道高",首句"道高心转实",说明最澄法道崇高而行事唯实;二是"德重",次句"德重意唯坚",说明最澄德行高迈而意志坚强,正因如此,才有第三、四句的"不惧洪波远,中华访法缘";三是"精勤",五句"精勤同慧可",说明最澄对于求法的精勤可以与北魏高僧禅宗第二祖师慧可媲美;四是"广学",六句"广学等弥天",说明最澄如同东晋高僧道安那样大力弘扬佛教。正是因为最澄有如此高的德行和坚韧的求法精神,故诗的最后两句设想最澄回到日本之后欢迎他的人潮定如同大海的烟涛。

---

① 陈尚君:《睿山新月冷台峤古风清——唐代的中日交往诗歌》,《古典文学知识》2020年第3期,第80页。

② [清]来舟浅注:《大乘本生心地观经浅注》卷第一之二,中华书局2021年版,第301页。

第八篇是天台僧幻梦的诗作:"却返扶桑路,还乘旧叶船。上潮看浸日,翻浪欲滔天。求宿宁逾日,云行讵隔年! 远将乾竺法,归去化生缘。"这首诗集中描写最澄返国的情景,首联直接点明返归旧路,乘坐旧船;颔联描写归途之景,潮起浸日,翻浪滔天,海景尤为壮观;颈联描写水宿不愿过日、船行不肯隔年的心情,表明归心急切;尾联是说带回来源于天竺的佛经,回到日本大力弘扬佛法,普度众生。

第九篇是前国子监明经林晕的诗作:"求获真乘妙,言归倍有情。玄关心地得,乡思日边生。作梵慈云布,浮杯涨海清。看看达彼岸,长老散华迎。"首联是说最澄来唐求得佛经妙法,回国时台州人士群体相送,依依惜别,情意深厚;颔联是说最澄从心底领悟了入道的法门,归乡的思绪就随着太阳一同升起;颈联是说最澄弘扬佛法时创作偈赞如同慈云一样覆盖众生,乘着木杯之舟渡海更体验到大海的广阔和清澄;尾联设想最澄快要到达彼岸时,长老散花相迎的热烈场景。

四、最澄归国后文学活动的考察

有关这组诗还可延伸考察的方面是最澄回国后,日本嵯峨天皇、仲雄王、巨势识人与最澄的唱和诗。最澄卒后,嵯峨天皇还有哀挽诗。这些唱和诗和哀挽诗都与天台宗佛教相关。嵯峨天皇《答澄公奉献诗》云:

> 远传南岳教,夏久老天台。杖锡凌溟海,蹑虚历蓬莱。
> 朝家无英俊,法侣隐贤才。形体风尘隔,威仪律范开。
> 袒肩临江上,洗足踏岩隈。梵语翻经阁,钟声听香台。
> 经行人事少,宴坐岁华催。羽客亲讲席,山精供茶杯。
> 深房春不暖,花雨自然来。赖有护持力,定知绝轮回。[①]

又《和澄公卧病述怀之作》诗云:

> 闻公云峰里,卧病欲契真。对境知皆幻,观空厌此身。
> 柏暗禅庭寂,花明梵宇春。莫嫌应化久,为济梦中人。[②]

又《哭最澄上人》诗云:

> 吁嗟双树下,摄化契如如。慧远名仍驻,支公业已虚。
> 草深新庙塔,松掩旧禅居。灯烈残空座,香烟绕像炉。
> 苍生稍集少,缁侣律仪疏。法体何不住,尘心伤有余。

---

① ［日］小岛宪之校注:《文华秀丽集》,岩波书店1964年版,第258页。
② ［日］小岛宪之校注:《文华秀丽集》,岩波书店1964年版,第262页。

仲雄王《和澄上人卧病述怀之作》诗云：

> 古寺北林下，高僧毛骨清。天台萝月思，佛陇白云情。
>
> 院静芭蕉色，廊虚钟梵声。卧疴如入定，山鸟独来鸣。①

巨势识人《和澄上人卧病述怀之作》诗云：

> 吾师山上寺，托疾卧云烟。猿鸟狎梵宇，鬼神护法筵。
>
> 涧花当佛笑，峰月向僧悬。已觉非真有，观身自得痊。②

　　这些诗当然都不是在唐土所作，而是最澄回国后与天皇及贵族的唱和，甚至在最澄死后，天皇还作诗哀悼表示其痛挽之情。这在当时的日本，应该是一件代表国家的大事。"在日本历史上，嵯峨天皇享有崇高的地位。擅长汉诗、书法，并且成就很高，连音律都有相当的造诣。……嵯峨天皇的传世之作，以现存《光定戒牒》《哭澄上人诗》等最负盛名。"③值得注意的是这些诗中还呈现出受天台以至浙东佛教影响的痕迹。几首诗都表现了对最澄回到日本国创立和弘扬日本天台宗的赞美之情，对于最澄的卧病，更是给予了极大的关切和安慰，尤其是最澄死后天皇的哀挽诗，将其比之于庐山的高僧慧远和沃洲的高僧支遁，崇敬与哀悼之意蕴藏于字里行间。这首诗至今还有嵯峨天皇的墨迹流传，成为日本书法的珍宝。

---

① ［日］小岛宪之校注：《文华秀丽集》，岩波书店 1964 年版，第 262 页。

② ［日］小岛宪之校注：《文华秀丽集》，岩波书店 1964 年版，第 263 页。

③ 李寅生：《日本天皇年号与中国古典文献关系之研究》，凤凰出版社 2018 年版，第 125 页。

第四章　唐诗用典的浙东内涵

浙东唐诗取得很高的艺术成就,一个重要的因素在于用典的成功。诗人们在运用古代的史实与事实以描绘当时的风景,抒发自己的情怀,魏晋风度在唐代诗人尤其是盛唐诗人诗中得到了深深的投射。他们的用典又集中在特定的典籍和重要诗人方面,典籍的代表是《世说新语》和《幽明录》,诗人的代表是谢灵运和谢朓。

第一节　剡溪访戴

刘义庆的《世说新语》对于唐代影响很大,东晋时期追求自由的精神,在唐代诗人的心目中引起了极大的共鸣。因此,唐诗当中运用《世说新语》的实例不胜枚举。《世说新语》当中最重要的两件事发生在浙东:一是王徽之的剡溪访戴,二是谢安的东山再起。

《世说新语·任诞》第四七则云:

> 王子猷居山阴,夜大雪,眠觉,开室命酌酒,四望皎然。因起彷徨,咏左思《招隐诗》。忽忆戴安道。时戴在剡,即便夜乘小船就之。经宿方至,造门不前而返。人问其故,王曰:"吾本乘兴而行,兴尽而返,何必见戴!"①

这则故事后世不断被人们称道,这也表现了后人对于魏晋风度的崇尚。鲁迅先生在《魏晋风度及文章与药及酒之关系》中举了很多实例以论证魏晋风度,基本上把魏晋人的精神和神韵都呈现出来了,但并没有讲到王徽之和戴逵,因此我们这里就重点阐述王徽之剡溪访戴之事,重点是唐诗当中的表现。

一、李白诗歌的剡溪访戴

运用剡溪访戴典故最多而且最为成功的诗人要数李白。这方面,前辈学者余恕诚先生已有先行研究,他写了一篇很有分量的论文《李白笔下的"剡溪访戴"——

---

① 余嘉锡:《世说新语笺疏》,上海古籍出版社 1993 年版,第 759 页。

兼谈盛唐诗人对于魏晋风度的接受》,他将李白的用典分成了四种类型:一、不涉及怀人访友,仅取山阴夜雪和乘舟剡溪的景物环境与兴致;二、取由剡溪景物所激发的怀念友人的情感;三、触景生情,怀人访友;四、反用典故,或在情调上大异原典,极写相会之乐。最后总结说:"作为盛唐文化的代表人物李白,仰慕魏晋风度,在诗中大量涉及魏晋的典故人事是很自然的。但历史上任何一种继承和接受都不可能照搬和重复,盛唐之盛大健康,与魏晋之由动乱走向偏安,大不相同,士人思想性格基于不同的时代生活土壤,各具特点。盛唐人重视自我,且亦乐群;爱自然,爱光明皎洁之境。从魏晋风度到盛唐风流,表现出由任诞、简傲,到自在大方、纯任情性的变化,对人对事对大自然及周遭世界亦更富有热情。这从剡溪访戴典故在李白笔下展示的内容和情感可以得到印证。"[①]这就不仅把李白所用剡溪访戴之典的特征清楚地表现出来,而且推及这样的用典实际上代表了盛唐诗人对于魏晋风度的追求。

李白所用剡溪访戴的典故,我们还可以拈出三个核心词来分析:

一是"兴",《世说新语》所载王子猷访戴而不见的过程,主要就是突出其"兴",是"乘兴而来,兴尽而返",是否见戴还在其次。访友是由个人的情怀所驱使的。《答王十二寒夜独酌有怀》:"昨夜吴中雪,子猷佳兴发。万里浮云卷碧山,青天中道流孤月。孤月沧浪河汉清,北斗错落长庚明。怀余对酒夜霜白,玉床金井水峥嵘。人生飘忽百年内,且须酣畅万古情。"[②]这首诗很长,这是第一段,从想象着笔,表现自己对于王十二的思念之情。这里的用典非常巧妙,以王子猷比拟王十二,以戴安道自比。王子猷雪夜访戴,将至而又返,是因为"兴"的"乘兴"而后"兴尽",李白酬答王十二,并没有实质上的寻访,只有内心的思念,而其背景却有着一致性。都在雪夜,又颇寂寞,故而"独酌"怀人。诗是兴到之作,但李白毕竟是李白,作诗并没有停留在用典的层面,而是由对酒兴发,引发自己书写"万古情"。表现出自己与王十二同病相怜,对境遇的不平,"吟诗作赋北窗里,万言不值一杯水"。最后表现出"一生傲岸苦不谐,恩疏媒劳志多乖"的傲岸性格。李白诗中直接用"剡溪访戴"事以突出"兴"的诗句不少,如《淮海对雪赠傅霭》:"朔雪落吴天,从风渡溟渤。……兴从剡溪起,思绕梁园发。"[③]《望月有怀》:"寒月摇清波,流光入窗户。对此空长吟,思君

① 余恕诚:《李白笔下的"剡溪访戴"——兼谈盛唐诗人对于魏晋风度的接受》,《文史知识》2000 年第 4 期,第 54—58 页。

② [清]彭定求:《全唐诗》卷一七八,中华书局 1960 年版,第 1820 页。

③ [清]彭定求:《全唐诗》卷一六八,中华书局 1960 年版,第 1731 页。

意何深。无因见安道，兴尽愁人心。"①《玩月金陵城西孙楚酒楼达曙歌吹日晚乘醉着紫绮裘乌纱巾与酒客数人棹歌秦淮往石头访崔四侍御》："忽忆绣衣人，乘船往石头。草裹乌纱巾，倒被紫绮裘。两岸拍手笑，疑是王子猷。……兴发歌绿水，秦客为之摇。"②《寄韦南陵冰余江上乘兴访之遇寻颜尚书笑有此赠》："乘兴嫌太迟，焚却子猷船。"③

二是"隐"，《秋山寄卫尉张卿及王征君》："何以折相赠，白花青桂枝。月华若夜雪，见此令人思。虽然剡溪兴，不异山阴时。明发怀二子，空吟《招隐诗》。"④这首诗连用两个典故，一是折柳相赠，二是剡溪访戴。因为是春天无柳可折，故以折桂代替折柳，这是典故的化用。后面六句集中用王子猷访戴安道的典故。时值秋天，月华如雪，对此夜景，思友心切。故虽时间不同，而情境与剡溪访无异。因为王子猷是咏左思《招隐诗》而忆念戴安道，故李白诗最后两句直接点明《招隐诗》，既表现自己隐逸的情怀，也关怀了所怀之人王征君。再如《经乱后将避地剡中留赠崔宣城》："忽思剡溪去，水石远清妙。雪尽天地明，风开湖山貌。"⑤经历过安史之乱，将要避乱到剡中去，留别旧友宣城县令崔令钦。这里思"剡溪"，写"雪尽"之景，也是暗用剡溪访戴的典故，时逢乱世，故生退隐之意。诗的最后"独散万古意，闲垂一溪钓。猿近天下啼，人移月边棹。无以墨绶苦，来求丹砂要。华发长折腰，将贻陶公诮"，退隐之意非常显豁。

三是"清"，《自金陵溯流过白壁山玩月达天门寄句容王主簿》："沧江溯流归，白壁见秋月。秋月照白壁，皓如山阴雪。"⑥诗句表现的是白壁山清景，秋夜的月色照耀着白壁山，皓然如山阴夜雪。这样的清景最易触动访友之思，故而顺理成章地暗用了剡溪访戴的典故。《同族弟金城尉叔卿烛照山水壁画歌》："光中乍喜岚气灭，谓逢山阴晴后雪。"这是一首赏画之诗，描写烛光照着壁画，更显山色清朗，不由得想起王子猷在山阴晴雪往访戴安道的典故。再衬以下面几句"回溪碧流寂无喧，又如秦人月下窥花源。了然不觉清心魂，只将叠嶂鸣秋猿"⑦，用桃花源事更显其景色之清，由景色之清陶洗着心魂之清。可见其观画体物入微，融景入心。《单父东

---

① ［清］彭定求：《全唐诗》卷一八二，中华书局 1960 年版，第 1859 页。
② ［清］彭定求：《全唐诗》卷一七八，中华书局 1960 年版，第 1817 页。
③ ［清］彭定求：《全唐诗》卷一七二，中华书局 1960 年版，第 1771 页。
④ ［清］彭定求：《全唐诗》卷一七二，中华书局 1960 年版，第 1767 页。
⑤ ［清］彭定求：《全唐诗》卷一七一，中华书局 1960 年版，第 1764 页。
⑥ ［清］彭定求：《全唐诗》卷一七三，中华书局 1960 年版，第 1778 页。
⑦ ［清］彭定求：《全唐诗》卷一六六，中华书局 1960 年版，第 1717—1718 页。

楼秋夜送族弟沈之秦》:"卷帘见月清兴来,疑是山阴夜中雪。"①这些诗句,描写的都是山阴雪景,同时也是暗用王子猷山阴雪夜访戴的典故。如最后一首送别族弟李沈去秦中,正逢月色清朗,清兴忽发,有如山阴夜雪,忽起访友之念。这里的用典,表现的是清景引发的清兴。

李白诗中运用剡溪访戴的典故将近20处,再如《酬坊州王司马与阎正字对雪见赠》:"访戴昔未偶,寻嵇此相得。愁颜发新欢,终宴叙前识。"②《浔阳送弟昌峒鄱阳司马作》:"桑落洲渚连,沧江无云烟。浔阳非剡水,忽见子猷船。飘然欲相近,来迟杳若仙。"③《东鲁门泛舟二首》其一:"轻舟泛月寻溪转,疑是山阴雪后来。"④《陪从祖济南太守泛鹊山湖三首》其一:"此行殊访戴,自可缓归桡。"⑤《对雪醉后赠王历阳》:"子猷闻风动窗竹,相邀共醉杯中绿。历阳何异山阴时,白雪飞花乱人目。"⑥

二、唐人笔下的"剡溪访戴"

运用剡溪访戴的典故在唐诗中非常普遍,孟浩然、杜甫、刘长卿、皇甫冉、严维、钱起、杨巨源、武元衡、白居易、许浑、罗隐、李商隐、陆龟蒙、齐己、雍陶、韦庄、吴融、徐铉等,都有诗作运用剡溪访戴的典故,杜甫等人还不止一首。现列举杜甫、白居易、许浑为代表诗人,以"大历十才子"为代表群体进行分析。

1. 杜甫

杜甫运用"剡溪访戴"的诗作有三首。《多病执热奉怀李尚书(之芳)》:"思沾道渴黄梅雨,敢望宫恩玉井冰。不是尚书期不顾,山阴野雪兴难乘。"⑦《哭李尚书(之芳)》:"漳滨与蒿里,逝水竟同年。欲挂留徐剑,犹回忆戴船。相知成白首,此别间黄泉。"⑧这两首诗都是有怀李之芳之作。第一首写炎蒸天气,又值梅雨,闷热异常,想通过井冰解热而不得,也想赴李之芳的期约,却无雪可乘,受到酷热的阻碍。运用剡溪访戴的典故,表达怀念李之芳的深情。第二首是李之芳卒后怀念之作。此时李之芳卒于江陵,杜甫滞留公安,思念之情不可遏止,故而用两个典故来表达。

① [清]彭定求:《全唐诗》卷一七五,中华书局1960年版,第1793页。
② [清]彭定求:《全唐诗》卷一七八,中华书局1960年版,第1815页。
③ [清]彭定求:《全唐诗》卷一七七,中华书局1960年版,第1806页。
④ [清]彭定求:《全唐诗》一七九,中华书局1960年版,第1822页。
⑤ [清]彭定求:《全唐诗》卷一七九,中华书局1960年版,第1826页。
⑥ [清]彭定求:《全唐诗》卷一七一,中华书局1960年版,第1758页。
⑦ [清]彭定求:《全唐诗》卷二三二,中华书局1960年版,第2559页。
⑧ [清]彭定求:《全唐诗》卷二三二,中华书局1960年版,第2563页。

一是吴季札的典故,《史记·吴太伯世家》:"季札之初使,北过徐君。徐君好季札剑,口弗敢言。季札心知之,为使上国,未献。还至徐,徐君已死,于是乃解其宝剑,系之徐君冢树而去。从者曰:'徐君已死,尚谁予乎?'季子曰:'不然。始吾心已许之,岂以死倍吾心哉!'"①表达对于已逝挚友的深切悼念。二即剡溪访戴的典故,表现对于挚的深情,但因两地阻隔,将欲赴吊而不能果行。杜甫还有《从驿次草堂复至东屯二首》其一:"峡内归田客,江边借马骑。非寻戴安道,似向习家池。"②这首诗叙写杜甫从驿站借马次于草堂再至东屯的过程。作者所用的交通工具是马,故而用剡溪访戴的典故说明自己不是乘船,故而"非寻戴安道"。下句用《晋书·山简传》事:"诸习氏,荆土豪族,有佳园池,简每出游嬉,多之池上,置酒辄醉,名之曰高阳池。"③说明杜甫复至东屯是要寻访园林名胜。

2. 白居易

白居易运用剡溪访戴的诗作有四首。《雪中酒熟欲携访吴监先寄此诗》:"新雪对新酒,忆同倾一杯。自然须访戴,不必待延枚。陈榻无辞解,袁门莫懒开。笙歌与谈笑,随事自将来。"④这首诗是开成元年(836)白居易在洛阳将要访问秘书监吴方之之作。时值冬天,正好用上访戴的典故。颔联上句运用剡溪访戴的典故,下句运用谢惠连《雪赋》"延枚叟"的典故。颈联用陈蕃之榻与袁安高卧的典故。四句合在一起看,叠用名字再加用典是其特色。宋长白《柳亭诗话》云:"白香山有《雪中酒熟欲携访吴监先寄此诗》腹联云……戴沧州曰:姓四叠,六朝法也。高廷礼辈便谓失格,但得格格而俗,则不能辨矣。元微之《赠韩舍人》诗:'延之苦拘检,摩诘好因缘。七字排居敬,千词敌乐天。殷勤闲太祝,好去老通川。'诗中叠人名,实始于班固《咏史》、杜挚《与毌丘俭》也。张乔《送郑谷》诗,地名亦四叠。"⑤《长斋月满携酒先与梦得对酌醉中同赴令公之宴戏赠梦得》:"斋宫前日满三旬,酒榼今朝一拂尘。乘兴还同访戴客,解酲仍对姓刘人。"⑥诗与刘禹锡同宴而作,前句用剡溪访戴的典故,说明兴致高昂,后句写当前对饮之作,因为兴致高昂,虽饮酒甚多仍能解酲。《福先寺雪中饯刘苏州》:"送君何处展离筵,大梵王宫大雪天。庾岭梅花落歌管,谢

①　[汉]司马迁:《史记》卷三十一,中华书局1982年版,第1459页。
②　[清]彭定求:《全唐诗》卷二二九,中华书局1960年版,第2503页。
③　[唐]房玄龄:《晋书》卷四十三,中华书局1974年版,第1229页。
④　[清]彭定求:《全唐诗》卷四五六,中华书局1960年版,第5174页。
⑤　陈友琴编:《白居易资料汇编》,中华书局1962年版,第244页。
⑥　[清]彭定求:《全唐诗》卷四五六,中华书局1960年版,第5173页。

家柳絮扑金田。乱从纨袖交加舞,醉入篮舆取次眠。却笑召邹兼访戴,只持空酒驾空船。"①第三句一句诗同用两个典故,一是剡溪访戴,二是谢惠连《雪赋》"召邹生"的典故。邹生即邹阳,能文善辩。这里的用典是从对比着笔,写在福先寺饯别刘禹锡,是邹阳和戴逵难以比拟的,这也是别出心裁的构思。《春夜喜雪有怀王二十二》:"窗引曙色早,庭销春气迟。山阴应有兴,不卧待徽之。"②仍用剡溪访戴的典故,突出其兴致高昂,最后一句对于王二十二的思念跃然纸上,同时用王徽之的典故以喻王二十二也别具匠心。总体上看,白居易这四首诗运用剡溪访戴的典故,变化多端,匠心独运,都是用典的佳制。

3. 许　浑

许浑运用剡溪访戴的诗作有五首。《寻戴处士》:"晒药竹斋暖,捣茶松院深。思君一相访,残雪似山阴。"③寻的是戴处士,再用访戴的典故,可谓一箭双雕。而且是写真正的相访,又在残雪时节,物与我、虚与实、景与情都有机地融合在一起。这首诗又见于皇甫冉诗集,而蜀刻本《丁卯集》作许浑诗,罗时进《丁卯集笺证》考订为许作,今从之。《酬李当》:"知有瑶华手自开,巴人虚唱懒封回。山阴一夜满溪雪,借问扁舟来不来。"④这首诗是酬答诗人李当之作,首言李当赠诗之珍贵,如同瑶华美玉,而自己酬作却是下里巴人。接着运用剡溪访戴的典故以邀请李当来访问自己。以上两首诗运用访戴典故,情真意切,非常成功。

许浑《酬和杜侍御》:"因过石城先访戴,欲朝金阙暂依刘。"这首诗作于许浑担任郢州刺史时,因为郢州为石城郡。诗序云:"河中杜侍御,祗命本府,自钟陵舟行抵汉上,道出兹郡,以某专使迎接。先蒙雅什见贻,窃慕清才,辄酬和。"⑤因为道过郢州访问许浑,故作者自比戴逵。下一句用王粲汉末投奔刘表之事,以喻杜侍御暂时赴任山南东道节度使幕府。《郊居春日有怀府中诸公并柬王兵曹》:"花前更谢依刘客,雪后空怀访戴人。"⑥这首诗是许浑居于润州丹阳丁卯涧时所作,其时为润州司马。两句仍然是用王粲依刘和剡溪访戴的典故。《送林处士自闽中道越由雪抵

---

① 〔清〕彭定求:《全唐诗》卷四六二,中华书局 1960 年版,第 5255 页。
② 〔清〕彭定求:《全唐诗》卷四三七,中华书局 1960 年版,第 4849 页。
③ 〔清〕彭定求:《全唐诗》卷五二九,中华书局 1960 年版,第 6050 页。
④ 〔清〕彭定求:《全唐诗》卷五三八,中华书局 1960 年版,第 6136 页。
⑤ 〔清〕彭定求:《全唐诗》卷五三六,中华书局 1960 年版,第 6114 页。
⑥ 〔清〕彭定求:《全唐诗》卷五三六,中华书局 1960 年版,第 6116 页。

两川》："处困道难固,乘时恩易酬。镜中非访戴,剑外欲依刘。"①是叙写林处士由闽中赴两川依靠节度使之作。仍然用访戴和依刘的典故。而这首诗所述情事与越中相关,是浙东唐诗之路上的重要篇章。以上三首诗都是运用剡溪访戴和王粲依刘的典故,分开读之,颇觉情意深长,合而读之,则又有雷同之感。这也表现出许浑诗的一些弱项,就是前人批评的"千首如一首"。

4.大历十才子

大历十才子是产生于中唐前期唐代宗大历年间的重要诗歌流派与诗人群体,他们作诗形成特定时期的诗歌风尚和形式特点。在形式上特别重视诗歌技巧,尤其是在用典方面别具特色。剡溪访戴这一魏晋南北朝时期的重要故事,在大历十才子中钱起、皇甫冉、李端的诗歌中出现了十余次。

钱起《寄袁州李嘉祐员外》："雁有归乡羽,人无访戴船。愿征黄霸入,相见玉阶前。"②李嘉祐担任袁州刺史,钱起思念他而作诗寄之。这里用剡溪访戴的典故是反面或侧面的方法。李嘉祐在唐玄宗天宝七载(748)中了进士,然后在朝廷做官,与钱起等诗歌往还。后来因事被贬鄱阳,不久任江阴县令。上元中擢任台州刺史,又转袁州刺史。钱起寄诗是希望他能够被征入朝廷做官,二人在京城相见。因此虽然用了剡溪访戴的典故,但与典本身的意旨趋向相反。钱起《罢官后酬元校书见赠》："忘机贫负米,忆戴出无车。邻犬吠初服,家人愁斗储。"③仍然是反用典故。自己罢官后生活无着,故引用访戴的典故,王子猷访戴有船可乘,而自己罢官无车可做。钱起《寄永嘉王十二》："永嘉风景入新年,才子诗成定可怜。梦里还乡不相见,天涯忆戴复谁传。"④时值新年,遥想永嘉风景,思念友人王十二而寄诗,就像王徽之忆念戴安道那样。钱起《山斋读书寄时校书杜叟》："忆戴差过剡,游仙惯入壶。濠梁时一访,庄叟亦吾徒。"⑤仍然用忆戴的典故,表现对于时校书与杜叟的思念。钱起的四首诗,前面两首是反用剡溪访戴之典,后面两首是正用剡溪访戴之典,但所表现的思念友人的情怀是一致的。

皇甫冉《刘方平西斋对雪》："委树寒枝弱,萦空去雁迟。自然堪访戴,无复四愁

---

①　[清]彭定求:《全唐诗》卷五三七,中华书局1960年版,第6130页。
②　[清]彭定求:《全唐诗》卷二三八,中华书局1960年版,第2656页。
③　[清]彭定求:《全唐诗》卷二三八,中华书局1960年版,第2663页。
④　[清]彭定求:《全唐诗》卷二三九,中华书局1960年版,第2672页。
⑤　[清]彭定求:《全唐诗》卷二三八,中华书局1960年版,第2656页。

诗。"①皇甫冉《和朝郎中扬子玩雪寄山阴严维》:"谢家兴咏日,汉将出师年。闻有招寻兴,随君访戴船。"②皇甫冉这两首诗都用剡溪访戴的典故,但与刘长卿用典的侧重点并不一样。这两首诗都重要写雪,落实到王徽之访问戴安道是在山阴雪夜,在一片清景之下。第一首与诗人刘方平西斋对雪,赏心悦目,自然与王徽之寻访戴安道雪夜清景方面非常吻合,对雪时有兴无愁,接着一句是"无复四愁诗"。第二首是扬子玩雪,又寄山阴的严维。玩雪是清景,严维是在山阴,兴发、招寻、访戴都在诗中出现,这样的用典不仅在时、地、人方面取得统一,而且在情、景、理方面也相互融合。

李端《宿山寺雪夜寄吉中孚》:"不见侵山叶,空闻拂地枝。鄙夫今夜兴,唯有子猷知。"③李端《云阳观寄袁稠》:"石上开仙酌,松间对玉琴。戴家溪北住,雪后去相寻。"④李端《宿荐福寺东池有怀故园因寄元校书》:"惊鹊仍依树,游鱼不过梁。系舟偏忆戴,炊黍愿期张。"⑤这三首诗的背景具有一致的地方,都是宿于寺观忆友之作。第一首描写李端雪夜宿于山寺,唯一想到的朋友就是吉中孚。吉中孚也是大历十才子之一。故而兴发作诗,寄给吉中孚,把二人的关系比喻成王徽之与戴安道。第二首是居于云阳观思念友人之作,石上饮酒,松间听琴,最易引起对友人的思念,这时想到袁稠,故而寄诗,邀约雪后相寻。第三首是荐福寺怀念故园以寄元校书之作。

5. 其他诗人

孟浩然《冬至后过吴张二子檀溪别业》:"外事情都远,中流性所便。闲垂太公钓,兴发子猷船。余亦幽栖者,经过窃慕焉。"⑥刘长卿《夜中对雪赠秦系时秦初与谢氏离婚谢氏在越》:"月明花满地,君自忆山阴。谁遣因风起,纷纷乱此心。"⑦严维《题鲍行军小阁》:"席上招贤急,山阴对雪频。虚明先旦暮,启闭异冬春。"⑧独孤及《登山谷寺上方答皇甫侍御卧疾阙陪车骑之后》:"云扶踊塔青霄库,松荫禅庭白

---

① [清]彭定求:《全唐诗》卷二四九,中华书局 1960 年版,第 2802 页。
② [清]彭定求:《全唐诗》卷二五〇,中华书局 1960 年版,第 2828 页。
③ [清]彭定求:《全唐诗》卷二八五,中华书局 1960 年版,第 3254 页。
④ [清]彭定求:《全唐诗》卷二八五,中华书局 1960 年版,第 3247 页。
⑤ [清]彭定求:《全唐诗》卷二八六,中华书局 1960 年版,第 3276 页。
⑥ [清]彭定求:《全唐诗》卷一六〇,中华书局 1960 年版,第 1663 页。
⑦ [清]彭定求:《全唐诗》卷一四七,中华书局 1960 年版,第 1480 页。
⑧ [清]彭定求:《全唐诗》卷二六三,中华书局 1960 年版,第 2921 页。

日寒。不见戴逵心莫展,赖将新赠比琅玕。"①皎然《贻李汤》:"愿随黄鹤一轻举,仰望青霄独延伫。平生好骏君已知,何必山阴访王许。"②杨巨源《卢郎中拜陵遇雪蒙见召因寄》:"应同谷口寻春去,定似山阴带月归。"③武元衡《中春亭雪夜寄西邻韩李二舍人》:"广庭飞雪对愁人,寒谷由来不悟春。却笑山阴乘兴夜,何如今日戴家邻。"④李商隐《四年冬以退居蒲之永乐渴然有农夫望岁之志遂作忆雪又作残雪诗各一百言以寄情于游旧忆雪》:"预约延枚酒,虚乘访戴船。映书孤志业,披氅阻神仙。"⑤李涉《题招隐寺即戴颙旧宅》:"两崖古树千般色,一井寒泉数丈冰。欲问前朝戴居士,野烟秋色是丘陵。"⑥雍陶《送徐山人归睦州旧隐》:"君在桐庐何处住,草堂应与戴家邻。初归山犬翻惊主,久别江鸥却避人。"⑦罗隐《寄崔庆孙》:"还拟山阴一乘兴,雪寒难得渡江船。"⑧罗隐《钱唐见芮逢》:"醉思把箸欹歌席,狂忆判身入酒船。今日与君赢得在,戴家湾里两蟠然。"⑨陆龟蒙《伤越》:"越溪自古好风烟,盗束兵缠已半年。访戴客愁随水远,浣纱人泣共埃捐。"⑩齐己《酬元员外见寄八韵》:"访戴情弥切,依刘力不胜。众人忘苦苦,独自愧兢兢。"⑪齐己《荆渚病中因思匡庐遂成三百字寄梁先辈》:"长往期非晚,半生闲有余。依刘未是咏,访戴宁忘诸。"⑫吴融《和诸学士秋夕禁直偶雪》:"大华积秋雪,禁闱生夜寒。砚冰忧诏急,灯烬惜更残。正遂攀稽愿,翻追访戴欢。更为三日约,高兴未将阑。"⑬韦庄《新正日商南道中作寄李明府》:"踏雪偶因寻戴客,论文还比聚星人。"⑭徐铉《送彭秀才》:"无人与和投湘赋,愧子来浮访戴船。"⑮

① [清]彭定求:《全唐诗》卷二四七,中华书局1960年版,第2776页。
② [清]彭定求:《全唐诗》卷八一六,中华书局1960年版,第9196页。
③ [清]彭定求:《全唐诗》卷三三三,中华书局1960年版,第3729页。
④ [清]彭定求:《全唐诗》卷三一七,中华书局1960年版,第3574页。
⑤ [清]彭定求:《全唐诗》卷五四一,中华书局1960年版,第6238页。
⑥ [清]彭定求:《全唐诗》卷四七七,中华书局1960年版,第5431页。
⑦ [清]彭定求:《全唐诗》卷五一八,中华书局1960年版,第5914页。
⑧ [清]彭定求:《全唐诗》卷六六三,中华书局1960年版,第7597页。
⑨ [清]彭定求:《全唐诗》卷六六三,中华书局1960年版,第7599页。
⑩ [清]彭定求:《全唐诗》卷六二六,中华书局1960年版,第7197页。
⑪ [清]彭定求:《全唐诗》卷八三九,中华书局1960年版,第9471页。
⑫ [清]彭定求:《全唐诗》卷八三九,中华书局1960年版,第9464页。
⑬ [清]彭定求:《全唐诗》卷六八五,中华书局1960年版,第7866页。
⑭ [清]彭定求:《全唐诗》卷六九六,中华书局1960年版,第8015页。
⑮ [清]彭定求:《全唐诗》卷七五四,中华书局1960年版,第8575页。

三、唐人诗歌所访的"戴颙"

访戴的典故并不都是王子猷山阴寻访戴逵之事,而戴逵之子戴颙也是寻访的对象,这在唐诗中的用典也非常密集。戴逵生二子,长子勃,次子颙。颙承父业,世称"二戴"。他的生活作风与戴逵也很相似,尽管《世说新语》没有记载戴颙之事,而戴颙的行为举止与戴逵一脉相承,他的故事也是唐诗经常吟咏的对象,故而我们附带论述一下,作为剡溪访戴的补充。

《宋书·隐逸传》记载戴颙宅第之事:

> 衡阳王义季镇京口,长史张邵与颙姻通,迎来止黄鹄山。山北有竹林精舍,林涧甚美。颙憩于此涧,义季亟从之游,颙服其野服,不改常度。为义季鼓琴,并新声变曲,其三调《游弦》《广陵》《止息》之流,皆与世异。太祖每欲见之,尝谓黄门侍郎张敷曰:"吾东巡之日,当宴戴公山也。"以其好音,长给正声伎一部。颙合《何尝》《白鹄》二声,以为一调,号为清旷。①

唐代著名诗人用戴颙宅的典故有:骆宾王《陪润州薛司空丹徒桂明府游招隐寺》:"共寻招隐寺,初识戴颙家。还依旧泉壑,应改昔云霞。"②颜真卿《题杼山癸亭得暮字(亭,陆鸿渐所创)》:"俯视何楷台,傍瞻戴颙路。迟回未能下,夕照明村树。"③司空曙《过坚上人故院与李端同赋》:"旧依支遁宿,曾与戴颙来。今日空林下,唯知见绿苔。"④李端《送暕上人游春》:"独将支遁去,欲往戴颙家。晴野人临水,春山树发花。"⑤李端《送少微上人入蜀》:"飞阁蝉鸣早,漫天客过稀。戴颙常执笔,不觉此身非。"⑥张祜《题招隐寺》:"千年戴颙宅,佛庙此崇修。古井人名在,清泉鹿迹幽。"⑦温庭筠《宿秦生山斋》:"衡巫路不同,结室在东峰。岁晚得支遁,夜寒逢戴颙。"⑧温庭筠《寄清源寺僧》:"石路无尘竹径开,昔年曾伴戴颙来。窗间半偈闻钟后,松下残棋送客回。"⑨温庭筠《重游东峰宗密禅师精庐》:"戴颙今日称居士,

---

① [南朝梁]沈约:《宋书》卷九十三,中华书局 1974 年版,第 2277 页。
② [清]彭定求:《全唐诗》卷七八,中华书局 1960 年版,第 852 页。
③ [清]彭定求:《全唐诗》卷一五二,中华书局 1960 年版,第 1582 页。
④ [清]彭定求:《全唐诗》卷二九二,中华书局 1960 年版,第 3324 页。
⑤ [清]彭定求:《全唐诗》卷二八六,中华书局 1960 年版,第 3278 页。
⑥ [清]彭定求:《全唐诗》卷二八五,中华书局 1960 年版,第 3244 页。
⑦ [清]彭定求:《全唐诗》卷五一〇,中华书局 1960 年版,第 5822 页。
⑧ [清]彭定求:《全唐诗》卷五八三,中华书局 1960 年版,第 6754 页。
⑨ [清]彭定求:《全唐诗》卷五七八,中华书局 1960 年版,第 6717 页。

支遁他年识领军。"①罗隐《寄西华黄炼师》："盛事两般君总得，老莱衣服戴颙家。"②罗隐《圣真观刘真师院十韵》："山薮师王烈，簪缨友戴颙。鱼跳介象鲙，饭吐葛玄蜂。"③皮日休《北禅院避暑联句》："歊蒸何处避，来入戴颙宅。逍遥脱单绞，放旷抛轻策。爬搔林下风，偃仰涧中石（日休）。"④陆龟蒙《奉和袭美二游诗任诗》："秋笼支遁鹤，夜榻戴颙客。说史足为师，谭禅差作伯。"⑤

第二节　东山安石

谢安高卧东山的故事，六朝以来记载的典籍的很多，而集中于《世说新语》和《晋书·谢安传》。《世说新语·赏誉篇》云：

> 王右军语刘尹：故当共推安石。刘尹曰：若安石东山志立，当与天下共推之。（刘孝标注引《续晋阳秋》曰："初，安家于会稽上虞县，优游山林，六七年间，征召不至。虽弹奏相属，继以禁锢，而晏然不屑也。"）⑥

《世说新语·排调篇》云：

> 谢公在东山，朝命屡降而不动。后出为桓宣武司马，将发新亭，朝士咸出瞻送。高灵时为中丞，亦往相祖。先时，多少饮酒，因倚如醉，戏曰："卿屡违朝旨，高卧东山。"诸人每相与言："安石不肯出，将如苍生何？今亦苍生将如卿何？"谢笑而不答。⑦

> 初，谢安在东山居，布衣。时兄弟已有富贵者，翕集家门，倾动人物。刘夫人戏谓安曰："大丈夫不当如此乎？"谢乃捉鼻曰："但恐不免耳。"⑧

> 谢公始有东山之志，后严命屡臻，势不获已，始就桓公司马。于时人有饷桓公药草，中有远志。公取以问谢："此药又名小草。何一物而有二称？"谢未即答。时郝隆在坐，应声答曰："此甚易解，处则为远志，出则为小草。"谢甚有

---

① ［清］彭定求：《全唐诗》卷五七八，中华书局1960年版，第6717页。
② ［清］彭定求：《全唐诗》卷六五九，中华书局1960年版，第7572页。
③ ［清］彭定求：《全唐诗》卷六六五，中华书局1960年版，第7613页。
④ ［清］彭定求：《全唐诗》卷七九三，中华书局1960年版，第8927页。
⑤ ［清］彭定求：《全唐诗》卷六一七，中华书局1960年版，第7113页。
⑥ 余嘉锡：《世说新语笺疏》，上海古籍出版社1993年版，第465页。
⑦ 余嘉锡：《世说新语笺疏》，上海古籍出版社1993年版，第801页。
⑧ 余嘉锡：《世说新语笺疏》，上海古籍出版社1993年版，第801页。

愧色。桓公目谢而笑曰："郝参军此过乃不恶，亦极有会。"①

《世说新语·识鉴篇》云：

> 谢公在东山畜妓，简文曰："安石必出。既与人同乐，亦不得不与人同忧。"（刘孝标注引宋明帝《文章志》曰："安纵心事外，疏略常节，每畜女妓，携持游肆也。"）

《晋书·谢安传》云：

> 安虽放情丘壑，然每游赏，必以妓女从。
>
> 隐居会稽东山，年逾四十复出为桓温司马，累迁中书、司徒等要职，晋室赖以转危为安。
>
> 既累辟不就，简文帝时为相，曰："安石既与人同乐，必不得不与人同忧，召之必至。"时安弟万为西中郎将，总藩任之重。安虽处衡门，其名犹出万之右，自然有公辅之望，处家常以仪范训子弟。安妻，刘惔妹也，既见家门富贵，而安独静退，乃谓曰："丈夫不如此也？"安掩鼻曰："恐不免耳。"及万黜废，安始有仕进志，时年已四十余矣。

综合上述《世说新语》和《晋书·谢安传》的记载，有关谢安与东山关系的典故大致有"东山归隐""东山携妓""东山再起"三个方面，而这三个方面也是相互联系的，从时间而言也是链接了退隐、携妓和出山的故事。这些故事成为后世耳熟能详的典故，唐代诗人当然也乐于引用这些典故。

一、东山归隐

唐代诗人对于谢安吟咏者无疑要数李白，他的诗中涉及谢安者多达数十首，其中运用谢安归隐典故者有五首。

李白整首诗吟咏谢安之作要数《登金陵冶城西北谢安墩》："晋室昔横溃，永嘉遂南奔。沙尘何茫茫，龙虎斗朝昏。胡马风汉草，天骄蹙中原。哲匠感颓运，云鹏忽飞翻。组练照楚国，旌旗连海门。西秦百万众，戈甲如云屯。投鞭可填江，一扫不足论。皇运有返正，丑虏无遗魂。谈笑遏横流，苍生望斯存。冶城访古迹，犹有谢安墩。凭览周地险，高标绝人喧。想象东山姿，缅怀右军言。梧桐识嘉树，蕙草留芳根。白鹭映春洲，青龙见朝暾。地古云物在，台倾禾黍繁。我来酌清波，于此

---

① 余嘉锡:《世说新语笺疏》，上海古籍出版社 1993 年版，第 803 页。

树名园。功成拂衣去，归入武陵源。"这首诗题下有自注："此墩即晋太傅谢安与右军王羲之同登，超然有高世之志，余将营完其上，故作是诗。"①谢公墩在金陵，《景定建康志》卷一七："谢公墩在半山，里俗相传，谢安所尝登也，其事殊无所据。李白、王荆公皆有谢公墩诗。白诗云：'冶城访遗迹，犹有谢安墩。'乃今天庆观冶城山。昔谢安与王羲之登冶城，悠然遐想，有高世之志，即此地。荆公虽有'我屋谢公墩'之句，而又有诗云'问樵樵不知，问牧牧不言'，亦自疑之耳。江左谢氏衣冠最盛，谓之谢公，凯独安也。半山寺所在旧名康乐坊。《晋书》：'谢元封康乐公，至孙灵运犹袭封。'今以坊及墩名观之，恐是元及其子孙所居，后人因名之耳。"②诗有"想象东山姿，缅怀右军言"之语，盖特地拈出谢安高卧东山之事。全诗描写永嘉时晋室南渡，元帝建都金陵，仍然战乱不息，谢安在此关键时刻，谈笑之间，扭转危局，拯救苍生，深孚众望。李白这时登上谢公墩，思古感怀，想象谢公与王羲之对话的文采风流。这里又用《世说新语·言语篇》之典："王右军与谢太傅共登冶城。谢悠然远想，有高世之志。王谓谢曰：'夏禹勤王，手足胼胝。文王旰食，日不暇给。宜人人自效。而虚谈废务，浮文妨要，恐非当今所宜。'谢答曰：'秦任商鞅，二世而亡。岂清言致患邪？'"③最后表现自己追想谢安风流，在建功立业之后建造名园，酌酒清波，归隐武陵桃源仙境。

　　李白送别友人之诗运用谢安隐居东山之典，或自述归隐之志，或劝友及早出仕。《送梁四归东平》："玉壶挈美酒，送别强为欢。大火南星月，长郊北路难。殷王期负鼎，汶水起垂竿。莫学东山卧，参差老谢安。"④这是反用谢安归隐的典故，规劝老友梁四及早出仕，不要终老无成。诗用谢安典，又与伊尹、姜尚对比。是说梁四归于东平，要像伊尹那样，如遇商汤负鼎俎而出任，或像姜尚那样投钓竿以佐霸王。《送赵判官赴黔府中丞叔幕》："廓落青云心，交结黄金尽。富贵翻相忘，令人忽自哂。蹭蹬鬓毛斑，盛时难再还。巨源咄石生，何事马蹄间。绿萝长不厌，却欲还东山。"⑤诗是送赵判官赴黔中之作，中丞叔为黔中节度使赵国珍。上引几句为首段，是李白自述，用郭璞的典故说明自己长杆绿萝，用谢安的典说明自己隐居东山。实际上所表现的是自己壮志难酬之感，也写出了世态人心之凄凉。因此，这首诗运

---

①　[清]彭定求：《全唐诗》卷一八〇，中华书局1960年版，第1835页。

②　[宋]周应合：《景定建康志》卷一七，《宋元方志丛刊》第2册，中华书局1990年版，第1582—1583页。

③　余嘉锡：《世说新语笺疏》，上海古籍出版社1993年版，第129页。

④　[清]彭定求：《全唐诗》卷一七七，中华书局1960年版，第1808页。

⑤　[清]彭定求：《全唐诗》卷一七七，中华书局1960年版，第1807页。

用谢安的典故,抒自己的块垒。《留别西河刘少府》末六句:"余亦如流萍,随波乐休明。自有两少妾,双骑骏马行。东山春酒绿,归隐谢浮名。"[1]这是自述之语,说自己好像随风漂流的浮萍一样漂泊无定。接着用谢安归隐与东山携妓的典故,表明自己要及时行乐,隐居谢世。

李白还有些诗作,直接表现对于山中怀思。《春滞沅湘有怀山中》:"沅湘春色还,风暖烟草绿。古之伤心人,于此肠断续。予非怀沙客,但美采菱曲。所愿归东山,寸心于此足。"[2]这首诗描写沅湘之景,而不似屈原之伤怀,故末联用谢安的东山之典表现自己归隐的心志。

"东山"作为归隐的意向在唐诗中的运用,与一般的退隐并不相同。因为东山归隐者是谢安,因而在运用这一典故的时候,也都会或多或少地见到谢安的影子,而作为诗人理想的象征,或者表现诗人对友人的称颂。比较典型的是张弘靖为太原节度使时,幕中文人登上山亭相互唱和,留下的一组诗作,这些诗作保存在李德裕的《李文饶外集》当中,《全唐诗》也收入了这一组诗。其中有三首运用了谢安东山归隐的典故。李德裕《奉和太原张尚书山亭书怀》:"岩石在朱户,风泉当翠楼。始知岘亭赏,难与清晖留。余景淡将夕,凝岚轻欲收。东山有归志,方接赤松游。"[3]陆瀍《和张相公太原山亭怀古诗》:"激水泻飞瀑,寄怀良在兹。如何谢安石,要结东山期。入座兰蕙馥,当轩松桂滋。于焉悟幽道,境寂心自怡。"[4]高铢《和太原张相公山亭怀古》:"斗石类岩巇,飞流泻潺湲。远墼檐宇际,孤峦雉堞间。何必到海岳,境幽机自闲。兹焉得高趣,高步谢东山。"[5]李德裕诗因为游览山亭而向往谢安的归隐,陆瀍诗也是寄怀谢安以结东山之期,高铢诗强调退隐的高趣,与山水融为一体。

刘禹锡《自左冯归洛下酬乐天兼呈裴令公》:"新恩通籍在龙楼,分务神都近旧丘。自有园公紫芝侣,仍追少傅赤松游。华林霜叶红霞晚,伊水晴光碧玉秋。更接东山文酒会,始知江左未风流。"[6]诗写给裴度与白居易,当时二人散居洛阳,故而刘禹锡以东山文酒之会类比,以表现他们在洛阳的生活状态。

---

① [清]彭定求:《全唐诗》卷一七四,中华书局1960年版,第1781页。
② [清]彭定求:《全唐诗》卷一八二,中华书局1960年版,第1860页。
③ [清]彭定求:《全唐诗》卷四七五,中华书局1960年版,第5389页。
④ [清]彭定求:《全唐诗》卷三六六,中华书局1960年版,第4132页。
⑤ [清]彭定求:《全唐诗》卷四八八,中华书局1960年版,第5545页。
⑥ [清]彭定求:《全唐诗》卷三六〇,中华书局1960年版,第4070页。

唐诗中运用东山退隐的实例还有很多,如元稹《韦居守晚岁常言退休之志因署其居曰大隐洞命予赋诗因赠绝句》:"谢公潜有东山意,已向朱门启洞门。大隐犹疑恋朝市,不如名作罢归园。"[①]李绅《毗陵东山》:"昔人别馆淹留处,卜筑东山学谢家。业桂半空撮枳棘,曲池平尽隔烟霞。重开渔浦连天月,更种春园满地花。依旧秋风还寂寞,数行衰柳宿啼鸦。"[②]赵嘏《翡翠岩》:"芙蓉幕里千场醉,翡翠岩前半日闲。惆怅晋朝人不到,谢公抛力上东山。"[③]赵嘏《宛陵寓居上沈大夫二首》二:"溪树参差绿可攀,谢家云水满东山。能忘天上他年贵,来结林中一日闲。醉叩玉盘歌袅袅,暖鸣幽涧鸟关关。觥筹不尽须归去,路在春风缥缈间。"[④]储嗣宗《春怀寄秣陵知友》:"庐江城外柳堪攀,万里行人尚未还。借问景阳台下客,谢家谁更卧东山。"[⑤]

二、东山再起

李白描写谢安东山再起而且自喻抒怀的最著名篇章是《永王东巡歌十一首》之二:"三川北虏乱如麻,四海南奔似永嘉。但用东山谢安石,为君谈笑静胡沙。"[⑥]对于这首诗,郁贤皓先生《李太白全集校注》卷六有着精当的分析:"首句写洛阳地区叛军猖狂烧杀抢掠,局势极为混乱。次句写中原士人纷纷南奔,重演永嘉悲剧。同为胡人,同起于北方,同样造成天下大乱,同样是大批士人南迁。诗人从历史的高度揭示出战争的性质和规模,表明爱憎态度。后两句诗人以谢安自比,抒写建功立业的抱负,自信能在谈笑间克敌制胜,平定叛乱。'但用''为君',豪迈气概、乐观情绪和必胜的自信都跃然纸上。'谈笑'二字,生动刻画出成竹在胸、指挥若定的神态。以'胡沙'喻叛军,既有蔑视的心态,又有敌人嚣张气焰的内涵,一个'静'字,非常凝练而精确地概括出扫尽战争残迹后的安宁世界。全诗用永嘉典故和谢安典故,都非常自然妥帖,明白通畅。"[⑦]从用典上说,紧扣谢安东山再起的典故,也非常切合李白的身份。谢安隐居东山而被征为相,大破前秦,使晋室转危为安。李白在安史之乱发生前,隐居于庐山屏风叠,经历与谢安一致,这里受到永王李璘征辟,故

① [清]彭定求:《全唐诗》卷四一二,中华书局 1960 年版,第 4566 页。
② [清]彭定求:《全唐诗》卷四八二,中华书局 1960 年版,第 5486 页。
③ [清]彭定求:《全唐诗》卷五五〇,中华书局 1960 年版,第 6370 页。
④ [清]彭定求:《全唐诗》卷五四九,中华书局 1960 年版,第 6351 页。
⑤ [清]彭定求:《全唐诗》卷五九四,中华书局 1960 年版,第 6887 页。
⑥ [清]彭定求:《全唐诗》卷一六七,中华书局 1960 年版,第 1725 页。
⑦ 郁贤皓:《李太白全集校注》卷六,凤凰出版社 2015 年版,第 938 页。

而豪情满怀,一心希望实现自己经世安民的抱负,故这首诗成为李白诗豪健、浪漫的代表作品。但还要说明的是,李白虽有一腔热情和伟大抱负,但实际能力与谢安不可同日而语,这也是造成他悲剧的重要因素。

李白还有一首《赠常侍御》诗:"安石在东山,无心济天下。一起振横流,功成复潇洒。大贤有卷舒,季叶轻风雅。匡复属何人,君为知音者。传闻武安将,气振长平瓦。燕赵期洗清,周秦保宗社。登朝若有言,为访南迁贾。"[①]诗以隐居东山与东山再起前后对比,说明古代大贤也有卷有舒,能屈能伸。而今能够匡复天下者即为君之知音,也就是我李白自己,故而最后希望常侍御能在朝廷推荐自己。

杜甫《暮秋枉裴道州手札,率尔遣兴,寄近呈苏涣侍御》:"无数将军西第成,早作丞相东山起。"[②]上句用《后汉书·梁冀传》事:"冀又起别第于城西,以纳奸亡。"[③]指东汉大将军梁冀,纵横跋扈,于本宅外之城西起宅第,豪华奢侈。下句用谢安东山再起的典故。这是通过对比说当时尸位素餐者横起甲第,而像苏裴虬、苏涣这样有才能者却沉沦下僚,故而勉励他们学习谢安东山再起。

唐诗当中运用东山典故者,再如权德舆《放歌行》:"夕阳不驻东流急,荣名贵在当年立。青春虚度无所成,白首衔悲亦何及。拂衣西笑出东山,君臣道合俄顷间。一言一笑玉墀上,变化生涯如等闲。"[④]表现自己要像出山的谢安那样,君臣遇合,以扭转乾坤。刘禹锡《庙庭偃松诗》:"势轧枝偏根已危,高情一见与扶持。忽从憔悴有生意,却为离披无俗姿。影入岩廊行乐处,韵含天籁宿斋时。谢公莫道东山去,待取阴成满凤池。"[⑤]实际上是通过偃松的吟咏表现自己期待再被任用。温庭筠《题裴晋公林亭》:"谢傅林亭暑气微,山丘零落闷音徽。东山终为苍生起,南浦虚言白首归。池凤已传春水浴,渚禽犹带夕阳飞。悠然到此忘情处,一日何妨有万几。"[⑥]则是游览裴度林亭,表现对于裴度为了苍生再起执政的精神的欣赏。

三、东山携妓

唐诗有关谢安东山的典故当中,吟咏"东山携妓"的作品最多,这一方面最能体现出谢安隐居时的风流倜傥,也是魏晋风度的典型呈现。唐诗当中仍然以李

---

① ［清］彭定求:《全唐诗》卷一七〇,中华书局 1960 年版,第 1751 页。
② ［清］彭定求:《全唐诗》卷二二三,中华书局 1960 年版,第 2381 页。
③ ［南朝宋］范晔:《后汉书》三十四,中华书局 1965 年版,第 1182 页。
④ ［清］彭定求:《全唐诗》卷三二八,中华书局 1960 年版,第 3672 页。
⑤ ［清］彭定求:《全唐诗》卷三五九,中华书局 1960 年版,第 4056 页。
⑥ ［清］彭定求:《全唐诗》卷五七八,中华书局 1960 年版,第 6727 页。

白诗居于首位。

李白《东山吟》："携妓东土山,怅然悲谢安。我妓今朝如花月,他妓古坟荒草寒。白鸡梦后三百岁,洒酒浇君同所欢。酣来自作青海舞,秋风吹落紫绮冠。彼亦一时,此亦一时,浩浩洪流之咏何必奇。"诗题原注:"去江宁城三十五里,晋谢安携妓之所。"①这首诗是李白漫游在金陵东土山时所作,但其渊源却是会稽东山。《太平寰宇记》卷九〇"昇州上元县":"土山,在县南三十里。按《丹阳记》:'晋太傅谢安旧隐会稽东山,因筑此山拟之。无岩石,故谓土山也。有林木台观娱游之所。安常请朝中贤士、子侄亲属会宴土山。'"②《景定建康志》卷一七:"土山,一名东山,在城东南二十里,周回四里,高二十丈,无岩石,故曰土山。……上元县有两东山,一在崇礼乡,即土山是也。《晋书》:'谢安寓居会,栖迟东山。'此安之旧隐也,在会稽。复于土山营筑以拟东山,今去县二十里。"③《舆地纪胜》卷一七"建康府景物"上:"东山,《金陵览古》云:'在县东二十五里。谢安于土山筑营。安放情于丘壑,游赏必妓女,与人同乐,必与人同忧。'"④李白悼念谢安,更切用谢安梦鸡的典故。《晋书·谢安传》云:"安虽受朝寄,然东山之志始末不渝,每形于言色。及镇新城,尽室而行,造泛海之装,欲须经略初定,自江道还东。雅志未就,遂遇疾笃,上疏请量宜旋旆。并召子征虏将军琰解甲息徒,命龙骧将军朱序进据洛阳,前锋都督玄抗威彭沛,委以董督。若二贼假延,来年水生,东西齐举。诏遣侍中慰劳,遂还都。闻当舆入西州门,自以本志不遂,深自慨失,因怅然谓所亲曰:'昔桓温在时,吾常惧不全。忽梦乘温舆行十六里,见一白鸡而止。乘温舆者,代其位也。十六里,止今十六年矣。白鸡主酉,今太岁在酉,吾病殆不起乎!'乃上疏逊位,诏遣侍中、尚书喻旨。先是,安发石头,金鼓忽破,又语未尝谬,而忽一误,众亦怪异之。寻薨,时年六十六。"⑤这首诗是李白吟咏谢安诗的佳制,郁贤皓先生《李太白全集校注》卷六评曰:"此诗中前四句以自己携妓东山与当年谢安的携妓东山相对比,得意之神态溢于言表。接着四句写谢安去世已三百多年,自己今来洒酒祭奠也与英灵同欢,还为之舞《清海波》,'秋风'句既点明时令,又描绘出舞姿快速飞旋之情状。末三句当仕不让地称自己亦一时之雄,与谢安乃当年一时之雄一样。甚至认为谢安在桓温欲杀他

①　[清]彭定求:《全唐诗》卷一六六,中华书局 1960 年版,第 1720 页。
②　[宋]乐史:《太平寰宇记》卷九〇,中华书局 2007 年版,第 1784 页。
③　[宋]周应合:《景定建康志》卷一七,《宋元方志丛刊》第 2 册,中华书局 1990 年版,第 1665 页。
④　[宋]王象之编,赵一生点校:《舆地纪胜》卷一七,浙江古籍出版社 2013 年版,第 531 页。
⑤　[唐]房玄龄:《晋书》卷七九,中华书局 1974 年版,第 2076 页。

之时神情自若。讽咏嵇康诗也不称奇,充分表现出诗人年少气盛而自负。"①

李白《忆东山二首》其一:"不向东山久,蔷薇几度花。白云还自散,明月落谁家。"其二:"我今携谢妓,长啸绝人群。欲报东山客,开关扫白云。"②李白的忆东山,可以从两个层面理解:一是李白有四次浙东之行,漫游时驻止过东山,并且留下了深刻的记忆,故而有忆东山之诗;二是表现对谢安的仰慕之情。这两首诗第一首侧重写东山之景,"白云""明月"又寓隐逸的意象;第二首侧重写人,以谢安携妓以喻自己文采风流。

李白《送侄良携二妓赴会稽戏有此赠》:"携妓东山去,春光半道催。遥看若桃李,双入镜中开。"③这首诗紧扣会稽东山着笔,用谢安携妓的典故。而且李白的侄儿李良也是携妓往会稽,又在春光融怡之时上道,远远看去好像桃李花开,映入镜中。由此我们还可以做这样的联想,李良携妓赴会稽,一定会泛舟镜湖,这样更能体现出"遥看若桃李,双入镜中开"的意境。

李白《携妓登梁王栖霞山孟氏桃园中》:"碧草已满地,柳与梅争春。谢公自有东山妓,金屏笑坐如花人。今日非昨日,明日还复来。白发对绿酒,强歌心已摧。君不见梁王池上月,昔照梁王樽酒中。梁王已去明月在,黄鹂愁醉啼春风。分明感激眼前事,莫惜醉卧桃园东。"④李白游历梁孝王游过的栖霞山,时值春日,融怡风景,此时携妓漫游,风流倜傥。面对美人美景,生发及时行乐之情。故最后一句的"醉卧桃园"也是化用谢安醉卧东山之意。

李白《出妓金陵子呈卢六四首》之一:"安石东山三十春,傲然携妓出风尘。楼中见我金陵子,何似阳台云雨人。"⑤诗写谢安隐居东山,突出其潇洒风流。"傲然"既突出了谢安的性格,又表现了李白的仰慕。后两句写自己有妓人金陵子,与谢安颇为类似,金陵子也非常美丽,但还是没有表现出傲然之气,这样也透露出李白政治失意的落寞之感。

李白《示金陵子》:"金陵城东谁家子,窃听琴声碧窗里。落花一片天上来,随人直渡西江水。楚歌吴语娇不成,似能未能最有情。谢公正要东山妓,携手林泉处处

① 郁贤皓:《李太白全集校注》卷六,凤凰出版社 2015 年版,第 899 页。
② [清]彭定求:《全唐诗》卷一八二,中华书局 1960 年版,第 1859 页。
③ [清]彭定求:《全唐诗》卷一七六,中华书局 1960 年版,第 1797 页。
④ [清]彭定求:《全唐诗》卷一七九,中华书局 1960 年版,第 1824 页。
⑤ [清]彭定求:《全唐诗》卷一八四,中华书局 1960 年版,第 1885 页。

行。"①上面两首诗的"金陵子"都是金陵之妓,是李白常携的二妓之一。魏颢《李翰林集序》:"间携昭阳、金陵之妓,迹类谢康乐,世号李东山。"②也就是说,李白携妓游赏的行为,类似于谢安的东山携妓,故号之为"李东山"。这首诗就是描写金陵子妖娆柔美之态和悠扬优美之声,并且表现出自己啸傲林泉的生活。诗用谢安携妓的典故,表现自己退隐东山之意。

李白《宣城送刘副使入秦》:"君即刘越石,雄豪冠当时。……君携东山妓,我咏北门诗。贵贱交不易,恐伤中园葵。昔赠紫骝驹,今倾白玉卮。同欢万斛酒,未足解相思。"③这首诗中运用谢安东山携妓的典故以比喻刘副使。《诗经》中《北门》序:"《北门》,刺仕不得志也。言卫之忠臣不得其志尔。"故这里携妓是写刘副使之乐,北门是写自己之悲,但交友不以贵贱而变易,说明二人感情深厚,堪为知音,故李白送其入秦赴任,表现依依惜别之感。

李白之外,运用东山携妓典故较为集中者还有白居易。白居易运用这一典故着重点与李白并不相同,一是直接叙说谢安本事,二是往还戏赠。

就前者而言,如《题谢公东山障子》:"贤愚共在浮生内,贵贱同趋群动间。多见忙时已衰病,少闻健日肯休闲。鹰饥受绁从难退,鹤老乘轩亦不还。唯有风流谢安石,拂衣携妓入东山。"④以浮生的贤愚共处、世人的忙碌少闲、鹰鹤受绁乘轩作衬托,表现出谢安携妓东山的风流倜傥。

就后者而言,如《醉戏诸妓》:"席上争飞使君酒,歌中多唱舍人诗。不知明日休官后,逐我东山去是谁。"⑤这是白居易酒后戏赠歌妓之作,故用东山携妓的典故。《酬裴令公赠马相戏》:"安石风流无奈何,欲将赤骥换青娥。不辞便送东山去,临老何人与唱歌。"⑥这首诗是写安石之风流倜傥,也运用了谢安携妓的典故。与上一首一样,都是游戏之作。又如《寄李苏州兼示杨琼》:"真娘墓头春草碧,心奴鬓上秋霜白。为问苏台酒席中,使君歌笑与谁同。就中犹有杨琼在,堪上东山伴谢公。"⑦也是酒席戏妓之作。又如《夜宴醉后留献裴侍中》:"九烛台前十二姝,主人留醉任欢娱。翩翩舞袖双飞蝶,宛转歌声一索珠。坐久欲醒还酩酊,夜深初散又踟蹰。南

①　[清]彭定求:《全唐诗》卷一八四,中华书局 1960 年版,第 1885 页。
②　[清]彭定求:《全唐诗》卷三七三,中华书局 1960 年版,第 3798 页。
③　[清]彭定求:《全唐诗》卷一七七,中华书局 1960 年版,第 1809 页。
④　[清]彭定求:《全唐诗》卷四五七,中华书局 1960 年版,第 5190 页。
⑤　[清]彭定求:《全唐诗》卷四四六,中华书局 1960 年版,第 5005 页。
⑥　[清]彭定求:《全唐诗》卷四五七,中华书局 1960 年版,第 5185 页。
⑦　[清]彭定求:《全唐诗》卷四四二,中华书局 1960 年版,第 4948 页。

山宾客东山妓,此会人间曾有无。"① 运用谢安携妓事以表现裴度饮宴歌舞的欢愉气氛。

东山携妓既是魏晋风流的体现,更是谢安气质神韵的表露,这与唐诗所追求的情韵格调非常吻合,故而唐代诗人多有吟咏。如杜甫《戏作寄上汉中王二首》二:"谢安舟楫风还起,梁苑池台雪欲飞。杳杳东山携汉妓,泠泠修竹待王归。"② 王丘《咏史》:"高洁非养正,盛名亦险艰。伟哉谢安石,携妓入东山。云岩响金奏,空水滟朱颜。兰露滋香泽,松风鸣佩环。歌声入空尽,舞影到池闲。杳眇同天上,繁华非代间。卷舒混名迹,纵诞无忧患。何必苏门子,冥然闭清关。"③ 萧颖士《山庄月夜作》:"献书嗟弃置,疲拙归田园。且事计然策,将符公冶言。桑榆清暮景,鸡犬应遥村。蚕罢里闾晏,麦秋田野喧。涧声连枕簟,峰势入阶轩。未奏东山妓,先倾北海尊。陇瓜香早熟,庭果落初繁。更惬野人意,农谈朝竟昏。"④ 羊士谔《乾元初严黄门自京兆少尹贬牧巴郡以长才英气固多暇日每游郡之东山山侧精舍有盘石细泉疏为浮栖之胜苔深树老苍然遗躅士谔谬因出守得继兹赏乃赋诗十四韵刻于石壁》:"石座双峰古,云泉九曲深。寂寥疏凿意,芜没岁时侵。绕席流还瓮,浮杯咽复沉。追怀王谢侣,更似会稽岑。谁谓天池翼,相期宅畔吟。光辉轻尺璧,然诺重黄金。几醉东山妓,长悬北阙心。蕙兰留杂佩,桃李想华簪。闭阁余何事,鸣驺亦屡寻。轩裳遵往辙,风景憩中林。横吹多凄调,安歌送好音。初筵方侧弁,故老忽沾襟。盛世当弘济,平生谅所钦。无能愧陈力,惆怅拂瑶琴。"⑤ 羊士谔《客有自渠州来说常谏议使君故事怅然成咏》:"才子长沙暂左迁,能将意气慰当年。至今犹有东山妓,长使歌诗被管弦。"⑥ 武元衡《重送卢三十一起居》:"相如拥传有光辉,何事阑干泪湿衣。旧府东山余妓在,重将歌舞送君归。"⑦ 韩翃《送皇甫大夫赴浙东》:"舟师分水国,汉将领秦官。麾下同心吏,军中□□端。吴门秋露湿,楚驿暮天寒。豪贵东山去,风流胜谢安。"⑧ 元稹《奉和荥阳公离筵作》:"南郡生徒辞绛帐,东山妓乐拥

---

① 〔清〕彭定求:《全唐诗》卷四五五,中华书局 1960 年版,第 5155 页。
② 〔清〕彭定求:《全唐诗》卷二二七,中华书局 1960 年版,第 2467 页。
③ 〔清〕彭定求:《全唐诗》卷一一一,中华书局 1960 年版,第 1136 页。
④ 〔清〕彭定求:《全唐诗》卷一五四,中华书局 1960 年版,第 1598 页。
⑤ 〔清〕彭定求:《全唐诗》卷三三二,中华书局 1960 年版,第 3699 页。
⑥ 〔清〕彭定求:《全唐诗》卷三三二,中华书局 1960 年版,第 3710 页。
⑦ 〔清〕彭定求:《全唐诗》卷三一七,中华书局 1960 年版,第 3572 页。
⑧ 〔清〕彭定求:《全唐诗》卷二四四,中华书局 1960 年版,第 2748 页。

油旌。钧天排比箫韶待,犹顾人间有别情。"①李商隐《赠赵协律晳》:"俱识孙公与谢公,二年歌哭处还同。已叨邹马声华末,更共刘卢族望通。南省恩深宾馆在,东山事往妓楼空。不堪岁暮相逢地,我欲西征君又东。"②李群玉《哭郴州王使君》:"银章朱绶照云聰,六换鱼书惠化崇。瑶树忽倾沧海里,醉乡翻在夜台中。东山妓逐飞花散,北海尊随逝水空。曾是绮罗筵上客,一来长恸向春风。"③胡曾《咏史诗》:"五马南浮一化龙,谢安入相此山空。不知携妓重来日,几树莺啼谷口风。"④杨夔《送杜郎中入茶山修贡》:"一道澄澜彻底清,仙郎轻棹出重城。采苹虚得当时称,述职那同此日荣。剑戟步经高障黑,绮罗光动百花明。谢公携妓东山去,何似乘春奉诏行。"⑤罗虬《比红儿诗》六十一:"暖塘争赴荡舟期,行唱菱歌着艳词。为问东山谢丞相,可能诸妓胜红儿。"⑥

第三节　刘阮遇仙

刘阮遇仙典故出自《艺文类聚》卷七"山部"上"天台山"条引《幽明录》:

> 汉明帝永平五年,剡县刘晨、阮肇共入天台山,度山出一大溪,溪边有二女子,姿质妙绝,遂留半年。怀土思天台,元日,亲旧零落,邑屋改易,无复相识。询问,得七世孙。⑦

《太平广记》卷六一"女仙"六《天台二女》条引《搜神记》:

> 刘晨、阮肇,入天台采药,远不得返,经十三日饥。遥望山上有桃树子熟,遂跻险援葛至其下,啖数枚,饥止体充。欲下山,以杯取水,见芜菁叶流下,甚鲜妍。复有一杯流下,有胡麻饭焉。乃相谓曰:"此近人矣。"遂渡山。出一大溪,溪边有二女子,色甚美,见二人持杯,便笑曰:"刘、阮二郎捉向杯来。"刘、阮惊。二女遂忻然如旧相识,曰:"来何晚耶?"因邀还家。南东二壁(南东二壁原作雨壁东壁,据明钞本改。黄本作西壁东壁)各有绛罗帐,帐角悬铃,上有金银

---

① 〔清〕彭定求:《全唐诗》卷四一五,中华书局 1960 年版,第 4587 页。
② 〔清〕彭定求:《全唐诗》卷五四一,中华书局 1960 年版,第 6221 页。
③ 〔清〕彭定求:《全唐诗》卷五六九,中华书局 1960 年版,第 6597 页。
④ 〔清〕彭定求:《全唐诗》卷六四七,中华书局 1960 年版,第 7424 页。
⑤ 〔清〕彭定求:《全唐诗》卷七六三,中华书局 1960 年版,第 8662 页。
⑥ 〔清〕彭定求:《全唐诗》卷六六六,中华书局 1960 年版,第 7625 页。
⑦ 〔唐〕欧阳询:《艺文类聚》卷七,上海古籍出版社 1982 年版,第 138 页。

交错。各有数侍婢使令。其馔有胡麻饭、山羊脯、牛肉,甚美。食毕行酒。俄有群女持桃子,笑曰:"贺汝婿来。"酒酣作乐。夜后各就一帐宿,婉态殊绝。至十日求还,苦留半年,气候草木,常是春时,百鸟啼鸣,更怀乡。归思甚苦。女遂相送,指示还路。乡邑零落,已十世矣。①

《太平广记》卷四一"地部"六《天台山》条引《幽明录》记载得较为详细:

> 汉明帝永平五年,剡县刘晨、阮肇共入天台山取谷皮,迷不得返,经十三日,粮食乏尽,饥馁殆死。遥望山上,有一桃树,大有子实;而绝岩邃涧,了无登路。攀援藤葛,乃得至上。各啖数枚,而饥止体充。复下山,持杯取水,欲盥漱。见芜菁叶从山腹流出,甚鲜新,复一杯流出,有胡麻饭糁。相谓曰:"此必去人径不远。"便共没水,逆流二三里,得度山,出一大溪。溪边有二女子,姿质妙绝,见二人持杯出,便笑曰:"刘、阮二郎捉向所失流杯来。"晨、肇既不识之,缘二女便呼其姓,如似有旧,乃相见欣喜。问:"来何晚耶?"因邀还家。其家筒瓦屋。南壁及东壁下各有一大床,皆施绛罗帐,帐角悬铃,金银交错。床头各有十侍婢。敕云:"刘、阮二郎,经涉山岨,向虽得琼实,犹尚虚弊,可速作食。"食胡麻饭、山羊脯、牛肉,甚甘美。食毕,行酒。有一群女来,各持五三桃子,笑而言:"贺汝婿来。"酒酣作乐,刘、阮欣怖交并。至暮,令各就一帐宿,女往就之,言声清婉,令人忘忧。十日后,欲求还去,女云:"君已来是,宿福所牵,何复欲还耶?"遂停半年。气候草木是春时,百鸟啼鸣,更怀悲思,求归甚苦。女曰:"罪牵君当可如何?"遂呼前来女子,有三四十人,集会奏乐,共送刘、阮,指示还路。既出,亲旧零落,邑屋改异,无复相识。问讯得七世孙,传闻上世入山,迷不得归。至晋太元八年,忽复去,不知何所。②

宋高似孙《剡录》卷三亦有所记载:

> 刘晨、阮肇,剡县人。汉明帝永平五年,采药于天台山。望山头有一桃树,取食之,又流水中有胡麻饭屑,二人相谓曰:"去人不远。"因过水,深四尺许,行一里,又度一山,出大溪,见二女容颜绝妙,便唤刘阮姓名,问:"郎何来晚也?"馆服精华,东西帷幔宝络,左右尽青衣。进胡麻饭、山羊脯,设甘酒,歌调作乐。日暮止宿,住半年。天气和适,常如二三月。鸟鸣悲惨,求归甚切。女唤诸仙

---

① [宋]李昉:《太平广记》卷六一,中华书局1961年版,第383页。
② [宋]李昉:《太平广记》卷六一,中华书局1961年版,第1946页。

女歌吹送还乡。乡中怪异，验得七代子孙，传闻祖翁入山，不知何在。太康八年，失二公所在。(其后注云：剡有桃源，在县三里。《旧经》曰：刘阮入天台遇仙，此其居也。)①

刘阮故事叙述人仙交往，因其情节曲折，境界凄迷，又自然生动，委婉入情，受到诗人词家的喜爱，并由诗歌的吟咏再到词调的发生，实际上是由情境书写到范式形式的演变。情况的书写表现在唐诗中运用刘阮的典故以写景书事，这在晚唐曹唐的游仙诗中表现得最为突出。范式的演变表现在唐五代词中，因为唐五代词与刘阮故事相关联的词调，就有《阮郎归》《忆仙姿》《女冠子》《天仙子》等多种。这在词体文学发展史上非常突出。对于这一现象，学术界已经有所关注，现有成果主要是高平《唐五代诗词中的刘阮遇仙》和晋如意《唐宋时期"刘阮遇仙"三大词牌的生成与发展》。前者概述刘阮遇仙在唐五代诗词中的总体表现，后者从词牌的产生、词作的内容、词牌在宋代的发展、宋代刘仙遇仙词牌的主题承变展开较为全面的研究。有关刘阮故事的研究成果，还有张建伟《论唐诗中桃源典故与刘、阮入天台故事之合流》②，沈金浩《刘阮入天台故事的文化内涵及其在后世的嬗变》③等论文，对于刘阮遇仙故事的研究有所发明。本书则从用典的层面，对唐五代诗词中刘阮遇仙故事的表现进行系统的叙说。

一、曹唐游仙诗咏刘阮

晚唐曹唐，撰著了大小《游仙诗》若干首。现在《全唐诗》收入的《游仙诗》没有将大小《游仙诗》区分开来。陈尚君《曹唐大游仙诗考》，考证出《大游仙诗》二十七首，残句三则，共存三十首。

曹唐《大游仙诗》中专咏刘晨、阮肇者有《刘阮洞中遇仙子》《刘晨阮肇游天台》《仙子送刘阮出洞》《仙子洞中有怀刘阮》《刘阮再到天台不复见仙子》五首。这些诗歌都是游仙诗中的杰作。这五首诗是对刘晨、阮肇故事的进一步演绎。在存留的《大游仙诗》中，刘晨、阮肇的故事最为完整。《刘晨阮肇游天台》：

> 树入天台石路新，云和草静迥无尘。烟霞不省生前事，水木空疑梦后身。往往鸡鸣岩下月，时时犬吠洞中春。不知此地归何处，须就桃源问主人。④

---

① [宋]高似孙：《剡录》卷三，浙江古籍出版社 2015 年版，第 69 页。
② 张建伟：《论唐诗中桃源典故与刘、阮入天台故事之合流》，《江西师范大学学报》2010 年第 4 期。
③ 沈金洁：《刘阮入天台故事的文化内涵及其在后世的嬗变》，《浙江学刊》2019 年第 4 期。
④ [清]彭定求：《全唐诗》卷六四○，中华书局 1960 年版，第 7337 页。

《刘阮洞中遇仙子》：

> 天和树色霭苍苍，霞重岚深路渺茫。云实满山无鸟雀，水声沿洞有笙簧。
> 碧沙洞里乾坤别，红树枝前日月长。愿得花间有人出，免令仙犬吠刘郎。①

《仙子送刘阮出洞》：

> 殷勤相送出天台，仙境那能却再来。云液每归须强饮，玉书无事莫频开。
> 花当洞口应长在，水到人间定不回。惆怅溪头从此别，碧山明月闭苍苔。②

《仙子洞中有怀刘阮》：

> 不将清瑟理霓裳，尘梦那知鹤梦长。洞里有天春寂寂，人间无路月茫茫。
> 玉沙瑶草连溪碧，流水桃花满涧香。晓露风灯零落尽，此生无处访刘郎。③

《刘阮再到天台不复见仙子》：

> 再到天台访玉真，青苔白石已成尘。笙歌冥寞闲深洞，云鹤萧条绝旧邻。
> 草树总非前度色，烟霞不似昔年春。桃花流水依然在，不见当时劝酒人。④

这几首诗都是就天台山刘晨、阮肇的传说演绎而作。作者将《幽明录》中的记载演绎成五个既相连又独立的故事。其叙事线索是按照时间的推移结合空间转换的方式展开的。第一首叙写刘阮游天台尚未遇到仙子的情景；第二首叙写刘阮在洞中遇到仙子的情景；第三首叙写仙子送刘阮出洞的情景；第四首叙写仙子于洞中有怀刘阮的情景；第五首叙写刘阮再到天台寻不见仙子的情景。

这样运用刘阮的传说专咏成组诗，总体上属于典故的演绎，但又与一般的用典不同。一般的用典是运用古籍中的故事或词句，目的是加深诗歌内容的容量，含蓄地表达诗歌的思想，如《文心雕龙》所言"据事以类义，援古以证今"。而曹唐的诗歌五首连章反复咏叹刘晨、阮肇的故事，是以这一典故为核心进行各个层面的展开。与刘阮故事的原始出处《幽明录》相比，曹唐加上了仙女怀念刘阮与刘阮再到天台寻找仙女的情景，这是曹唐的进一步想象，这样所表现的相思之情更加深刻感人。为表现人与仙的爱恋之情，诗中还通过选择各种意象如"流水桃

---

① ［清］彭定求：《全唐诗》卷六四〇，中华书局 1960 年版，第 7337 页。
② ［清］彭定求：《全唐诗》卷六四〇，中华书局 1960 年版，第 7338 页。
③ ［清］彭定求：《全唐诗》卷六四〇，中华书局 1960 年版，第 7338 页。
④ ［清］彭定求：《全唐诗》卷六四〇，中华书局 1960 年版，第 7338 页。

花""碧沙红树""碧山明月""玉沙瑶草""晓露风灯""四壁残霞"等，以隐喻仙女对于刘阮的爱恋之情以及别后的怅惘之感，扩展了原始意义上典故的内涵和容量。

二、唐诗中的刘阮典故

刘阮的故事发生于浙东的天台山，唐人到过天台山实地又就其本事进行吟咏者，许浑《早发天台中岩寺度关岭次天姥岑》是代表作品。诗云："来往天台天姥间，欲求真诀驻衰颜。星河半落岩前寺，云雾初开岭上关。丹壑树多风浩浩，碧溪苔浅水潺潺。可知刘阮逢人处，行尽深山又是山。"[①]许浑这首诗是浙东唐诗中的代表作品，诗题涉及"中岩寺""关岭""天姥岑"三个代表性地名。"中岩寺"在赤城，周朴有《题赤城中岩寺》诗云："浮世师休话，晋时灯照岩。禽飞穿静户，藤结入高杉。存没诗千首，废兴经数函。谁知将俗耳，来此避嚣谗。"关岭是唐代的关岭铺，是天台山进入天姥山的必经之地，现在位于天台县与新昌县的交界处。天姥岑就是天姥山，《太平寰宇记》卷九六引《后吴录》："剡县有天姥山，传云登者闻天姥歌谣之声。"[②]许浑的这首诗，开头两句直言寻访天台山的目的，虽有韵味，但稍嫌直露；三四两句对偶精工，堪称佳句，但宋人方回指评其"对遇太甚"，"而无自然韵味"；五六两句虽为对偶，但较三四两句更弱；故这首诗末尾两句用了刘晨、阮肇的典故，上句写人，下句写景，能够振作全诗，成为千古名篇。许浑《晓过郁林寺戏呈李明府》："身闲白日长，何处不寻芳？山崦登楼寺，溪湾泊晚樯。洞花蜂聚蜜，岩柏麝留香。若指求仙路，刘郎学阮郎。"[③]这里的"郁林寺"在岭南，诗是许浑游岭南返归途中所作，也是最后两句用了刘阮的典故。许浑还有《寄房千里博士》："春风白马紫丝缰，正值蚕眠未采桑。五夜有心随暮雨，百年无节待秋霜。重寻绣带朱藤合，更认罗裙碧草长。为报西游减离恨，阮郎才去嫁刘郎。"[④]用典的位置与前两首一样，而所表现的情怀是离别。

与许浑诗相媲美者是张祜《忆游天台寄道流》，诗云："忆昨天台到赤城，几朝仙籁耳中生。云龙出水风声过，海鹤鸣皋日色清。石笋半山移步险，桂花当洞拂衣轻。今来尽是人间梦，刘阮茫茫何处行。"[⑤]张祜曾经游览天台山，回忆当时的情

① ［清］彭定求：《全唐诗》卷五三三，中华书局 1960 年版，第 6090—6091 页。
② ［宋］乐史：《太平寰宇记》卷九六，中华书局 2007 年版，第 1933 页。
③ ［清］彭定求：《全唐诗》卷五三一，中华书局 1960 年版，第 6066 页。
④ ［清］彭定求：《全唐诗》卷五三六，中华书局 1960 年版，第 6127 页。
⑤ ［清］彭定求：《全唐诗》卷五一一，中华书局 1960 年版，第 5828 页。

景,想到当地的道士,有感而发写诗寄予道流。开头两句写忆念,中间四句写天台之景,最后两句用刘阮的典故,表现以前的经历现在都成梦境,归结全诗。

唐诗中运用刘阮的典故,大多数并非在浙东实地而作,而是运用这一典故来表现诗歌的意象和作者的情怀。具有代表性意义的诗歌无疑是李商隐《无题四首》其一:"来是空言去绝踪,月斜楼上五更钟。梦为远别啼难唤,书被催成墨未浓。蜡照半笼金翡翠,麝熏微度绣芙蓉。刘郎已恨蓬山远,更隔蓬山一万重。"①这是一首爱情佳作,表现的是爱情受到阻隔而音信难通,故而最后两句运用刘阮典故以表现蓬山阻隔之恨。这首诗是层层递进之作,首联即写离别,别后只有梦中相忆;颔联追忆梦中情境,梦中相会而又分别,情景更为凄切,以至醒后急切地撰写书信;颈联描写梦醒书成所见周围的环境,梦境与实境已迷蒙不清,迷离恍惚的情状若隐若现;尾联逼出了蓬山万重、爱情阻隔的悲鸣,而这一悲鸣是通过用典来表现的,将全诗的情感推向高潮。

张子容《送苏倩游天台》:"灵异寻沧海,笙歌访翠微。江鸥迎共狎,云鹤待将飞。琪树尝仙果,琼楼试羽衣。遥知神女问,独怪阮郎归。"②全诗突出了天台的灵异仙境,所运用的意象是"琪树""琼楼""仙果""羽衣",最后一联运用刘阮寻仙的典故将这样的仙境推向极致。

据笔者收集唐诗中有关刘阮的故事,还有三十余首,虽然不是描写浙东的地点,但是通过浙东这一刘阮典故来表现各种风物与情怀,大致有四种类型。

描写仙境的风景。顾况《寻桃花岭潘三姑台》:"桃花岭上觉天低,人上青山马隔溪。行到三姑学仙处,还如刘阮二郎迷。"③李端《山下泉》:"碧水映丹霞,溅溅度浅沙。暗通山下草,流出洞中花。净色和云落,喧声绕石斜。明朝更寻去,应到阮郎家。"④卢纶《酬金部王郎中省中春日见寄》:"南宫树色晓森森,虽有春光未有阴。鹤侣正疑芳景引,玉人那为簿书沈。山含瑞气偏当日,莺逐轻风不在林。更有阮郎迷路处,万株红树一溪深。"⑤武元衡《同苗郎中送严侍御赴黔中因访仙源之事》:"武陵源在朗江东,流水飞花仙洞中。莫问阮郎千古事,绿杨深处翠霞空。"⑥韩偓

---

① [清]彭定求:《全唐诗》卷五三九,中华书局 1960 年版,第 6163 页。
② [清]彭定求:《全唐诗》卷一一六,中华书局 1960 年版,第 1175 页。
③ [清]彭定求:《全唐诗》卷二六七,中华书局 1960 年版,第 2967 页。
④ [清]彭定求:《全唐诗》卷二八五,中华书局 1960 年版,第 3243 页。
⑤ [清]彭定求:《全唐诗》卷二七七,中华书局 1960 年版,第 3142 页。
⑥ [清]彭定求:《全唐诗》卷三一七,中华书局 1960 年版,第 3575 页。

《梦仙》："紫霄宫阙五云芝，九级坛前再拜时。鹤舞鹿眠春草远，山高水阔夕阳迟。每嗟阮肇归何速，深羡张骞去不疑。澡练纯阳功力在，此心唯有玉皇知。"[1]

　　表现隐逸的情怀。刘长卿《过白鹤观寻岑秀才不遇》："不知方外客，何事锁空房。应向桃源里，教他唤阮郎。"[2]韦庄《渔塘十六韵》："洛水分余脉，穿岩出石棱。碧经岚气重，清带露华澄。莹澈通三岛，岩梧积万层。巢由应共到，刘阮想同登。"[3]李山甫《陪郑先辈华山罗谷访张隐者》："白云闲洞口，飞盖入岚光。好鸟共人语，异花迎客香。谷风闻鼓吹，苔石见文章。不是陪仙侣，无因访阮郎。"[4]齐己《寄武陵道友》："阮肇迷仙处，禅门接紫霞。不知寻鹤路，几里入桃花。晚树阴摇藓，春潭影弄砂。何当见招我，乞与片生涯。"[5]

　　描写道士的生活。刘言史《赠成炼师四首》其三："等闲何处得灵方，丹脸云鬟日月长。大罗过却三千岁，更向人间魅阮郎。"[6]施肩吾《赠女道士郑玉华二首》其一："玄发新簪碧藕花，欲添肌雪饵红砂。世间风景那堪恋，长笑刘郎漫忆家。"[7]秦系《题女道士居》："不饵住云溪，休丹罢药畦。杏花虚结子，石髓任成泥。扫地青牛卧，栽松白鹤栖。共知仙女丽，莫是阮郎妻。"[8]吕岩《七言》其一："曾随刘阮醉桃源，未省人间欠酒钱。一领布裘权且当，九天回日却归还。风茸袄子非为贵，狐白裘裳欲比难。只此世间无价宝，不凭火里试烧看。"[9]

　　描写爱慕的情怀。武元衡《代佳人赠张郎中》："洛阳佳丽本神仙，冰雪颜容桃李年。心爱阮郎留不住，独将珠泪湿红铅。"[10]权德舆《桃源篇》："相逢自是松乔侣，良会应殊刘阮郎。内子闲吟倚瑶瑟，玩此沈沈销永日。忽闻丽曲金玉声，便使老夫思阁笔。"[11]元稹《古艳诗二首》其二："深院无人草树光，娇莺不语趁阴藏。等闲弄水浮花片，流出门前赚阮郎。"[12]李郢《醉送》："江梅冷艳酒清光，急拍繁弦醉画堂。

---

①　[清]彭定求：《全唐诗》卷六八〇，中华书局1960年版，第7797页。
②　[清]彭定求：《全唐诗》卷一四七，中华书局1960年版，第1480页。
③　[清]彭定求：《全唐诗》卷六九五，中华书局1960年版，第8001页。
④　[清]彭定求：《全唐诗》卷六四三，中华书局1960年版，第7372页。
⑤　[清]彭定求：《全唐诗》卷八四一，中华书局1960年版，第9490页。
⑥　[清]彭定求：《全唐诗》卷四六八，中华书局1960年版，第5328页。
⑦　[清]彭定求：《全唐诗》卷四九四，中华书局1960年版，第5599页。
⑧　[清]彭定求：《全唐诗》卷二六〇，中华书局1960年版，第2895页。
⑨　[清]彭定求：《全唐诗》卷八五七，中华书局1960年版，第9689页。
⑩　[清]彭定求：《全唐诗》卷三一七，中华书局1960年版，第3578页。
⑪　[清]彭定求：《全唐诗》卷三二九，中华书局1960年版，第3679页。
⑫　[清]彭定求：《全唐诗》卷四二二，中华书局1960年版，第4645页。

无限柳条多少雪,一将春恨付刘郎。"①罗虬《比红儿诗》其八:"匼匝千山与万山,碧桃花下景长闲。神仙得似红儿貌,应免刘郎忆世间。"②潘雍《赠葛氏小娘子》:"曾闻仙子住天台,欲结灵姻愧短才。若许随君洞中住,不同刘阮却归来。"③红绡妓《忆崔生》:"深洞莺啼恨阮郎,偷来花下解珠珰。碧云飘断音书绝,空倚玉箫愁凤皇。"④

抒发思古的幽情。元稹《刘阮妻二首》:"仙洞千年一度闲,等闲偷入又偷回。桃花飞尽东风起,何处消沈去不来。""芙蓉脂肉绿云鬟,罨画楼台青黛山。千树桃花万年药,不知何事忆人间。"⑤

衬托幽静的风光。温庭筠《反生桃花发因题》:"疾眼逢春四壁空,夜来山雪破东风。未知王母千年熟,且共刘郎一笑同。"⑥皮日休《夜看樱桃花》:"纤枝瑶月弄圆霜,半入邻家半入墙。刘阮不知人独立,满衣清露到明香。"⑦薛逢《题春台观》:"苔侵古碣迷陈事,云到中峰失上方。便拟寻溪弄花去,洞天谁更待刘郎。"⑧

三、刘阮故事与唐五代词调

1.《阮郎归》与刘阮故事

《阮郎归》,《太平广记》卷六一引《神仙记》记刘晨、阮肇入天台采药遇二仙女事。刘、阮二人留住半年,思归甚苦。既归,乡邑零落,已十世矣。调名本此。始见南唐李煜词。又名碧桃春、醉桃源、濯缨曲、宴桃源。双调,四十七字,前阕四句,句句用韵;后阕五句,二、三、四、五句用韵,押平声韵。

"阮郎归"三字,始见于张子容《送苏倩游天台》诗:"灵异寻沧海,笙歌访翠微。江鸥迎共狎,云鹤待将飞。琪树尝仙果,琼楼试羽衣。遥知神女问,独怪阮郎归。"⑨张子容诗对于"阮郎归"词调形成的影响,古今研究词谱的著作少见引用,可以补充。唐曲中的《阮郎迷》应该也与《阮郎归》相关。唐崔令钦《教坊记》记载曲名有《阮郎迷》,任半塘《教坊记笺订》云:"此调托于神仙故事,乃道家之曲。观曹唐以

① [清]彭定求:《全唐诗》卷五九〇,中华书局 1960 年版,第 6855 页。
② [清]彭定求:《全唐诗》卷六六六,中华书局 1960 年版,第 7626 页。
③ [清]彭定求:《全唐诗》卷七七八,中华书局 1960 年版,第 8808 页。
④ [清]彭定求:《全唐诗》卷八〇〇,中华书局 1960 年版,第 8999 页。
⑤ [清]彭定求:《全唐诗》卷四二二,中华书局 1960 年版,第 4640 页。
⑥ [清]彭定求:《全唐诗》卷五八三,中华书局 1960 年版,第 6760 页。
⑦ [清]彭定求:《全唐诗》卷八八五,中华书局 1960 年版,第 9999 页。
⑧ [清]彭定求:《全唐诗》卷五四八,中华书局 1960 年版,第 6331 页。
⑨ [清]彭定求:《全唐诗》卷一一六,中华书局 1960 年版,第 1175 页。

同题材入《大游仙诗》可知。女冠李冶《送阎二十六游剡溪县》云：'妾梦经吴苑，君行到剡溪。归来重相访，莫学阮郎迷。'亦可证。五代调中尚存《阮郎归》，可能起始于时先'归'后'迷'，为故事之两段情节，两曲皆戏曲也。"①将《阮郎归》与《阮郎迷》定为两曲，实际上《教坊记》并未列《阮郎归》之名，两曲之说亦颇可疑，我们觉得《阮郎归》《阮郎迷》都是关于刘阮遇仙事，或为一曲之演变，而《阮郎归》则成为词调。

这一词调始见于李煜词，《阮郎归·呈郑王十二弟》云："东风吹水日衔山，春来长自闲。落花狼藉酒阑珊，笙歌醉梦间。珮声消，晚妆残，无人整翠鬟。留连光景惜朱颜，黄昏独倚阑。"②但这首词历来受到质疑，主要是又见于冯延巳词和欧阳修词。考之后主事迹，与"郑王十二弟"不相吻合。王仲闻《南唐二主词校订》，其云："《阮郎归》词既收入《阳春录》，据崔跂当有延巳亲笔。延巳卒时，后主尚未嗣位。后主呈郑王十二弟之作，延巳焉能书之。此词殆为延巳所作。后主曾录之以遗郑王，后人遂据墨迹以为煜作。"③

冯延巳还有《醉桃源》词二首，其一云："南园春半踏青时，风和闻马嘶。青梅如豆柳如丝，日长蝴蝶飞。花露重，草烟低，人家帘幕垂。秋千慵困解罗衣，画梁双燕栖。"④其二云："角声吹断陇梅枝，孤窗月影低。塞鸿无限欲惊飞，城乌休夜啼。寻断梦，掩深闺，行人去路迷。门前杨柳绿阴齐，何时闻马嘶。"⑤注云："《珠玉词》、《近体乐府》卷一、《乐府雅词》卷上、《唐宋诸贤绝妙词选》卷二、《草堂诗余全集》卷上作《阮郎归》。"⑥这两首词与前面李煜《阮郎归》词形式一致。盖阮郎归词渊源于刘晨、阮肇遇仙的故事，唐诗当中运用这一典故甚多，因其重心在于遇仙与离别，适合词体的表现，故而逐渐形"阮郎归"词调。

这一词调在五代以后逐渐产生变体，调名也不断变化。宋代苏轼《阮郎归·初夏》、黄庭坚《阮郎归·烹茶留客驻雕鞍》变为前段四句，三平韵，一重韵；后段五句，两平韵，两重韵。这些都是变体的代表。宋代丁持正填此词，末句"碧桃春昼长"，后来词调别名"碧桃春"。张先词取词调为"醉花源"，曹冠词又作"宴桃源"，韩淲词有"濯缨一曲可流行"句，调名遂作"濯缨曲"。

---

①　任半塘：《教坊记笺订》，中华书局 1962 年版，第 88 页。
②　曾昭岷等：《全唐五代词》卷三，中华书局 1999 年版，第 757 页。
③　王仲闻：《南唐二主词校订》，中华书局 2007 年版，第 50—51 页。
④　曾昭岷等：《全唐五代词》卷三，中华书局 1999 年版，第 694 页。
⑤　曾昭岷等：《全唐五代词》卷三，中华书局 1999 年版，第 757 页。
⑥　曾昭岷等：《全唐五代词》卷三，中华书局 1999 年版，第 694 页。

2.《女冠子》与刘阮故事

《女冠子》来源于唐教坊曲,清毛先舒《填词名解》云:"《女冠子》,唐薛昭蕴始撰此词,云:'求仙去也,翠钿金篦尽舍。'以词咏女冠,故名。《词谱》援汉宫掖承恩者,赐芙蓉冠子,或绯或碧。然词名未必缘此事也。"①就词调名称而言,并非与刘阮的故事密切相关,但唐代女道士因其特殊的身份,不仅有思凡的心理,而且经常出现艳情的表现,故而部分女冠又带有娼妓的特点,这样就与刘阮的情事关联密切,故而唐五代《女冠词》词运用刘阮遇仙的典故就非常集中。

李珣《女冠子》共二首,这两首词是吟咏"女冠子"的本调,其一云:"星高月午,丹桂青松深处。醮坛开,金磬敲清露,珠幢立翠苔。步虚声缥缈,想象思徘徊。晓天归去路,指蓬莱。"②上阕描写道观清幽的环境,下阕描写女道士在这里漫步诵经,经声在空中缥缈,一直到天晓时分,诵经结束,向蓬莱而去。其二云:"春山夜静,愁闻洞天疏磬,玉堂虚。细雾垂珠佩,轻烟曳翠裾。对花情脉脉,望月步徐徐。刘阮今何处,绝来书。"③表现的是女道士融怡荡漾的春情。下阕描写她对花含情,望月移步,心境已经出离道境而逐渐春心萌动,故而接着就是思念刘阮的来书,而对于来书已绝倍感惆怅。

薛昭蕴《女冠子》共二首,其一是写女冠入山学仙的情事:"求仙去也。翠钿金篦尽舍。入岩峦。雾卷黄罗帔,云雕白玉冠。野烟溪洞冷,林月石桥寒。静夜松风下,礼天坛。"④着重写女主人公洗却红妆入道学仙的情事。是说进入了仙境,举行了登坛拜天的仪式。其二是第一首的继续:"云罗雾縠,新授明威法箓,降真函。髻绾青丝发,冠抽碧玉簪。往来云过五,去住岛经三。正遇刘郎使,启瑶缄。"⑤这首词也是咏《天仙子》本调,上片写入山初学的进程,下片写学仙已到很高的境界。末二句用刘晨的典故,又转入人间仙境的复杂情事,表现作为女道士的主人公尘缘未断,与刘郎书信传情的情况。实际上,最后两句运用刘晨的典故才是这两首词的重心所在,因为第一首词写初入道学仙,第二首写学仙有成,这都是正常的学仙过程,而最后才体现出唐代女道士的真实情态与心理,同时又与刘阮的传说有机地融合在一起。

---

① [清]毛先舒:《填词名解》,凤凰出版社 2019 年版,第 29 页。
② 曾昭岷等:《全唐五代词》卷三,中华书局 1999 年版,第 602 页。
③ 曾昭岷等:《全唐五代词》卷三,中华书局 1999 年版,第 602—603 页。
④ 曾昭岷等:《全唐五代词》卷三,中华书局 1999 年版,第 501 页。
⑤ 曾昭岷等:《全唐五代词》卷三,中华书局 1999 年版,第 501 页。

张泌《女冠子》："露花烟草,寂寞五云三岛。正春深,貌减潜销玉,香残尚惹襟。竹疏虚槛静,松密醮坛阴。何事刘郎去,信沉沉。"①这首词的重心仍然是结二句所写女道士的心态,"结二句直写何事刘郎一去,音信断绝,让她思念不已,苦闷不堪。此词与《花间集》中同类作品一样,为了伶工演唱需要,循的还是宗教题材艳情化的思路和写法"②。全词所表现的是女道士的情缘未了,故而用刘晨遇仙的典故,而正因如此才体现出女道士在道观的寂寞。开头两句直接点明"寂寞"。"正春深"三句写寂寞折磨下消瘦、憔悴的形态,"竹疏"正句是描写引发寂寞的道观环境,这样层层紧逼,才生发出女主人公对于刘郎的思念不已。

牛峤《女冠子》共四首,都是咏本调之作。其中第三首直接运用刘晨的典故:"星冠霞帔,住在蕊珠宫里。佩丁当,明翠摇蝉翼,纤珪理宿妆。醮坛春草绿,药院杏花香。青鸟传心事,寄刘郎。"③首句"星冠霞帔"表明写的是女道士,住在蕊珠宫中,妆饰既华美艳丽,又清新高雅。下片描写道观春景,烂漫宜人,引发观中女道士春情萌动,故而要托青鸟以传心事。末句运用刘晨的典故表明女道士对于所思之人的忆念,故而对此寄予深情。词是情词,最后一句是情之所钟,而用刘晨遇仙之事表现出来。作为情词的特点,又与道教联系在一起,李冰若《栩庄漫记》的论述最有启发性:"唐自武后度女尼始,女冠甚众,其中不乏艳迹。如鱼玄机辈,多与文士往来,故唐人诗诩咏女冠者类以情事入辞。薛(牛)氏四词虽题《女冠子》,亦情词也。插入道家语,以为点缀,盖流风若是。"④

鹿虔扆《女冠子》其一:"凤楼琪树,惆怅刘郎一去,正春深。洞里愁空结,人间信莫寻。竹疏斋殿迥,松密醮坛阴。倚云低首望,可知心。"⑤这首词也是全篇吟咏刘阮的作品。"词咏本调,写女冠相思之情,把宗教题材艳情化。上片用刘晨阮肇故事,写女冠身居仙境,而有思凡之心。刘郎一去,杳无音讯,暮春时节,女冠伤春怨别,相思惆怅。换头'竹疏斋殿迥,松密醮坛阴'二句与起句'凤楼琪树',都是对道观环境的描写形容。末二句,以女冠倚云低首眺望刘郎作结,形象地展示出她对俗世情爱渴望向往的心曲。"⑥

① 曾昭岷等:《全唐五代词》卷三,中华书局 1999 年版,第 520 页。
② 杨景龙:《花间集校注》卷三,中华书局 2014 年版,第 653 页。
③ 曾昭岷等:《全唐五代词》卷三,中华书局 1999 年版,第 505 页。
④ 杨景龙:《花间集校注》卷四,中华书局 2014 年版,第 557 页。
⑤ 曾昭岷等:《全唐五代词》卷三,中华书局 1999 年版,第 570 页。
⑥ 杨景龙:《花间集校注》卷九,中华书局 2014 年版,第 1304 页。

孙光宪有《女冠子》二首，其一云："蕙风芝露。坛际残香轻度。蕊珠宫。苔点分圆碧，桃花践破红。品流巫峡外，名籍紫薇中。真侣墉城会，梦魂通。"[①]这首词字面上虽然没有直接写刘阮遇仙之事，但"桃花践破红"与刘阮故事仍然有关联，不妨理解为刘阮桃花洞遇仙典故的化用。

唐五代时期，创作《女冠子》的词人不少，著名词人温庭筠有《女冠子》二首，韦庄有《女冠子》二首，而这些词因为没有运用刘阮遇仙的典故，这里就不加置论了。

3.《天仙子》与刘阮故事

唐段安节《乐府杂录》云："《天仙子》本名《万斯年》。李德裕进，属龟兹部舞曲。因皇甫松词有'懊恼天仙应有以'句，取以为名。"[②]其渊源也不同于刘阮遇仙，但其调名"天仙"所指包括仙子、仙娥等，与刘阮所遇之仙女非常接近，故而这些词作全部述及刘阮遇仙故事者也有好几首。

韦庄《天仙子》共五首，其五云："金似衣裳玉似身，眼如秋水鬓如云。霞裙月帔一群群。来洞口，望烟分，刘阮不归春日曛。"[③]下阕运用刘阮的典故"写一群美丽的仙女来到桃源洞口，眺望云烟消散之处，期盼刘晨阮肇归来。她们一直守望到日暮时分，仍不见情郎的踪影。'曛'字下得极好，不仅写出了夕阳余晖的迷蒙光色，更衬出了仙女望归的幽眇意绪"[④]。这样的用典，也非常切合《天仙子》词调的本意。

皇甫松《天仙子》共二首，其一云："晴野鹭鸶飞一只，水葓花发秋江碧。刘郎此日别天仙，登绮席，泪珠滴，十二晚峰青历历。"[⑤]这首词也是全篇吟咏刘阮故事的作品，而且突出了人仙相恋，词然艳丽。"词调本调，就题发挥，写天台神女事。前两句描写秋江晴景，飞过晴野的一只鹭鸶，似有若无之间，兴起下面数句刘郎辞别桃源仙子的情事。'登绮席，珠泪滴'二句，写仙凡离别的场面，突出仙子的伤感情态。结句'十二晚峰高历历'，形容刘郎别后情景。"[⑥]尤其是"刘郎此日别诸仙，登绮席。泪珠滴"，以华贵的筵席衬托别离的惆怅。末句"十二晚峰高历历"既刻画出别时晚峰的碧虚缥缈，又用巫山神女的典故，给刘郎与诸仙相遇增加了艳情的内容。其二云："踯躅花开红照水。鹧鸪飞绕青山觜。行人经岁始归来，千里里。错

① 曾昭岷等：《全唐五代词》卷三，中华书局1999年版，第629页。
② ［清］陈廷敬：《钦定词谱考正》卷二，华东师范大学出版社2017年版，第59页。
③ 曾昭岷等：《全唐五代词》卷一，中华书局1999年版，第165页。
④ 杨景龙：《花间集校注》卷三，中华书局2014年版，第422页。
⑤ 曾昭岷等：《全唐五代词》卷一，中华书局1999年版，第89页。
⑥ 杨景龙：《花间集校注》卷二，中华书局2014年版，第269页。

相倚。懊恼天仙应有以。"①仍然就刘阮故事的延伸。前两句以天台山花开照水之春景,以衬托山中仙女的春情。接着描写刘阮滞留山中,经岁方归,而归来之后,与山洞行里远隔,以至于山中仙子后悔自己曾以身相托。末句是写天仙的懊悔之情,实则是对人仙相恋更深一层的描写。萧继宗《评点校注花间集》云:"此词仍咏刘阮事。首句虽不切天台景色,而画面动人。下文写情,未尝不自出新意,但说得太明太真,遂觉乏味。'始'字与下文文意错连,未达一章。如用'却'字,方是'天仙''懊恼'之所'以'。"②

和凝《天仙子》共二首,其一云:"柳色披衫金缕凤。纤手轻捻红豆弄。翠娥双脸正含情,桃花洞。瑶台梦。一片春愁谁与共。"③词咏本调并用天台仙女的典故。前两句描写仙女的服饰和动作,而"红豆弄"以动作的描写中逗出相思的心理。接下来直接写情,表现的是刘阮别离后的孤独之感,使得处于桃花洞中的仙女只能靠瑶台梦以排遣春愁。其二云:"洞口春红飞蔌蔌,仙子含愁眉黛绿。阮郎何事不归来,懒烧金,慵篆玉,流水桃花空断续。"④这首词也是全篇吟咏刘晨阮肇之事。"春深花落,流水飞红,阮郎别后不归,一春韶光虚度,加重了仙女的相思愁情。'何事'的猜度,当更增其思念的痛苦。……结句责怨'桃花流水',然亦无可如何之词。刘阮当初是沿着溪水寻到桃源仙洞的,如今桃花溪涧依旧流水悠悠,却再也不见刘阮沿着溪水归来。'空断续'者,此之谓也。所欢不来,春愁难遣,相思无凭,良辰虚设,言外含有无限凄凉怅惘。"⑤词调为"天仙子",全词就题发挥,以吟咏天台神女之事。实际上也是将闺思托于仙子,具有爱情的普遍性。

《云谣集》所载《天仙子》二首,其一云:"燕语莺啼惊觉梦,羞见鸾台双舞凤。天仙别后信难通,无人问,花满洞,羞把同心千遍弄。"这首词直接吟咏刘阮故的是"天仙别后信难通"四句,把刘阮辞别仙女以后的情况把遇仙的过程和别后的情景通过简洁的语言表现出来。词的开头以梦境发端,可以看成是刘阮遇仙情境的暗示。这一首的主体人物可以看成是刘晨和阮肇。其二云:"叵耐不知何处去,正时花开谁是主?满楼明月夜三更,人无语,泪如雨,便是思君肠断处。"⑥这首词初看起来,

---

① 曾昭岷等:《全唐五代词》卷一,中华书局1999年版,第90页。
② 杨景龙:《花间集校注》卷二,中华书局2014年版,第271页。
③ 曾昭岷等:《全唐五代词》卷三,中华书局1999年版,第473页。
④ 曾昭岷等:《全唐五代词》卷三,中华书局1999年版,第474页。
⑤ 杨景龙:《花间集校注》卷六,中华书局2014年版,第919—920页。
⑥ 任中敏:《敦煌歌辞总编》卷一,凤凰出版社2015年版,第80页。

没有直接写刘阮遇仙之事,实际上我们词的主体人物看成是仙女就更好理解。因为这首词与上一首紧密相连,因为上一首写"天仙别后",也就是别了刘阮,而这一首是写别了刘阮以后天仙的心情。他们虽然是天仙,但与刘阮相遇以后受到情之所动,即使别后也丢不下感情。女主人公非常迷茫,不知向何处去,也不知谁是主,实际上表现的是怅然若失之感。最后几句更加表现孤独的女主人公在三更明月之夜惆怅寂寞的情态,刘阮别后,无人共语,孤寂难耐之时,相思更切,直至潸然泪下。

4.《忆仙姿》与刘阮故事

李存勖《忆仙姿》:"曾宴桃源深洞,一曲清歌舞凤。长记欲别时,和泪出门相送。如梦!如梦!残月落花烟重。"①宋胡仔《苕溪渔隐丛话》称:"东坡言《如梦令》曲名,本唐庄宗制。一名《忆仙姿》。嫌其不雅,改名《如梦令》。庄宗作此词,卒章云:'如梦,如梦,和泪出门相送。'取之以为词名。"《词谱》记载:"宋苏轼词注:'此曲本唐庄宗制,名《忆仙姿》,嫌其名不雅,故改为《如梦令》。'盖因此词中有'如梦如梦'叠句也。周邦彦又因此词首句改名为《宴桃源》。沈会宗词有'不见不见'叠句,名《不见》。张辑词有'比着梅花谁瘦'句,名《比梅》。《梅苑》词名《古记》。《鸣鹤余音》词名《无梦令》。魏泰双调词名《如意令》。"②是知词牌本为"忆仙姿",后来改为"如梦令",再后来逐渐演变多种词调。李存勖这首词的前两句直接点明刘、阮遇仙的典故,描绘其初会与离别的情景。后面的文字是对于刘、阮离别仙女的回忆。因为最值得记忆的是当时欲别未别的情形,仙女和泪出门相送。而这场相遇,恰如一场大梦,留下来的只有迷离、惆怅、感伤、悲愁,这种混杂在一起的情感,衬以"残月落花烟重"的背景,使得本词闲淡中寓浓丽,细腻中显深沉。当然,词中的叠字"如梦,如梦"用得极好,不仅承上启下,更兼情景交融,而且典雅蕴藉,无怪乎作者后来把词调改成"如梦令"。

四、《花间集》中的刘阮典故

词中运用刘晨阮肇的典故,大多在《花间集》当中。因为刘阮的故事,适合于爱情的表现、别离的叙写,甚至是艳情的渲染,故而这些作品的用典,与诗歌当中的用典又有所不同。《花间集》中有两种特殊的词调《女冠子》《天仙子》,集中运用刘阮遇仙的典故,我们之前已经专门论述,这里就不再重复。

---

① 曾昭岷等:《全唐五代词》卷三,中华书局1999年版,第445页。
② [清]陈廷敬、王奕清:《钦定词谱考证》卷二,华东师范大学出版社2017年版,第53页。

表现深切情愫者,要数毛文锡《诉衷情》其一:"桃花流水漾纵横,春昼彩霞明。刘郎去,阮郎行,惆怅恨难平。愁坐对云屏,算归程。何时携手洞边迎,诉衷情。"①这首词集中赋天台神女事。首句"桃花流水"就是描写仙源,写出刘晨阮肇天台遇仙事。桃花流水自然是春天,故接有"春昼彩霞明"之句。接着就写刘郎和阮郎,写出二人离开仙洞的惆怅。下片进步抒写愁绪,是惆怅的延伸。末尾转出对重逢的期待。"上片叙别离之悲,丽景哀情,倍觉感伤。下片抒相思之愁,坐对云屏,屈指计算归期的细节,几近痴迷,富有表现力。结二句表达渴望重会、倾诉衷情的心愿。此词语言流畅省净,抒情真挚深切。"②这首词全篇都是吟咏刘阮天台遭遇神女事。温庭筠《思帝乡》:"花花,满枝红似霞。罗袖画帘肠断,卓香车。回面共人闲语,战篦金凤斜。惟有阮郎春尽,不归家。"③词以乐景写哀情,最后两句用阮肇遇仙的典故,表现女子对于情郎久别不归的哀怨之情。

表现男女欢会者,顾敻《甘州子》其三:"曾如刘阮访仙踪,深洞客,此时逢。绮筵散后绣衾同,款曲见韶容。山枕上,长是怯晨钟。"④这首词全篇运用刘阮的典故以回忆女主人公旧时的欢会。开头就以刘晨阮肇进入天台山遇仙的典故,表现世间男女的爱情和欢乐。接着女子的容貌、心理,透露出春宵苦短的惆怅。全词用词绮艳,用心款曲,是《花间词》的代表作品。顾敻《虞美人》其六:"少年艳质胜琼英,早晚别三清。莲冠稳簪钿篦横,飘飘罗袖碧云轻,画难成。迟迟少转腰身袅,翠眉眉心小。醮坛风急杏枝香,此时恨不驾鸾凰,访刘郎。"⑤这首词调为"虞美人"但词的内容并非咏本调,而是吟咏女冠的凡心,是典型的道士艳情之作,这样就与刘阮遇仙的典故非常切合。故而末句直接表现女主人公要驾双鸾凰以造访刘郎。

表现爱情期待者,欧阳炯《春光好》其六:"芳丛绣,绿筵张,两心狂。空遣横波传意绪,对笙簧。虽似安仁掷果,未闻韩寿分香。流水桃花情不已,待刘郎。"⑥这首词描写女主人公在春光融冶的季节浪漫癫狂的状态,末二句写桃花流水的美景当中,期待情郎的到来。这种流水桃花的意象,既是刘阮典故的应有之义,也是阳春二月的实景,更是男女爱情的象征,诗将用典、写景、抒情有机地结合起来。阎选

---

① 杨景龙:《花间集校注》卷五,中华书局 2014 年版,第 766 页。
② 杨景龙:《花间集校注》卷五,中华书局 2014 年版,第 768 页。
③ 杨景龙:《花间集校注》卷二,中华书局 2014 年版,第 209 页。
④ 杨景龙:《花间集校注》卷六,中华书局 2014 年版,第 975 页。
⑤ 杨景龙:《花间集校注》卷六,中华书局 2014 年版,第 958 页。
⑥ 杨景龙:《花间集校注》卷六,中华书局 2014 年版,第 873 页。

《浣溪沙》:"寂寞流苏冷绣茵,倚屏山枕惹香尘,小庭花露泣浓春。刘阮信非仙洞客,嫦娥终是月中人,此生无路访东邻。"①词的下阕"刘阮信非仙洞客"运用刘晨的典故,但表现的是对心仪女子无分结缘的惆怅,表现出情深意切但寂寞凄冷的情怀。薛昭蕴《浣溪沙》其八:"越女淘金春水上,步摇云鬓佩鸣珰,渚风江草又清香。不为远山凝翠黛,只应含恨向斜阳,碧桃花谢忆刘郎。"②这是一首怀人之词,故末句运用刘晨的典故描写越女含恨凝眉面向斜阳,在桃花凋谢的暮春时节思念远人。

第四节　兰亭集会

一、兰亭集会的背景

兰亭集会是东晋时期发生在会稽的一次重要的政治活动和文学活动。魏晋以后,北方战乱,衣冠贵族大量南迁,黄河流域的中原文化随着人口的南迁而与浙东文化融合,更使得越中成为人文荟萃之地。加以东晋门阀制度的盛行,士族势力、门阀势力、北方贵族、南方土著等各大利益集团汇聚在一地,组成了会稽文人集团。他们借江山之助,体物写志,留下了很多名垂千古的篇章。

以王羲之为首的兰亭修禊,就是这些文人雅士集结的最高形式。他们将文人的特质、士流的品位和会稽的山水有机地融合在一起,成为千年传承的会稽文化源头,唐代浙东文学也肇始于此。王羲之兰亭修禊,写下了著名的《兰亭集序》:

> 永和九年,岁在癸丑,暮春之初,会于会稽山阴之兰亭,修禊事也。群贤毕至,少长咸集。此地有崇山峻岭,茂林修竹;又有清流激湍,映带左右,引以为流觞曲水,列坐其次。虽无丝竹管弦之盛,一觞一咏,亦足以畅叙幽情。是日也,天朗气清,惠风和畅,仰观宇宙之大,俯察品类之盛,所以游目骋怀,足以极视听之娱,信可乐也。夫人之相与,俯仰一世,或取诸怀抱,晤言一室之内;或因寄所托,放浪形骸之外。虽取舍万殊,静躁不同,当其欣于所遇,暂得于己,快然自足,不知老之将至。及其所之既倦,情随事迁,感慨系之矣。向之所欣,俯仰之间,已为陈迹,犹不能不以之兴怀。况修短随化,终期于尽。古人云:"死生亦大矣。"岂不痛哉!每览昔人兴感之由,若合一契,未尝不临文嗟悼,不能喻之于怀。固知一死生为虚诞,齐彭殇为妄作。后之视今,亦犹今之视昔。

---

① 杨景龙:《花间集校注》卷九,中华书局2014年版,第1326页。
② 杨景龙:《花间集校注》卷三,中华书局2014年版,第496页。

悲夫！故列叙时人，录其所述，虽世殊事异，所以兴怀，其致一也。后之览者，亦将有感于斯文。①

晋穆帝永和九年(353)三月三日，王羲之在会稽内史任，他和友人谢安、孙绰等聚于兰亭，饮酒赋诗，参加聚会者有官僚、文人与僧徒，都是一时名士。当时与会之人都有诗作，事后编辑成集，由王羲之作序与书写，这就是著名的《兰亭集序》。后来，每到三月上巳，越州多有修禊。谢灵运更在越中留下大量的诗作，名篇《石壁精舍还湖中作》《登池上楼》都是描写此中山水之作。宋代孔延之所编的《会稽掇英总集》，分门别类辑集了六朝以来对于会稽形胜与山水的吟咏，更可以看出六朝王羲之、谢灵运等人的流风余韵。

自古以来，会稽尤称山水之首，王羲之以后的各代文人，都对其地投以青睐与仰慕的目光。大中时杨汉公为浙东观察使，李商隐祝贺道："越水稽峰，乃天下之胜概；桂林孔穴，成梦中之旧游。……虽思逸少之兰亭，敢厌桓公之竹马。况去思遗爱，遐布歌谣；酒兴诗情，深留景物。"②晚唐文人顾云《在会稽与京邑游好诗序》对会稽山水作了这样的描绘："造化之功，东南之地，独会稽知名，前代词人才子谢公之伦，多所吟赏，湖山清秀，超绝上国；群峰接连，万水都会。升高而望，尽目所穷，苍然黯然，兀然澹然，先春煦然；似画似翠，似水似冰，似霜似镜；削玉似剑者，霞布似窈窕者，霜清似英绝者，如是者千态万状，绵亘数百里间，则夫盘龙于泉，巢凤于山，蕴玉于石，藏珠于渊，固必有矣。真骇目丧精之所也！其土沃，其人文。虽逼闽蛮而不失礼节，虽枕江海而不甚瘴疫，斯焉郁邑，一何胜哉！将天地之乐，萃于此耶？至于物土所产，风气所被，鸟兽草木之奇，妖冶婵娟之出，前圣灵踪，往哲盛事，此传记所详，不假重言也。斯但粗述其胜耳。仆虽乏才，自侍从至此。晨夕习业之外，游览所得，吟咏烟月，撼散情志。自足一时之兴也，亦足快哉！"③

二、唐诗与兰亭

因为魏晋的风流遗韵，唐代的兰亭仍然是重要的文化圣地与旅游胜地，是一个适合诗歌产生与繁荣的环境。《旧唐书·元稹传》称："会稽山水奇秀，稹所辟幕职，皆当时文士，而镜湖、秦望之游，月三四焉。而讽咏诗什，动盈卷帙。副使窦巩，海

---

① 严可均：《全上古三代秦三国六朝文·全晋文》卷二六，中华书局 1958 年版，第 1609 页。
② ［清］董诰：《全唐文》卷七七六，中华书局 1983 年版，第 8096 页。
③ ［清］董诰：《全唐文》卷八一五，中华书局 1983 年版，第 8586—8587 页。

内诗名,与積酬唱最多,至今称兰亭绝唱。"①这一记载具有代表性。因为会稽山水奇秀,而兰亭称奇,故而唐代文人钟情于此。元積为浙东观察使与文士唱酬称为"兰亭绝唱"。实际上,在唐代越州镇帅的诸多幕府,都有这样兰亭唱和的诗歌。

唐代永淳二年(683)三月,一批文士修禊于云门山王献之山亭,王勃作了《修禊于云门王献之山亭序》,其中有"永淳二年暮春三月,修被禊于献之山亭也。迟迟风景出没,媚于郊原;片片仙云远近,生于林薄。杂花争发,非止桃蹊;迟鸟乱飞,有余莺谷。王孙春草,处处皆青;仲统芳园,家家并翠"②等描写,很明显是与王羲之的《兰亭集序》一脉相承的。按,这篇序文作者或真伪有疑问,清蒋之翘《王子安集注》卷七收此文,题作《三日上巳祓禊序》,注云:"此非子安所作,篇内有永淳二年句,计其时子安殁已数年。然自北宋沿讹迄今。故著其谬,仍存其文。"③即使非王勃的作品,也可以看出唐宋时越州文人集会的情况。又王勃序文还有《越州秋日宴山亭序》《越州永兴李明府宅送萧三还齐州序》等作品。需要说明的是,王献之山亭并非兰亭,而在若耶溪边云门寺侧。《嘉泰会稽志》卷一〇载:"六朝宋时,谢康乐与从弟谢惠连人称大小谢,曾泛舟耶溪,对诗于王子敬山亭。"④但王勃之序明显是受王羲之《兰亭集序》影响的。

大历五年(770),鲍防在浙东,组织联句唱和,有《经兰亭故池联句》,这是在兰亭的大型文会。联唱者有鲍防、严维、刘全白、宋迪、吕渭、吴筠等36人。诗云:"曲水邀歌处,遗芳尚宛然。名从右军出,山在古人前。芜没成尘迹,规模得大贤。湖心舟已并,村步骑仍连。赏是文辞会,欢同癸丑年。茂林无旧径,修竹起新烟。宛是崇山下,仍依古道边。院开新胜地,门占旧畲田。荒阪披兰筑,柘池带墨穿。序成应唱道,杯得每推先。空见云生岫,时闻鹤唳天。滑苔封石磴,密篠碍飞泉。事感人寰变,归惭府服牵。寓时仍睹叶,叹逝更临川。野兴攀藤坐,幽情枕石眠。玩奇聊倚策,寻异稍移船。草露犹沾服,松风尚入弦。山游颇同调,今古有多篇。"⑤这首诗也是描写兰亭历史、景色、人物、风貌的佳制。这篇由36人合写的联句成为一个有机的整体,是一部非常完美的艺术珍品。遗憾的是,这一联句每一句的具体作者已经无从考证。就全诗而言,从开头到"欢同癸丑年"为第一部分,从右军兰胜

① [后晋]刘昫:《旧唐书》卷一六六,中华书局1975年版,第4336页。
② [清]董诰:《全唐文》卷一八一,中华书局1983年版,第1839页。
③ [清]蒋清翘:《王子安集注》,上海古籍出版社1995年版,第210页。
④ [宋]施宿:《嘉泰会稽志》卷一〇,《宋元方志丛刊》第7册,中华书局1990年版,第6880页。
⑤ 贾晋华:《唐代集会总集与诗人群研究》(第2版),北京大学出版社2015年版,第358—359页。

会遗踪写起,说明本次联句是追溯兰亭遗芳,是一次文辞之会,就如同永和九年(353)的兰亭被禊同样的文采风流。从"茂林无旧径"到"柘池带墨穿"为第二部分,集中描写当下兰亭的风景,从"茂林""修竹""崇山""古道""胜地""畲田""荒阪""柘池"点明兰亭环境的山林胜景。从"序成应唱道"到"密篠碍飞泉"是第三部分,描写联句时曲水流觞、吟诗唱词的热烈场面,这一场面甚至感动了天上的行云、空中的飞鹤、山中的石磴、林里的飞泉。从"事感人寰变"到结尾是第三部分,从兰亭聚会感叹沧桑的巨变与人事的盛衰,同时也写出归途的幽情和游山的野兴。

中晚唐诗人对于兰亭的吟咏,一方面见于诗人浙东往还和经行之作。如秦系《徐侍郎素未相识时携酒命馔兼命诸诗客同访会稽山居》:"兰亭攀叙却,会此越中营。"①白居易《答微之夸越州州宅》:"厌看冯翊风沙久,喜见兰亭烟景初。日出旌旗生气色,月明楼阁在空虚。知君暗数江南郡,除却余杭尽不如。"②温庭筠《赠越僧岳云二首》二:"兰亭旧都讲,今日意如何。有树关深院,无尘到浅莎。僧居随处好,人事出门多。不及新春雁,年年镜水波。"③李縠《浙东罢府西归酬别张广文皮先辈陆秀才》:"兰亭旧址虽曾见,柯笛遗音更不传。"④虚中《经贺监旧居》:"不恋明皇宠,归来镜水隅。……兰亭名景在,踪迹未为孤。"⑤罗隐《投浙东王大夫二十韵》:"越岭千峰秀,淮流一派长。……旧迹兰亭在,高风桂树香。"⑥

另一方面还见于送人赴越地之作,连带述及兰亭之景。如刘长卿《送人游越》:"未习风波事,初为吴越游。……梅市门何在,兰亭水尚流。西陵待潮处,落日满扁舟。"⑦这首诗一作郎士元诗。一作张籍诗。崔峒《送薛良史往越州谒从叔》:"孤云随浦口,几日到山阴。遥想兰亭下,清风满竹林。"⑧武元衡《送寇侍御司马之明州》:"斗酒上河梁,惊魂去越乡。地穷沧海阔,云入剡山长。莲唱蒲萄熟,人烟橘柚香。兰亭应驻楫,今古共风光。"⑨元稹《送王协律游杭越十韵》:"去去莫凄凄,余杭接会稽。松门天竺寺,花洞若耶溪。浣渚逢新艳,兰亭识旧题。山经秦帝望,垒辨

---

① [清]彭定求:《全唐诗》卷二六〇,中华书局1960年版,第2896页。
② [清]彭定求:《全唐诗》卷四四〇,中华书局1960年版,第4999页。
③ [清]彭定求:《全唐诗》卷五八一,中华书局1960年版,第6740页。
④ [清]彭定求:《全唐诗》卷六三一,中华书局1960年版,第7238页。
⑤ [清]彭定求:《全唐诗》卷八四八,中华书局1960年版,第9605页。
⑥ [清]彭定求:《全唐诗》卷六六五,中华书局1960年版,第7619页。
⑦ [清]彭定求:《全唐诗》卷一四八,中华书局1960年版,第1516页。
⑧ [清]彭定求:《全唐诗》卷二九四,中华书局1960年版,第3345页。
⑨ [清]彭定求:《全唐诗》卷三一六,中华书局1960年版,第3555页。

越王栖。江树春常早,城楼月易低。"①

三、兰亭与唐诗用典

唐诗中运用兰亭典故当时影响最大者,应该是唐德宗君臣的唱和之作。德宗皇帝《三日书怀因示百僚》:"佳节上元巳,芳时属暮春。流觞想兰亭,捧剑得金人。风轻水初绿,日晴花更新。天文信昭回,皇道颇敷陈。恭己每从俭,清心常保真。戒兹游衍乐,书以示群臣。"②时值上巳佳节,赐宴百僚,当然会想到兰亭的曲水流觞。与"兰亭流觞"典故同用者是"金人捧剑",出自《续齐谐记》:"晋武帝问尚书郎挚仲冶:'三月曲水,其义何旨?'答曰:'汉章帝时,平原徐肇以三月初生三女,至三日而俱亡,一村以为怪,乃相推之水滨盥洗,因流以泛觞。曲水之义,盖起于此。'帝曰:'若所谈,便非嘉事也。'尚书郎束皙进曰:'仲冶小生,不足以知此,臣请说其始。昔周公城洛邑,因流水以泛酒,故逸诗云:羽觞随东流波。又秦昭王三日上巳置酒河曲,见金人自渊而出,奉水心剑曰,令君制有西夏,乃秦霸诸侯。乃因此处立为曲水。二汉相沿,皆为盛业。'"③这里将两个上巳节的典故并用,以突出其暮春芳时之景与君臣谐和之乐。唐德宗写了这首诗赐百僚之后,百僚应该有唱和之作,但流传到今天的诗作很少。《全唐诗》所录崔元翰《奉和三日书怀因示百僚》诗,内容与德宗诗全同,应属于误录。

李白用兰亭典故的诗篇有二首,一是《酬张司马赠墨》:"上党碧松烟,夷陵丹砂末。兰麝凝珍墨,精光乃堪掇。黄头奴子双鸦髻,锦囊养之怀袖间。今日赠予兰亭去,兴来洒笔会稽山。"④诗写收到赠墨而酬答张司马,故联系到兰亭,也是由墨而联想到会稽的兰亭集会,透露出诗人收到赠墨后的兴奋之情。二是《鲁郡尧祠送窦明府薄华还西京》:"竹林七子去道赊,兰亭雄笔安足夸。尧祠笑杀五湖水,至今憔悴空荷花。尔向西秦我东越,暂向瀛洲访金阙。蓝田太白若可期,为余扫洒石上月。"⑤这里的"兰亭雄笔"来源于王羲之的撰写《兰亭集序》。唐何延之《兰亭始末记》云:"《兰亭》者,晋右将军、会稽内史、琅琊王羲之逸少所书诗序也。右军蝉联美冑,萧散名贤,雅好山水,尤善草隶,以晋穆帝永和九年三月三日宦游山阴,与太原孙统承公、孙绰兴公、广汉王彬之道生、陈郡谢安安石、高平郗昙重熙、太原王蕴叔仁、释

① [清]彭定求:《全唐诗》卷四〇六,中华书局1960年版,第4527页。
② [清]彭定求:《全唐诗》卷四,中华书局1960年版,第46页。
③ [宋]李昉:《太平广记》卷一九七,中华书局1961年版,第1477页。
④ [清]彭定求:《全唐诗》卷一七八,中华书局1960年版,第1813页。
⑤ [清]彭定求:《全唐诗》卷一七五,中华书局1960年版,第1793页。

支遁道林，及其子凝之、徽之、操之等四十有一人，修被禊之礼，挥毫制序，兴乐而书。用蚕茧纸、鼠须笔，遒媚劲健，绝代更无。凡二十八行三百二十四字，有重者皆构别体。其中之字最多乃有二十许字，变转悉异，遂无同者。其时乃有神助，及醒后，他日更书数十本，终无及者。"①李白用兰亭雄笔之典故，是说古人的豪饮并不足尚，故而表现出诗人超脱凡人的昂扬气概，视窦薄华为自己的知音，此时虽暂时分离，一向西秦，一向东越，但仍然有共同的期待，就是相约蓝田、太白之山，共同隐居。两首同用兰亭典故，但一正一反，表现的情怀却是一致的。

　　唐人上巳日作诗，最常用到兰亭集会的典故。孟浩然《上巳日涧南园期王山人陈七诸公不至》："上巳期三月，浮杯兴十旬。坐歌空有待，行乐恨无邻。日晚兰亭北，烟开曲水滨。"②皇甫冉《三月三日后亭泛舟》："越中山水高且深，兴来无处不登临。永和九年刺海郡，暮春三月醉山阴。"③权德舆《和九华观见怀贡院八韵》："上巳好风景，仙家足芳菲。地殊兰亭会，人似山阴归。"④白居易《和春深二十首》十五："何处春深好，春深上巳家。兰亭席上酒，曲洛岸边花。"⑤白居易《会昌春连宴即事》："元年寒食日，上巳暮春天。……簪组兰亭上，车舆曲水边。"⑥鲍溶《上巳日寄樊璜樊宗宪兼呈上浙东孟中丞简》："世间禊事风流处，镜里云山若画屏。今日会稽王内史，好将宾客醉兰亭。"⑦崔护《三月五日陪裴大夫泛长沙东湖》："上巳余风景，芳辰集远坰。……从今留胜会，谁看画兰亭。"⑧又作张又新诗。又作李群玉诗。王驾《永和县上巳》："记得兰亭被禊辰，今朝兼是永和春。一觞一咏无诗侣，病倚山窗忆故人。"⑨

　　唐代送别寄赠诗中，兰亭典故的运用也较常见。如孟浩然《江上寄山阴崔少府国辅》："山阴定远近，江上日相思。不及兰亭会，空吟被禊诗。"⑩白居易《代诸妓赠送周判官》："妓筵今夜别姑苏，客棹明朝向镜湖。莫泛扁舟寻范蠡，且随五马觅罗

①　[清]董诰：《全唐文》卷三百一，中华书局1983年版，第3058页。
②　[清]彭定求：《全唐诗》卷一六〇，中华书局1960年版，第1664页。
③　陈尚君：《全唐诗补编》续补遗卷四，中华书局1992年版，第371页。
④　[清]彭定求：《全唐诗》卷三二九，中华书局1960年版，第3678页。
⑤　[清]彭定求：《全唐诗》卷四四九，中华书局1960年版，第5065页。
⑥　[清]彭定求：《全唐诗》卷七九〇，中华书局1960年版，第8900页。
⑦　[清]彭定求：《全唐诗》卷四八七，中华书局1960年版，第5534页。
⑧　[清]彭定求：《全唐诗》卷三六八，中华书局1960年版，第4148页。
⑨　陈尚君：《全唐诗补编》续补遗卷九，中华书局1992年版，第443页。
⑩　[清]彭定求：《全唐诗》卷一六〇，中华书局1960年版，第1635页。

敷。兰亭月破能回否,娃馆秋凉却到无。好与使君为老伴,归来休染白髭须。"①白居易《游平泉宴浥涧宿香山石楼赠座客》:"逸少集兰亭,季伦宴金谷。金谷太繁华,兰亭阙丝竹。何如今日会,浥涧平泉曲。杯酒与管弦,贫中随分足。"②李商隐《令狐八拾遗见招送裴十四归华州》:"二十中郎未足希,骊驹先自有光辉。兰亭燕罢方回去,雪夜诗成道韫归。汉苑风烟吹客梦,云台洞穴接郊扉。嗟予久抱临邛渴,便欲因君问钓矶。"③赵嘏《今年新先辈以遏密之际每有宴集必资清谈书此奉贺》:"天上高高月桂丛,分明三十一枝风。满怀春色向人动,遮路乱花迎马红。鹤驭回飘云雨外,兰亭不在管弦中。居然自是前贤事,何必青楼倚翠空。"④罗隐《寄窦泽处士二首》一:"兰亭醉客旧知闻,欲问平安隔海云。不是金陵钱太尉,世事谁肯更容身。"⑤

---

① [清]彭定求:《全唐诗》卷四四七,中华书局 1960 年版,第 5021—5022 页。
② [清]彭定求:《全唐诗》卷四五九,中华书局 1960 年版,第 5215 页。
③ [清]彭定求:《全唐诗》卷五三九,中华书局 1960 年版,第 6154 页。
④ [清]彭定求:《全唐诗》卷五四九,中华书局 1960 年版,第 6353 页。
⑤ [清]彭定求:《全唐诗》卷六五八,中华书局 1960 年版,第 7562 页。

主要参考文献

［北魏］郦道元撰，陈桥驿点校：《水经注校证》，中华书局 2013 年版。

［汉］司马迁：《史记》，中华书局 1982 年版。

［后晋］刘昫：《旧唐书》，中华书局 1975 年版。

［晋］葛洪：《西京杂记》，三秦出版社 2006 年版。

［明］高元濬：《茶乘》，中州古籍出版社 2015 年版。

［明］孙传能：《剡溪漫笔》，中国书店 1987 年版。

［明］唐汝询：《唐诗解》，河北大学出版社 2001 年版。

［明］王季重：《王季重集》，浙江古籍出版社 2012 年版。

［南朝梁］沈约：《宋书》，中华书局 1974 年版。

［南朝梁］萧统：《文选》，上海古籍出版社 1986 年版。

［南朝宋］范晔：《后汉书》，中华书局 1965 年版。

［清］陈廷敬、王奕清：《钦定词谱考证》，华东师范大学出版社 2017 年版。

［清］董诰：《全唐文》，中华书局 1983 年版。

［清］蘅塘退士，［清］朱孝臧编：《唐诗三百首 宋词三百首》，万卷出版有限责任公司 2017 年版。

［清］蒋清翊：《王子安集注》，上海古籍出版社 1995 年版。

［清］来舟：《大乘本生心地观经浅注》，中华书局 2021 年版。

［清］彭定求：《全唐诗》，中华书局 1960 年版。

［清］浦起龙撰：《读杜心解》，中华书局 1961 年版。

［清］齐召南：《温州府志》，台湾成文出版社有限公司 1983 年版。

［清］乾隆御定：《唐宋诗醇》，上海科学技术文献出版社 2020 年版。

［清］沈曾植：《海日楼诗注》，中华书局 2001 年版。

［清］沈德潜选编，刘福元等点校：《唐诗别裁集》，河北人民出版社 1997 年版。

［清］王琦注：《李太白全集》，中华书局 1977 年版。

［清］严可均：《全上古三代秦三国六朝文·全晋文》，中华书局 1958 年版。

［清］永瑢等撰：《嘉定赤城志》,《四库全书总目》,中华书局 1965 年版。

［清］张溍著：《读书堂杜工部诗文集注解》,齐鲁书社 2014 年版。

［清］张联元：《天台山全志》,上海古籍出版社 2016 年版。

［清］章燮：《唐诗三百首注疏》,上海扫叶山房 1930 年版。

［日］小岛宪之：《文华秀丽集》,岩波书店 1964 年版。

［日］伊藤松：《邻交征书》,上海古籍出版社 2007 年版。

［宋］陈耆卿：《嘉定赤城志》,《宋元方志丛刊》第 7 册,中华书局 1990 年版。

［宋］道原：《景德传灯录译注》,上海书店出版社 2009 年版。

［宋］高似孙：《剡录》,《宋元方志丛刊》第 7 册,中华书局 1990 年版。

［宋］郭茂倩：《乐府诗集》,中华书局 1979 年版。

［宋］洪迈：《容斋随笔》,中华书局 2005 年版。

［宋］计有功：《唐诗纪事》,中华书局 1965 年版。

［宋］孔延之：《会稽掇英总集》,人民出版社 2006 年版。

［宋］乐史：《太平寰宇记》,中华书局 2007 年版。

［宋］李昉：《太平广记》,中华书局 1961 年版。

［宋］李昉编纂：《太平御览》,中华书局 2000 年版。

［宋］欧阳修、宋祁：《新唐书》,中华书局 1975 年版。

［宋］欧阳修：《欧阳修全集》,中华书局 2001 年版。

［宋］潜说友：《咸淳临安志》,《宋元方志丛刊》第 4 册,中华书局 1990 年版。

［宋］施宿：《嘉泰会稽志》,《宋元方志丛刊》第 7 册,中华书局 1990 年版。

［宋］司马光：《资治通鉴》,中华书局 1956 年版。

［宋］苏轼：《苏轼词编年校注》,中华书局 2007 年版。

［宋］王象之编,赵一生点校：《舆地纪胜》卷一〇,浙江古籍出版社 2013 年版。

［宋］严羽：《沧浪诗话》,［清］何文焕辑：《历代诗话》,中华书局 2002 年版。

［宋］赞宁：《宋高僧传》,中华书局 1987 年版。

［宋］祝穆：《方舆胜览》,中华书局 2003 年版。

［唐］杜甫著,［清］仇兆鳌注：《杜诗详注》,中华书局 1979 年版。

［唐］杜甫著,［清］杨伦笺注：《杜诗镜铨》,上海古籍出版社 1980 年版。

［唐］房玄龄：《晋书》,中华书局 1974 年版。

［唐］李吉甫：《元和郡县图志》,中华书局 1983 年版。

［唐］李商隐：《樊南文集》,上海古籍出版社 1988 年版。

〔唐〕林宝：《元和姓纂》，中华书局 2008 年版。

〔唐〕欧阳询：《艺文类聚》，上海古籍出版社 1982 年版。

〔唐〕徐坚：《初学记》，中华书局 2004 年版。

〔唐〕杨炯：《杨炯集笺注》，中华书局 2016 年版。

〔唐〕殷璠：《河岳英灵集》，《唐人选唐诗新编（增订本）》，中华书局 2014 年版。

〔唐〕赵璘：《因话录》，上海古籍出版社 1979 年版。

〔元〕方回：《瀛奎律髓》，上海古籍出版社 1993 年版。

安祖朝编注：《天台山唐诗总集》，浙江古籍出版社 2018 年版。

曹旭：《诗品集注》，上海古籍出版社 1994 年版。

岑仲勉：《唐人行第录》（外三种），上海古籍出版社 1982 年版。

陈尚君：《全唐诗补编》，中华书局 1992 年版。

陈尚君：《唐人佚诗解读》，中华书局 2021 年版。

陈友琴：《白居易资料汇编》，中华书局 1962 年版。

丁福保：《历代诗话续编》，中华书局 2006 年版。

丁福保编：《全汉三国晋南北朝诗》，中华书局 1959 年版。

丁天魁：《国清寺志》，华东师范大学出版社 2009 年版。

范文澜：《文心雕龙注》，人民文学出版社 1958 年版。

傅璇琮主编：《唐才子传校笺》，中华书局 1995 年版。

胡阿祥：《魏晋本土文学地理研究》，南京大学出版社 2001 年版。

黄永武：《中国诗学》，新世界出版社 2012 年版。

嘉庆：《重修一统志》，上海商务印书馆四部丛刊本 1935 年版。

景遐东：《江南文化与唐代文学研究》，人民文学出版社 2005 年版。

廖立：《岑嘉州诗笺注》，中华书局 2004 年版。

林屋译注：《列仙传》，中华书局 2021 年版。

逯钦立：《先秦汉魏晋南北朝诗》，中华书局 1983 年版。

马茂元：《唐诗选》，上海古籍出版社 1999 年版。

马蓉等点校：《永乐大典方志辑佚》，中华书局 2004 年版。

裴斐、刘善良编：《李白资料汇编》，中华书局 1994 年版。

裴斐主编：《李白诗赏析集》，巴蜀书社 1988 年版。

彭会资主编：《中国文论大辞典》，百花文艺出版社 1990 年版。

任半塘：《敦煌歌辞总编》，上海古籍出版社 1987 年版。

任半塘:《教坊记笺订》,中华书局 2012 年版。

任半塘:《唐声诗》,上海古籍出版社 1982 年版。

[日]安藤俊雄、薗田香融:《日本思想大系》,岩波书店 1974 年版。

尚永亮主编:《唐诗观止》,陕西人民教育出版社 1998 年版。

沈祖棻:《唐人七律诗浅释》,北京出版社 2021 年版。

唐圭璋:《全宋词》,中华书局 1965 年版。

陶敏:《全唐诗作者小传补正》,辽海出版社 2010 年版。

陶敏主编:《全唐五代笔记》,三秦出版社 2012 年版。

王仲闻:《南唐二主词校订》,中华书局 2007 年版。

吴钢主编:《全唐文补遗·千唐志斋新藏专辑》,三秦出版社 2006 年版。

项楚:《寒山诗注》,中华书局 2000 年版。

薛天纬:《李白诗选》,人民文学出版社 2017 年版。

杨景龙:《花间集校注》,中华书局 2014 年版。

叶文轩等编:《古典文学研究资料汇编杜甫卷》,中华书局 1964 年版。

尹占华:《张祜诗集校注》,上海古籍出版社 2020 年版。

余嘉锡:《世说新语笺疏》,上海古籍出版社 1993 年版。

郁贤皓:《李太白全集校注》,凤凰出版社 2015 年版。

郁贤皓:《唐风观杂稿》,辽宁大学出版社 1999 年版。

曾昭岷等:《全唐五代词》,中华书局 1999 年版。

詹锳:《詹锳全集》,河北教育出版社 2016 年版。

詹锳主编:《李白全集校注汇释集评》,百花文艺出版社 1996 年版。

浙江省地方志编纂委员会编著:《宋元浙江方志集成》,杭州出版社 2009 年版。